警世通言

會校本

上

〔明〕馮夢龍 編著
李金泉 點校

上海古籍出版社

圖書在版編目(CIP)數據

警世通言:會校本 / (明)馮夢龍編著;李金泉點校. —上海:上海古籍出版社,2023.10(2025.6重印)
(中國古典文學叢書)
ISBN 978-7-5732-0793-7

Ⅰ.①警… Ⅱ.①馮… ②李… Ⅲ.①話本小説-小説集-中國-明代 Ⅳ.①I242.3

中國國家版本館CIP數據核字(2023)第146896號

中國古典文學叢書
警世通言(會校本)
(全二册)
[明]馮夢龍 編著
李金泉 點校
上海古籍出版社出版發行
(上海市閔行區號景路159弄1-5號A座5F 郵政編碼201101)
(1)網址:www.guji.com.cn
(2)E-mail:gujil@guji.com.cn
(3)易文網網址:www.ewen.co
上海展强印刷有限公司印刷
開本850×1168 1/32 印張30.75 插頁13 字數521,000
2023年10月第1版 2025年6月第4次印刷
印數:2,901—4,000
ISBN 978-7-5732-0793-7

I·3753 平裝定價:128.00元
如有質量問題,請與承印公司聯繫
電話:021-66366565

警世通言

自昔博洽鴻儒兼採稗官野史而通俗演義一種尤便於下里之耳目奈射利者耑取淫詞大傷雅道本坊恥之茲刻出自平平閣主人手授非警世勸俗之語不敢濫入庶幾木鐸老人之遺意或亦士君不棄也

金陵兼善堂謹識

日本蓬左文庫藏兼善堂本《警世通言》扉頁

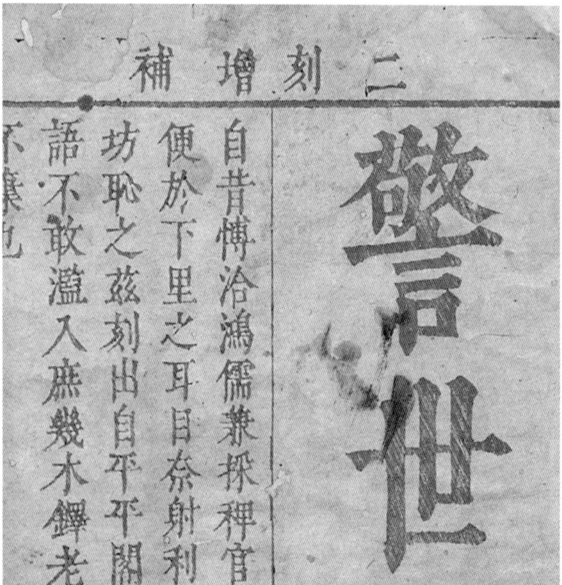
二刻增補

警世通言

自昔博洽鴻儒兼採稗官野史而通俗演義一種尤便於下里之耳目奈射利者徒取淫詞大傷雅道本坊恥之茲刻出自平平閣主人手授非警世勸俗之語不敢濫入庶幾木鐸老人之遺意或亦士君子所不棄也

[illegible]林衍慶堂謹識

俄羅斯國立圖書館東方文獻中心藏《二刻增補警世通言》扉頁

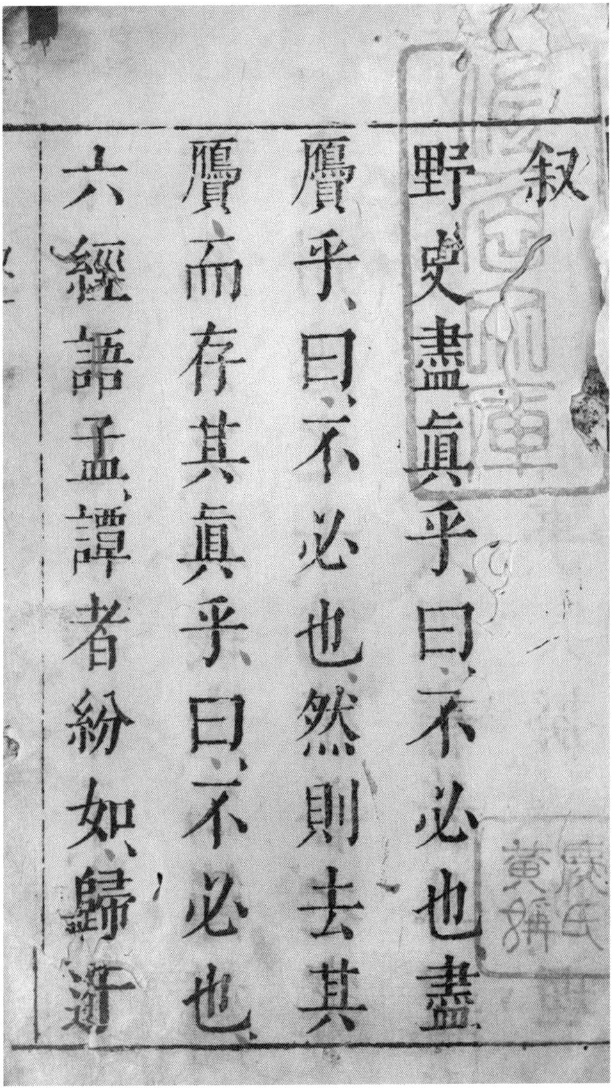
叙
野史盡真乎、曰、不必也、盡
贋乎、曰、不必也、然則去其
贋而存其真乎、曰、不必也
六經語孟、譚者紛如、歸趣

日本佐伯文庫藏《警世通言》叙

日本佐伯文庫藏《警世通言》卷九《李謫仙醉草嚇蠻書》插圖

法國國家圖書館藏吴郡寶翰樓刊《今古奇觀》
卷六《李謫仙醉草嚇蠻書》插圖

序

潘建国

一、馮夢龍的生平與著述

馮夢龍（一五七四—一六四六），字猶龍，另有龍子猶、墨憨齋主人、緑天館主人、茂苑野史、無礙居士、可一居士等多個别號。長洲（今屬蘇州）人，父馮曙，廪生，母張氏。兄夢桂，弟夢熊，皆爲庠生，頗富文才，時人稱爲「吴下三馮」。據新近發現的史料，馮夢龍另有一位幼弟夢麟，爲儒醫（參馮保善《馮夢龍史實三考》，載《江蘇第二師範學院學報》二〇二一年第六期）。由「桂」、「龍」、「熊」、「麟」四字，可知父母對其兄弟科考成功懷有極大期望，然造化弄人，他們竟無一中舉及第。馮夢龍幼即志在經學，尤其是《春秋》之學，經過數十年孜孜研讀，造詣頗深，先後編纂出版了《麟經指月》、《春秋衡庫》、《春秋定旨參新》等多部經學著作兼科考資料書，被譽爲「燁燁乎古之經神」（馮夢熊《〈麟經指月〉叙》），但他「早歲才華衆所驚，名場若個不稱兄」（明文從簡《贊馮猶龍》），屢試屢敗，始終「未得一以《春秋》舉」（馮夢熊《〈麟經指月〉叙》），令人嘆惜。崇禎三年

（一六三〇），五十七歲的馮夢龍不得已選擇出貢，先是做了一任丹徒訓導，崇禎七年八月，升任福建壽寧知縣，在這個偏僻的閩北山城裏，馮夢龍清正廉潔，勤政愛民，興利除弊，移風化俗，積極扶持地方文教，還親自編纂了地方史《壽寧待志》，充分展現了一名傳統文人的政治熱情和管治才能。

若僅就科舉仕途而言，馮夢龍大概只能列爲舊時代衆多蹭蹬失意文人之一。慶幸的是，文學藝術的璀璨光芒照亮了他的人生，帶給他愉悦、聲名和滿足感，也讓他的名字最終鐫刻在中國文學史的豐碑上，熠熠生輝。吳中地區是明代各類通俗文藝滋長的温床和繁盛的中心，受此熏染，馮夢龍從青年時代開始，就對小説戲曲産生了濃厚興趣，并展現出卓越不凡的才華。他創作時間最早的一部通俗文學作品是《雙雄記》傳奇，這是根據友人「東山劉某」與青樓女子白小樊的故事改編而成，成書於萬曆二十九年（一六〇一）前後，當時還不到三十歲的馮夢龍，「逍遥艷冶場，游戲煙花裏」（明王挺《挽馮夢龍》），還曾對蘇州名妓侯慧卿情有獨鍾。也許正是這段游冶青樓的生活經歷，促使馮夢龍開始關注吳地山歌，他先後搜集評注編刊了《挂枝兒》（又名《童痴一弄》），約刊行於萬曆三十八年）、《山歌》（又名《童痴二弄》，編刊時間稍晚於前者），這是中國歷史上彌足珍貴的兩部民歌專集，具有重要的學術文獻價值。馮夢龍在書中提出的藝術主張「但有假詩文，無假山歌」以及「借男女之真情，發名教之僞藥」（《叙山歌》），更是振聾發聵，極大地提升了民間文藝的文學品格和思想意義。

馮夢龍通俗文學編創的高峰時期，在泰昌元年（一六二〇）至崇禎七年（一六三四）赴任福建之前。這十五年裏，他著述不斷：先後纂輯了《古今笑》（又名《古今譚概》）、《太平廣記鈔》、《智囊》（《後增纂爲《智囊補》》）、《情史》等文言筆記小説集，各具特色，風行一時；改訂了十餘部戲曲作品并刊爲《墨憨齋定本傳奇》，選編評點了散曲集《太霞新奏》；將二十回舊本《三遂平妖傳》擴編改寫爲四十回的《新平妖傳》，字數約從原來的十萬擴增到三十萬，小説情節人物乃至主題傾向，都發生了顯著變化；又利用明余邵魚《列國志傳》小説文本，廣參博採《左傳》、《國語》、《史記》、《吴越春秋》等史籍稗乘，「重加輯演」（明可觀道人《新列國志》叙）爲一百零八回的《新列國志》，字數約從原來的二十八萬擴增到七十餘萬，增改幅度巨大，庶幾可以視爲一部新作品；他還將明代思想家王陽明的學術人生故事，敷衍爲白話小説《皇明大儒王陽明先生出身靖難録》，并與《濟顛羅漢净慈寺顯聖記》、《許真君旌陽宫斬蛟傳》合刊爲《三教偶拈》小説。而在馮夢龍諸多通俗文學成就之中，最爲令人矚目者，自然非話本小説《喻世明言》、《警世通言》、《醒世恒言》（簡稱三言）莫屬，詳參下文。可以毫不誇張地説，在明末清初的通俗文藝界，馮夢龍享有盛名，其名號一直是書坊商業出版的賣點和亮點，譬如清初刊本「古吴逸叟」所撰章回小説《莽男兒》，卷首題署仍假托「明龍子猶遺傳」，以招徠讀者。

崇禎十一年（一六三八），六十五歲的馮夢龍自福建壽寧知縣離任（或説離任時間爲崇禎十年，參馮保善《馮夢龍壽寧知縣任期辨正》，載《江蘇第二師範學院學報》二〇二三年第三期），返回蘇州老家，「歸來結束墻東隱，翰膾機莼手自烹」（明文從簡《贊馮猶龍》），準備安度晚年。他不時與吴中友朋游謁酬唱，爲鄉人著述題寫序跋，崇禎十六年（一六四三），他喜度七十大壽，東南文壇盟主錢謙益贈詩《馮二丈猶龍七十壽》，以爲古稀之祝。馮夢龍的人生，似乎正以一種水到渠成的方式趨於圓滿。然而，一切都在崇禎甲申年（一六四四）陡然逆轉：三月十九日，李自成攻陷北京，崇禎皇帝在煤山自縊；五月二日，清軍入關，攻城略地，勢如破竹，由北向西向南掃蕩而來。這一天崩地裂般的巨變，給七十一歲的馮夢龍帶來了沉重打擊，悲憤之餘，他的精神密切關注着飄摇崩塌的皇明基業，迅速編纂了《甲申紀事》、《中興實録》、《中興偉略》三書，存史鑒史，建言獻策；他的身體則勉力追隨着不斷流亡的南明小朝廷，從蘇州到台州到福建，「忽忽念故國，匍匐千餘里」（明王挺《挽馮夢龍》），憂心如焚，却又無可奈何。南明隆武二年、清順治三年（一六四六），馮夢龍在倉皇離亂中溘然離世，享年七十三歲，其卒地一説在福建，一説在蘇州（參高洪鈞《馮夢龍卒地考辨》，載《明清小説研究》二〇〇〇年第二期）。

二、《三言》的編刊過程與素材來源

中國古代小説按照語體分爲文言小説和白話小説，白話小説按照文體又可分爲話本（白話短篇小説）和章回（白話長篇小説）。其中，話本小説乃脱胎於唐宋「説話」伎藝，歷經從口頭表演到書面文本的轉寫編創，至宋元時期，陸續産生了一批早期作品，這些話本小説在明代續有流播。嘉靖時，杭州書坊清平山堂主人洪楩，搜集所見宋元舊本（亦雜有明人之作）加以整理刊印，總其名爲《六十家小説》，共六十種，這成爲明代中前期最爲大宗的話本小説集群。萬曆時期，福建書林熊龍峰也曾刻印若干話本小説，存世僅有《張生彩鸞燈傳》、《馮伯玉風月相思》等四種，當年實際刊印的數量應該更多。此外，諸如《稗家粹編》、《小説傳奇》、《國色天香》、《繡谷春容》、《萬錦情林》、《燕居筆記》等明代通俗彙編類書，也選録了不少新舊話本小説文本。很顯然，生活在晚明的馮夢龍，身處刻書藏書極爲繁盛的蘇州地區，本人又對通俗文學興趣濃厚，他完全有條件搜集購藏豐富的小説資料，提供給自己進行選輯、改編乃至擬寫。

《三言》的編刊約始於天啓初（天啓四年之前），應書坊之請，馮夢龍利用「家藏古今通俗小説」（緑天館主人《古今小説》敘），首先推出了《古今小説》，凡四十卷四十種，存世明天許齋刊本目録頁題爲「古今小説一刻總目」，既題「一刻」，自然還有續刻的計劃，但是否一開始就已確定編刊三刻共一百二十種，尚無材料可證此説。天許齋本卷首「緑天館主人」敘云：「抽其可以嘉惠里耳者，凡四十種，畀爲一刻」，也并未提及擬編三刻總計一百二十種的信息。借助對文字、眉批和插圖等項的勘查，研究者考定天許齋本不是《古今小説》的原刻本，據此反觀内封頁上的天許齋識語，聲稱「本齋購得古今名人演義一百二十種，先以三之一爲初刻云」，流露出已知曉三刻一百二十種的口吻，恰好表明了其後出後知的特點。《古今小説》原刻本今未發現。

天啓甲子四年（一六二四），馮夢龍續編《警世通言》，亦四十卷四十種，存世明金陵兼善堂刊本，卷首有「天啓甲子臘月豫章無礙居士題」叙，文末特别强調了《警世通言》的題名緣由，或意在交代本集爲何未沿用「古今小説二刻」書名。據研究，兼善堂本也不是《警世通言》原刻本。原刻本今未發現。

天啓丁卯七年（一六二七），馮夢龍再次編刊了《醒世恒言》，同樣是四十卷四十種，存世明金閶葉敬池刻本，學界認定其爲原刻本（非初印）。卷首有「天啓丁卯中秋隴西可一居士題於白下之棲霞山房」叙，文中有云「此《醒世恒言》四十種，所以繼《明言》、《通言》而刻也。明者，取其可以導愚也；通者，取其可以適俗也；恒則習之而不厭，傳之而可久。三刻殊名，其義一耳」，「以《明言》、《通言》、《恒言》爲六經國史之輔，不亦可乎？若夫淫譚褻語，取快一時，貽穢百世」，「吾不知視此『三言』者，得失何如也」，首次拈出「三刻」、「三言」的稱法，帶有明顯的歸結總論意味。值得注意的是，可一居士叙已提及「明言」這一書名，據此，《古今小説》重版并改題爲《喻世明言》（爲保持《三言》稱法的完整性，下文循學界慣例，統一使用《喻世明言》指稱《古今小説》）的時間，應在天啓四年（一六二四）至七年（一六二七）之間。可惜四十卷本《喻世明言》尚未發現，目前存世爲衍慶堂本《重刻增補古今小説·喻世明言》，全書僅二十四卷，其中卷一、卷五取自《醒世恒言》，則其刊印時間已在《醒世恒言》出版後，顯然不是《喻世明言》的初刻本。此外，這位「金閶葉敬池」是晚明頗具聲名的蘇州葉氏出版家族成員，崇禎間刊刻了馮夢龍的《新列國志》，又曾梓行「墨憨主人評」《石點頭》小説，與馮氏關係頗密，對《三言》的編刊過程也相當瞭解，其《新列國志》

內封頁識語云：「墨憨齋向纂《新平妖傳》及《明言》、《通言》、《恒言》諸刊，膾炙人口。今復訂補二書，本坊懇請先鐫《列國》，次當及《兩漢》。」較早以知情人身份，確認了馮夢龍對於《三言》的著作權，也爲讀者撥開了籠罩在《三言》卷首題署上的迷霧，所謂「緑天館主人」、「茂苑野史」、「無礙居士」、「可一居士」（又作「可一主人」）等，實際皆爲馮夢龍别號。

《三言》一百二十篇小説，可確認的嚴格意義上的馮夢龍獨創作品，只有《警世通言》卷十八《老門生三世報恩》一篇，即便把標準放寬些，這個數字也相當有限。《三言》絶大部分小説皆有所本，而由馮夢龍進行了程度不一的增飾改寫，這符合中國古代小説歷史悠久的輯採改寫傳統。因此，考察素材來源成爲《三言》學術研究的一大版塊。經譚正璧《三言二拍資料》、胡士瑩《話本小説概論》、孫楷第《小説旁證》等論著的持續搜考，《三言》諸篇小説的素材來源問題，基本上得到了梳理和揭示，主要包括如下三大來源：

其一是宋元明話本舊種。《三言》輯採了數量可觀的宋元明話本，這是明末讀者早已指出的事實，與馮夢龍同時代的小説家凌濛初（一五八〇——一六四四）就曾感嘆，當他受到《三言》刺激開始編創《二拍》時，居然發現「宋元舊種，亦被搜括殆盡」（凌濛初《拍案驚奇》序）。馮夢龍本人對此亦不諱言，他用題下自注或文末標注方式，交代了部分篇目的舊本信息：譬如《喻世明言》卷七《羊角哀捨命全交》題下原注：「一本作《羊角哀一死戰荆軻》。」《警世通言》卷八《崔待詔生死冤家》題下原注：「宋人小説題作《碾玉觀音》。」卷十四《一窟鬼癩道人除怪》題下原注：「宋人小説舊名《西山一窟鬼》。」卷十九《崔衙内白鷂招妖》題下原注：「古本作《定山三怪》，又云《新羅白鷂》。」卷二十《計押番金鰻産禍》題下原注：「舊本《金鰻記》。」《醒世恒言》卷三三《十五貫戲言成巧禍》題下原注：「宋本作《錯斬崔寧》。」卷三七《萬秀娘仇報山亭兒》篇末云：「話名只唤做《山亭兒》，亦名《十條龍》、《陶鐵僧》、《孝義尹宗事迹》。」

不妨重點來看一下《三言》與《六十家小説》的關係問題。目前雖無法證明馮夢龍購藏了清平山堂刊本《六十家小説》，但他確有途徑接觸到此書，明末山陰祁氏《澹生堂藏書目》卷七「記異類」著録有：「《六十家小説》，六册，六十卷。《雨窗集》十卷，《長燈集》十卷，《隨航集》十卷，《欹枕集》十卷，《解閑集》十卷，《醒夢集》十卷。」馮夢龍與祁承㸁、祁彪佳父子交往頗密，如欲借閲或轉抄這部完足的澹生堂藏本《六十家小説》，大概亦非難事。清平山堂刊本《六十家小説》今僅存二十九種，其中有十一種爲《三言》輯採改寫，包括《喻世明言》八篇，分别爲卷三《閑雲庵阮三償冤債》（《戒指兒記》，括號内爲《六十家小説》篇名，下同）、卷七《羊角哀捨命全交》（《羊角哀一死戰荆軻》，原書首缺，此據《喻世明言》題注補）、卷十二《衆名姬春風吊柳七》（《柳耆卿詩酒玩江樓記》）、卷十六《范巨卿鷄黍死生交》（《死生交范張鷄黍》）、卷二十《陳從善梅嶺失渾家》（《陳巡檢梅嶺失妻記》）、卷三十《明悟禪師赶五戒》（《五戒禪師私紅蓮記》）、卷三四《李公子救蛇獲稱心》（《李元吴江救朱蛇》）、卷三五《簡帖僧巧騙皇甫妻》（《簡帖和尚》）；《警世通言》三篇，分别爲卷六《俞仲舉題詩遇上皇》入話（《風月瑞仙亭》）、卷三三《喬彦杰一妾破家》（《錯認尸》）、卷三八《蔣淑真刎頸鴛鴦會》(《刎頸鴛鴦會》)。

事實上,《三言》據《六十家小説》改寫的篇目遠不止十一種。《三言》另有十七種小説,著録於明抄本晁氏《寶文堂書目》,却又不在《六十家小説》今存二十九種之列,研究者一般傾向於認爲《寶文堂書目》收録了嘉靖本《六十家小説》的全部篇目,因此,推測《三言》的這十七種小説有可能也是採自《六十家小説》(參[日]中里見敬《反思〈寶文堂書目〉所録的話本小説與清平山堂〈六十家小説〉之關係》,載《復旦學報》二〇〇五年第六期)。它們包括《喻世明言》八篇,分別爲卷十一《趙伯昇茶肆遇仁宗》(《趙旭遇仁宗傳》,括號内爲《寶文堂書目》著録篇名,下同)、卷十五《史弘肇龍虎君臣會》(《史弘肇傳》)、卷二四《楊思温燕山逢故人》(《燕山逢故人》或《燕山逢故人鄭意娘傳》)、卷二五《晏平仲二桃殺三士》(《齊晏子二桃殺三學士》)、卷二六《沈小官一鳥害七命》(《沈鳥兒畫眉記》)、卷三三《張古老種瓜娶文女》(《種瓜張老》)、卷三六《宋四公大鬧禁魂張》(《趙正侯興》)、卷三八《任孝子烈性爲神》(《任珪五顆頭記》);《警世通言》五篇,分別爲卷八《崔待詔生死冤家》(《玉觀音》)、卷十六《小夫人金錢贈年少》(《小金錢記》)、卷二十《計押番金鰻産禍》(《金鰻記》)、卷二九《宿香亭張浩遇鶯鶯》(《宿香亭記》)、卷三七《萬秀娘仇報山亭兒》(《山亭兒》);《醒世恒言》四篇,分別爲卷十三《勘皮靴單證二郎神》(《勘皮靴》)、卷十六《陳五漢硬留合色鞋》(《合色鞋兒》)、卷三一《鄭節使立功神臂弓》(《紅白蜘蛛記》)、卷三三《十五貫戲言成巧禍》(《錯斬崔寧》)。

若將上述兩項相加，《三言》據《六十家小説》舊本改寫的話本小説，至少有二十八種之多，當然，《六十家小説》仍有半數未被《三言》輯採，説明馮夢龍在遴選舊本時有自己的標準，他曾在《古今小説》序文中説：「然如《玩江樓》、《雙魚墜記》等類，又皆鄙俚淺薄，齒牙弗馨焉。」這部《雙魚墜記》蓋即今存熊龍峰刊本《孔淑芳雙魚扇墜傳》，馮夢龍當年應握有一定數量的熊刊本小説，《喻世明言》卷二三《張舜美元宵得麗女》即據熊刊《張生彩鸞燈傳》改寫，但他却主動放弃了「鄙俚淺薄」的《雙魚墜記》。這一取一捨之間，正凸顯了馮夢龍對於小説作品思想性和藝術性的評估與考量。

值得注意的是，《三言》所利用的包括《六十家小説》在内的話本舊本，并非都是宋元舊種，也包含了若干明人新編的作品；即便是宋元舊種，也不是原汁原味的宋元刊本，而是明人翻刻本。况且，馮夢龍將它們採入《三言》時，又進行了程度不一的增飾改寫，因此，這部分《三言》小説文本内部往往累積着宋元明三代的歷史基因，體現了俗文學堆垛衍生的特點，難以僅據若干語詞或名物制度作出簡單的斷代處理。此外，經文本比勘發現，馮夢龍對於上述話本舊本的改寫幅度并不大，基本保留着舊本的情節文字。當然也有例外，譬如《喻世明言》卷十二《衆名姬春風吊柳七》乃據《六十家小説》之《柳耆卿詩酒玩江樓記》改寫，小説新增了不少人物情節，篇幅大爲擴展，男主人公柳永的形象也發生了顛覆性改變，即從原來的才子加流氓，升格爲一位有情有義有風骨的傳統文人典型，這其中蓋亦寄寓着馮夢龍自己的情懷和理想。

其二是明人新撰章回小説。章回小説由於篇幅較爲長大，一般不適合改寫爲相對短小的話本小説，但也有例外。譬如明代萬曆以降興起的公案小説集，雖然學界將其籠統歸入章回小説，實際上它們一集包含數十至百餘篇，每篇叙述一個獨立故事，語言俚俗，篇幅不大，與話本小説存在相通之處。馮夢龍頗爲關注福建建陽書坊主余象斗編撰的公案小説集《新刻皇明諸司廉明公案》（刊行於萬曆二十六年，一五九八）、《新刻皇明諸司公案傳》（刊行於萬曆晚期），《三言》共有四篇小説輯採於此，即《喻世明言》卷二《陳御史巧勘金釵鈿》、卷十《滕大尹鬼斷家私》，《醒世恒言》卷三九《汪大尹火焚寶蓮寺》，分别改寫自《廉明公案》卷二《陳按院賣布賺臟》、卷三《滕同知斷庶子金》、卷二《汪縣令燒毁淫寺》，《警世通言》卷三五《况太守路斷死孩兒》改寫自《諸司公案》卷二《顔尹判謀陷寡婦》。此外，供職於福建建陽余氏書坊的江西籍文人鄧志謨，編撰有章回小説《新鐫晋代許旌陽得道擒蛟鐵樹記》十五回（刊行於萬曆三十一年，一六〇三），馮夢龍將其删削改造後，收爲《警世通言》卷四十《旌陽宫鐵樹鎮妖》，後又作爲道教小説的代表刊入《三教偶拈》。從數量上來看，《三言》改寫自章回小説的篇目不多，但它們不但顯示了白話小説内部的跨文體改編，也見證着遠在江南的小説家對於閩本小説的閲讀接受，具有特殊的學術意義。

其三是歷代文言筆記小説。這是《三言》最大的素材來源，其數量遠超前兩類。文言筆記小説代有編撰，數量龐大，藴涵着極爲豐富的故事資源。早在宋元時代，優秀的説話表演藝人就很注意從中汲取滋養，所謂「幼習《太平廣記》，長攻歷代史書」，「《夷堅志》無有不覽，《琇瑩集》所載皆通」云云（羅燁《醉翁談録》卷一《小説開闢》）。明代的白話小説家、戲曲家亦莫不以其爲取之不竭的題材淵藪。嘉靖以降，文言筆記小説迎來一個彙編刊印熱潮，如蘇州陸氏編刊《三十家小説》（後定名爲《虞初志》）、顧元慶編刊《顧氏文房小説》《明朝四十家小説》、松江陸楫編刊《古今説海》、杭州洪楩刊印《新編分類夷堅志》、無錫談愷刊印《太平廣記》、紹興商濬編刊《稗海》等，紛至沓來。與此同時，明代文人新編新撰的文言小説野史筆記亦層出不窮，吴中地區的子書編撰之風尤爲熾盛。晚明馮夢龍能够取資的文言筆記小説資料可謂充足，他本人對選編文言小説也興致盎然，雖然《太平廣記鈔》、《智囊》（後增纂爲《智囊補》）、《情史》的刊印時間，稍晚於《喻世明言》、《警世通言》，但這幾部著作卷帙浩大，所涉作品數量可觀，皆非短時間内可以急就，需經較長時間的搜訪、閲讀、摘抄、評點，期間就有可能對馮氏的話本小説編寫産生積極影響。從實際輯採情況來看，宋人《太平廣記》、洪邁《夷堅志》、劉斧《青瑣高議》，明瞿佑《剪燈新話》、田汝成《西湖游覽志》《西湖游覽志餘》、郎瑛《七修類稿》、趙弼《效顰集》、宋懋澄《九籥集》等文言筆記小説，都是馮夢龍較爲關注的對象。通常而言，將文言小説改寫爲話本小説，首先要完成語體的文白轉换，其次是實施小説文體改造，再次是因應篇幅擴大而對故事情節人物進行增飾串接，最後還需完成小説主題的調適，凡此種種，改寫者花費的心力頗爲巨大，有時已不啻是一種脱胎换骨的重新創作。馮夢龍正是在此面向上充分展現了其卓越的小説編創能力。

三、《三言》的思想旨趣與藝術成就

《三言》一百二十篇小説覆蓋了寬廣的題材範圍，有草莽英雄（如錢鏐、趙匡胤、史弘肇、郭威等）的發迹變泰，有歷史名流（如老子、晏子、李白、柳永、蘇東坡、蘇小妹、王安石、唐解元等）的逸聞遺事，有佛道人物（如吕洞賓、許旌陽、杜子春、李道人、月明和尚、明悟禪師等）的修度轉世，還有民間久傳的神怪傳説（如西山一窟鬼、定州三怪、白娘子永鎮雷峰塔、司馬貌鬧陰司、胡母迪游地獄等）；而更多作品則聚焦於宋明時期世俗社會的日常生活，諸如家庭婚戀、私會幽情、商賈妓女、風流僧尼、斷獄公案、俠客復仇，等等，勾勒出光怪陸離、活色生香的市井百態，記録了飲食男女對於愛情婚姻、家業財富、生理欲望乃至生命價值的追求向往，也承載着諸多晚明時代的新觀念與新思想。

《三言》第一篇爲《蔣興哥重會珍珠衫》，馮夢龍將這篇集「家庭」、「婚戀」、「私情」、「商賈」於一身的小説置頂推出，大概非出偶然，而是表明了他對此類題材内容的偏愛，也透露出《三言》思想旨趣的一個重要面向，即對於情的書寫與褒揚。早在編刊民歌《挂枝兒》、《山歌》的青年時期，馮夢龍就已開始注重「真情」，提出要以「男女真情」來對抗「名教」虚僞。壯年時又擇取「古今情事之美者」，輯評爲《情史》二十四卷，聲稱「我欲立情教，教誨諸衆生」，戲言自己死後會成佛來度化世人，佛號就叫「多情歡喜如來」（龍子猶《情史》叙）。可以説，重「情」是貫穿馮夢龍一生的思想特質，也是其文藝編創活動的獨特旨歸。《三言》演繹了形形色色的情之故事，有夫妻之情（如《喻世明言》卷二七《金玉奴棒打薄情郎》，《警世通言》卷二二《宋小官團圓破氈笠》、卷二四《玉堂春落難逢夫》，《醒世恒言》卷九《陳多壽生死夫妻》等篇），有戀人之情（如《喻世明言》卷二三《張舜美元宵得麗女》、《警世通言》卷三二《杜十娘怒沉百寶箱》、《醒世恒言》卷十四《鬧樊樓多情周勝仙》等篇），有友朋之情（如《喻世明言》卷七《羊角哀捨命全交》、卷八《吴保安棄家贖友》，《警世通言》卷一《俞伯牙摔琴謝知音》等篇），有手足之情（如《警世通言》卷五《吕大郎還金完骨肉》、《醒世恒言》卷二《三孝廉讓産立高名》等篇），有師生之情（如《警世通言》卷十八《老門生三世報恩》）等。借助鮮活的情節文字，《三言》熱情謳歌了情的真摯、無私、温暖、寬厚與綿長，以及人們對於真情的勇敢追尋和忠貞堅守，同時也深細地呈現了情與多種因素的衝突。

譬如《喻世明言》卷一《蔣興哥重會珍珠衫》中美麗的妻子王三巧，與蔣興哥「行坐不離，夢魂作伴」，夫妻極爲恩愛，後因丈夫外出經商，獨守空房的她難耐寂寞，遂爲徽商陳大郎設計誘姦，但小説關於這對「姦夫淫婦」的描寫却相當帶有温情色彩，寫他們「如膠似漆，勝如夫婦一般」，分別時「兩下恩深義重，各不相捨」，王三巧贈以珍珠衫，説「穿了此衫，就如奴家貼體一般」，陳大郎聽了「哭得出聲不得，軟做一堆」，恩愛程度較之原配夫婦有過之而無不及。這些渲染性文字，無疑緩解了「情」與「欲」之間的傳統衝突，展露出晚明特有的人性之光，那些基於真情而産生的欲望及其伴隨而來的失節行爲，是可以被寬容以待的，至少不是罪惡的。《警世通言》卷三二《杜十娘怒沉百寶箱》，太學生李甲向友人柳遇春籌借三百兩銀子，爲青樓女子杜十娘贖身，柳氏起初未允，當他得知杜十娘願意自己拿出一半銀兩，大爲感動，「此婦真有心人也，既係真情，不可相負」，兩日内就幫李甲湊足了銀兩；贖身後，李甲携杜十娘坐船前往蘇杭，途中爲鹽商孫富巧言蠱惑，竟答應以千金將杜十娘轉讓與他，杜十娘聞之傷心絶望，怒駡孫富，并在對李甲「妾不負郎君，郎君自負妾」的哀怨控訴聲中，抱着價值萬金的百寶箱投江自盡。小説的結局是孫富受驚病卒，李甲「鬱成狂疾，終身不痊」，柳遇春則得到了杜十娘陰魂送上的百寶箱，在這場「情」與「利」的抉擇中，尊重并付出真情的柳遇春獲得了最終的福報。《喻世明言》卷八《吴保安棄家贖友》叙述了一個令人動容的友情故事，吴保安與郭仲翔素未謀面，只因郭氏對他曾有薦舉之恩便引爲知己，後來郭仲翔戰敗被擄，吴保安爲籌措巨額贖金營救友人，拋下家中妻幼，外出經商，「眠裏夢裏只想着『郭仲翔』三字，連妻子都忘記了。整整的在外過了十個年頭」，其妻兒在家苦捱數年，「衣單食缺，萬難存濟」，只得離家尋夫，乞食於路。吴保安的「棄家贖友」雖在小説中受到正面褒贊，反映出了晚明社會對於「友倫」的推重（參黄衛總《晚明朋友楷模的重寫：馮夢龍〈三言〉中的友倫故事》，載《人文中國學報》二〇一二年總第十八期），但也牽扯出「知己情義」與「家庭倫理」的内在糾纏以及如何平衡的思考。《喻世明言》卷二七《金玉奴棒打薄情郎》，丈夫莫稽因嫌棄妻子金玉奴出身低微，將她推落江中，至小説結尾，莫稽在經受一番打駡之後，居然與僥倖存活的玉奴「夫婦和好，比前加倍」，對於這位犯下殺妻未遂罪行而非一般「薄情郎」的丈夫，玉奴顯然不可能真的冰釋前嫌，她最後屈從於破鏡重圓的倫理傳奇，其實質就是「理」對「情」的裹挾。

《三言》對於明代新崛起的商人階層相當關注，涉及此類題材的篇目數量頗爲可觀，《喻世明言》前四卷故事均與商人有關，亦可見馮夢龍的着意之處。《三言》正面敘寫了商賈經商的艱辛不易，所謂「人生最苦爲行商，抛妻棄子離家鄉。餐風宿水多勞役，披星戴月時奔忙」（《喻世明言》卷十八《楊八老越國奇逢》）。他們有聰明靈活的頭腦，吃苦耐勞的身體，奉行誠實守信的商業道德，《醒世恒言》卷十八《施潤澤灘闕遇友》中的盛澤人施復，是位「忠厚」的絲織小作坊主，他在途中撿到一包銀子，想到失主也許是和自己一樣的「小經紀」，這些銀兩「乃是養命之根，不争失了，就如絶了咽喉之氣」，遂守在原地等待失主回來認領，只因這一善舉，施復後來連得福報，生意不斷擴大，最終富冠一鎮。《喻世明言》卷二六《沈小官一鳥害七命》中的藥材商人賀某、朱某，富有同情心和正義感，他倆爲生意夥伴李吉的受冤屈死鳴不平，親自暗查綫索，主動告官，促使這起連環冤案獲得昭雪。《三言》還將筆觸深入到商人家庭的婚戀生活之中，《蔣興哥重會珍珠衫》叙寫了因商人常年在外導致家中妻子出軌、婚姻破裂的故事，這種情況在晚明社會應該具有一定的普遍性。而《醒世恒言》卷三《賣油郎獨占花魁》中的小商販秦重，則以他的樸實、善良、真誠，打敗「黄翰林的衙内，韓尚書的公子，齊太尉的舍人」，贏得名妓美娘的芳心，此等商賈愛情神話在現實生活中恐怕不多見，它見證了商人文學形象在明末的改變和提升。當然，《三言》對於商賈的書寫并不都是正面的，也揭露了他們貪圖錢財、重利薄情、好色貪淫的另一面。在那些叙述私情姦情的小説中，作爲流動人口的商人往往扮演着不光彩的角色，他們放縱聲色的行爲，不僅破壞了別人的婚姻，也殃及自己的家庭。《蔣興哥重會珍珠衫》中的徽商陳大郎勾引了王三巧，結果他的妻子平氏後來陰差陽錯成了蔣興哥的妻子，小説插入詩歌云：「天理昭昭不可欺，兩妻交易孰便宜？分明欠債償他利，百歲姻緣暫换時。」《警世通言》卷三三《喬彦杰一妾破家》叙商人喬彦杰在經商途中，貪戀鄰船上的美婦春香，以千金納爲小妾帶回家中，後來春香私通家僕，引發血案，最終喬氏合家死於非命。這篇小説是馮夢龍根據舊本《錯認尸》改編的，亦足爲明代商賈之戒。

需要特别指出的是，一方面，《三言》包含了數量可觀的宋元明話本舊種，還有更多輯採自歷代文言筆記小説的故事，這些舊本故事，携帶着原有的時代文化印記與道德觀念基因；另一方面，《三言》一百二十篇又是馮夢龍按照自己的標準輯選出來，并且進行了程度不一的情節文字增改，不可避免地融入了他個人及其所處晚明時代的主體色彩，這是新與舊的融匯。此外，作爲文人的馮夢龍固然有其獨立的價值觀和審美觀，但《三言》本質上是應商業性書坊邀約而編刊的通俗文學，它需要儘量貼合市民文藝和小説讀者的欣賞口味，這又是文人與市民的混合。因此，《三言》小説的篇與篇之間，甚至同一篇文本内部的情節與結局、細節文字與插入韻文之間，往往回響着不盡一致的「聲音」，其思想旨趣呈現出多元混雜捏合的鮮明特點。譬如《喻世明言》卷二八《李秀卿義結黄貞女》和《醒世恒言》卷十《劉小官雌雄兄弟》均叙述女子女扮男裝，與男子結爲兄弟，朝夕相處多年，感情甚篤，而等到性别恢復之後，兩位女主人公的態度却迥然不同。《劉小官雌雄兄弟》中劉方欣然與劉奇成爲夫婦，并且認爲「昔爲弟兄，今爲夫婦，此豈人謀，實由天合」；《李秀卿義結黄貞女》中的黄善聰，則堅稱「今日若與配合，無私有私，把七年貞節一旦付之東流，豈不惹人嘲笑」，幾次三番拒絕了李秀卿的婚約，體現了「理」對「情」的鉗制。兩篇作品情節基本同構，而表達的「情」、「理」關係主題却并不同質。《醒世恒言》卷三六《蔡瑞虹忍辱報仇》叙寫少女蔡瑞虹爲報殺父毁家之仇，屈從於水賊，受盡凌辱、誘騙和拐賣，終令仇人伏法，十年間蔡瑞虹表現出了非凡的勇氣和超强的意志力，但在大仇得報之後，她似乎頓時失去了力量，感覺自己「失節貪生，貽玷閥閲」，竟「將剪刀自刺其喉而死」，這一突如其來的悲劇結局，明顯受到傳統保守貞節觀的負面影響，與《蔣興哥重會珍珠衫》所表現出來的晚明相對寬容的貞節觀存在顯著差異。而即便是在《蔣興哥重會珍珠衫》小説中，其首尾文字及文中韻文，反復强調「可見果報不爽」，「却不是一報還一報」，「殃祥果報無虚謬，咫尺青天莫遠求」，流露出市民文藝常見的果報勸懲口吻，與更具人性化的故事情節也構成了一種觀念層面的裂隙和對峙。事實上，《三言》的書名「喻世」、「警世」、「醒世」，早已清楚地表明小説的道德教化旨歸，這提醒小説讀者需要具體、完整、辯證地理解和闡釋《三言》諸篇的思想内涵。

《三言》是晚明話本小説的代表作，它既保留着若干宋元明舊本的文字，也融入了衆多馮夢龍改寫的成分。故所謂《三言》的藝術成就，既可視作宋明時期話本小説藝術的一次集中呈現，同時也是優秀小說家馮夢龍的最新個體創造。要而言之，概括爲如下三個方面：

其一，確立了話本小説的文本體制。

《三言》之前的話本小説舊本，較爲大宗的就是嘉靖清平山堂所刊《六十家小説》，從現存二十九種來看，其體制尚未趨於穩定，篇名長短不一，語言文白俱陳，文本構造也互有出入。至馮夢龍編刊《三言》時，對此作出了前所未有的規整：篇名統一採用七言或八言單句，相鄰兩篇對仗齊整（譬如《喻世明言》卷一爲《蔣興哥重會珍珠衫》，卷二爲《陳御史巧勘金釵鈿》）。語言採用白話，尤其是將輯採自文言筆記小説的故事，逐篇敷演爲白話，殊費心力。定型了由篇首詩詞、入話（頭回）、正話、篇尾詩等構成的話本小説體制，并貫徹落實於絶大部分文本。經過此番整飭，話本小説的藝術規範和文人化程度，均有顯著提高。《三言》由此成爲話本小説的藝術典範，并在明末清初引發一個編刊熱潮。

其二，推進了白話小説的細節藝術。

中國早期小説傳統相對追求情節奇曲，而對文本細節不甚注重，這實際上不利於小説藝術感染力的生發，也影響到人物形象的細膩塑造。《六十家小説》所收宋元明話本舊種，已開始出現細節叙寫的萌芽，但總體上仍專注於情節的翻轉演進，諸如《簡帖和尚》、《西湖三塔記》、《洛陽三怪記》等小説，雖然充滿懸念的緊張感，具備了較好的情節骨架，却還缺少由細節生成的豐滿血肉。馮夢龍編刊《三言》的核心工作蓋即文本改寫，無論是對宋元明話本舊本的「略施手脚」，還是將文言小説改造爲白話話本時的「大動干戈」，文本改寫的重點之一就在於細節的增設鋪敘，《三言》於此取得了令人驚喜的成就。

《蔣興哥重會珍珠衫》乃據明宋懋澄《九籥别集》卷二《珠衫》改寫，《珠衫》中「楚人」（即蔣興哥）與「新安人」（即陳大郎）偶遇，獲知家中妻子失節，文言小説僅以「貨盡歸家」四字，冷静交代過去。馮夢龍則增入了大段對於蔣興哥心理和神情的描寫：「當下如針刺肚，推故不飲，急急起身别去。回到下處，想了又惱，惱了又想，恨不得學個縮地法兒，頃刻到家。連夜收拾，次早便上船要行。」「急急的赶到家鄉，望見了自家門首，不覺墮下泪來。想起：『當初夫妻何等恩愛，只爲我貪着蠅頭微利，撇他少年守寡，弄出這場醜來，如今悔之何及！』在路上性急，巴不得赶回。及至到了，心中又苦又恨，行一步，懶一步。」這些文字，將一位丈夫既感到痛苦悔恨，欲着急回家了斷此事，但又因心中還愛着妻子，害怕面對現實的糾結内心，刻畫得淋漓盡致；而蔣興哥在得知真相後，首先想到的不是責駡妻子，竟是反省自己，這些心理活動細節，有效地烘托出了他寬容有愛、洋溢着人性温煦的開明丈夫形象。王三巧被休回到娘家，《珠衫》寫：「婦人内慚欲死，父母不詳其事，姑慰解之。」寥寥幾句，純作叙事，不見情感波瀾。馮夢龍增改爲：三巧先是「悲悲咽咽，哭一個不住」，又想到「四年恩愛，一旦决絶，是我做的不是，負了丈夫恩情」，準備懸梁自盡，恰好被進房送酒的母親撞見，「急得他手忙脚亂，不放酒壺，便上前去拖拽。不期一脚踢番坐兀子，娘兒兩個跌做一團，酒壺都潑翻了」，母親扶起女兒勸慰道：

你好短見！二十多歲的人，一朵花還没有開足，怎做這没下梢的事？莫説你丈夫還有回心轉意的日子，便真個休了，恁般容貌，怕没人要你？少不得別選良姻，圖個下半世受用。你且放心過日子去，休得愁悶。

這番話，出自十六世紀一位底層母親之口，頗有些石破天驚，充溢着晚明社會突破傳統貞節觀念、重視個體生命價值的時代新風。類似細節文字在《蔣興哥重會珍珠衫》中還有不少，可以説，正是借助這些極具感染力的細節，馮夢龍將一則情節巧合色彩濃重的《珠衫》故事，成功改造爲一篇富有時代精神特質的話本小説，完成了文本的蜕變和升華。

《警世通言》卷二二《宋小官團圓破氈笠》乃據明王同軌文言小説集《耳譚》中的「金三妻」敷演而成：父母雙亡的宋小官乞食街頭，爲船户劉翁收留，某日下雨，劉翁女兒宜春取出舊氈笠，親手縫補後給他遮雨。後兩人結爲夫婦，生下一女，又不幸夭折，宋小官抑鬱成疾，被岳父母遺弃於江中荒島，却意外發現了强盗偷藏於此的金銀珠寶，由此成爲巨富。數年後，宋小官假扮錢員外，尋訪到劉翁船上，得知妻子宜春始終爲他守候，不肯改嫁，内心感動不已。宋小官遂向劉翁求借「破氈笠」，劉翁莫名其妙，宜春却非常敏感，疑心錢員外就是宋郎，「不然何以知吾船有破氈笠」。次日清早，宋小官「梳洗已畢，手持破氈笠於船頭上翻覆把玩」，宜春細辨面龐聲音，認出丈夫，終於闔家團圓。這本是個常見的破鏡重圓故事，但小説關於「破氈笠」的細節描寫，別出心裁，散發着舊時今日濃濃的夫妻鰈鶼之情，令人過目難忘，成爲本篇小説的一大藝術亮點。

如前文所述，《賣油郎獨占花魁》敷演了賣油郎秦重的愛情神話，標志着商人形象在晚明文學中的轉變和改善。不過，小説又以一連串細節文字，揭示出了商人婚戀現實的另一面：秦重湊足嫖資銀兩，想去會會花魁娘子，老鴇王九媽告訴他：「我家美兒，往來的都是王孫公子，富室豪家。」「他豈不認得你是做經紀的秦小官，如何肯接你？」秦重回家後，特意停下賣油生意，「到典鋪裏買了一件見成半新不舊的紬衣，穿在身上，到街坊閑走，演習斯文模樣」。青樓相會之夜，美娘感動於秦重的人品，但内心仍很糾結：「難得這好人，又忠厚，又老實，又且知情識趣，隱惡揚善，千百中難遇此一人。可惜是市井之輩，若是衣冠子弟，情願委身事之。」凡此，皆表明傳統社會對於商人群體的輕視和不良印象，仍然根深蒂固，影響着他們的日常生活。

總之，《三言》諸篇小説中存有豐富的細節文字，看似與主幹情節關係不大，却并非無用之閑筆，往往出自小説家的匠心設計，它們或者烘染了情感氣氛，或者參與了人物塑造，或者點化了文本主題，是小説藝術感染力形成生效的重要因素，也是白話小説叙事藝術成熟的文本標記之一。

其三，提升了小説的白話語言藝術。

《三言》一百二十篇小説，只有少量篇目（如《警世通言》卷十《錢舍人題詩燕子樓》、卷二九《宿香亭張浩遇鶯鶯》，《醒世恒言》卷二四《隋煬帝逸游召譴》等）由於受到底本或者素材來源限制，採用了淺近文言，絶大多數作品的語體均爲散體白話。這些白話語言，覆蓋宋元明三代，雖然根據某些語詞、語義、語言風格，可以分辨或者感覺出時代的差異，但想對文本的語言層次作出清晰的區分，殊爲不易。從《三言》與《六十家小説》共存的十一篇文本來看，馮夢龍對於舊本中的白話語言，基本予以保留。而在那些輯採自文言筆記小説的篇目中，由於涉及文白轉换，馮夢龍獲得了展現其白話語言藝術的馳騁空間。

譬如小説《珠衫》以文言寫王三巧錯看陳大郎一節：「婦人嘗當窗垂簾臨外，忽見美男子貌類其夫，乃啓簾潛眄，是人當其視，謂有好於己，目攝之，婦人發赤下簾。」《蔣興哥重會珍珠衫》將其改寫爲白話，叙陳大郎偶從蔣家窗下經過：

又恰好與蔣興哥平昔穿着相像。三巧兒遠遠瞧見，只道是他丈夫回了，揭開簾子，定睛而看。陳大郎擡頭，望見樓上一個年少的美婦人，目不轉睛的，只道心上歡喜了他，也對着樓上丢個眼色。誰知兩個都錯認了。三巧兒見不是丈夫，羞得兩頰通紅，忙忙把窗兒拽轉，跑在後樓，靠着床沿上坐地，兀自心頭突突的跳一個不住。誰知陳大郎的一片精魂，早被婦人眼光兒攝上去了。回到下處，心心念念的放他不下。

兩相對讀，不難見出白話語言明白如畫、細緻入微的藝術效果。《喻世明言》卷十《滕大尹鬼斷家私》改寫自《廉明公案》卷三《滕同知斷庶子金》，後者也是一個白話文本，但文字較爲簡略，馮夢龍的改寫主要集中在細節的鋪陳和白話的渲染。故事中巨富倪守謙晚年納妾，兒子倪善繼擔心分走家産，心生不悦，《廉明公案》對此一筆帶過，馮夢龍增入了大段倪善繼夫婦的私房話：

背後夫妻兩口兒議論道：「這老人忒没正經！一把年紀，風燈之燭，做事也須料個前後。知道五年十年在世，却去幹這樣不了不當的事。討這花枝般的女兒，自家也得精神對付他，終不然擔誤他在那裏，有名無實。還有一件，多少人家老漢身邊有了少婦，支持不過，那少婦熬不得，走了野路，出乖露醜，爲家門之玷。還有一件，那少婦跟隨老漢，分明似出外度荒年一般，等得年時成熟，他便去了。平時偷短偷長，做下私房，東三西四的寄開，又撒嬌撒痴，要漢子製辦衣飾與他。到得樹倒鳥飛時節，他便顛作嫁人，一包兒收拾去受用。這是木中之蠹，米中之蟲。人家有了這般人，最損元氣的。」又説道：「這女子嬌模嬌樣，好像個妓女，全没有良家體段，看來是個做聲分的頭兒，擒老公的太歲。在咱爹身邊，只該半妾半婢，叫聲『姨姐』，後日還有個退步。可笑咱爹不明，就叫衆人唤他做『小奶奶』，難道要咱們叫他娘不成？咱們只不作準他，莫要奉承透了，討他做大起來，明日咱們顛到受他嘔氣。」夫妻二人，唧唧噥噥，説個不了。

這段對話使用了諸多生動的俚語俗諺，帶有濃郁的草根性和煙火氣，仿佛是從閭里小巷中傳來的市井聲音，惟妙惟肖。同父異母的嫡庶子女爭奪家産，大概是傳統中國較爲普遍的社會現象，小説戲曲對此類故事多有演繹，而上述夫妻對話，不僅道出了當事人的真實心理，也因繪聲繪色的白話語言，成爲考察《三言》語言藝術的樣本之一。

此外，中國早期白話小説中的風景描寫，大多使用模式化的韻文，且與情節叙事的關聯度較低，而在《三言》中出現了若干白話寫景文字，頗可注意。《警世通言》卷二十《計押番金鰻產禍》，敘計押番與被休的前贅婿周三重逢，「其時是秋深天氣，濛濛的雨下」，看到周三衣衫襤褸，計押番動了惻隱之心，請他到家中喝杯熱酒，周三酒罷告辭時，「天色却晚，有一兩點雨下」，他想起自己身無分文，「深秋來到，這一冬如何過得」，遂起了盜竊計家的歹念。此處，「秋雨」渲染了一種陰冷愁鬱的氣氛，先後引發了計押番的憐憫之情和周三的鋌而走險。小說結尾處，身負命案逃亡在外的慶奴，迫於生計到酒樓唱曲兒，「一日，却是深冬天氣，下雪起來。慶奴立在危樓上，倚着闌干立地」，恰好被追捕而來的衙役撞見，慶奴受縛歸案，伏法問斬。此處，「冬雪」、「危樓」又營造出了一種肅殺緊張的氣氛，預示着慶奴最終的悲劇命運。這兩處關於「秋雨」、「冬雪」的白話寫景文字，雖略感簡單，却與小說情節人物深度關聯，烘染效果明顯，展現出了白話寫景頗爲寬廣的小說藝術前景。

馮夢龍豐厚的白話語言藝術資源，既來自於生活，來自於民歌，也取資於他當時所能接觸閱讀的白話文學。譬如熊龍峰刊本《張生彩鸞燈傳》小說，故事雖然平平，白話語言藝術却相當出色。寫劉素香與張舜美一見鍾情，她「禁持不住，眼也花了，心也亂了，腿也蘇了，脚也麻了，痴呆了半晌」；寫張舜美獨自回到家中，「開了房門，風兒又吹，燈兒又暗，枕兒又寒，被兒又冷，怎生睡得」。次日，他赶去兩人邂逅之地，「立了一會，轉了一會，尋了一會，靠了一會，呆了一會，只是等不見那女子來」。這種特殊的近義排比句式，將青年男女墜入愛河後興奮悸動、失魂落魄的心理神態，描摹得入木三分。馮夢龍後將《張生彩鸞燈傳》改寫爲《喻世明言》卷二三《張舜美元宵得麗女》，文字大同小异，期間他顯然關注到了上述白話句式的魅力，積極學習吸收，并屢屢用諸小説編創實踐。如《蔣興哥重會珍珠衫》寫蔣興哥歸途中獲知妻子失節，「氣得興哥面如土色，説不得，話不得，死不得，活不得」；《陳御史巧勘金釵鈿》寫阿秀得知自己被假冒的情郎騙姦，「那時一肚子情懷，好難描寫：説慌又不是慌，説羞又不是羞，説惱又不是惱，説苦又不是苦。分明似亂針刺體，痛癢難言」；《滕大尹鬼斷家私》寫老邁的倪守謙無奈忍受長子對异母幼子的欺凌，「常時想一會，悶一會，惱一會，又懊悔一會」，皆可謂得其神髓。

實際上，馮夢龍之所以特别重視白話語言藝術，是因爲在他看來，白話不僅僅是一種有别於文言的、具有文學表現力的鮮活語言系統，也是小説能够實現「諧於里耳」進而感化世人的重要媒介。

四、《三言》的文學影響與文本流播

《三言》編刊行世之後，産生了良好的讀者市場效應，重印翻刻不斷。受此情勢的刺激，浙江烏程（今湖州）小説家淩濛初應書坊之請，仿照《三言》樣式，分别於崇禎元年（一六二八）、崇禎五年（一六三二），編撰出版了《拍案驚奇》與《二刻拍案驚奇》，史稱「《二拍》」。淩氏在《拍案驚奇》序中以同好身份，高度稱揚了《三言》的開創性意義：「獨龍子猶氏所輯《喻世》等諸《言》，頗存雅道，時著良規，一破今時陋習。而宋元舊種，亦被搜括殆盡。肆中人見其行世頗捷，意余當別有秘本，圖出而衡之。」《二拍》每集各四十卷四十種，文本體制大致模擬《三言》，惟將篇名由單句改爲雙句，兩句「自相對偶」，這是「仿《水滸》、《西游》舊例」（《拍案驚奇》凡例）。《二拍》推出後反響也相當熱烈，它們庶可視爲《三言》文學影響最爲重要的體現。《三言》、《二拍》成爲中國文學史上的一個經典組合，也是古代白話短篇小説的杰出代表。

大概明末清初，蘇州「抱瓮老人」編刊《今古奇觀》，由吴郡寶翰樓首先刊行，凡四十卷四十種，選自《三言》者二十九篇，選自《二拍》者十一篇，具體包括《喻世明言》八篇、《警世通言》十篇、《醒世恒言》十一篇、《拍案驚奇》八篇、《二刻拍案驚奇》三篇，收入時諸篇文字略有改動。這是存世最早的《三言》、《二拍》選本，也是影響最爲深遠的話本小説選本。《今古奇觀》的清代翻刻本極多，它的廣泛流播擠壓了《三言》單行本的流傳，《喻世明言》、《警世通言》兩書的清刻本尤其稀少。《今古奇觀》之外，清代陸續産生了《覺世雅言》、《警世選言》、《二奇合傳》等十餘種《三言》、《二拍》選本，雖然具體選目不盡相同，但《三言》始終是重要的選輯對象。可以説，正是這些話本小説選本，合力拓展了《三言》的文學影響，并且完成了其經典篇目的遴選凝定，諸如《賣油郎獨占花魁》、《金玉奴棒打薄情郎》、《十五貫戲言成巧禍》、《杜十娘怒沉百寶箱》、《白娘子永鎮雷峰塔》、《崔待詔生死冤家》、《沈小霞相會出師表》、《喬太守亂點鴛鴦譜》、《灌園叟晚逢仙女》、《蔣興哥重會珍珠衫》等篇，皆是入選頻次較高的《三言》小説。

《三言》在中國編刊後不久就迅速傳入了東鄰日本，寬永十年（一六三三，明崇禎六年）尾張藩的購書目録《寬永御書物帳》中，赫然就有《警世通言》十二册，這部書目前仍存藏於名古屋的蓬左文庫。此後，《三言》的各種明清版本隨着中日書籍貿易，不斷船載東傳。不僅如此，江户時代，日本還推出了著名的『和刻《三言》』，即岡白駒（一六九二—一七六七）訓譯的《小説精言》（一七四三）、《小説奇言》（一七五三）和澤田一齋（一七〇一—一七八二）訓譯的《小説粹言》（一七五八），共選録了十篇源自《三言》的話本小説，其中《醒世恒言》六篇、《警世通言》三篇、《喻世明言》一篇。《三言》的重要選本《今古奇觀》，在日本的流播也相當廣泛。作爲中國短篇白話小説的代表作，《三言》對日本本土通俗文學讀本小説的創作，産生了頗爲深遠的影響。約十八世紀初期，《三言》開始西傳歐洲，法國籍耶穌會士杜赫德（一六七四—一七四三）編著的《中華帝國全志》第三卷，收録了耶穌會士殷宏緒（一六六二—一七四一）根據《今古奇觀》翻譯的三篇作品，這是迄今所知最早被譯成西文的中國古典小説，其中的兩篇《吕大郎還金完骨肉》、《莊子休鼓盆成大道》乃源自《警世通言》。十九世紀以降，《三言》的東西方外文譯本時有問世，流傳日盛。無論在東亞還是在泰西，《三言》不僅成爲海外讀者領略中國古典小説藝術的文學窗口，也是他們瞭解中國庶民社會日常生活的重要媒介。

至二十世紀二三十年代，古代小説研究成爲一門專學，與《三國志演義》、《水滸傳》、《西游記》、《金瓶梅》、《紅樓夢》等名著相比，由於文獻的匱乏，《三言》的文本整理與研究均相對滯後。

魯迅《中國小説史略》下册（一九二四年六月初版）第二十一篇《明之擬宋市人小説及後來選本》云：「三言云者，一曰《喻世明言》，二曰《警世通言》，今皆未見。」大概他當時只讀到了《醒世恒言》一種而已。較早對《三言》版本作出調查研究的，是日本學者鹽谷温、長澤規矩也以及中國學者馬廉、孫楷第、鄭振鐸、王古魯等人，經過他們的持續努力搜訪，皮藏於海内外的《三言》珍稀版本，逐漸浮出歷史地表。至一九三三年，孫楷第《中國通俗小説書目》出版，其中著録的《三言》中日藏本多達十五部，較爲重要的善本已基本在列。但《三言》的文本仍遲遲未得整理出版，因此，胡雲翼《新著中國文學史》（一九三二年初版）儘管提及了《三言》，却只能根據《今古奇觀》的選輯，旁敲側擊，略作介紹。

帶有學術性的《三言》文本整理，始於鄭振鐸主編《世界文庫》收録《警世通言》、《醒世恒言》兩種，一九三六年九月由生活書店排印出版。一九四七年十月，《三言》中最早行世的《古今小説》，經王古魯校點，由商務印書館排印出版，此本以日本内閣文庫（今屬日本國立公文書館）所藏明天許齋本爲底本，以尊經閣文庫藏本爲校本，歷經王古魯、張元濟、商務編輯多輪往返校訂，卷首附有書影，卷末附録王古魯跋語，堪爲古代小説文本學術整理的示範性實例。一九五六年，人民文學出版社推出了嚴敦易校注本《警世通言》、顧學頡校注本《醒世恒言》，一九五八年，又出版許政揚校注本《古今小説》。《三言》的文本流播，自此進入由專業學者承擔完成的校注本時代。其後，海内外先後出版的《三言》影印本、點校本、注釋本，不勝枚舉。近年較具影響的學術整理本，乃二〇一四年十月中華書局推出的「中華經典小説注釋系列」《三言》，包括陳熙中校注本《喻世明言》、吳書蔭校注本《警世通言》以及張明高校注本《醒世恒言》。

毋庸贅言，《三言》文本整理的學術質量，與《三言》版本研究的進展密切相關。自二十世紀九十年代以來，中日學者對於《三言》存世版本的調查甚爲興盛，研究漸趨深細，從注重不同版本的比勘，兼及同一版本不同藏本的比勘，以釐定同版書的印次先後，并判别存世版本或藏本的學術優劣。此外，隨着古籍數字化的展開，海内外藏書機構陸續公布了諸多秘藏的《三言》版本，高清彩色書影的方便獲取，也進一步助推了版本的精細化研究，關於《三言》版本的學術認知，較前有了頗足可喜的更新。因此，站在最新研究基礎之上，檢討現有《三言》整理本的種種不足，圍繞底本遴選、校本參訂、文字勘正諸環節，重新進行科學的學術整理，不僅是可行的，也是有必要的。

本次《三言》校點者李金泉，長期專注於古代小説文獻調查研究，對《三言》、《二拍》尤多關注，曾系統調查搜集了庋藏於東亞各地的《三言》版本，同時積極吸納中日學界的最新成果，較爲全面掌握了《三言》的各種文獻資料和學術資訊。據此，他審慎選定了本次《三言》整理的底本：《喻世明言》選用日本尊經閣文庫藏明刻本爲底本，這是現存明刻本中文字最優、最接近原本的版本；《警世通言》選用日本東京大學東洋文化研究所倉石文庫藏明金陵兼善堂系統本爲底本，這是現存明刻本中保存最完善、刻印時間也較早的版本；《醒世恒言》選用日本國立公文書館内閣文庫藏明葉敬池刻本爲底本，這是現存明刻本中刷印最早、保存最好的版本（詳參三書《整理説明》）。很顯然，上述三種底本的遴選，乃是綜合考察了刷印時間早晚、書葉保存好壞、文字正誤數量等版本細況之後，作出的學術最優解。至於參校本，除涵括存世其他明刻本之外，還列入了明嘉靖清平山堂刊《六十家小説》、明末寶翰樓刊本《今古奇觀》等與《三言》文本存在特殊關係的文獻。凡此，皆爲本次文本整理奠定了可靠的文獻基礎。而從校點實際結果來看，本次整理所確定的底本和校本，藉由校點者嚴謹細緻的校勘工作，充分發揮出了其應有的學術效應，訂補了大量之前整理本存在的錯訛缺漏文字（包括正文與眉批）。此《三言》新校本允爲目前最善之學術整理本。

整理説明

《警世通言》是明末傑出的通俗文學作家馮夢龍編撰的著名話本總集《三言》的第二部，初刊於明天啓四年（一六二四）。目前最爲人們熟知也最爲流行的是明金陵兼善堂刻本。至今已發現的屬於金陵兼善堂本系統的版本有三部，均藏日本。

一曰東京大學東洋文化研究所倉石文庫本，原係日本著名漢學家倉石武四郎藏書。原書十冊，四十卷四十篇。闕扉頁。首叙，末署「天啓甲子臘月豫章無礙居士題」。次目次，下題「可一主人評，無礙居士較」。次圖像，存三十九葉七十八幅，每卷兩幅，闕卷十七兩幅，卷一圖有「素明刊」字樣。正文半葉十行，行二十字，完整無缺。

二曰名古屋德川園蓬左文庫本，原係德川幕府德川家族藏書。原書十二冊，四十卷四十篇。扉頁框内右刻「警世通言」四個大字，左爲「識語」，其文曰「自昔博洽鴻儒，兼采稗官野史，而通俗演義一種，尤便於下里之耳目。奈射利者專取淫詞，大傷雅道，本坊耻之。茲刻出自平平閣主人手授，非警世勸俗之語不敢濫入。庶幾木鐸老人之遺意，或亦士君子所不棄也」，後題「金陵兼善堂謹識」。次叙，次圖像八十幅，正文四十卷，闕六葉。

三曰早稻田大學圖書館藏本，原書十册，四十卷四十篇。闕扉頁，其他部分亦同倉石文庫本。

上述三種兼善堂本系統的《警世通言》，倉石文庫本和蓬左文庫本文本完全一致，且正文卷數刻錯情況也完全相同，如標記爲第三十四卷的有兩卷，而第三十九卷却没有；早稻田大學本雖然與前兩種同版，但有少量修訂，如對原書部分墨釘、錯字等作了補刻和修改，卷數重複、漏刻的地方作了修正，還有個别葉子係補刻。另外，三種兼善堂本系統的版本均存在部分目録卷題和正文卷題不一致的情况，如目録第十六卷、第二十六卷、第三十五卷、第三十六卷分别作《張主管志誠脱奇禍》、《唐解元出奇玩世》、《况太守路斷死孩兒》、《趙知縣火燒皂角林》，正文中則作《小夫人金錢贈年少》、《唐解元一笑姻緣》、《况太守斷死孩兒》、《皂角林大王假形》。

此外，日本大分縣佐伯市歷史資料館佐伯文庫藏有一種明末刻本，原書十册，現存九册，闕第三册（第七卷至第十一卷），無扉頁，存叙、目次、圖像八十幅，正文存三十五卷，半葉十行，行二十字。佐伯文庫本非兼善堂本系統，兩者有如下差異：一是前者目録卷數、卷題與正文卷數、卷題完全相同，而後者有部分不同；二是部分圖像細節不同；三是部分文字不同，而不同處往往以前者爲優；四是卷四十内容不同，前者爲《葉法師符石鎮妖》，後者爲《旌陽宫鐵樹鎮妖》，但前者卷四十「葉法師」的圖像却仍用後者的「旌陽宫」圖像。除以上幾點外，兼善堂本系統還較多地使用了俗字、簡體字，而佐伯文庫本則基本上使用正字。

除了兼善堂本系統和佐伯文庫本外，還有一種明末清初刻印的三桂堂王振華刊本，此版本傳世較多，海内外各大圖書館多有收藏，有的藏本有扉頁，形制一如蓬左文庫本，唯「識語」後題「三桂堂王振華謹識」。三桂堂本存世雖多，但絶大多數都不是足本，存三十八卷或三十六卷不等，且是經過多次刷印的後印本，版面較多漫漶，眉批基本不存。目前已知存世的唯一的四十卷本藏中國臺灣「國家圖書館」，原書八册四十卷，闕扉頁，存叙、目次、圖像四十幅，正文四十卷四十篇，卷二十四爲《卓文君慧眼識相如》，而非其他版本中的《玉堂春落難逢夫》，其文本係卷六《俞仲舉題詩遇上皇》的入話部分，卷四十同佐伯文庫本，爲《葉法師符石鎮妖》。按，該本應是原刻後修本，板木已有較多磨損，眉批尚存五成不到。四十幅圖像也非每卷一幅，而是卷十一到卷二十二、卷三十三到卷四十有圖像，且圖像上的題詞及版心卷數均已鏟去，模糊了與正文的關係。將三桂堂本文字和圖像與兼善堂本系統及佐伯文庫本作比較，可以看出三桂堂本同於佐伯文庫本，可以斷定是佐伯文庫本的翻刻本，但三桂堂本刻印比較粗劣，使用了大量的俗字、簡體字，錯誤較多。

另外，孫楷第《中國通俗小説書目》著録一種衍慶堂本《警世通言》，其篇什次第與通行本不同，且混入了四卷《古今小説》的篇目。該本原藏「滿鐵」大連圖書館，二戰後被劫往前蘇聯，現藏俄羅斯國立圖書館東方文獻中心。最近該館公布了全書電子文本。此書原係大谷光瑞藏書，書凡九册，有内封，形制亦如蓬左文庫本，唯「識語」後題「藝林衍慶堂謹識」，又框外有横題「二刻增補」字樣。存叙、目次，目次下題「可一居士評，墨浪主人較」，圖像八十幅，正文四十卷缺卷二十九、卷三十、卷三十九、卷四十，且卷三十一至卷三十八皆係抄補。從目次看，除卷一至卷六、卷三十九、卷四十次第同兼善堂本系統外，其餘三十二卷次第均與兼善堂本系統不同，並且卷十九、卷二十、卷二十九、卷三十文本及圖像均出自《古今小説》中《范巨卿鷄黍死生交》、《單符郎全州佳偶》、《晏平仲二桃殺三士》、《李秀卿義結黄貞女》四卷。經比對，其文本及圖像均係天許齋刊《古今小説》板木。其餘卷次，爲衍慶堂利用兼善堂板木重印，文本上與後印的早稻田大學本比較接近。也就是説，兼善堂《警世通言》的板木後歸衍慶堂所有。此外，日本天理圖書館也藏有一種二十四卷本衍慶堂刊本《警世通言》，係前書殘存部分的重編，原書十二册，内封同上本，但無「二刻增補」字樣，全書二十四卷，每卷前有兩幅圖像。此書係「二刻增補」本殘存卷重編後刷印，其中第十九卷爲《古今小説》的《范巨卿鷄黍死生交》。

根據對現存幾種《警世通言》版本所作的比較研究，可將現存版本分爲兩個系統：倉石文庫本、蓬左文庫本、早稻田大學本以及衍慶堂本爲一個系統，以兼善堂本系統稱之；而佐伯文庫本、三桂堂本爲一個系統，以佐伯文庫本系統稱之。這兩個系統比較明顯的區别：一是部分目録卷題與正文卷題，兼善堂本系統不一致，而佐伯文庫本系統一致；二是卷四十不同，兼善堂本系統爲《旌陽宫鐵樹鎮妖》，而佐伯文庫本系統爲《葉法師符石鎮妖》；其他還有文字、圖像等的差異。儘管兼善堂本是目前保存比較完善的版本，但從文本的差錯、圖像的瑕疵、刻印的粗率等情況判斷，兼善堂本不會是《警世通言》的原刻本，謹慎地説，它或許是原刻本的翻刻本。而佐伯文庫本，它的刻印比較規範、工整，基本用正字，文本差錯比兼善堂本少，眉批也比兼善堂本多。尤其是正文卷題與兼善堂本不一致的幾卷，佐伯文庫本的卷題要合理，前後卷題對偶也工整，如卷三十五、卷三十六，佐伯文庫本作《況太守路斷死孩兒》、《趙知縣火燒皂角林》，而兼善堂本作《況太守斷死孩兒》、《皂角林大王假形》，「況太守」對「趙知縣」顯然比對「皂角林」工整。從佐伯文庫本卷四十圖文不符的情況看，它也不可能是原刻本，日本學者大塚秀高曾判斷佐伯文庫本可能是原刻本的後修本，稍近事實（大塚秀高《關於〈警世通言〉的版本——以佐伯文庫本和都立中央圖書館本爲中心》，《中國——社會與文化》第一期，一九八六年六月）。至於三桂堂本，乃佐伯文庫本的翻刻本，與原刻本無涉。

此次整理，如果從版本文字的優劣、接近原本的程度等因素考慮，當以佐伯文庫本爲底本，但問題是該本現缺失了五卷，又因保存不善，紙葉破損較多，造成很多文字模糊難辨，已不太適合作底本。現即以目前保存最完善、刻印時間也較早的日本東京大學東洋文化研究所倉石文庫本（簡稱「倉石本」）爲底本，以佐伯文庫本（簡稱「佐伯本」）、早稻田大學圖書館本（簡稱「早大本」）、三桂堂本爲校本。因爲蓬左文庫本與倉石本内容完全一致，衍慶堂本也基本同於早大本，所以在出校時，非必要一般不再提蓬左文庫本和衍慶堂本。另外，《警世通言》有十卷被選入《今古奇觀》，而法國國家圖書館藏吴郡寶翰樓刊本爲《今古奇觀》的原刻本，其文本最接近《三言》、《二拍》原本。所以在對被收入《今古奇觀》的十卷文本出校時，還適當參考了法國藏《今古奇觀》（簡稱《奇觀》）。另，《警世通言》有部分卷次改編自《清平山堂話本》，若干異文出校時參考了《清平山堂話本》。又，日本東京大學東洋文化研究所雙紅堂文庫藏有《三教偶拈》一書，收小説三篇，其第三篇爲《許真君旌陽宫斬蛟傳》（簡稱《斬蛟傳》），其文本與底本卷四十《旌陽宫鐵樹鎮妖》係同源關係；日本國立公文書館内閣文庫又藏有明萬曆三十一年（一六〇三）刊鄧志謨著《新鍥晉代許旌陽得道擒蛟鐵樹記》（簡稱《鐵樹記》）二卷十五回，《警世通言》卷四十《旌陽宫》即改編自《鐵樹記》，故《旌陽宫》某些文字錯誤、脱漏之處可據《斬蛟傳》、《鐵樹記》作校改。

本書的整理方法如下：

一、本書以倉石本爲底本，以佐伯本爲主校本（佐伯本所缺第七至十一卷，則以三桂堂本替代），以早大本、三桂堂本爲參校本。若底本文字誤，主校本不誤，則據主校本改字，同時説明底本作某字；若底本文字不誤，主校本文字有異但有資參考或有版本價值的，則保留底本文字，同時説明主校本作某字，參校本文字若與底本或主校本同則不出校，與底本及主校本均異，則酌情出校；底本與主校本文字相同且不誤，參校本異文除特别有參考價值外，一般不予出校；底本與主校本文字相同且有誤，而參校本不誤，則據參校本校改，同時説明底本及主校本作某字。對列出的各本異文，一般不下正誤斷語，謹供讀者自行辨别。

二、若底本與各校本文字相同且均誤，有資料可據校改的，如《今古奇觀》、《清平山堂話本》等，則曰據某書改。若無可據資料，則區分幾種情况：屬明顯刻誤或底本採用的冗筆、缺筆等俗字，則徑改；有前後文參考，則曰「據前後文改」；從文意可判别的，則曰「據文意改」。

三、與《喻世明言》一樣，本書底本使用了大量的俗體字、異體字、通假字，處理方法大致相同，對於比較冷僻的、極少使用的、現代字庫找不到的俗刻字，酌情改成通行正體；對於明清時期流行的一些異體字，包括部分不會引起歧義的俗體字，酌情予以保留；通假字依通例予以保留，一般不作改動。

四、對於底本目録卷數、卷名與正文不一致的情况，本次整理以目録爲準，即採用的是佐伯文庫本系統，并出校説明。

五、圖像的處理。底本在目録後有七十八幅圖像，闕卷十七兩幅圖，今以蓬左文庫本補入，共八十幅，每卷兩幅，現分插在每卷之前。

六、眉批的處理。本次整理，根據文意將眉批移録於正文中作小字夾注，并於句首加【眉批】，以與正文區别。底本與校本各有若干他本没有的眉批，本次整理全部收入，各本均有的眉批不作説明，某本獨有的眉批則出校，注明出處。有部分眉批字迹模糊無法辨識者，以「□」代替。

七、佐伯本、三桂堂本的卷四十《葉法師符石鎮妖》，作爲附録放在書末，供讀者參考，文本據佐伯本整理。三桂堂本的卷二十四《卓文君慧眼識相如》，係採自底本卷六《俞仲舉題詩遇上皇》入話部分，且文字也基本一致，故不再收作附録。

本次彙集多種版本對《警世通言》作重新整理，充分尊重原作。在會校過程中，日本學者大塚秀高提供了其所作「《警世通言》本文文字異同對照表」及「《警世通言》眉批文字異同對照表」（《日本亞洲研究》第九號，二〇一二年三月），對整理者幫助甚大，在此向大塚秀高先生致以真誠的感謝！另外，整理過程中還參考了前賢和時人的整理成果，一并致謝。限於本人的水平，校點工作肯定存在各種錯誤和疏失，謹希讀者和專家批評指正。

二〇二二年三月改定

目録

叙

野史盡真乎？曰：「不必也。」盡贋乎？曰：「不必也。」然則去其贋而存其真乎？曰：「不必也。」六經、《語》、《孟》，譚者紛如，歸于令人爲忠臣，爲孝子，爲賢牧，爲良友，爲義夫，爲節婦，爲樹德之士，爲積善之家，如是而已矣。經書著其理，史傳述其事，其揆一也。理著而世不皆切磋之彦，事述而世不皆博雅之儒。于是乎村夫稚子，里婦估兒，以甲是乙非爲喜怒，以前因後果爲勸懲，以道聽途説爲學問，而通俗演義一種，遂足以佐經書史傳之窮。而或者曰：「村醪市脯，不入賓筵，烏用是齊東娓娓者爲？」嗚呼，《大人》、《子虚》，曲終奏雅，顧其旨何如耳！人不必有其事，事不必麗其人。其真者可以補金匱石室之遺，而贋者亦必有一番激揚勸誘、悲歌感慨之意。事真而理不贋，即事贋而理亦真，不害于風化，不謬于聖賢，不戾于《詩》、《書》經史，若此者其可廢乎！

里中兒代庖而創其指，不呼痛。或怪之，曰：「吾頃從玄妙觀聽説《三國志》來，關雲長刮骨療毒，且談笑自若，我何痛爲！」夫能使里中兒頓有刮骨療毒之勇，推此説孝而孝，説忠而忠，説節義而節義，觸性性通，導情情出。視彼切磋之彦，貌而不情；博雅之儒，文而喪質，所得竟未知熟贋而熟真也。

隴西君海内畸士，與余相遇于棲霞山房，傾蓋莫逆，各叙旅况。因出其新刻數卷佐酒，且曰：「尚未成書，子盍先爲我命名？」余閲之，大抵如僧家因果説法度世之語，譬如村醪市脯，所濟者衆。遂名之曰《警世通言》，而從臾其成。時天啓甲子臘月，豫章無礙居士題。

洋丶乎志在
高山湯丶乎
志在流水
素明刊

憶昔去年春
江邊曾會君
今日重來訪
不見知音人

第一卷　俞伯牙摔琴謝知音

浪説曾分鮑叔金，誰人辨得伯牙琴？
於今交道奸如鬼，湖海空懸一片心。

古來論交情至厚，莫如管鮑。管是管夷吾，鮑是鮑叔牙。他兩個同爲商賈，得利均分。時管夷吾多取其利，叔牙不以爲貪，知其貧也。後來管夷吾被囚，叔牙脱之，薦爲齊相。這樣朋友，纔是個真正相知。這相知有幾樣名色：恩德相結者，謂之知己；腹心相照者，謂之知心；聲氣相求者，謂之知音，總來叫做相知。今日聽在下説一椿俞伯牙的故事。列位看官們，要聽者，洗耳而聽；不要聽者，各隨尊便。正是：

知音説與知音聽，不是知音不與談。

話説春秋戰國時，有一名公，姓俞名瑞，字伯牙，楚國郢都人氏，即今湖廣荆州府之地也。那俞伯牙身雖楚人，官星却落於晉國，仕至上大夫之位。因奉晉主之命，來楚國修聘。伯牙討這個差使，一來是個大才，不辱君命；二來就便省視鄉里，一舉兩得。當時從陸路至於郢都，朝見了楚王，致了晉主之命。楚王設宴款待，十分相敬。那郢都乃是桑梓之地，少不得去看一看墳墓，會一會親友。然雖如此，各事其主，君命在身，不敢遲留。公事已畢，拜辭楚王。楚王贈以黄金采段，高車駟馬。伯牙離楚一十二年，思想故國江山之勝，欲得恣情觀覽，要打從水路大寬轉而回。乃假奏楚王道：「臣不幸有犬馬之疾，不勝車馬馳驟。乞假臣舟楫，以便醫藥。」楚王准奏，命水師撥大船二隻，一正一副。正船單坐晉國來使，副船安頓僕從行李。都是蘭橈畫槳，錦帳高帆，甚是齊整。群臣直送至江頭而別。

只因覽勝探奇，不顧山遥水遠。

伯牙是個風流才子，那江山之勝，正投其懷。張一片風帆，淩千層碧浪，看不盡遥山叠翠，遠水澄清。不一日，行至漢陽江口，時當八月十五日，中秋之夜。偶然風狂浪湧，大雨如注，舟楫不能前進，泊於山崖之下。不多時，風恬浪静，雨止雲開，現出一輪明月。那雨後之月，其光倍常。伯牙在船艙中，獨坐無聊，命童子焚香爐内，「待我撫琴一操，以遣情懷。」童子焚香罷，捧琴囊置於案間。伯牙開囊取琴，調弦轉軫，彈出一曲。曲猶未終，指下「刮剌」的一聲響，琴弦斷了一根。伯牙大驚，叫童子去問船頭：「這住船所在是甚麽去處？」船頭答道：「偶因風雨，停泊於山脚之下，雖然有些草樹，并無人家。」【眉批】□□□□□□□幾個字是傳中筋節。伯牙驚訝，想道：「是荒山了。若是城郭村莊，或有聰明好學之人，盗聽吾琴，所以琴聲忽變，有弦斷之異。這荒山下，那得有聽琴之人？哦，我知道了，想是有仇家差來刺客；不然，或是賊盗伺候更深，登舟劫我財物。」叫左右：「與我上崖搜檢一番，不在柳陰深處，定在蘆葦叢中。」左右領命，唤齊衆人，正欲搭跳上崖，忽聽得岸上有人答應道：「舟中大人，不必見疑。小子并非奸盗之流，乃樵夫也。因打柴歸晚，值驟雨狂風，雨具不能遮蔽，潛身巖畔。聞君雅操，少住聽琴。」伯牙大笑道：「山中打柴之人，也敢稱『聽琴』二字！此言未知真僞，我也不計較了。左右的，叫他去罷。」那人不去，在崖上高聲説道：「大人出言謬矣！豈不聞『十室之邑，必有忠信』，『門内有君子，門外君子至』？大人若欺負山野中没有聽琴之人，這夜静更深，荒崖下也不該有撫琴之客了。」伯牙見他出言不俗，或者真是個聽琴的，亦未可知。止住左右不要囉唣，走近艙門，回嗔作喜的問道：「崖上那位君子，既是聽琴，站立多時，可知道我適纔所彈何曲？」那人道：「小子若不知，却也不來聽琴了。方纔大人所彈，乃孔仲尼嘆顔回，譜入琴聲。其詞云：

可惜顔回命蚤亡，教人思想鬢如霜。
只因陋巷簞瓢樂……
留得賢名萬古揚。」

到這一句，就斷了琴弦，不曾撫出第四句來。小子也還記得：

伯牙聞言，大喜道：「先生果非俗士，隔崖窵遠，難以問答。」命左右：「掌跳，看扶手，請那位先生登舟細講。」左右掌跳，此人上船，果然是個樵夫。頭戴箬笠，身披草衣，手持尖擔，腰插板斧，脚踏芒鞋。手下人那知言談好歹，見是樵夫，下眼相看：【眉批】凡以貴凌賤不識好歹者，皆手下人之流也。「咄，那樵夫，下艙去見我老爺叩頭。問你甚麽言語，小心答應，官尊着哩！」樵夫却是個有意思的，道：「列位不須粗魯，待我解衣相見。」除了斗笠，頭上是青布包巾；脱了簑衣，身上是藍布衫兒；搭膊拴腰，露出布裩下截。那時不慌不忙，將簑衣、斗笠、尖擔、板斧，俱安放艙門之外。【眉批】氣象何等從容，眼中已無伯牙矣。脱下芒鞋，躧去泥水，重復穿上，步入艙來，官艙内公座上燈燭輝煌。樵夫長揖而不跪，道：「大人施禮了。」俞伯牙是晉國大臣，(二)眼界中那有兩接的布衣。下來還禮，恐失了官體，既請下船，又不好叱他回去。伯牙没奈何，微微舉手道：「賢友免禮罷。」叫童子看坐的。童子取一張杌坐兒置於下席。伯牙全無客禮，把嘴向樵夫一努，道：「你且坐了。」你我之稱，怠慢可知。那樵夫亦不謙讓，儼然坐下。

伯牙見他不告而坐，微有嗔怪之意。因此不問姓名，亦不呼手下人看茶。默坐多時，怪而問之：「適纔崖上聽琴的，就是你麽？」樵夫答言：「不敢。」伯牙道：「我且問你，既來聽琴，必知琴之出處。此琴何人所造？撫他有甚好處？」正問之時，船頭來禀話，風色順了，月明如晝，可以開船。伯牙分付：「且慢些！」樵夫道：「承大人下問。小子若講話絮煩，恐擔誤順風行舟。」伯牙笑道：「惟恐你不知琴理。若講得有理，就不做官，亦非大事，何况行路之遲速乎！」

樵夫道：「既如此，小子方敢僭談。此琴乃伏羲氏所琢，見五星之精，飛墜梧桐，鳳皇來儀。鳳乃百鳥之王，非竹實不食，非梧桐不棲，非醴泉不飲。伏羲氏知梧桐乃樹中之良材，奪造化之精氣，堪爲雅樂，令人伐之。其樹高三丈三尺，按三十三天之數，截爲三段，分天、地、人三才。取上一段叩之，其聲太清，以其過輕而廢之；取下一段叩之，其聲太濁，以其過重而廢之；取中一段叩之，其聲清濁相濟，輕重相兼。送長流水中，浸七十二日，按七十二候之數，取起陰乾，選良時吉日，用高手匠人劉子奇斲成樂器。此乃瑶池之樂，故名瑶琴。長三尺六寸一分，按周天三百六十一度。

前闊八寸，按八節；後闊四寸，按四時；厚二寸，按兩儀。有金童頭、玉女腰、仙人背、龍池、鳳沼、玉軫、金徽。那徽有十二，按十二月；又有一中徽，按閏月。先是五條弦在上，外按五行，金、木、水、火、土；内按五音，宫、商、角、徵、羽。堯舜時操五弦琴，歌《南風》詩，天下大治。後因周文王被囚於羑里，吊子伯邑考，添弦一根，清幽哀怨，謂之文弦。後武王伐紂，前歌後舞，添弦一根，激烈發揚，謂之武弦。先是宫、商、角、徵、羽五弦，後加二弦，稱爲文武七弦琴。此琴有六忌，七不彈，八絶。何爲六忌？

一忌大寒，二忌大暑，三忌大風，四忌大雨，五忌迅雷，六忌大雪。

何爲七不彈？

聞喪者不彈，奏樂不彈，事冗不彈，不净身不彈，衣冠不整不彈，不焚香不彈，不遇知音者不彈。

何爲八絶？總之清奇幽雅，悲壯悠長。此琴撫到盡美盡善之處，嘯虎聞而不吼，哀猿聽而不啼。乃雅樂之好處也。」伯牙聽見他對答如流，猶恐是記問之學。又想道：「就是記問之學，也虧他了。我再試他一試。」此時已不似在先你我之稱了。【眉批】須着眼看伯牙徐徐入港處。又問道：「足下既知樂理，當時孔仲尼鼓琴於室中，顔回自外入。聞琴中有幽沉之聲，疑有貪殺之意，怪而問之。仲尼曰：『吾適鼓琴，見猫方捕鼠，欲其得之，又恐其失之。此貪殺之意，遂露於絲桐。』始知聖門音樂之理，入於微妙。假如下官撫琴，心中有所思念，足下能聞而知之否？」樵夫道：「《毛詩》云：『他人有心，予忖度之。』大人試撫弄一過，小子任心猜度。若猜不着時，大人休得見罪。」伯牙將斷弦重整，沉思半晌。其意在於高山，撫琴一弄，樵夫贊道：「美哉洋洋乎，大人之意，在高山也。」伯牙不答。又凝神一會，將琴再鼓，其意在於流水。樵夫又贊道：「美哉湯湯乎，志在流水！」只兩句，道着了伯牙的心事。伯牙大驚，推琴而起，與子期施賓主之禮。【眉批】按，《地里志》：伯牙臺在浙江嘉興府海鹽縣，臺側有聞琴橋，疑即與鍾子期鼓琴處。小説大抵非實録，不過借事以見知音之難耳。連呼：「失敬！失敬！石中有美玉之藏，若以衣貌取人，豈不誤了天下賢士！先生高名雅姓？」樵夫欠身而答：「小子姓鍾，名徽，賤字子期。」伯牙拱手道：「是鍾子期先生。」子期轉問：「大人高姓，榮任何所？」伯牙道：「下官俞瑞，仕於晉朝，因修聘上國而來。」子期道：「原來是伯牙大人。」伯牙推子期坐於客位，自己主席相陪。命童子點茶，茶罷，又命童子取酒共酌。伯牙道：「借此攀話，休嫌簡褻。」子期稱「不敢」。

童子取過瑤琴，二人入席飲酒。伯牙開言又問：「先生聲口是楚人了，但不知尊居何處？」子期道：「離此不遠，地名馬安山集賢村，便是荒居。」伯牙點頭道：「好個集賢村。」又問：「道藝何爲？」子期道：「也就是打柴爲生。」伯牙微笑道：「子期先生，下官也不該僭言，似先生這等抱負，何不求取功名，立身於廊廟，垂名於竹帛，却乃賫志林泉，混迹樵牧，與草木同朽，竊爲先生不取也。」子期道：「實不相瞞，舍間上有年邁二親，下無手足相輔。採樵度日，以盡父母之餘年。雖位爲三公之尊，不忍易我一日之養也。」伯牙道：「如此大孝，一發難得。」二人酒杯酬酢了一會。子期寵辱無驚，【眉批】四字評得當。伯牙愈加愛重。又問子期：「青春多少？」子期道：「虛度二十有七。」伯牙道：「下官年長一旬。子期若不見棄，結爲兄弟相稱，不負知音契友。」【眉批】誰肯？子期笑道：「大人差矣。大人乃上國名公，鍾徽乃窮鄉賤子，怎敢仰扳，有辱俯就。」伯牙道：「相識滿天下，知心能幾人？下官碌碌風塵，得與高賢結契，實乃生平之萬幸。若以富貴貧賤爲嫌，覷俞瑞爲何等人乎！」遂命童子重添爐火，再爇名香，就船艙中與子期頂禮八拜。伯牙年長爲兄，子期爲弟。今後兄弟相稱，生死不負。拜罷，復命取暖酒再酌。子期讓伯牙上坐，伯牙從其言，換了杯筯，子期下席。兄弟相稱，彼此談心敘話。【眉批】始而慢，繼而疑，繼而敬，繼而愛，而終於相親不捨。古人交誼，真不可及。正是：

合意客來心不厭，知音人聽話偏長。

談論正濃，不覺月淡星稀，東方發白。船上水手都起身收拾篷索，整備開船。子期起身告辭，伯牙捧一杯酒遞與子期，把子期之手，嘆道：「賢弟，我與你相見何太遲，相别何太早！」子期聞言，不覺淚珠滴於杯中。子期一飲而盡，斟酒回敬伯牙。二人各有眷戀不捨之意。伯牙道：「愚兄餘情不盡，意欲曲延賢弟同行數日，未知可否？」子期道：「小弟非不欲相從。怎奈二親年老，『父母在，不遠游』。」伯牙道：「既是二位尊人在堂，回去告過二親，到晉陽來看愚兄一看，這就是『游必有方』了。」子期道：「小弟不敢輕諾而寡信。許了賢兄，就當踐約。萬一禀命於二親，二親不允，使仁兄懸望於數千里之外，小弟之罪更大矣。」【眉批】丈夫不説虚話。〔一〕伯牙道：「賢弟真所謂至誠君子。也罷，明年還是我來看賢弟。」子期道：「仁兄明歲何時到此？小弟好伺候尊駕。」伯牙屈指道：「昨夜是中秋節，今日天明，是八月十六日了。賢弟，我來仍在仲秋中五六日奉訪。若過了中旬，遲到季秋月分，就是爽信，不爲君子。」叫童子：「分付記室將鍾賢弟所居地名及相會的日期，登寫在日記簿上。」子期道：「既如此，小弟來年仲秋中五六日，準在江邊侍立拱候，不敢有誤。天色已明，小弟告辭了。」伯牙道：「賢弟且住。」命童子取黄金二笏，不用封帖，雙手捧定，道：「賢弟，些須薄禮，權爲二位尊人甘旨之費。斯文骨肉，勿得嫌輕。」子期不敢謙讓，即時收下。再拜告別，含淚出艙，取尖擔挑了簑衣、斗笠，插板斧於腰間，掌跳搭扶手上崖。伯牙直送至船頭，各各灑淚而別。

不題子期回家之事。再説俞伯牙點鼓開船，一路江山之勝，無心觀覽，心心念念，只想着知音之人。又行了幾日，捨舟登岸。經過之地，知是晉國上大夫，不敢輕慢，安排車馬相送。直至晉陽，回復了晉主，不在話下。

光陰迅速，過了秋冬，不覺春去夏來。伯牙心懷子期，無日忘之。想着中秋節近，奏過晉主，給假還鄉。晉主依允。伯牙收拾行裝，仍打大寬轉，從水路而行。下船之後，分付水手，但是灣泊所在，就來通報地名。事有偶然，剛剛八月十五夜，水手稟復，此去馬安山不遠。伯牙依稀還認得去年泊船相會子期之處，分付水手，將船灣泊，水底抛猫，崖邊釘橛。其夜晴明，船艙内一綫月光，射進朱簾。伯牙命童子將簾捲起，步出艙門，立於船頭之上，仰觀斗柄。水底天心，萬頃茫然，照如白晝。思想去歲與知己相逢，雨止月明，今夜重來，又值良夜。他約定江邊相候，如何全無踪影，莫非爽信？又等了一會，想道：「我理會得了。江邊來往船隻頗多，我今日所駕的，不是去年之船了，吾弟急切如何認得。去歲我原爲撫琴驚動知音，今夜仍將瑶琴撫弄一曲，吾弟聞之，必來相見。」命童子取琴卓安放船頭，焚香設座。伯牙開囊，調弦轉軫，纔泛音律，商弦中有哀怨之聲。伯牙停琴不操。「呀，商弦哀聲凄切，吾弟必遭憂在家。去歲曾言父母年高。若非父喪，必是母亡。他爲人至孝，事有輕重，寧失信於我，不肯失禮於親，所以不來也。來日天明，我親上崖探望。」叫童子收拾琴卓，下艙就寢。

伯牙一夜不睡，真個巴明不明，盼曉不曉。看看月移簾影，日出山頭。伯牙起來梳洗整衣，命童子携琴相隨，又取黄金十鎰帶去。「儻吾弟居喪，可爲賻禮。」踹跳登崖，行於樵徑，約莫十數里，出一谷口。伯牙站住，童子禀道：「老爺爲何不行？」伯牙道：「山分南北，路列東西。從山谷出來，兩頭都是大路，都去得。知道那一路往集賢村去？等個識路之人，問明了他，方纔可行。」伯牙就石上少憩，童兒退立於後。不多時，左手官路上有一老叟，髯垂玉綫，髮挽銀絲，箬冠野服，左手舉藤杖，右手携竹籃，徐步而來。伯牙起身整衣，向前施禮。那老者不慌不忙，將右手竹籃輕輕放下，雙手舉藤杖還禮，道：「先生有何見教？」伯牙道：「請問兩頭路，那一條路往集賢村去的？」老者道：「那兩頭路，就是兩個集賢村。左手是上集賢村，右手是下集賢村。通衢三十里官道，先生從谷出來，正當其半。東去十五里，西去也是十五里。不知先生要往那一個集賢村？」伯牙默默無言，暗想道：「吾弟是個聰明人，怎麽説話這等糊塗！相會之日，你知道此間有兩個集賢村，或上或下，就該説個明白了。」伯牙却纔沉吟，那老者道：「先生這等吟想，一定那説路的，不曾分上下，總説了個集賢村，教先生没處抓尋了。」〔三〕伯牙道：「便是。」老者道：「兩個集賢村中，有一二十家莊户，大抵都是隱遁避世之輩。老夫在這山裏，多住了幾年，正是『土居三十載，無有不親人』。這些莊户，不是舍親，就是敝友。先生到集賢村必是訪友，只説先生所訪之友，姓甚名誰，老夫就知他住處了。」伯牙道：「學生要往鍾家莊去。」老者聞「鍾家莊」三字，一雙昏花眼内，撲簌簌掉下淚來，道：「先生别家可去，若説鍾家莊，不必去了。」伯牙驚問：「却是爲何？」老者道：〔四〕「先生到鍾家莊，要訪何人？」伯牙道：「要訪子期。」老者聞言，放聲大哭道：「子期鍾徽，乃吾兒也。去年八月十五採樵歸晚，遇晉國上大夫俞伯牙先生。講論之間，意氣相投，臨行贈黄金二笏。吾兒買書攻讀，老拙無才，不曾禁止。旦則採樵負重，暮則誦讀辛勤，心力耗廢，染成怯疾，數月之間，已亡故了。」

伯牙聞言，五内崩裂，淚如湧泉，大叫一聲，傍山崖跌倒，昏絶於地。鍾公用手攙扶，回顧小童道：「此位先生是誰？」小童低低附耳道：「就是俞伯牙老爺。」鍾公道：「元來是吾兒好友。」扶起伯牙蘇醒。伯牙坐於地下，口吐痰涎，雙手搥胸，慟哭不已。道：「賢弟呵，我昨夜泊舟，還説你爽信，豈知已爲泉下之鬼！你有才無壽了！」鍾公拭淚相勸。伯牙哭罷起來，重與鍾公施禮，不敢呼老丈，稱爲老伯，以見通家兄弟之意。伯牙道：「老伯，令郎還是停柩在家，還是出瘞郊外了？」鍾公道：「一言難盡！亡兒臨終，老夫與拙荆坐於卧榻之前。亡兒遺語囑付道：『修短由天，兒生前不能盡人子事親之道，死後乞葬於馬安山江邊。與晉大夫俞伯牙有約，欲踐前言耳。』老夫不負亡兒臨終之言，適纔先生來的小路之右，一丘新土，即吾兒鍾徽之冢。今日是百日之忌，老夫提一陌紙錢，往墳前燒化，何期與先生相遇！」伯牙道：「既如此，奉陪老伯，就墳前一拜。」命小童代太公提了竹籃。

鍾公策杖引路，伯牙隨後，小童跟定，復進谷口。果見一丘新土，在於路左。伯牙整衣下拜：「賢弟在世爲人聰明，死後爲神靈應。愚兄此一拜，誠永别矣！」拜罷，放聲又哭。驚動山前山後、山左山右黎民百姓，不問行的住的、遠的近的，聞得朝中大臣來祭鍾子期，迴繞墳前，争先觀看。【眉批】來看的主意就俗了。伯牙却不曾擺得祭禮，無以爲情，命童子把瑶琴取出囊來，放於祭石臺上，盤膝坐於墳前，揮淚兩行，撫琴一操。那些看者，聞琴韻鏗鏘，鼓掌大笑而散。伯牙問：「老伯，下官撫琴，吊令郎賢弟，悲不能已，衆人爲何而笑？」鍾公道：「鄉野之人，不知音律。聞琴聲以爲取樂之具，故此長笑。」伯牙道：「原來如此。老伯可知所奏何曲？」鍾公道：「老夫幼年也頗習。如今年邁，五官半廢，模糊不懂久矣。」伯牙道：「這就是下官隨心應手一曲短歌，以吊令郎者，口誦於老伯聽之。」鍾公道：「老夫願聞。」伯牙誦云：

憶昔去年春，江邊曾會君。
今日重來訪，不見知音人。
但見一坏土，慘然傷我心！
傷心傷心復傷心，不忍淚珠紛。
來歡去何苦，江畔起愁雲。
子期子期兮，你我千金義，歷盡天涯無足語。
此曲終兮不復彈，三尺瑤琴爲君死！

伯牙於衣裌間取出解手刀，割斷琴弦，雙手舉琴，向祭石臺上用力一摔，摔得玉軫拋殘，金徽零亂。鍾公大驚，問道：「先生爲何摔碎此琴？」伯牙道：

摔碎瑤琴鳳尾寒，子期不在對誰彈！
春風滿面皆朋友，欲覓知音難上難。

鍾公道：「原來如此，可憐！可憐！」伯牙道：「老伯高居，端的在上集賢村，還是下集賢村？」鍾公道：「荒居在上集賢村第八家就是。先生如今又問他怎的？」伯牙道：「下官傷感在心，不敢隨老伯登堂了。隨身帶得有黄金二鎰，一半代令郎甘旨之奉，一半買幾畝祭田，爲令郎春秋掃墓之費。待下官回本朝時，上表告歸林下。那時却到上集賢村，迎接老伯與老伯母，同到寒家，以盡天年。吾即子期，子期即吾也。老伯勿以下官爲外人相嫌。」説罷，命小僮【眉批】古人交情如此，真令末世富貴輕薄兒羞殺。取出黄金，親手遞與鍾公，哭拜於地。鍾公答拜，盤桓半晌而别。

這回書，題作《俞伯牙摔琴謝知音》。後人有詩贊云：

勢利交懷勢利心，斯文誰復念知音！
伯牙不作鍾期逝，千古令人説破琴。

【校記】

〔一〕「晉」，底本及諸校本均作「楚」，據文意改，《奇觀》亦作「楚」。

〔二〕本條眉批，底本僅存「説」字，據佐伯本補。

〔三〕「抓尋」，底本作「孤尋」，佐伯本同，據三桂堂本改，《奇觀》同三桂堂本。

〔四〕「老者道」，底本作「老者老」，佐伯本同，據三桂堂本改，《奇觀》同三桂堂本。

生前個、說恩情
死後人、欲搧坟

敲碎瓦盆不再鼓伊
是何人我是誰

第二卷　莊子休鼓盆成大道

富貴五更春夢，功名一片浮雲。眼前骨肉亦非真，恩愛翻成仇恨。莫把金枷套頸，休將玉鎖纏身。清心寡欲脱凡塵，快樂風光本分。

這首《西江月》詞，是個勸世之言，要人割斷迷情，逍遥自在。且如父子天性，兄弟手足，這是一本連枝，割不斷的。儒、釋、道三教雖殊，總抹不得「孝弟」二字。至於生子生孫，就是下一輩事，十分周全不得了。常言道得好：

兒孫自有兒孫福，莫與兒孫作馬牛。

若論到夫婦，雖説是紅綫纏腰，赤繩繫足，到底是剜肉粘膚，可離可合。常言又説得好：

夫妻本是同林鳥，巴到天明各自飛。

近世人情惡薄，父子兄弟到也平常，兒孫雖是疼痛，總比不得夫婦之情。他溺的是閨中之愛，聽的是枕上之言。多少人被婦人迷惑，做出不孝不弟的事來，這斷不是高明之輩。如今説這莊生鼓盆的故事，不是唆人夫妻不睦，只要人辨出賢愚，參破真假，從第一着迷處，把這念頭放淡下來。漸漸六根清净，道念滋生，自有受用。昔人看田夫插秧，詠詩四句，大有見解。詩曰：

手把青秧插野田，低頭便見水中天。
六根清净方爲稻，退步原來是向前。

話説周末時，有一高賢，姓莊，名周，字子休，宋國蒙邑人也，曾仕周爲漆園吏。師事一個大聖人，是道教之祖，姓李，名耳，字伯陽。伯陽生而白髮，人都呼爲老子。莊生常晝寢，夢爲蝴蝶，栩栩然於園林花草之間，其意甚適。醒來時，尚覺臂膊如兩翅飛動，心甚異之。以後不時有此夢。莊生一日在老子座間講《易》之暇，將此夢訴之於師。却是個大聖人，曉得三生來歷，向莊生指出夙世因由：那莊生原是混沌初分時一個白蝴蝶。【眉批】荒唐附會。天一生水，二生木，木榮花茂。那白蝴蝶採百花之精，奪日月之秀，得了氣候，長生不死，翅如車輪。後游於瑶池，〔一〕偷採蟠桃花蕊，被王母娘娘位下守花的青鸞啄死。其神不散，托生於世，做了莊周。因他根器不凡，道心堅固，師事老子，學清净無爲之教。今日被老子點破了前生，如夢初醒，自覺兩腋風生，有栩栩然蝴蝶之意。把世情榮枯得喪，看做行雲流水，一絲不挂。老子知他心下大悟，把《道德》五千字的秘訣，傾囊而授。莊生嘿嘿誦習修煉，遂能分身隱形，出神變化。【眉批】分身隱形、出神變化，都在《道德經》中，人自參不透耳。從此棄了漆園吏的前程，辭别老子，周游訪道。

他雖宗清净之教，原不絕夫婦之倫，一連娶過三遍妻房。第一妻，得疾夭亡；第二妻，有過被出。如今説的是第三妻，姓田，乃田齊族中之女。莊生游於齊國，田宗重其人品，以女妻之。那田氏比先前二妻，更有姿色。肌膚若冰雪，綽約似神仙。莊生不是好色之徒，却也十分相敬，真個如魚似水。楚威王聞莊生之賢，遣使持黄金百鎰，文錦千端，安車駟馬，聘爲上相。莊生嘆道：「犧牛身被文繡，口食芻菽，見耕牛力作辛苦，自誇其榮。及其迎入太廟，刀俎在前，欲爲耕牛而不可得也。」遂却之不受，挈妻歸宋，隱於曹州之南華山。

一日，莊生出游山下，見荒塚纍纍，嘆道：「老少俱無辨，賢愚同所歸。人歸塚中，塚中豈能復爲人乎？」嗟咨了一回。再行幾步，忽見一新墳，封土未乾。一年少婦人，渾身縞素，坐於此塚之傍，手運齊紈素扇，向塚連搧不已。【眉批】大奇。莊生怪而問之：「娘子，塚中所葬何人？爲何舉扇搧土？必有其故。」那婦人并不起身，運扇如故，口中鶯啼燕語，說出幾句不通道理的話來。正是：

聽時笑破千人口，說出加添一段羞。

那婦人道：「塚中乃妾之拙夫，不幸身亡，埋骨於此。生時與妾相愛，死不能捨。遺言教妾如要改適他人，直待葬事畢後，墳土乾了，方纔可嫁。妾思新築之土，如何得就乾，因此舉扇搧之。」莊生含笑，想道：「這婦人好性急！虧他還說生前相愛。若不相愛的，還要怎麼？」乃問道：「娘子，要這新土乾燥極易。因娘子手腕嬌軟，舉扇無力，不才願替娘子代一臂之勞。」【眉批】莊生游戲。那婦人方纔起身，深深道個萬福：「多謝官人！」雙手將素白紈扇，遞與莊生。莊生行起道法，舉手照塚頂連搧數搧，水氣都盡，其土頓乾。婦人笑容可掬，謝道：「有勞官人用力。」將纖手向鬢傍拔下一股銀釵，連那紈扇送莊生，權爲相謝。莊生却其銀釵，受其紈扇。婦人欣然而去。

莊子心下不平，回到家中，坐於草堂，看了紈扇，口中嘆出四句：

不是冤家不聚頭，冤家相聚幾時休？
早知死後無情義，索把生前恩愛勾。

田氏在背後，聞得莊生嗟嘆之語，上前相問。那莊生是個有道之士，夫妻之間亦稱爲先生。田氏道：「先生有何事感嘆？此扇從何而得？」莊生將婦人搧塚，要土乾改嫁之言述了一遍。「此扇即搧土之物。因我助力，以此相贈。」田氏聽罷，忽發忿然之色，向空中把那婦人「千不賢，萬不賢」駡了一頓。對莊生道：「如此薄情之婦，世間少有！」莊生又道出四句：

生前個個説恩深，死後人人欲搧墳。【眉批】已甚之言。

畫龍畫虎難畫骨，知人知面不知心。

田氏聞言大怒。自古道：「怨廢親，怒廢禮。」那田氏怒中之言，不顧體面，向莊生面上一啐，説道：「人類雖同，賢愚不等。你何得輕出此語，將天下婦道家看做一例？却不道歉人帶累好人。你却也不怕罪過！」莊生道：「莫要彈空説嘴。假如不幸我莊周死後，你這般如花似玉的年紀，難道捱得過三年五載？」田氏道：「『忠臣不事二君，烈女不更二夫。』那見好人家婦女吃兩家茶，睡兩家床？若不幸輪到我身上，這樣没廉耻的事，莫説三年五載，就是一世也成不得，夢兒裏也還有三分的志氣！」【眉批】會説嘴的定有可疑。莊生道：「難説！難説！」田氏口出詈語道：「有志婦人勝如男子。似你這般没仁没義的，死了一個，又討一個，出了一個，又納一個。只道别人也是一般見識。我們婦道家一鞍一馬，到是站得脚頭定的。怎麽肯把話與他人説，惹後世耻笑！你如今又不死，直恁枉殺了人！」【眉批】只這一句，挑動莊生機括。就莊生手中奪過紈扇，扯得粉碎。莊生道：「不必發怒，只願得如此争氣甚好！」自此無話。

過了幾日，莊生忽然得病，日加沉重。田氏在床頭，哭哭啼啼。莊生道：「我病勢如此，永別只在早晚。可惜前日紈扇扯碎了，留得在此，好把與你搧墳。」田氏道：「先生休要多心！妾讀書知禮，從一而終，誓無二志。先生若不見信，妾願死於先生之前，以明心迹。」莊生道：「足見娘子高志，我莊某死亦瞑目。」説罷，氣就絶了。田氏撫尸大哭。少不得央及東鄰西舍，製備衣衾棺槨殯殮。田氏穿了一身素縞，真個朝朝憂悶，夜夜悲啼，每想着莊生生前恩愛，如痴如醉，寢食俱廢。山前山後莊户，也有曉得莊生是個逃名的隱士，來吊孝的，到底不比城市熱鬧。

到了第七日，忽有一年少秀士，生得面如傅粉，唇若塗朱，俊俏無雙，風流第一。穿扮的紫衣玄冠，繡帶朱履。帶着一個老蒼頭。自稱楚國王孫，向年曾與莊子休先生有約，欲拜在門下，今日特來相訪。見莊生已死，口稱：「可惜！」慌忙脱下色衣，叫蒼頭於行囊内取出素服穿了，向靈前四拜，道：「莊先生，弟子無緣，不得面會侍教。願爲先生執百日之喪，以盡私淑之情。」説罷，又拜了四拜，灑淚而起。便請田氏相見，田氏初次推辭。王孫道：「古禮，通家朋友，妻妾都不相避，何況小子與莊先生有師弟之約。」田氏只得步出孝堂，與楚王孫相見，叙了寒温。田氏一見楚王孫人才標致，就動了憐愛之心，只恨無由厮近。楚王孫道：「先生雖死，弟子難忘思慕。欲借尊居，暫住百日。一來守先師之喪，二者先師留下有什麽著述，小子告借一觀，以領遺訓。」田氏道：「通家之誼，久住何方。」當下治飯相欵。〔二〕飯罷，田氏將莊子所著《南華真經》及老子《道德》五千言，和盤托出，獻與王孫。王孫慇勤感謝。草堂中間占了靈位，楚王孫在左邊厢安頓。田氏每日假以哭靈爲由，就左邊厢，與王孫攀話。日漸情熟，眉來眼去，情不能已。楚王孫只有五分，那田氏到有十分。所喜者深山隱僻，就做差了些事，没人傳説。所恨者新喪未久，况且女求於男，難以啓齒。

又捱了幾日，約莫有半月了。那婆娘心猿意馬，按捺不住。悄地唤老蒼頭進房，賞以美酒，將好言撫慰。從容問：「你家主人曾婚配否？」老蒼頭道：「未曾婚配。」婆娘又問道：「你家主人要揀什麽樣人物纔肯婚配？」老蒼頭帶醉道：「我家王孫曾有言，若得像娘子一般丰韻的，他就心滿意足。」婆娘道：「果有此話？莫非你説謊？」老蒼頭道：「老漢一把年紀，怎麽説謊？」婆娘道：「我央你老人家爲媒説合，若不棄嫌，奴家情願服事你主人。」老蒼頭道：「我家主人也曾與老漢説來，道一段好姻緣，只礙師弟二字，恐惹人議論。」婆娘道：「你主人與先夫原是生前空約，没有北面聽教的事，算不得師弟。又且山僻荒居，鄰舍罕有，誰人議論！你老人家是必委曲成就，教你吃杯喜酒。」老蒼頭應允。臨去時，婆娘又喚轉來囑付道：「若是説得允時，不論早晚，便來房中回復奴家一聲，奴家在此專等。」

老蒼頭去後，婆娘懸懸而望。孝堂邊張了數十遍，恨不能一條細繩縛了那俏後生俊脚，扯將入來，摟做一處。【眉批】描寫此婦一腔欲火，可謂化工。將及黄昏，那婆娘等得個不耐煩，黑暗裏走入孝堂，聽左邊廂聲息。忽然靈座上作響，婆娘唬了一跳，只道亡靈出現。急急走轉内室，取燈火來照，原來是老蒼頭吃醉了，直挺挺的卧於靈座卓上。婆娘又不敢嗔責他，又不敢聲喚他，只得回房，捱更捱點，又過了一夜。

次日，見老蒼頭行來步去，并不來回復那話兒。婆娘心下發癢，再喚他進房，問其前事。老蒼頭道：「不成！不成！」婆娘道：「爲何不成？莫非不曾將昨夜這些話剖豁明白？」老蒼頭道：「老漢都説了，我家王孫也説得有理。他道：『娘子容貌，自不必言。未拜師徒，亦可不論。但有三件事未妥，不好回復得娘子。』」婆娘道：「那三件事？」老蒼頭道：「我家王孫道：『堂中見擺着個凶器，我却與娘子行吉禮，心中何忍，且不雅相。二來莊先生與娘子是恩愛夫妻，況且他是個有道德的名賢，我的才學萬分不及，恐被娘子輕薄。三來我家行李尚在後邊未到，空手來此，聘禮筵席之費，一無所措。爲此三件，所以不成。』」婆娘道：「這三件都不必慮。凶器不是生根的，屋後還有一間破空房，喚幾個莊客擡他出去就是，這是一件了。第二件，我先夫那裏就是個有道德的名賢？當初不能正家，致有出妻之事，人稱其薄德。楚威王慕其虛名，以厚禮聘他爲相，他自知才力不勝，逃走在此。【眉批】欲加之罪，何患無詞。嗚呼！豪傑之敗於讒口者，皆此類也。可憐！可憐！前月獨行山下，遇一寡婦，將扇搧墳，待墳土乾燥，方纔嫁人。拙夫就與他調戲，奪他紈扇，替他搧土，將那把紈扇帶回，是我扯碎了。臨死時幾日，還爲他淘了一場氣，又什麽恩愛！你家主人青年好學，進不可量。況他乃是王孫之貴，奴家亦是田宗之女，門地相當。今日到此，姻緣天合。第三件，聘禮筵席之費，奴家做主，誰人要得聘禮？筵席也是小事。奴家更積得私房白金二十兩，贈與你主人，做一套新衣服。你再去道達，若成就時，今夜是合婚吉日，便要成親。」老蒼頭收了二十兩銀子，回復楚王孫。楚王孫只得順從。老蒼頭回復了婆娘。那婆娘當時歡天喜地，把孝服除下，重勾粉面，再點朱唇，穿了一套新鮮色衣。叫蒼頭顧喚近山莊客，扛擡莊生尸柩，停於後面破屋之内。打掃草堂，準備做合婚筵席。有詩爲證：

俊俏孤孀别樣嬌，王孫有意更相挑。
一鞍一馬誰人語？今夜思將快婿招。

是夜，那婆娘收拾香房，草堂内擺得燈燭輝煌。楚王孫簪纓袍服，田氏錦襖繡裙，雙雙立於花燭之下。一對男女，如玉琢金裝，美不可說。交拜已畢，千恩萬愛的，携手入於洞房。吃了合巹杯，正欲上床解衣就寢。忽然楚王孫眉頭雙縐，寸步難移，登時倒於地下，雙手磨胸，只叫心疼難忍。田氏心愛王孫，顧不得新婚廉耻，近前抱住，替他撫摩，問其所以。王孫痛極不語，口吐涎沫，奄奄欲絶。老蒼頭慌做一堆，田氏道：「王孫平日曾有此症候否？」老蒼頭代言：「此症平日常有。或一二年發一次，無藥可治。只有一物，用之立效。」田氏急問：「所用何物？」老蒼頭道：「太醫傳一奇方，必得生人腦髓熱酒吞之，其痛立止。【眉批】大頑皮。平日此病舉發，老殿下奏過楚王，撥一名死囚來，縛而殺之，取其腦髓。今山中如何可得？其命合休矣！」田氏道：「生人腦髓，必不可致。第不知死人的可用得麽？」【眉批】來了。老蒼頭道：「太醫説，凡死未滿四十九日者，其腦尚未乾枯，亦可取用。」田氏道：「吾夫死方二十餘日，何不斲棺而取之？」老蒼頭道：「只怕娘子不肯。」田氏道：「我與王孫成其夫婦，婦人以身事夫，自身尚且不惜，何有於將朽之骨乎？」即命老蒼頭伏侍王孫，自己尋了砍柴板斧，右手提斧，左手携燈，往後邊破屋中，將燈檠放於棺蓋之上，覻定棺頭，雙手舉斧，用力劈去。婦人家氣力單微，如何劈得棺開？有個緣故，那莊周是達生之人，不肯厚斂。桐棺三寸，一斧就劈去了一塊木頭。再一斧去，棺蓋便裂開了。只見莊生從棺內嘆口氣，推開棺蓋，挺身坐起。田氏雖然心狠，終是女流，唬得腿軟筋麻，心頭亂跳，斧頭不覺墜地。莊生叫：「娘子扶起我來。」那婆娘不得已，只得扶莊生出棺。莊生携燈，婆娘隨後同進房來。婆娘心知房中有楚王孫主僕二人，捏兩把汗，行一步，反退兩步。比及到房中看時，鋪設依然燦爛，那主僕二人，闃然不見。婆娘心下雖然暗暗驚疑，却也放下了膽，巧言抵飾，向莊生道：「奴家自你死後，日夕思念。方纔聽得棺中有聲響，想古人中多有還魂之事，望你復活，所以用斧開棺，謝天謝地，果然重生！實乃奴家之萬幸也！」莊生道：「多謝娘子厚意。只是一件，娘子守孝未久，爲何錦襖繡裙？」婆娘又解釋道：「開棺見喜，不敢將凶服衝動，權用錦繡，以取吉兆。」莊生道：「罷了！還有一節，棺木何不放在正寢，却撇在破屋之内，難道也是吉兆？」婆娘無言可答。

莊生又見杯盤羅列，也不問其故，教暖酒來飲。莊生放開大量，滿飲數觥。那婆娘不達時務，指望煨熱老公，重做夫妻。緊挨着酒壺，撒嬌撒痴，甜言美語，要哄莊生上床同寢。莊生飲得酒大醉，〔三〕索紙筆寫出四句：

從前了却冤家債，你愛之時我不愛。

若重與你做夫妻，怕你巨斧劈開天靈蓋。

那婆娘看了這四句詩，羞慚滿面，頓口無言。莊生又寫出四句：

夫妻百夜有何恩？見了新人忘舊人。
甫得蓋棺遭斧劈，如何等待搧乾墳！

莊生又道：「我則教你看兩個人。」莊生用手將外面一指，婆娘回頭而看，只見楚王孫和老蒼頭踱將進來，婆娘吃了一驚。轉身不見了莊生，再回頭時，連楚王孫主僕都不見了。那裏有什麽楚王孫、老蒼頭，此皆莊生分身隱形之法也。那婆娘精神恍惚，自覺無顏。解腰間繡帶，〔四〕懸梁自縊。嗚呼哀哉！這到是真死了。莊生見田氏已死，解將下來。就將劈破棺木盛放了他。把瓦盆爲樂器，鼓之成韻，倚棺而作歌。歌曰：

大塊無心兮，生我與伊。我非伊夫兮，伊非我妻。偶然邂逅兮，一室同居。大限既終兮，有合有離。人之無良兮，生死情移。真情既見兮，不死何爲！伊生兮揀擇去取，伊死兮還返空虛。伊吊我兮，贈我以巨斧；我吊伊兮，慰伊以歌詞。斧聲起兮我復活，歌聲發兮伊可知！噫嘻，〔五〕敲碎瓦盆不再鼓，伊是何人我是誰！

莊生歌罷，又吟詩四句：

你死我必埋，我死你必嫁。
我若真個死，一場大笑話！

莊生大笑一聲，將瓦盆打碎。取火從草堂放起，屋宇俱焚，連棺木化爲灰燼。只有《道德經》、《南華經》不毀，山中有人檢取，傳流至今。莊生遨游四方，終身不娶。或云遇老子於函谷關，相隨而去，已得大道成仙矣。詩云：

殺妻吴起太無知，荀令傷神亦可嗤。
請看莊生鼓盆事，逍遥無礙是吾師。

【校記】

〔一〕「瑶池」，底本及諸校本均作「淫池」，據《奇觀》改。

〔二〕「相欵」，底本及諸校本均作「相疑」，據《奇觀》改。

〔三〕「飲得酒大醉」，底本及諸校本均作「飲得酒得大醉」，後一「得」字疑衍，删。

〔四〕「腰間」，底本及諸校本均作「腰開」，據《奇觀》改。

〔五〕「噫嘻」，底本作「噫譆」，據佐伯本改，《奇觀》同佐伯本。

西風昨夜過
園林吹落黄
花遍地金

王安石三難蘇學士

第三卷　王安石三難蘇學士

海鰲曾欺井内蛙，大鵬張翅繞天涯。
强中更有强中手，莫向人前滿自誇。

這四句詩，奉勸世人虛己下人，勿得自滿。古人説得好，道是：「滿招損，謙受益。」俗諺又有四不可盡的話。那四不可盡？

勢不可使盡，福不可享盡，
便宜不可占盡，聰明不可用盡。

你看如今有勢力的，不做好事，往往任性使氣，損人害人，如毒蛇猛獸，人不敢近。他見别人懼怕，没奈他何，〔一〕意氣揚揚，自以爲得計。却不知八月潮頭，也有平下來的時節。危灘急浪中，趁着這刻兒順風，扯了滿篷，望前只顧使去，好不暢快。不思去時容易，轉時甚難。當時夏桀、商紂，貴爲天子，不免竄身於南巢，懸頭於太白。那桀、紂有何罪過？也無非倚貴欺賤，恃强凌弱，總來不過是使勢而已。假如桀、紂是個平民百姓，還造得許多惡業否？【眉批】説得透徹。〔二〕所以説「勢不可使盡」。

怎麽説福不可享盡？常言道：「惜衣有衣，惜食有食。」又道：「人無壽夭，禄盡則亡。」晉時石崇太尉與皇親王愷鬥富，以酒沃釜，以蠟代薪。錦步障大至五十里，坑厠間皆用綾羅供帳，香氣襲人。跟隨家僮，都穿火浣布衫，一衫價值千金。買一妾，費珍珠十斛。後來死於趙王倫之手，身首異處。此乃享福太過之報。

怎麽説便宜不可占盡？假如做買賣的錯了分文入己，滿臉堆笑。却不想小經紀若折了分文，一家不得吃飽飯，我貪此些須小便宜，亦有何益？昔人有占便宜詩云：

我被蓋你被，你氈蓋我氈。你若有錢我共使，我若無錢用你錢。上山時你扶我脚，下山時我靠你肩。我有子時做你婿，你有女時伴我眠。你依此誓時，我死在你後；我違此誓時，你死在我前。

若依得這詩時，人人都要如此，誰是呆子，肯束手相讓？就是一時得利，暗中損福折壽，自己不知。所以佛家勸化世人，吃一分虧，受無量福。有詩爲證：

得便宜處欣欣樂，不遂心時悶悶憂。
不討便宜不折本，也無歡樂也無愁。

説話的，這三句都是了。則那聰明二字，求之不得，如何説聰明不可用盡？見不盡者，天下之事。讀不盡者，天下之書。參不盡者，天下之理。寧可懵懂而聰明，不可聰明而懵懂。【眉批】名言。〔三〕如今且説一個人，古來第一聰明的，他聰明了一世，懵懂在一時，留下花錦般一段話文，傳與後生小子恃才誇己的看樣。那第一聰明的是誰？

吟詩作賦般般會，打諢猜謎件件精。
不是仲尼重出世，定知顏子再投生。

話説宋神宗皇帝在位時，有一名儒，姓蘇名軾，字子瞻，别號東坡，乃四川眉州眉山人氏。一舉成名，官拜翰林學士。此人天資高妙，過目成誦，出口成章。有李太白之風流，勝曹子建之敏捷。在宰相荆公王安石先生門下，荆公甚重其才。東坡自恃聰明，頗多譏誚。荆公因作《字説》，一字解作一義。偶論東坡的坡字，從土從皮，謂坡乃土之皮。東坡笑道：「如相公所言，滑字乃水之骨也。」一日，荆公又論及鯢字，從魚從兒，合是魚子；四馬曰駟，天虫爲蚕，古人製字，定非無義。東坡拱手進言：「鳩字九鳥，可知有故？」荆公認以爲真，欣然請教。東坡笑道：「《毛詩》云：『鳴鳩在桑，其子七兮。』連娘帶爺，共是九個。」荆公默然，惡其輕薄，【眉批】果然輕薄。左遷爲湖州刺史。正是：

是非只爲多開口，煩惱皆因巧弄唇。

東坡在湖州做官，三年任滿朝京，作寓於大相國寺内。想當時因得罪於荆公，自取其咎。常言道：「未去朝天子，先來謁相公。」分付左右備脚色手本，騎馬投王丞相府來。離府一箭之地，東坡下馬步行而前。見府門首許多聽事官吏，紛紛站立。東坡舉手問道：「列位，老太師在堂上否？」守門官上前答道：「老爺晝寢未醒，且請門房中少坐。」從人取交床在門房中，東坡坐下，將門半掩。不多時，相府中有一少年人，年方弱冠，戴纏騣大帽，穿青絹直纙，攞手洋洋，出府下階。衆官吏皆躬身揖讓，此人從東向西而去。東坡命從人去問，相府中適纔出來者何人？從人打聽明白回覆，是丞相老爺府中掌書房的，姓徐。東坡記得荆公書房中寵用的有個徐倫，三年前還未冠，今雖冠了，面貌依然，叫從人：「既是徐掌家，與我赶上一步，快請他轉來。」從人飛奔去了，赶上徐倫，不敢於背後呼喚，從傍邊搶上前去，垂手侍立於街傍，道：「小的是湖州府蘇爺的長班。蘇爺在門房中，請徐老爹相見，有句話説。」徐倫問：「可是長鬍子的蘇爺？」從人道：「正是。」東坡是個風流才子，見人一團和氣，平昔與徐倫相愛，時常寫扇送他。徐倫聽説是蘇學士，微微而笑，轉身便回。從人先到門房，回復徐掌家到了。徐倫進門房來見蘇爺，意思要跪下去，東坡用手攙住。這徐倫立身相府，掌内書房，外府州縣首領官員到京參謁丞相，知會徐倫，俱有禮物，單帖通名，今日見蘇爺怎麼就要下跪？因蘇爺久在丞相門下往來，徐倫自小書房答應，職任烹茶，就如舊主人一般，一時大不起來。【眉批】分疏明白。蘇爺却全他的體面，用手攙住道：「徐掌家，不要行此禮。」徐倫道：「這門房中不是蘇爺坐處，且請進府到東書房待茶。」

這東書房，便是王丞相的外書房了。凡門生知友往來，都到此處。徐倫引蘇爺到東書房，看了坐，命童兒烹好茶伺候。「稟蘇爺，小的奉老爺遣差往太醫院取藥，不得在此伏侍，怎麼好？」東坡道：「且請治事。」徐倫去後，東坡見四壁書橱關閉有鎖，文几上只有筆硯，更無餘物。東坡開硯匣，看了硯池，是一方緑色端硯，甚有神采。硯上餘墨未乾。方欲掩蓋，忽見硯匣下露出些紙角兒。東坡扶起硯匣，乃是一方素箋，疊做兩摺。取而觀之，原來是兩句未完的詩稿，認得荆公筆迹，題是《咏菊》。東坡笑道：「士别三日，换眼相待。昔年我曾在京爲官時，此老下筆數千言，不由思索。三年後，也就不同了。正是江淹才盡，兩句詩不曾終韻。」念了一遍，「呀，原來連這兩句詩都是亂道。」這兩句詩怎麼樣寫？

西風昨夜過園林，吹落黄花滿地金。

東坡爲何説這兩句詩是亂道？一年四季，風各有名：春天爲和風，夏天爲薰風，秋天爲金風，冬天爲朔風。和、薰、金、朔四樣風配着四時。這詩首句説西風，西方屬金，金風乃秋令也。那金風一起，梧葉飄黄，群芳零落。第二句説「吹落黄花滿地金」，黄花即菊花。此花開於深秋，其性屬火，敢與秋霜鏖戰，最能耐久，隨你老來焦乾枯爛，并不落瓣。説個「吹落黄花滿地金」，豈不是錯誤了？興之所發，不能自已，舉筆舐墨，依韻續詩二句：

秋花不比春花落，説與詩人仔細吟。【眉批】按，此詩乃歐陽公所作以譏荆公者，小説家不過借以成書，原非坡仙實事也。

寫便寫了，東坡愧心復萌：「倘此老出書房相待，見了此詩，當面搶白，不像晚輩體面。欲待袖去以滅其迹，又恐荆公尋詩不見，帶累徐倫。」思算不妥，只得仍將詩稿摺叠，壓於硯匣之下，蓋上硯匣，步出書房。到大門首，取脚色手本，付與守門官吏，囑付道：「老太師出堂，通稟一聲，説蘇某在此伺候多時。因初到京中，文表不曾收拾，明日早朝齎過表章，再來謁見。」説罷，騎馬回下處去了。

不多時，荆公出堂。守門官吏雖蒙蘇爺囑付，没有紙包相送，那個與他禀話，只將脚色手本和門簿繳納。荆公也只當常規，未及觀看，心下記着菊花詩二句未完韻。恰好徐倫從太醫院取藥回來，荆公唤徐倫送置東書房，荆公也隨後入來。坐定，揭起硯匣，取出詩稿一看，問徐倫道：「適纔何人到此？」徐倫跪下，禀道：「湖州府蘇爺伺候老爺曾到。」荆公看其字迹，也認得是蘇學士之筆。口中不語，心下躊躇：「蘇軾這個小畜生，雖遭挫折，輕薄之性不改！不道自己學疏才淺，敢來譏訕老夫！明日早朝，奏過官裏，將他削職爲民。」又想道：「且住，他也不曉得黄州菊花落瓣，也怪他不得！」叫徐倫取湖廣缺官册籍來看。單看黄州府，餘官俱在，只缺少個團練副使，荆公暗記在心。命徐倫將詩稿貼於書房柱上。

明日早朝，密奏天子，言蘇軾才力不及，左遷黄州團練副使。天下官員到京上表章，升降勾除，各自安命。惟有東坡心中不服，心下明知荆公爲改詩觸犯，公報私仇，没奈何，也只得謝恩。朝房中纔卸朝服，長班禀道：「丞相爺出朝。」東坡露堂一恭。荆公肩輿中舉手道：「午後老夫有一飯。」東坡領命。回下處修書，打發湖州跟官人役，兼本衙管家，往舊任接取家眷黄州相會。

午牌過後，東坡素服角帶，寫下新任黄州團練副使脚色手本，乘馬來見丞相領飯。門吏通報，荆公分付請進到大堂拜見。荆公待以師生之禮，手下點茶，荆公開言道：「子瞻左遷黄州，乃聖上主意，老夫愛莫能助。子瞻莫錯怪老夫否？」【眉批】戴紗帽的，慣説謊話。東坡道：「晚學生自知才力不及，豈敢怨老太師！」荆公笑道：「子瞻大才，豈有不及！只是到黄州爲官，閒暇無事，還要讀書博學。」【眉批】氣殺人。東坡目窮萬卷，才壓千人，今日勸他讀書博學，還讀什麼樣書！口中稱謝道：「承老太師指教。」心下愈加不服。荆公爲人至儉，肴不過四器，酒不過三杯，飯不過一箸。東坡告辭，荆公送下滴水檐前，携東坡手道：「老夫幼年燈窗十載，染成一症，老年舉發，太醫院看是痰火之症。雖然服藥，難以除根。必得陽羨茶，方可治。有荆溪進貢陽羨茶，聖上就賜與老夫。老夫問太醫院官如何烹服，太醫院官説須用瞿塘中峽水。瞿塘在蜀，老夫幾欲差人往取，未得其便，兼恐所差之人未必用心。子瞻桑梓之邦，倘尊眷往來之便，將瞿塘中峽水，携一甕寄與老夫，則老夫衰老之年，皆子瞻所延也。」東坡領命，回相國寺。

次日辭朝出京，星夜奔黄州道上。黄州合府官員知東坡天下有名才子，又是翰林謫官，出郭遠迎。選良時吉日，〔四〕公堂上任。過月之後，家眷方到。東坡在黄州與蜀客陳季常爲友，不過登山玩水，飲酒賦詩，軍務民情，秋毫無涉。

光陰迅速，將及一載。時當重九之後，連日大風。一日風息，東坡兀坐書齋，忽想：「定惠院長老曾送我黄菊數種，栽於後園，今日何不去賞玩一番？」足猶未動，恰好陳季常相訪。東坡大喜，便拉陳慥同往後園看菊。到得菊花棚下，只見滿地鋪金，枝上全無一朵。諕得東坡目瞪口呆，半晌無語。陳慥問道：「子瞻見菊花落瓣，緣何如此驚詫？」東坡道：「季常有所不知。平常見此花只是焦乾枯爛，并不落瓣。去歲在王荆公府中，見他《咏菊》詩二句，道：『西風昨夜過園林，吹落黄花滿地金。』小弟只道此老錯誤了，續詩二句道：『秋花不比春花落，説與詩人仔細吟。』却不知黄州菊花果然落瓣！此老左遷小弟到黄州，原來使我看菊花也。」陳慥笑道：「古人説得好：

廣知世事休開口，縱會人前只點頭。
假若連頭俱不點，一生無惱亦無愁。」

東坡道：「小弟初然被謫，只道荆公恨我摘其短處，公報私仇。誰知他到不錯，我到錯了。真知灼見者，尚且有誤，何况其他！吾輩切記，不可輕易説人笑人，正所謂經一失長一智耳。」東坡命家人取酒，與陳季常就落花之下，席地而坐。正飲酒間，門上報道：「本府馬太爺拜訪，將到。」東坡分付：「辭了他罷。」是日，兩人對酌閒談，至晚而散。

次日，東坡寫了名帖，答拜馬太守，馬公出堂迎接。彼時没有迎賓館，就在後堂分賓而坐。茶罷，東坡因叙出去年相府錯題了菊花詩，得罪荆公之事。馬太守微笑道：「學生初到此間，也不知黄州菊花落瓣。親見一次，此時方信。可見老太師學問淵博，有包羅天地之抱負。學士大人一時忽略，陷於不知，何不到京中太師門下賠罪一番，必然回嗔作喜。」東坡道：「學生也要去，恨無其由。」太守道：「將來有一事方便，只是不敢輕勞。」東坡問何事。太守道：「常規，冬至節必有賀表到京，例差地方官一員。學士大人若不嫌瑣屑，假進表爲由，到京也好。」東坡道：「承堂尊大人用情，學生願往。」太守道：「這道表章，只得借重學士大筆。」東坡應允。

别了馬太守回衙，想起荆公囑付要取瞿塘中峽水的話來。初時心中不服，連這取水一節，置之度外。如今却要替他出力做這件事，以贖妄言之罪。【眉批】有意思人定有回心，决不任性到底。〔五〕但此事不可輕托他人。現今夫人有恙，思想家鄉，既承賢守公美意，不若告假親送家眷還鄉，取得瞿塘中峽水，庶爲兩便。黄州至眉州，一水之地，路正從瞿塘三峽過。那三峽？

西陵峽、巫峽、歸峽。

西陵峽爲上峽，巫峽爲中峽，歸峽爲下峽。那西陵峽又唤做瞿塘峽，在夔州府城之東。兩崖對峙，中貫一江，灩澦堆當其口，乃三峽之門。所以總喚做瞿塘三峽。此三峽共長七百餘里，兩岸連山無闕，重巒叠嶂，隱天蔽日。風無南北，惟有上下。自黄州到眉州，總有四千餘里之程，夔州適當其半。東坡心下計較：「若送家眷直到眉州，往回將及萬里，把賀冬表又擔誤了。我如今有個道理，叫做公私兩盡。從陸路送家眷至夔州，却令家眷自回。我在夔州换船下峽，取了中峽之水，轉回黄州，方往東京。可不是公私兩盡？」算計已定，對夫人説知，收拾行李，辭别了馬太守，衙門上懸一個告假的牌面。擇了吉日，準備車馬，唤集人夫，合家起程。一路無事，自不必説。

纔過夷陵州，早是高唐縣。
驛卒報好音，夔州在前面。

東坡到了夔州，與夫人分手。囑付得力管家，一路小心伏侍夫人回去。東坡討個江船，自夔州開發，順流而下。原來這灩澦堆，是江口一塊孤石，亭亭獨立，夏即浸没，冬即露出。因水滿石没之時，舟人取途不定，故又名猶豫堆。俗諺云：

猶豫大如象，瞿塘不可上。
猶豫大如馬，瞿塘不可下。

東坡在重陽後起身，此時尚在秋後冬前。又其年是閏八月，遲了一個月的節氣，所以水勢還大。上水時，舟行甚遲，下水時却甚快。東坡來時正怕遲慢，所以捨舟從陸。回時乘着水勢，一瀉千里，好不順溜。東坡看見那峭壁千尋，沸波一綫，想要做一篇《三峽賦》，結構不就。因連日鞍馬困倦，憑几構思，不覺睡去，不曾分付得水手打水。【眉批】文章誤事。及至醒來問時，已是下峽，過了中峽了。東坡分付：「我要取中峽之水，快與我撥轉船頭。」水手禀道：「老爺，三峽相連，水如瀑布，船如箭發。若回船便是逆水，日行數里，用力甚難。」東坡沉吟半晌，問：「此地可以泊船，有居民否？」水手禀道：「上二峽懸崖峭壁，船不能停。到歸峽，山水之勢漸平，崖上不多路，就有市井街道。」東坡叫泊了船，分付蒼頭：「你上崖去看有年長知事的居民，喚一個上來，不要聲張驚動了他。」蒼頭領命，登崖不多時，帶一個老人上船，口稱居民叩頭。東坡以美言撫慰：「我是過往客官，與你居民没有統屬，要問你一句話。那瞿塘三峽，那一峽的水好？」老者道：「三峽相連，并無阻隔。上峽流於中峽，中峽流於下峽，晝夜不斷。一般樣水，難分好歹。」東坡暗想道：「荆公膠柱鼓瑟。三峽相連，一般樣水，何必定要中峽？」叫手下給官價與百姓買個乾净磁甕，自己立於船頭，看水手將下峽水滿滿的汲了一甕，用桑皮紙封固，親手僉押。

即刻開船，直至黄州，拜了馬太守。夜間草成賀冬表，送去府中。馬太守讀了表文，深贊蘇君大才。齎表官就僉了蘇軾名諱，擇了吉日，與東坡餞行。東坡齎了表文，帶了一甕蜀水，星夜來到東京，仍投大相國寺内。天色還早，命手下擡了水甕，乘馬到相府來見荆公。荆公正當閒坐，聞門上通報：「黄州團練使蘇爺求見。」荆公笑道：「已經一載矣！」分付守門官：「緩着些出去，引他東書房相見。」守門官領命。荆公先到書房，見柱上所貼詩稿，經年塵埃迷目，親手於鵲尾瓶中取拂塵，將塵拂去，儼然如舊。荆公端坐於書房。却説守門官延捱了半晌，方請蘇爺。東坡聽説東書房相見，想起改詩的去處，面上赧然。勉强進府，到書房見了荆公下拜。荆公用手相扶道：「不在大堂相見，惟恐遠路風霜，休得過禮。」命童兒看坐。東坡坐下，偷看詩稿，貼於對面。荆公用拂塵往左一指道：「子瞻，可見光陰迅速，去歲作此詩，又經一載矣。」東坡起身拜伏於地，荆公用手扶住，道：「子瞻爲何？」東坡道：「晚學生甘罪了！」荆公道：「你見了黄州菊花落瓣麽？」東坡道：「是。」荆公道：「目中未見此一種，也怪不得子瞻。」東坡道：「晚學生才疏識淺，全仗老太師海涵。」

茶罷，荆公問道：「老夫煩足下帶瞿塘中峽水，可有麽？」東坡道：「見携府外。」荆公命堂候官兩員，將水甕擡進書房。荆公親以衣袖拂拭，紙封打開。命童兒茶竈中煨火，用銀銚汲水烹之。先取白定碗一隻，投陽羡茶一撮於内。候湯如蟹眼，急取起傾入，其茶色半晌方見。荆公問：「此水何處取來？」東坡道：「巫峽。」荆公道：「是中峽了。」東坡道：「正是。」荆公笑道：「又來欺老夫了！此乃下峽之水，如何假名中峽？」東坡大驚，述土人之言：「三峽相連，一般樣水。」「晚學生誤聽了，實是取下峽之水。老太師何以辨之？」荆公道：「讀書人不可輕舉妄動，須是細心察理。老夫若非親到黄州，看過菊花，怎麽詩中敢亂道黄花落瓣？這瞿塘水性，出於《水經補注》。上峽水性太急，下峽太緩，惟中峽緩急相半。太醫院官乃明醫，知老夫乃中脘變症，故用中峽水引經。此水烹陽羡茶，上峽味濃，下峽味淡，中峽濃淡之間。今見茶色半晌方見，故知是下峽。」東坡離席謝罪。

荆公道：「何罪之有！皆因子瞻過於聰明，以致疏略如此。老夫今日偶然無事，幸子瞻光顧。一向相處，尚不知子瞻學問真正如何。【眉批】氣殺人。老夫不自揣量，要考子瞻一考。」東坡欣然答道：「晚學生請題。」荆公道：「且住！老夫若遽然考你，只説老夫恃了一日之長。子瞻到先考老夫一考，然後老夫請教。」東坡鞠躬道：「晚學生怎麽敢？」荆公道：「子瞻既不肯考老夫，老夫却不好僭妄。也罷，叫徐倫把書房中書橱盡數與我開了。左右二十四橱，書皆積滿。但憑於左右橱内上中下三層，取書一册，不拘前後，念上文一句，老夫答下句不來，就算老夫無學。」東坡暗想道：「這老甚迂闊，難道這些書都記在腹内？雖然如此，不好去考他。」答應道：「這個晚學生不敢！」荆公道：「咳！道不得個『恭敬不如從命』了！」東坡使乖，只揀塵灰多處，料久不看，也忘記了，任意抽書一本，未見簽題，揭開居中，隨口念一句道：「如意君安樂否？」荆公接口道：「『竊已啖之矣。』可是？」東坡道：「正是。」荆公取過書來，問道：「這句書怎麽講？」東坡不曾看得書上詳細，暗想：「唐人譏則天后，曾稱薛敖曹爲如意君。或者差人問候，曾有此言。只是下文説『竊已啖之矣』，文理却接上面不來。」沉吟了一會，又想道：「不要惹這老頭兒。千慮不如一實。」答應道：「晚學生不知。」荆公道：「這也不是什麽秘書，如何就不曉得？【眉批】氣殺人。〔六〕這是一樁小故事。漢末靈帝時，長沙郡武岡山後有一狐穴，深入數丈。内有九尾狐狸二頭，日久年深，皆能變化。時常化作美婦人，遇着男子往來，誘入穴中行樂。小不如意，分而食之。後有一人姓劉名璽，善於採戰之術。入山採藥，被二妖所擄。夜晚求歡，劉璽用抽添火候工夫，枕席之間，二狐快樂，稱爲如意君。大狐出山打食，則小狐看守。小狐出山，則大狐亦如之。日就月將，并無忌憚。酒後，露其本形。劉璽有恐怖之心，精力衰倦。一日，大狐出山打食，小狐在穴，求其雲雨，不果其欲。小狐大怒，生啖劉璽於腹内。大狐回穴，心記劉生，問道：『如意君安樂否？』小狐答道：『竊已啖之矣。』二狐相争追逐，滿山喊叫。樵人竊聽，遂得其詳，記於《漢末全書》。子瞻想未涉獵？」東坡道：「老太師學問淵深，非晚輩淺學可及！」

荆公微笑道：「這也算考過老夫了。老夫還席，也要考子瞻一考，子瞻休得吝教。」東坡道：「求老太師命題平易。」荆公道：「考別件事，又道老夫作難。【眉批】氣殺人。久聞子瞻善於作對，今年閏了個八月，正月立春，十二月又是立春，是個兩頭春。老夫就將此爲題，出句求對，以觀子瞻妙才。」命童兒取紙筆過來，荆公寫出一對道：

一歲二春雙八月，人間兩度春秋。

東坡雖是妙才，這對出得蹺蹊，一時尋對不出，羞顔可掬，面皮通紅了。荆公問道：「子瞻從湖州至黄州，可從蘇州、潤州經過麽？」東坡道：「此是便道。」荆公道：「蘇州金閶門外，至於虎丘，這一帶路，叫做山塘，約有七里之遥，其半路名爲半塘。潤州古名鐵甕城，臨於大江，有金山、銀山、玉山，這叫做三山。俱有佛殿僧房，想子瞻都曾游覽？」東坡答應道：「是。」荆公道：「老夫再將蘇、潤二州，各出一對，求子瞻對之。蘇州對云：

七里山塘，行到半塘三里半。

潤州對云：

鐵甕城西，金玉銀山三寶地。」

東坡思想多時，不能成對，只得謝罪而出。荊公曉得東坡受了些腌臢，終惜其才。【眉批】此老畢竟處心還好。明日奏過神宗天子，復了他翰林學士之職。後人評這篇話道：以東坡天才，尚然三被荊公所屈，何況才不如東坡者！因作詩戒世云：

項托曾爲孔子師，荊公反把子瞻嗤。
爲人第一謙虛好，學問茫茫無盡期。

【校記】

〔一〕「没奈他何」，佐伯本作「没奈何他」。底本第五卷、佐伯本第五卷均有「没奈他何」句式。

〔二〕本條眉批，佐伯本無。

〔三〕本條眉批底本無，據佐伯本補。

〔四〕「良時吉日」，底本及諸校本均作「良時言日」，據文意改。

〔五〕「任性到底」，底本作「任情到底」，據佐伯本改。

〔六〕本條眉批，佐伯本無。

獨辨鵝刑非正道
誤貪魚餌豈真情

既無好語遣
吳國却有浮
詞誑樂濤

第四卷　拗相公飲恨半山堂

得歲月，延歲月；得歡悦，且歡悦。萬事乘除總在天，何必愁腸千萬結。放心寬，莫量窄，古今興廢言不徹。金谷繁華眼底塵，淮陰事業鋒頭血。臨潼會上膽氣消，丹陽縣裏簫聲絶。時來弱草勝春花，運去精金遜頑鐵。逍遥快樂是便宜，到老方知滋味别。粗衣澹飯足家常，養得浮生一世拙。

開話已畢，未入正文，且説唐詩四句：

周公恐懼流言日，王莽謙恭下士時。
假使當年身便死，一生真僞有誰知！

此詩大抵説人品有真有僞，須要惡而知其美，好而知其惡。

第一句説周公。那周公，姓姬，名旦，是周文王少子。有聖德，輔其兄武王伐商，定了周家八百年天下。武王病，周公爲册文告天，願以身代。藏其册於金匱，無人知之。以後武王崩，太子成王年幼，周公抱成王於膝，以朝諸侯。有庶兄管叔、蔡叔將謀不軌，心忌周公，反布散流言，説周公欺侮幼主，不久篡位，成王疑之。周公辭了相位，避居東國，心懷恐懼。一日，天降大風疾雷，擊開金匱，成王見了册文，方知周公之忠，迎歸相位，誅了管叔、蔡叔，周室危而復安。假如管叔、蔡叔流言方起，説周公有反叛之心，周公一病而亡，金匱之文未開，成王之疑未釋，誰人與他分辨？後世却不把好人當做惡人？

第二句説王莽。王莽字巨君，乃西漢平帝之舅。爲人奸詐，自恃椒房寵勢，相國威權，陰有篡漢之意。恐人心不服，乃折節謙恭，尊禮賢士，假行公道，虚張功業。天下郡縣稱莽功德者，共四十八萬七千五百七十二人。莽知人心歸己，乃酖平帝，遷太后，自立爲君，改國號曰新，一十八年。直至南陽劉文叔起兵復漢，被誅。假如王莽早死了十八年，却不是完名全節一個賢宰相，垂之史册？不把惡人當做好人麽？所以古人説：「日久見人心。」又道：「蓋棺論始定。」不可以一時之譽，斷其爲君子；不可以一時之謗，斷其爲小人。有詩爲證：

毁譽從來不可聽，是非終久自分明。
一時輕信人言語，自有明人話不平。

如今説先朝一個宰相，他在下位之時，也着實有名有譽的。後來大權到手，任性胡爲，做錯了事，惹得萬口唾罵，飲恨而終。假若有名譽的時節，一個瞌睡死去了不醒，人還千惜萬惜，道國家没福，恁般一個好人，未能大用，不盡其才，却到也留名於後世。及至萬口唾駡時，就死也遲了。這到是多活了幾年的不是！那位宰相是誰？在那一個朝代？這朝代不近不遠，是北宋神宗皇帝年間，一個首相，姓王，名安石，臨川人也。此人目下十行，書窮萬卷。名臣文彦博、歐陽脩、曾鞏、韓維等，無不奇其才而稱之。方及二旬，一舉成名。初任浙江慶元府鄞縣知縣，興利除害，大有能聲。轉在揚州僉判，每讀書達旦不寐。日已高，聞太守坐堂，多不及盥漱而往。時揚州太守乃韓魏公名琦者，見安石頭面垢汙，知未盥漱，疑其夜飲，勸以勤學。安石謝教，絶不分辨。後韓魏公察聽他徹夜讀書，心甚異之，更誇其美。【眉批】也自難得。升江寧府知府，賢聲愈著，直達帝聰。正是：

只因前段好，誤了後來人。

神宗天子勵精圖治，聞王安石之賢，特召爲翰林學士。天子問爲治何法，安石以堯舜之道爲對，天子大悦。不二年，拜爲首相，封荆國公，舉朝以爲臯、夔復出，伊、周再生，同聲相慶。惟李承之見安石雙眼多白，謂是奸邪之相，他日必亂天下。蘇老泉見安石衣服垢敝，經月不洗面，以爲不近人情，作《辨奸論》以刺之。【眉批】一是面相，一是貌相，俱有准，何也？此兩個人是獨得之見，誰人肯信？不在話下。

安石既爲首相，與神宗天子相知，言聽計從，立起一套新法來。那幾件新法？

農田法，水利法，青苗法，均輸法，保甲法，免役法，市易法，保馬法，方田法，免行法。

專聽一個小人，姓吕名惠卿，及伊子王雱，朝夕商議，斥逐忠良，拒絶直諫。民間怨聲載道，天變迭興。荆公自以爲是，復倡爲三不足之説：

天變不足畏，人言不足恤，祖宗之法不足守。

因他性子執拗，主意一定，佛菩薩也勸他不轉，人皆呼爲拗相公。【眉批】爲惡者可轉而之善，惟執拗者必不轉，所以其惡更甚。文彦博、韓琦許多名臣，先誇佳説好的，到此也自悔失言，一個個上表争論，不聽，辭官而去。自此持新法益堅，祖制紛更，萬民失業。

一日，愛子王雱病疽而死，荆公痛思之甚。招天下高僧，設七七四十九日齋醮，薦度亡靈，荆公親自行香拜表。其日，第四十九日齋醮已完，漏下四鼓，荆公焚香送佛，忽然昏倒於拜氈之上，左右呼唤不醒。到五更，如夢初覺，口中道：「詫異！詫異！」左右扶進中門。吴國夫人命丫鬟接入内寢，問其緣故。荆公眼中垂淚道：「適纔昏憒之時，恍恍忽忽到一個去處，如大官府之狀，府門尚閉。見吾兒王雱荷巨枷約重百斤，力殊不勝，蓬首垢面，流血滿體，立於門外，對我哭訴其苦，道：『陰司以兒父久居高位，不思行善，專一任性執拗，行青苗等新法，蠹國害民，怨氣騰天。兒不幸陽祿先盡，受罪極重，非齋醮可解。【眉批】如今作惡的只是靠着齋醮一着。〔一〕父親宜及蚤回頭，休得貪戀富貴。』說猶未畢，府中開門吆喝，驚醒回來。」夫人道：「寧可信其有，不可信其無。妾亦聞外面人言籍籍，歸怨相公。相公何不急流勇退？早去一日，也省了一日的呪詈。」荆公從夫人之言，一連十來道表章，告病辭職。天子風聞外邊公論，亦有厭倦之意，遂從其請，以使相判江寧府。故宋時，凡宰相解位，都要帶個外任的職銜，到那地方資禄養老，不必管事。荆公想江寧乃金陵古迹之地，六朝帝王之都，江山秀麗，人物繁華，足可安居，甚是得意。夫人臨行，盡出房中釵釧衣飾之類，及所藏寶玩，約數千金，布施各庵院寺觀打醮焚香，以資亡兒王雱冥福。擇日辭朝起身，百官設餞送行。荆公托病，都不相見。府中有一親吏，姓江名居，甚會答應。荆公只帶此一人，與僮僕隨家眷同行。

東京至金陵都有水路。荆公不用官船，微服而行，駕一小艇，由黄河泝流而下。將次開船，荆公唤江居及衆僮僕分付：「我雖宰相，今已挂冠而歸。凡一路馬頭歇船之處，有問我何姓何名何官何職，汝等但言過往游客，切莫對他説實話，【眉批】亦是心虛。〔二二〕恐驚動所在官府，前來迎送，或起夫防護，騷擾居民不便。若或泄漏風聲，必是汝等需索地方常例，詐害民財。吾若知之，必皆重責。」衆人都道：「謹領鈞旨。」江居稟道：「相公白龍魚服，隱姓潛名，倘或途中小輩不識高低，有毀謗相公者，何以處之？」荆公道：「常言『宰相腹中撑得船過』，從來人言不足恤。言吾善者，不足爲喜；道吾惡者，不足爲怒。只當耳邊風過去便了，切莫攬事。」江居領命，并曉諭水手知悉。自此水路無話。

不覺二十餘日，已到鍾離地方。荆公原有痰火症，住在小舟多日，情懷抑鬱，火症復發。思欲捨舟登陸，觀看市井風景，少舒愁緒。分付管家道：「此去金陵不遠，你可小心伏侍夫人家眷，從水路由瓜步淮揚過江。我從陸路而來，約到金陵江口相會。」安石打發家眷開船，自己只帶兩個僮僕，并親吏江居，主僕共是四人登岸。

只因水陸舟車擾，斷送南來北往人。

江居稟道：「相公陸行，必用脚力。還是拿鈞帖到縣驛取討，還是自家用錢僱賃？」荆公道：「我分付在前，不許驚動官府，只自家僱賃便了。」江居道：「若自家僱賃，須要投個主家。」當下僮僕携了包裹，江居引荆公到一個經紀人家來。主人迎接上坐，問道：「客官要往那裏去？」荆公道：「要往江寧。欲覓肩輿一乘，或騾或馬三匹，即刻便行。」主人道：「如今不比當初，忙不得哩！」荆公道：「爲何？」主人道：「一言難盡！自從拗相公當權，創立新法，傷財害民，户口逃散。【眉批】一次了。雖留下幾户窮民，只好奔走官差，那有空役等僱？況且民窮財盡，百姓饔餐不飽，没閒錢去養馬騾。就有幾頭，也不勾差使。客官坐穩，我替你抓尋去。尋得下，莫喜；尋不來，莫怪。只是比往常一倍錢要兩倍哩！」江居問道：「你說那拗相公是誰？」主人道：「叫做王安石，聞說一雙白眼睛，惡人自有惡相。」荆公垂下眼皮，叫江居莫管别人家閒事。主人去了多時，來回復道：「轎夫只許你兩個，要三個也不能勾，没有替换，却要把四個人的夫錢僱他。馬是没有，止尋得一頭騾，一個叫驢。明日五鼓到我店裏，客官將就去得時，可付些銀子與他。」荆公聽了前番許多惡話，不耐煩，巴不得走路，想道：「就是兩個夫子，緩緩而行也罷。只是少一個頭口，没奈何，把一匹與江居坐，那一匹，教他兩個輪流坐罷。」分付江居，但憑主人定價，不要與他計較。江居把銀子稱付主人。

日光尚早，荆公在主人家悶不過，唤童兒跟隨，走出街市閒行。果然市井蕭條，店房稀少。荆公暗暗傷感。步到一個茶坊，到也潔净，荆公走進茶坊，正欲唤茶，只見壁間題一絶句云：【眉批】二次了。

祖宗制度至詳明，百載餘黎樂太平。
白眼無端偏固執，紛紛變亂拂人情。

後款云：「無名子慨世之作。」荆公默然無語，連茶也没興吃了，慌忙出門。

又走了數百步，見一所道院。荆公道：「且去隨喜一回，消遣則個。」走進大門，就是三間廟宇。荆公正欲瞻禮，尚未跨進殿檻，只見朱壁外面粘着一幅黄紙，紙上有詩句：【眉批】三次了。

五葉明良致太平，相君何事苦紛更？
既言堯舜宜爲法，當效伊周輔聖明。
排盡舊臣居散地，儘爲新法誤蒼生。
翻思安樂窩中老，先識天津杜宇聲。

先前英宗皇帝時，有一高士，姓邵名雍，别號堯夫，精於數學，通天徹地，自名其居爲安樂窩。常與客游洛陽天津橋上，聞杜宇之聲，嘆道：「天下從此亂矣！」客問其故，堯夫答道：「天下將治，地氣自北而南；天下將亂，地氣自南而北。洛陽舊無杜宇，今忽有之，乃地氣自南而北之徵。不久天子必用南人爲相，變亂祖宗法度，終宋世不得太平。」這個兆，正應在王安石身上。荊公默誦此詩一遍，問香火道人：「此詩何人所作？沒有落款？」道人道：「數日前，有一道侶到此索紙題詩，粘於壁上，説是罵什麼拗相公的。」荊公將詩紙揭下，藏於袖中，默然而出。回到主人家，悶悶的過了一夜。

五鼓鷄鳴，兩名夫和一個赶脚的牽着一頭騾、一個叫驢都到了。荊公素性不十分梳洗，上了肩輿。江居乘了驢子，讓那騾子與僮僕兩個更換騎坐。約行四十餘里，日光將午，到一村鎮。江居下了驢，走上一步，禀道：「相公，該打中火了。」荊公因痰火病發，隨身扶手，帶得有清肺乾糕及丸藥茶餅等物。分付手下：「只取沸湯一甌來。你們自去吃飯。」荊公將沸湯調茶，用了點心。衆人吃飯，兀自未了。荊公見屋傍有個坑厠，討一張毛紙，走去登東。只見坑厠土墻上，白石灰畫詩八句：【眉批】四次了。〔三〕

初知鄞邑未升時，爲負虛名衆所推。
蘇老《辨奸》先有識，李丞劾奏已前知。
斥除賢正專威柄，引進虛浮起禍基。
最恨邪言「三不足」，千年流毒臭聲遺。

荆公登了東，覷個空，就左脚脱下一隻方舄，將舄底向土墻上抹得字迹糊塗，方纔罷手。衆人中火已畢，荆公復上肩輿而行。又三十里，遇一驛舍。江居禀道：「這官舍寬厰，可以止宿。」荆公道：「昨日叮嚀汝輩是甚言語！今宿於驛亭，豈不惹人盤問？還到前村，擇僻静處民家投宿，方爲安穩。」又行五里許，天色將晚，到一村家，竹籬茅舍，柴扉半掩。荆公叫江居上前借宿。江居推扉而入，内一老叟扶杖走出，問其來由。江居道：「某等游客，欲暫宿尊居一宵，房錢依例奉納。」老叟道：「但隨官人們尊便。」江居引荆公進門，與主人相見。老叟延荆公上坐，見江居等三人侍立，知有名分，請到側屋裏另坐。老叟安排茶飯去了。荆公看新粉壁上，有大書律詩一首，【眉批】五次了。詩云：

文章謾説自天成，曲學偏邪識者輕。
强辨鶉刑非正道，誤餐魚餌豈真情。
姦謀已遂生前志，執拗空遺死後名。
親見亡兒陰受梏，始知天理報分明。

荆公閲畢，慘然不樂。須臾，老叟搬出飯來，從人都飽餐，荆公也略用了些。問老叟道：「壁上詩何人寫作？」老叟道：「往來游客所書，不知名姓。」公俛首尋思：「我曾辨帛勒爲鵓刑，及誤餐魚餌，二事人頗曉得。只亡兒陰府受梏事，我單對夫人説，并没第二人得知，如何此詩言及？好怪，好怪！」

荆公因此詩末句刺着他痛心之處，狐疑不已，因問老叟：「高壽幾何？」老叟道：「年七十八了。」荆公又問：「有幾位賢郎？」老叟撲簌簌淚下，告道：「有四子，都死了。與老妻獨居於此。」荆公道：「四子何爲俱殀？」【眉批】六次了。老叟道：「十年以來，苦爲新法所害。諸子應門，或殁於官，或喪於途。老漢幸年高，得以苟延殘喘。倘若少壯，也不在人世了。」荆公驚問：「新法有何不便，乃至於此？」老叟道：「官人只看壁間詩可知矣。自朝廷用王安石爲相，變易祖宗制度，專以聚斂爲急，拒諫飾非，驅忠立佞。始設青苗法以虐農民，繼立保甲、助役、保馬、均輸等法，紛紜不一。官府奉上而虐下，【眉批】「奉上虐下」四字，説盡末世有司病痛。日以箠掠爲事。吏卒夜呼於門，百姓不得安寢。棄産業，携妻子，逃於深山者，日有數十。此村百有餘家，今所存八九家矣。寒家男女共一十六口，今只有四口僅存耳！」説罷，淚如雨下。荆公亦覺悲酸。又問道：「有人説新法便民，老丈今言不便，願聞其詳。」老叟道：「王安石執拗，民間稱爲拗相公。若言不便，便加怒貶；説便，便加升擢。凡説新法便民者，都是諂佞輩所爲，其實害民非淺。且如保甲上番之法，民家每一丁，教閲於場，又以一丁朝夕供送。雖説五日一教，那做保正的，日聚於教場中，受賄方釋，如没賄賂，只説武藝不熟，拘之不放，以致農時俱廢，往往凍餒而死。」【眉批】牧民者以無事爲福，即此一節可知。言畢，問道：「如今那拗相公何在？」荆公哄他道：「見在朝中輔相天子。」老叟唾地大駡道：「這等奸邪，不行誅戮，還要用他，公道何在！朝廷爲何不相了韓琦、富弼、司馬光、吕誨、蘇軾諸君子，而偏用此小人乎？」江居等聽得客坐中喧嚷之聲，走來看時，見老叟説話太狠，咤叱道：「老人家不可亂言，倘王丞相聞知此語，獲罪非輕了。」老叟矍然怒起道：「吾年近八十，何畏一死！若見此奸賊，必手刃其頭，刳其心肝而食之。【眉批】快心，快心！雖赴鼎鑊刀鋸，亦無恨矣！」衆人皆吐舌縮項。荆公面如死灰，不敢答言，起立庭中，對江居説道：「月明如晝，還宜趕路。」江居會意，去還了老叟飯錢，安排轎馬。荆公舉手與老叟分别。老叟笑道：「老拙自駡奸賊王安石，與官人何干，乃拂然而去？【眉批】更妙。莫非官人與王安石有甚親故麽？」荆公連聲答道：「没有，没有！」荆公登輿，分付快走，從者跟隨，踏月而行。

又走十餘里，到樹林之下。只有茅屋三間，并無鄰比。荆公道：「此頗幽寂，可以息勞。」命江居叩門。内有老嫗啓扉，江居亦告以游客貪路，錯過邸店，特來借宿，來早奉謝。老嫗指中一間屋道：「此處空在，但宿何妨。只是草房窄狹，放不下轎馬。」江居道：「不妨，我有道理。」荆公降輿入室。江居分付將轎子置於檐下，騾驢放在樹林之中。荆公坐於室内，看那老嫗時，衣衫藍縷，鬢髮蓬鬆；草舍泥墻，頗爲潔净。老嫗取燈火，安置荆公，自去睡了。荆公見窗間有字，携燈看時，亦是律詩八句。

【眉批】七次了。詩云：

生已沽名衒氣豪，死猶虚僞惑兒曹。
既無好語遺吴國，却有浮辭誑葉濤。
四野逃亡空白屋，千年嗔恨説青苗。
想因過此來親睹，一夜愁添雪鬢毛。

荆公閲之，如萬箭攢心，好生不樂。想道：「一路來，茶坊道院，以至村鎮人家，處處有詩譏誚。這老嫗獨居，誰人到此？亦有詩句，足見怨詞詈語遍於人間矣！那第二聯説『吴國』，乃吾之夫人也。葉濤，是吾故友。此二句詩意猶不可解。」欲唤老嫗問之，聞隔壁打鼾之聲。江居等馬上辛苦，俱已睡去。荆公展轉尋思，撫膺頓足，懊悔不迭，想道：「吾只信福建子之言，道民間甚便新法，故吾違衆而行之，焉知天下怨恨至此！此皆福建子誤我也！」吕惠卿是閩人，故荆公呼爲福建子。是夜，荆公長吁短嘆，和衣偃卧，不能成寐，吞聲暗泣，兩袖皆沾濕了。

將次天明，老嫗起身，蓬着頭同一赤脚蠢婢，赶二猪出門外。婢携糠粃，老嫗取水，用木杓攪於木盆之中，口中呼：「囉，囉，囉，拗相公來。」二猪聞呼，就盆吃食。婢又呼鷄：「喌，喌，喌，喌，王安石來。」群鷄俱至。江居和衆人看見，無不驚訝。【眉批】喌，音祝。〔四〕荊公心愈不樂，因問老嫗道：「老人家何爲呼鷄豕之名如此？」老嫗道：「官人難道不知王安石即當今之丞相，拗相公是他的渾名？自王安石做了相公，立新法以擾民。老妾二十年孀婦，子媳俱無，止與一婢同處。婦女二口，也要出免役、助役等錢。錢既出了，差役如故。老妾以桑麻爲業，蠶未成眠，便預借絲錢用了。麻未上機，又借布錢用了。桑麻失利，只得畜猪養鷄，等候吏胥里保來徵役錢。或准與他，或烹來款待他，自家不曾嘗一塊肉。故此民間怨恨新法，入於骨髓。畜養鷄豕，都呼爲拗相公、王安石，把王安石當做畜生。今世没奈何他，後世得他變爲異類，烹而食之，以快胸中之恨耳！」【眉批】此等人言，難道亦不足惜乎？荊公暗暗垂淚，不敢開言。左右驚訝，荊公容顔改變，索鏡自照，只見鬚髮俱白，兩目皆腫。心下凄慘，自己憂恚所致。思想「一夜愁添雪鬢毛」之句，豈非數乎！命江居取錢謝了老嫗，收拾起身。

江居走到輿前，禀道：「相公施美政於天下，愚民無知，反以爲怨。今宵不可再宿村舍，還是驛亭官舍，省些閒氣。」荊公口雖不答，點頭道是。上路多時，到一郵亭。

江居先下驢，扶荆公出轎升亭而坐，安排蚤飯。荆公看亭子壁間，亦有絶句二首，【眉批】八次了。〔五〕第一首云：

富韓司馬總孤忠，懇諫良言過耳風。
只把惠卿心腹待，不知殺羿是逢蒙。

第二首云：

高談道德口懸河，變法誰知有許多。
他日命衰時敗後，人非鬼責奈愁何？

荆公看罷，艴然大怒，唤驛卒問道：「何物狂夫，敢毁謗朝政如此！」有一老卒應道：「不但此驛有詩，是處皆有留題也。」荆公問道：「此詩爲何而作？」老卒道：「因王安石立新法以害民，所以民恨入骨。近聞得安石辭了相位，判江寧府，必從此路經過。蚤晚常有村農數百在此左近，伺候他來。」荆公道：「伺他來，要拜謁他麽？」老卒笑道：「仇怨之人，何拜謁之有！衆百姓持白梃，候他到時，打殺了他，分而啖之耳。」荆公大駭，不等飯熟，趨出郵亭上轎，江居唤衆人隨行。一路只買乾糧充饑，荆公更不出轎，分付兼程赶路。直至金陵，與吴國夫人相見。羞入江寧城市，乃卜居於鍾山之半，名其堂曰半山。

荊公只在半山堂中，看經佞佛，冀消罪愆。他原是過目成誦，極聰明的人，一路所見之詩，無字不記。私自寫出與吳國夫人看之，方信亡兒王雱陰府受罪，非偶然也。以此終日憂憤，痰火大發，兼以氣膈，不能飲食，延及歲餘，奄奄待盡，骨瘦如柴，支枕而坐。吳國夫人在傍墮淚問道：「相公有甚好言語分付？」荊公道：「夫婦之情，偶合耳。我死，更不須挂念。只是散盡家財，廣修善事便了。」言未已，忽報故人葉濤特來問疾，夫人迴避。荊公請葉濤床頭相見，執其手，囑道：「君聰明過人，宜多讀佛書，莫作没要緊文字，徒勞無益。王某一生枉費精力，欲以文章勝人，今將死之時，悔之無及。」【眉批】可悔恐不在此。〔六〕葉濤安慰道：「相公福壽正遠，何出此言？」荊公嘆道：「生死無常，老夫只恐大限一至，不能發言，故今日爲君叙及此也。」葉濤辭去。荊公忽然想起老嫗草舍中詩句第二聯道：

既無好語遺吳國，却有浮詞誑葉濤。

今日正應其語，不覺撫髀長嘆道：「事皆前定，豈偶然哉！作此詩者，非鬼即神。不然，如何曉得我未來之事？吾被鬼神誚讓如此，安能久於人世乎！」

不幾日，疾革，發譫語，將手批頰，自駡道：「王某上負天子，下負百姓，罪不容誅。九泉之下，何面目見唐子方諸公乎？」一連駡了三日，嘔血數升而死。【眉批】萬口罵猶未足，以自罵結局。那唐子方名介，乃是宋朝一個直臣，苦諫新法不便，安石不聽，也是嘔血而死的。一般樣死，比王安石死得有名聲。至今山間人家，尚有呼猪爲拗相公者。後人論宋朝元氣，都爲熙寧變法所壞，所以有靖康之禍。有詩爲證：

熙寧新法諫書多，執拗行私奈爾何！
不是此番元氣耗，虜軍豈得渡黄河？

又有詩惜荆公之才：

好個聰明介甫翁，高才歷任有清風。
可憐覆餗因高位，只合終身翰苑中。【眉批】用違其才，真是可惜。

【校記】

〔一〕本條眉批底本無，據佐伯本補。
〔二〕本條眉批底本無，據佐伯本補。
〔三〕本條眉批，底本僅存「了」字，據佐伯本補。
〔四〕本條眉批，底本僅存「祝」字，據佐伯本補。
〔五〕本條眉批底本無，據佐伯本補。
〔六〕本條眉批底本無，據佐伯本補。

喜兒中途被騙

本意還金兼得子

第五卷　吕大郎還金完骨肉

毛寶放龜懸大印，宋郊渡蟻占高魁。
世人盡説天高遠，誰識陰功暗裏來。

話説浙江嘉興府長水塘地方，有一富翁，姓金名鐘，家財萬貫，世代都稱員外。性至慳吝，平生常有五恨。那五恨？

一恨天，二恨地，三恨自家，四恨爹娘，五恨皇帝。

恨天者，恨他不常常六月，又多了秋風冬雪，使人怕冷，不免費錢買衣服來穿。恨地者，恨他樹木生得不凑趣；若是凑趣，生得齊整如意，樹本就好做屋柱，枝條大者就好做梁，細者就好做椽，却不省了匠人工作。恨自家者，恨肚皮不會作家，一日不吃飯，就餓將起來。恨爹娘者，恨他遺下許多親眷朋友，來時未免費茶費水。恨皇帝者，我的祖宗分授的田地，却要他來收錢糧。不止五恨，還有四願，願得四般物事。

那四般物事？

一願得鄧家銅山，二願得郭家金穴，三願得石崇的聚寶盆，四願得呂純陽祖師點石爲金這個手指頭。

因有這四願、五恨，心常不足。積財聚穀，日不暇給。真個是數米而炊，稱柴而爨。因此鄉里起他一個異名，叫做金冷水，又叫金剥皮。尤不喜者是僧人，世間只有僧人討便宜，他單會布施俗家的東西，再没有反布施與俗家之理。所以金冷水見了僧人，就是眼中之釘，舌中之刺。他住居相近處，有個福善庵。金員外生年五十，從不曉得在庵中破費一文的香錢。所喜渾家單氏，與員外同年同月同日，只不同時，他偏吃齋好善。金員外喜他的是吃齋，惱他的是好善。因四十歲上，尚無子息，單氏瞞過了丈夫，將自己釵梳二十餘金，布施與福善庵老僧，教他妝佛誦經，祈求子嗣。佛門有應，果然連生二子，且是俊秀。因是福善庵祈求來的，大的小名福兒，小的小名善兒。單氏自得了二子之後，時常瞞了丈夫，偷柴偷米，送與福善庵，供養那老僧。金員外偶然察聽了些風聲，便去呪天駡地，夫妻反目，直聒得一個不耐煩方休。如此也非止一次。只爲渾家也是個硬性，鬧過了，依舊不理。

其年夫妻齊壽，皆當五旬，福兒年九歲，善兒年八歲，踏肩生下來的，都已上學讀書，十全之美。到生辰之日，金員外恐有親朋來賀壽，預先躲出。【眉批】薄福小人。單氏又凑些私房銀兩，送與庵中打一壇齋醮。一來爲老夫婦齊壽，二來爲兒子長大，了還愿心。日前也曾與丈夫説過來，丈夫不肯，所以只得私房做事。其夜，和尚們要鋪設長生佛燈，叫香火道人至金家，問金阿媽要幾斗糙米。單氏偷開了倉門，將米三斗，付與道人去了。隨後金員外回來，單氏還在倉門口封鎖，被丈夫窺見了，又見地下狼籍些米粒，知是私房做事，欲要争嚷，心下想道：「今日生辰好日，况且東西去了，也討不轉來，乾拌去了涎沫。」只推不知，忍住這口氣。一夜不睡，左思右想道：「叵耐這賊禿常時來蒿惱我家，到是我看家的一個耗鬼。除非那禿驢死了，方絶其患。」恨無計策。

到天明時，老僧携着一個徒弟來回覆醮事。原來那和尚也怕見金冷水，且站在門外張望。金老早已瞧見，眉頭一皺，計上心來。取了幾文錢，從側門走出市心，到山藥鋪裏贖些砒霜，轉到賣點心的王三郎店裏，王三郎正蒸着一籠熟粉，攞一碗糖餡，要做餅子。金冷水袖裏摸出八文錢撇在櫃上道：「三郎收了錢，大些的餅子與我做四個，餡却不要下少了。你只捏着窩兒，等我自家下餡則個。」王三郎口雖不言，心下想道：「有名的金冷水、金剥皮，自從開這幾年點心鋪子，從不見他家半文之面。

今日好利市，也撰他八個錢。他是好便宜的，便等他多下些餡去，扳他下次主顧。」王三郎向籠中取出雪團樣的熟粉，真個捏做窩兒，遞與金冷水説道：「員外請尊便。」金冷水却將砒霜末悄悄的撒在餅内，【眉批】惡甚。然後加餡，做成餅子。如此一連做了四個，熱烘烘的放在袖裏，離了王三郎店，望自家門首踱將進來。那兩個和尚，正在廳中吃茶，金老欣然相揖。揖罷，入内對渾家道：「兩個師父侵早到來，恐怕肚裏饑餓。適纔鄰舍家邀我吃點心，我見餅子熱得好，袖了他四個來，何不就請了兩個師父？」單氏深喜丈夫回心向善，取個朱紅楪子，把四個餅子裝做一楪，叫丫鬟托將出去。那和尚見了員外回家，不敢久坐，已無心吃餅了。見丫鬟送出來，知是阿媽美意，也不好虚得。將四個餅子裝做一袖，叫聲咶噪，出門回庵而去。金老暗暗歡喜，不在話下。

却説金家兩個學生，在社學中讀書，放了學時，常到庵中頑耍。這一晚，又到庵中。老和尚想道：「金家兩位小官人，時常到此，没有什麽請得他。今早金阿媽送我四個餅子還不曾動，放在橱櫃裏，何不將來熯熱了，請他吃一杯茶？」當下分付徒弟，在橱櫃裏取出四個餅子，厨房下熯得焦黄，熱了兩杯濃茶，擺在房裏，請兩位小官人吃茶。兩個學生頑耍了半晌，正在肚饑，見了熱騰騰的餅子，一人兩個，都吃了。不吃時猶可，吃了呵，分明是：

一塊火燒着心肝，萬桿鎗攢却腹肚。

兩個一時齊叫肚疼。跟隨的學童慌了，要扶他回去，奈兩個疼做一堆，跑走不動。老和尚也着了忙，正不知什麽意故。只得叫徒弟一人背了一個，學童隨着，送回金員外家，二僧自去了。金家夫婦這一驚非小，慌忙叫學童問其緣故。學童道：「方纔到福善庵吃了四個餅子，便叫肚疼起來。那老師父説，這餅子原是我家今早把與他吃的。他不捨得吃，將來恭敬兩位小官人。」【眉批】天理昭然。金員外情知蹺蹊了，只得將砒霜實情對阿媽説知。單氏心下越慌了，便把凉水灌他，如何灌得醒！須臾七竅流血，嗚呼哀哉，做了一對殤鬼。

單氏千難萬難，祈求下兩個孩兒，却被丈夫不仁，自家毒死了。待要厮駡一場，也是枉然。氣又忍不過，苦又熬不過，走進内房，解下束腰羅帕，懸梁自縊。金員外哭了兒子一場，方纔收淚，到房中與阿媽商議説話，見梁上這件打鞦韆的東西，唬得半死，登時就得病上床，不勾七日，也死了。金氏族家，平昔恨那金冷水、金剥皮慳吝，此時天賜其便，大大小小，都蜂擁而來，將家私搶個罄盡。此乃萬貫家財、有名的金員外一個終身結果，不好善而行惡之報也。有詩爲證：

餅内砒霜那得知？害人番害自家兒。
舉心動念天知道，果報昭彰豈有私！

方纔説金員外只爲行惡上，拆散了一家骨肉。如今再説一個人，單爲行善上，周全了一家骨肉。正是：

善惡相形，禍福自見。
戒人作惡，勸人爲善。

話説江南常州府無錫縣東門外，有個小户人家，兄弟三人。大的叫做吕玉，第二的叫做吕寶，第三的叫做吕珍。吕玉娶妻王氏，吕寶娶妻楊氏，俱有姿色。吕珍年幼未娶。王氏生下一個孩子，小名喜兒，方纔六歲，跟鄰舍家兒童出去看神會，夜晚不回。夫妻兩個煩惱，出了一張招子，街坊上叫了數日，全無影響。吕玉氣悶，在家裏坐不過，向大户家借了幾兩本錢，往太倉、嘉定一路，收些綿花布疋，各處販賣，就便訪問兒子消息。每年正二月出門，到八九月回家，又收新貨。走了四個年頭，雖然趁些利息，眼見得兒子没有尋處了。日久心慢，也不在話下。

到第五個年頭，吕玉别了王氏，又去做經紀。何期中途遇了個大本錢的布商，談論之間，知道吕玉買賣中通透，拉他同往山西脱貨，就帶絨貨轉來發賣，於中有些用錢相謝。吕玉貪了蠅頭微利，隨着去了。及至到了山西，發貨之後，遇着連歲荒歉，討賒帳不起，不得脱身。吕玉少年久曠，也不免行户中走了一兩遍，走出一身風流瘡，服藥調治，無面回家。捱到三年，瘡纔痊好，討清了帳目。那布商因爲稽遲了吕玉的歸期，加倍酬謝。吕玉得了些利物，等不得布商收貨完備，自己販了些粗細絨褐，相別先回。

一日早晨，行至陳留地方，偶然去坑厠出恭，見坑板上遺下個青布搭膊，檢在手中，覺得沉重，取回下處打開看時，都是白物，約有二百金之數。吕玉想道：「這不意之財，雖則取之無礙，倘或失主追尋不見，好大一場氣悶。古人見金不取，拾帶重還。我今年過三旬，尚無子嗣，要這横財何用？」忙到坑厠左近伺候，只等有人來抓尋，就將原物還他。【眉批】難得。〔一〕等了一日，不見人來，次日只得起身。

又行了五百餘里，到南宿州地方。其日天晚，下一個客店，遇着一個同下的客人，閒論起江湖生意之事。那客人説起自不小心，五日前侵晨到陳留縣解下搭膊登東，偶然官府在街上過，心慌起身，却忘記了那搭膊，裏面有二百兩銀子，直到夜裏脱衣要睡，方纔省得。想着過了一日，自然有人拾去了，轉去尋覓，也是無益，只得自認悔氣罷了。【眉批】此商亦是達者。吕玉便問：「老客尊姓？高居何處？」客人道：「在下姓陳，祖貫徽州。今在揚州閘上開個糧食舖子。敢問老兄高姓？」吕玉道：「小弟姓吕，是常州無錫縣人，揚州也是順路。相送尊兄到彼奉拜。」客人也不知詳細，答應道：「若肯下顧最好。」次早，二人作伴同行。

不一日，來到揚州閘口。吕玉也到陳家舖子，登堂作揖，陳朝奉看坐獻茶。吕玉先題起陳留縣失銀子之事，盤問他搭膊模樣。「是個深藍青布的，一頭有白綫緝一個陳字。」吕玉心下曉然，便道：「小弟前在陳留拾得一個搭膊，到也相像，把來與尊兄認看。」陳朝奉見了搭膊，道：「正是。」搭膊裏面銀兩，原封不動。吕玉雙手遞還陳朝奉。陳朝奉過意不去，要與吕玉均分，吕玉不肯。陳朝奉道：「便不均分，也受我幾兩謝禮，等在下心安。」吕玉那裏肯受。陳朝奉感激不盡，慌忙擺飯相款。思想：「難得吕玉這般好人，還金之恩，無門可報。自家有十二歲一個女兒，要與吕君扳一脉親往來，第不知他有兒子否？」飲酒中間，陳朝奉問道：「恩兄，令郎幾歲了？」吕玉不覺掉下淚來，答道：「小弟只有一兒，七年前爲看神會，失去了，至今并無下落。荆妻亦别無生育。如今回去，意欲尋個螟蛉之子，出去幫扶生理，只是難得這般凑巧的。」陳朝奉道：「舍下數年之間，將三兩銀子，買得一個小厮，頗頗清秀，又且乖巧，也是下路人帶來的。如今一十三歲了，伴着小兒在學堂中上學。恩兄若看得中意時，就送與恩兄伏侍，也當我一點薄敬。」吕玉道：「若肯相借，當奉還身價。」陳朝奉道：「説那裏話來！只恐恩兄不用時，小弟無以爲情。」當下便教掌店的，去學堂中喚喜兒到來。

吕玉聽得名字與他兒子相同，心中疑惑。須臾，小廝喚到，穿一領蕪湖青布的道袍，生得果然清秀。習慣了學堂中規矩，見了吕玉，朝上深深唱個喏。吕玉心下便覺得歡喜，仔細認出兒子面貌來。四歲時，因跌損左邊眉角，結一個小疤兒，有這點可認。吕玉便問道：「幾時到陳家的？」那小廝想一想道：「有六七年了。」又問他：「你原是那裏人？誰賣你在此？」那小廝道：「不十分詳細。只記得爹叫做吕大，還有兩個叔叔在家。娘姓王，家在無錫城外。小時被人騙出，賣在此間。」吕玉聽罷，便抱那小廝在懷，叫聲：「親兒！我正是無錫吕大！是你的親爹了。失了你七年，何期在此相遇！」正是：

水底撈針針已得，掌中失寶寶重逢。
筵前相抱慇勤認，猶恐今朝是夢中。

小廝眼中流下淚來。吕玉傷感，自不必説。吕玉起身拜謝陳朝奉：「小兒若非府上收留，今日安得父子重會？」陳朝奉道：「恩兄有還金之盛德，天遣尊駕到寒舍，父子團圓。小弟一向不知是令郎，甚愧怠慢。」吕玉又叫喜兒拜謝了陳朝奉。陳朝奉定要還拜，吕玉不肯，再三扶住，受了兩禮，便請喜兒坐於吕玉之傍。陳朝奉開言：「承恩兄相愛，學生有一女，年方十二歲，欲與令郎結絲蘿之好。」【眉批】更見陳朝奉非俗品。吕玉見他情意真懇，謙讓不得，只得依允。是夜父子同榻而宿，説了一夜的説話。

次日，吕玉辭別要行。陳朝奉留住，另設個大席面，管待新親家、新女婿，就當送行。酒行數巡，陳朝奉取出白金二十兩，向吕玉説道：「賢婿一向在舍有慢，今奉些須薄禮相贖，權表親情，萬勿固辭。」吕玉道：「過承高門俯就，舍下就該行聘定之禮。因在客途，不好苟且，如何反費親家厚賜？決不敢當！」陳朝奉道：「這是學生自送與賢婿的，不干親翁之事。親翁若見却，就是不允這頭親事了。」吕玉没得説，只得受了，叫兒子出席拜謝。陳朝奉扶起道：「些微薄禮，何謝之有。」喜兒又進去謝了丈母。當日開懷暢飲，至晚而散。吕玉想道：「我因這還金之便，父子相逢，誠乃天意。又攀了這頭好親事，似錦上添花。無處報答天地，有陳親家送這二十兩銀子，也是不意之財，何不擇個潔净僧院，糴米齋僧，以種福田？」主意定了。

次早，陳朝奉又備早飯。吕玉父子吃罷，收拾行囊，作謝而別，唤了一隻小船，摇出閘外。約有數里，只聽得江邊鼎沸，原來壞了一隻人載船，落水的號呼求救。崖上人招呼小船打撈，小船索要賞犒，在那裏争嚷。呂玉想道：「救人一命，勝造七級浮屠。比如我要去齋僧，何不捨這二十兩銀子做賞錢，教他撈救，見在功德。」當下對衆人説：「我出賞錢，快撈救。若救起一船人性命，把二十兩銀子與你們。」衆人聽得有二十兩銀子賞錢，小船如蟻而來，連崖上人，也有幾個會水性的，赴水去救。須臾之間，把一船人都救起。呂玉將銀子付與衆人分散。水中得命的，都千恩萬謝。只見内中一人，看了呂玉叫道：「哥哥那裏來？」呂玉看他，不是别人，正是第三個親弟呂珍。呂玉合掌道：「慚愧，慚愧！天遣我撈救兄弟一命。」忙扶上船，將乾衣服與他换了。呂珍納頭便拜，呂玉答禮，就叫姪兒見了叔叔。把還金遇子之事，述了一遍，呂珍驚訝不已。

呂玉問道：「你却爲何到此？」呂珍道：「一言難盡。自從哥哥出門之後，一去三年，有人傳説哥哥在山西害了瘡毒身故。二哥察訪得實，嫂嫂已是成服戴孝，兄弟只是不信。二哥近日又要逼嫂嫂嫁人，嫂嫂不從，因此教兄弟親到山西訪問哥哥消息，不期於此相會。又遭覆溺，得哥哥撈救，天與之幸！哥哥不可怠緩，急急回家，以安嫂嫂之心，遲則怕有變了。」呂玉聞説驚慌，急叫家長開船，星夜趕路。正是：

心忙似箭惟嫌緩，船走如梭尚道遲。

再説王氏聞丈夫凶信，初時也疑惑，被吕寶説得活龍活現，也信了，少不得换了些素服。吕寶心懷不善，想着哥哥已故，嫂嫂又無所出，况且年紀後生，要勸他改嫁，自己得些財禮。教渾家楊氏與阿姆説，王氏堅意不從。又得吕珍朝夕諫阻，所以其計不成。王氏想道：「『千聞不如一見。』雖説丈夫已死，在幾千里之外，不知端的。」央小叔吕珍是必親到山西，問個備細：「如果然不幸，骨殖也帶一塊回來。」吕珍去後，吕寶愈無忌憚，又連日賭錢輸了，没處設法。偶有江西客人喪偶，要討一個娘子，吕寶就將嫂嫂與他説合。那客人也訪得吕大的渾家有幾分顏色，情願出三十兩銀子。吕寶得了銀子，向客人道：「家嫂有些妝喬，好好裏請他出門，定然不肯。今夜黄昏時分，唤了人轎，悄地到我家來。只看戴孝髻的，便是家嫂，更不須言語，扶他上轎，連夜開船去便了。」客人依計而行。

却説吕寶回家，恐怕嫂嫂不從，在他跟前不露一字。却私下對渾家做個手勢道：「那兩脚貨，今夜要出脱與江西客人去了。我生怕他哭哭啼啼，先躲出去。黄昏時候，你勸他上轎，日裏且莫對他説。」吕寶自去了，却不曾説明孝髻的事。【眉批】天使其然。〔二〕原來楊氏與王氏妯娌最睦，心中不忍，一時丈夫做主，没奈他何。欲言不言，直挨到西牌時分，只得與王氏透個消息：「我丈夫已將姆姆嫁與江西客人，少停，客人就來取親，教我莫説。我與姆姆情厚，不好瞞得。你房中有什細軟家私，預先收拾，打個包裹，省得一時忙亂。」王氏啼哭起來，叫天叫地起來。楊氏道：「不是奴苦勸姆姆。後生家孤孀，終久不了。吊桶已落在井裏，也是一緣一會，哭也没用！」王氏道：「嬸嬸説那裏話！我丈夫雖説已死，不曾親見。且待三叔回來，定有個真信。如今逼得我好苦！」説罷又哭。楊氏左勸右勸，王氏住了哭説道：「嬸嬸，既要我嫁人，罷了，怎好戴孝髻出門？嬸嬸尋一頂黑髻與奴換了。」楊氏又要忠丈夫之托，又要姆姆面上討好，連忙去尋黑髻來換。也是天數當然，舊髻兒也尋不出一頂。王氏道：「嬸嬸，你是在家的，暫時换你頭上的髻兒與我，明早你教叔叔舖裏取一頂來换了就是。」楊氏道：「使得。」便除下髻來遞與姆姆。王氏將自己孝髻除下，换與楊氏戴了。王氏又换了一身色服。黄昏過後，江西客人引着燈籠火把，擡着一頂花花轎，吹手雖有一副，不敢吹打，如風似雨，飛奔吕家來。吕寶已自與了他暗號，衆人推開大門，只認戴孝髻的就搶。楊氏嚷道：「不是！」衆人那裏管三七二十一，搶上轎時，鼓手吹打，轎夫飛也似擡去了。

一派笙歌上客船，錯疑孝髻是姻緣。
新人若向新郎訴，只怨親夫不怨天。

王氏暗暗叫謝天謝地，關了大門，自去安歇。次日天明，呂寶意氣揚揚，敲門進來，看見是嫂嫂開門，吃了一驚，房中不見了渾家。見嫂子頭上戴的是黑髻，心中大疑。問道：「嫂嫂，你嬸子那裏去了？」王氏暗暗好笑，答道：「昨夜被江西蠻子搶去了。」呂寶道：「那有這話！且問嫂嫂如何不戴孝髻？」王氏將換髻的緣故，述了一遍。呂寶搥胸，只是叫苦。指望賣嫂子，誰知到賣了老婆！江西客人已是開船去了。三十兩銀子，昨晚一夜就賭輸了一大半，再要娶這房媳婦子，今生休想。復又思量，一不做，二不休，有心是這等，再尋個主顧，把嫂子賣了，還有討老婆的本錢。【眉批】關目甚緊。方欲出門，只見門外四五個人，一擁進來。不是別人，却是哥哥呂玉，兄弟呂珍，姪子喜兒，與兩個脚家，馱了行李貨物進門。呂寶自覺無顏，後門逃出，不知去向。

王氏接了丈夫，又見兒子長大回家，問其緣故。呂玉從頭至尾，叙了一遍。王氏也把江西人搶去嬸嬸，呂寶無顏，後門走了一段情節叙出。呂玉道：「我若貪了這二百兩非意之財，怎勾父子相見？若惜了那二十兩銀子，不去撈救覆舟之人，怎能勾兄弟相逢？若不遇兄弟時，怎知家中信息？今日夫妻重會，一家骨肉團圓，皆天使之然也。逆弟賣妻，也是自作自受，皇天報應，的然不爽！」自此益修善行，家道日隆。後來喜兒與陳員外之女做親，子孫繁衍，多有出仕貴顯者。詩云：

本意還金兼得子，立心賣嫂反輸妻。
世間惟有天工巧，善惡分明不可欺。

【校記】

〔一〕本條眉批底本無，據佐伯本補。

〔二〕「天」字，底本缺失，據佐伯本補。

豐樂樓上望
西川動不動
八千里路

空有詞章片
言爭敢動吾
皇敕賜紫袍
帰故里衣錦
还鄉

第六卷　俞仲舉題詩遇上皇

日月盈虧，星辰失度，爲人豈無興衰？子房年幼，逃難在徐邳。伊尹曾耕莘野，子牙嘗釣磻溪。君不見：韓侯未遇，遭胯下受驅馳，蒙正瓦窑借宿，裴度在古廟依棲。時來也，皆爲將相，方表是男兒。

漢武帝元狩二年，四川成都府一秀士司馬長卿，雙名相如。自父母雙亡，孤身無倚，蘿鹽自守。貫串百家，精通經史。雖然游藝江湖，其實志在功名。出門之時，過城北七里許，曰升仙橋，相如大書於橋柱上：「大丈夫不乘駟馬車，不復過此橋。」所以北抵京洛，東至齊楚，遂依梁孝王之門，與鄒陽、枚臯輩爲友。不期梁王薨，相如謝病歸成都市上。臨邛縣有縣令王吉，每每使人相招。一日到彼相會，盤桓旬日。談間言及本處卓王孫巨富，有亭臺池館，華美可玩。縣令着人去説，教他接待。卓王孫貲財巨萬，僮僕數百，門闌奢侈。園中有花亭一所，名曰瑞仙，四面芳菲爛熳，真可游息。京洛名園，皆不能過此。這卓員外喪偶不娶，慕道修真。止有一女，小字文君，年方十九，新寡在家。聰慧過人，姿態出衆。琴棋書畫，無所不通。員外一日早晨，聞説縣令友人司馬長卿，乃文章巨儒，要來游玩園池，特來拜訪，慌忙迎接，至後花園中瑞仙亭上。動問已畢，卓王孫置酒相待。見長卿丰姿俊雅，且是王縣令好友，甚相敬重。【眉批】全不爲長卿之才。道：「先生去縣中安下不便，何不在弊舍權住幾日？」相如感其厚意，遂令人唤琴童携行李來瑞仙亭安下。倏忽半月。

且説卓文君在繡房中閒坐，聞侍女春兒説：「有秀士司馬長卿相訪，員外留他在瑞仙亭安寓。此生丰姿俊雅，且善撫琴。」文君心動，乃於東墻瑣窗内竊窺視相如才貌。「日後必然大貴。但不知有妻無妻？我若得如此之丈夫，平生願足！争奈此人簞瓢屢空，若待媒證求親，俺父親決然不肯。倘若挫過此人，再後難得。」過了兩日，女使春兒見小姐雙眉愁蹙，必有所思，乃對小姐道：「今夜三月十五日，月色光明，何不往花園中散悶則個？」【眉批】春兒通竅。小姐口中不説，心下思量：「自見了那秀才，日夜廢寢忘餐，放心不下。我今主意已定，雖然有虧婦道，是我一世前程。」收拾了些金珠首飾，分付春兒安排酒果：「今夜與你賞月散悶。」春兒打點完備，隨小姐行來。

話中且説相如久聞得文君小姐貌美聰慧，甚知音律，也有心去挑逗他。今夜月明如水，聞花陰下有行動之聲，教琴童私覷，知是小姐。乃焚香一炷，將瑤琴撫弄。文君正行數步，只聽得琴聲清亮，移步將近瑞仙亭，轉過花陰下，聽得所彈音曰：

鳳兮鳳兮思故鄉，遨游四海兮求其凰。時未遇兮無所將，何如今夕兮升斯堂？有艷淑女在閨房，室邇人遐在我傍。何緣交頸爲鴛鴦，期頡頏兮共翱翔！

鳳兮鳳兮從我棲，得托孳尾永爲妃。交情通體心和諧，中夜相從知者誰？【眉批】相如早爲文君決策矣。雙翼俱起翻高飛，無感我思使余悲。

小姐聽罷，對侍女道：「秀才有心，妾亦有心。今夜既到這裏，可去與秀才相見。」遂乃行到亭邊。相如月下見了文君，連忙起身迎接道：「小生夢想花容，何期光降。不及遠接，恕罪，恕罪！」文君斂衽向前道：「高賢下臨，甚缺款待。孤館寂寞，令人相念無已。」相如道：「不勞小姐挂意。小生有琴一張，自能消遣。」文君笑道：「先生不必迂闊。琴中之意，妾已備知。」相如跪下告道：「小生得見花顏，死也甘心。」文君道：「請起，妾今夜到此，與先生賞月，同飲三杯。」春兒排酒果於瑞仙亭上，文君、相如對飲。相如細視文君，果然生得：

眉如翠羽，肌如白雪。振繡衣，披錦裳，濃不短，纖不長。臨溪雙洛浦，對月兩嫦娥。

酒行數巡，文君令春兒收拾前去：「我便回來。」相如道：「小姐不嫌寒陋，願就枕席之歡。」文君笑道：「妾欲奉終身箕帚，豈在一時歡愛乎？」相如問道：「小姐計將安出？」文君道：「如今收拾了些金珠在此。不如今夜同離此間，別處居住。倘後父親想念，搬回一家完聚，豈不美哉！」當下二人同下瑞仙亭，出後園而走。卻是：

鰲魚脱却金鈎去，擺尾摇頭更不回。

且説春兒至天明不見小姐在房，亭子上又尋不見，報與老員外得知。尋到瑞仙亭上，和相如都不見。員外道：「相如是文學之士，爲此禽獸之行！小賤人，你也自幼讀書，豈不聞女子『事無擅爲，行無獨出』？你不聞父命，私奔苟合，非吾女也！」欲要訟之於官，争奈家醜不可外揚，故爾中止。且看他有何面目相見親戚！從此隱忍無語，亦不追尋。

却説相如與文君到家，相如自思囊篋罄然，難以度日。「想我渾家乃富貴之女，豈知如此寂寞！所喜者略無愠色，頗爲賢達。他料想司馬長卿必有發達時分。」正愁悶間，文君至。相如道：「日與渾家商議，欲做些小營運，奈無貲本。」文君道：「我首飾釵釧，儘可變賣。但我父親萬貫家財，豈不能周濟一女？如今不若開張酒肆，妾自當罏，若父親知之，必然懊悔。」相如從其言，修造房屋，開店賣酒。文君親自當罏記帳。忽一日，卓王孫家僮有事到成都府，入肆飲酒。事有凑巧，正來到司馬長卿肆中，見當爐之婦，乃是主翁小姐，吃了一驚。慌忙走回臨邛，報與員外知道。員外滿面羞慚，不肯認女。【眉批】卓王孫自是正理。但杜門不見賓客而已。

再説相如夫婦賣酒，約有半年。忽有天使捧着一紙詔書，問司馬相如名字。到於肆中，説道：「朝廷觀先生所作《子虚賦》，文章浩爛，超越古人。官裏嘆賞，飄飄然有凌雲之志氣，恨不得與此人同時。有楊得意奏言：『此賦是臣之同里司馬長卿所作，見在成都閒居。』天子大喜，特差小官來徵召。走馬臨朝，不許遲延。」相如收拾行裝，即時要行。文君道：「官人此行富貴，則怕忘了瑞仙亭上！」相如道：「小生受小姐大恩，方恨未報，何出此言？」文君道：「秀才們也有兩般，有那君子儒，不論貧富，志行不移；〔一〕有那小人儒，貧時又一般，富時就忘了。」相如道：「小姐放心！」夫妻二人，不忍相別。臨行，文君又囑道：「此時已遂題橋志，莫負當罏滌器人！」

且不説相如同天使登程。却説卓王孫有家僮從長安回，聽得楊得意舉薦司馬相如，蒙朝廷徵召去了。自言：「我女兒有先見之明，【眉批】卓王孫不如太史敫强項。爲見此人才貌雙全，必然顯達，所以成了親事。老夫想起來，男婚女嫁，人之大倫。我女婿不得官時，我先帶侍女春兒同往成都去望，乃是父子之情，無人笑我。若是他得了官時去看他，教人道我趨時奉勢。」【眉批】沒人薦舉時去看更好。次日帶同春兒徑到成都府，尋見文君。文君見了父親，拜道：「孩兒有不孝之罪，望爹爹饒恕！」員外道：「我兒，你想殺我！從前之話，更不須題了。如今且喜朝廷徵召，正稱孩兒之心。我今日送春兒來伏侍，接你回家居住。我自差家僮往長安報與賢婿知道。」文君執意不肯。員外見女兒主意定了，乃將家財之半分授女兒，於成都起建大宅，市買良田，僮僕三四百人，員外伴着女兒同住，等候女婿佳音。

再說司馬相如同天使至京師朝見，獻《上林賦》一篇。天子大喜，即拜爲著作郎，〔二〕待詔金馬門。近有巴蜀開通南夷諸道，用軍興法轉漕繁冗，驚擾夷民。官裏聞知大怒，召相如議論此事，令作諭巴蜀之檄。官裏道：「此一事，欲待差官，非卿不可。」乃拜相如爲中郎將，持節而往，令劍金牌，先斬後奏。相如謝恩，辭天子出朝，一路馳驛而行。到彼處，勸諭巴蜀已平，蠻夷清静。不過半月，百姓安寧，衣錦還鄉。數日之間，已達成都府，本府官員迎接。到於新宅，文君出迎。相如道：「讀書不負人，今日果遂題橋之願。」文君道：「更有一喜，你丈人先到這裏迎接。」相如連聲：「不敢，不敢！」老員外出見，相如向前施禮，彼此相謝，排筵賀喜。自此遂爲成都富室。有詩爲證：

夜靜瑶臺月正圓，清風淅瀝滿林巒。
朱弦慢促相思調，不是知音不與彈。

司馬相如本是成都府一個窮儒，只爲一篇文字上投了至尊之意，一朝發迹。如今再説南宋朝一個貧士，也是成都府人，在濯錦江居住，亦因詞篇遭際，衣錦還鄉。此人姓俞名良，字仲舉，年登二十五歲，幼喪父母，娶妻張氏。這秀才日夜勤攻詩史，滿腹文章。時當春榜動，選場開，廣招天下人才，赴臨安應舉。俞良便收拾琴劍書箱，擇日起程，親朋餞送。分付渾家道：「我去求官，多則三年，少則一載。但得一官半職，即便回來。」道罷相别，跨一蹇驢而去。不則一日，行至中途，偶染一疾，忙尋客店安下，心中煩惱。不想病了半月，身邊錢物使盡，只得將驢兒賣了做盤纏。又怕誤了科場日期，只得買雙草鞋穿了，自背書囊而行。不數日，脚都打破了，鮮血淋漓，於路苦楚。心中想道：「幾時得到杭州！」看着那雙脚，作一詞以述懷抱，名《瑞鶴仙》：

春闈期近也，望帝京迢遞，猶在天際。懊恨這雙脚底，不慣行程，如今怎免得，拖泥帶水。痛難禁，芒鞋五耳。倦行時着意，温存笑語，甜言安慰。争氣。扶持我去，選得官來，那時賞你。穿對朝靴，安排在、轎兒裏。擡來擡去，飽餐羊肉滋味，重教細膩。更尋對、小小脚兒，夜間伴你。

不則一日，已到杭州，至貢院前橋下，有個客店，姓孫，叫做孫婆店，俞良在店中安歇了。過不多幾日，俞良入選場已畢，俱各伺候挂榜。只説舉子們，元來却有這般苦處。假如俞良八千有餘多路，來到臨安，指望一舉成名，争奈時運未至，龍門點額，金榜無名。俞良心中好悶，眼中流淚，自尋思道：「千鄉萬里，來到此間，身邊囊篋消然，如何勾得回鄉？」不免流落杭州。每日出街，有些銀兩，只買酒吃，消愁解悶。看看窮乏，初時還有幾個相識看覷他，【眉批】初時肯看覷的，也就有一半古道了。後面蒿惱人多了，被人憎嫌，但遇見一般秀才上店吃酒，俞良便入去投謁，每日吃兩碗餓酒，爛醉了歸店中安歇。孫婆見了，埋冤道：「秀才，你却少了我房錢不還，每日吃得大醉，却有錢得買酒吃！」俞良也不分説。每日早間，問店小二討些湯洗了面，便出門「長篇見宰相，短卷謁公卿」，搪得幾碗酒吃，【眉批】且説如今長篇短卷，何處搪酒吃？吃得爛醉，直到昏黑，便歸客店安歇。每日如是。

一日，俞良走到衆安橋，見個茶坊，有幾個秀才在裏面，俞良便挨身入去坐地。只見茶博士向前唱個喏，問道：「解元吃甚麽茶？」俞良口中不道，心下思量：「我早飯也不曾吃，却來問我吃茶。身邊銅錢又無，吃了却捉甚麽還他？」便道：「我約一個相識在這裏等，少間客至來問。」茶博士自退。俞良坐于門首，只要看一個相識過，却又遇不着。正悶坐間，只見一個先生，手裏執着一個招兒，上面寫道「如神見」。俞良想是個算命先生，且算一命看。則一請，請那先生入到茶坊裏坐定。俞良說了年月日時，那先生便算。茶博士見了道：「這是他等的相識來了。」便向前問道：「解元吃甚麼茶？」俞良分付：「點兩個椒茶來。」二人吃罷。先生道：「解元好個造物！即目三日之内，有分遇大貴人發迹，貴不可言。」俞良聽說，自想：「我這等模樣，幾時能勾發迹？眼下茶錢也没得還。」便做個意頭，抽身起道：「先生，我若真個發迹時，却得相謝。」便起身走。茶博士道：「解元，茶錢！」俞良道：「我只借坐一坐，你却來問我茶，我那得錢還？先生說我早晚發迹，等我好了，一發還你。」掉了便走。先生道：「解元，命錢未還。」俞良道：「先生得罪，等我發迹，一發相謝。」先生道：「我方纔出來，好不順溜！」茶博士道：「我没興，折了兩個茶錢！」當下自散。

俞良又去赶趁，吃了幾碗餓酒。直到天晚，酩酊爛醉，踉踉蹌蹌，到孫婆店中，昏迷不醒，睡倒了。孫婆見了，大罵道：「這秀才好没道理！少了我若干房錢不肯還，每日吃得大醉。你道别人請你，終不成每日有人請你？」俞良便道：「我醉自醉，干你甚事！别人請不請，也不干你事！」孫婆道：「老娘情願折了許多時房錢，你明日便請出門去。」俞良帶酒胡言漢語，便道：「你要我去，再與我五貫錢，我明日便去。」孫婆聽説，笑將起來道：「從不曾見恁般主顧！白住了許多時店房，到還要詐錢撒潑，也不像斯文體面。」俞良聽得，罵將起來道：「我有韓信之志，你無漂母之仁。我俞某是個飽學秀才，少不得今科不中來科中。你就供養我到來科，打甚麼緊！」【眉批】説得甚通理，其如不信何。乘着酒興，敲臺打凳，弄假成真起來。孫婆見他撒酒風，不敢惹他，關了門，自進去了。俞良弄了半日酒，身體困倦，跌到在床鋪上，也睡去了。【眉批】無聊光景。五更酒醒，想起前情，自覺慚愧。欲要不别而行，又没個去處，正在兩難。

却説孫婆與兒子孫小二商議，没奈何，只得破兩貫錢，倒去陪他個不是，央及他動身，若肯輕輕撒開，便是造化。俞良本待不受，其奈身無半文，只得忍着羞收了這兩貫錢，作謝而去。心下想道：「臨安到成都，有八千里之遥。這兩貫錢，不勾吃幾頓飯，却如何盤費得回去？」出了孫婆店門，在街坊上東走西走，又没尋個相識處。走到飯後，肚裏又饑，心中又悶。「身邊只有兩貫錢，買些酒食吃飽了，跳下西湖，且做個飽鬼。」

當下一徑走出湧金門外西湖邊，見座高樓，上面一面大牌，朱紅大書「豐樂樓」。只聽得笙簧繚繞，鼓樂喧天。俞良立定脚打一看時，只見門前上下首立着兩個人，頭戴方頂樣頭巾，身穿紫衫，脚下絲鞋净襪，叉着手，看着俞良道：「請坐！」俞良見請，欣然而入，直走到樓上，揀一個臨湖傍檻的閣兒坐下。只見一個當日的酒保，便向俞良唱個喏：「覆解元，不知要打多少酒？」俞良道：「我約一個相識在此。你可將兩雙筯放在卓上，鋪下兩隻盞，等一等來問。」酒保見説，便將酒缸、酒提、匙、筯、盞、楪放在面前，盡是銀器。俞良口中不道，心中自言：「好富貴去處，我却這般生受！只有兩貫錢在身邊，做甚用？」少頃，酒保又來問：「解元要多少酒打來？」俞良便道：「我那相識眼見的不來了，你與我打兩角酒來。」酒保便應了。又問：「解元，要甚下酒？」俞良道：「隨你把來。」當下酒保只當是個好客，折莫甚新鮮果品、可口肴饌、海鮮案酒之類，鋪排面前，般般都有。將一個銀酒缸盛了兩角酒，安一把杓兒，酒保頻將酒盪。俞良獨自一個，從晌午前直吃到日晡時後，面前案酒，吃得闌殘。俞良手撫雕欄，下視湖光，心中愁悶。唤將酒保來：「煩借筆硯則個。」酒保道：「解元借筆硯，莫不是要題詩賦？却不可污了粉壁，【眉批】污粉壁的真可恨。本店自有詩牌。若是污了粉壁，小人今日當直，便折了這一日日事錢。」俞良道：「恁地時，取詩牌和筆硯來。」須臾之間，酒保取到詩牌筆硯，安在卓上。俞良道：「你自退，我教你便來。不叫時，休來。」當下酒保自去。

俞良拽上閣門，用凳子頂住，自言道：「我只要顯名在這樓上，教後人知我。【眉批】大丈夫直想在酒樓上顯名，可憐蟲。你却教我寫在詩牌上則甚？」想起身邊只有兩貫錢，吃了許多酒食，捉甚還他？不如題了詩，推開窗，看着湖裏，只一跳，做一個飽鬼。當下磨得墨濃，蘸得筆飽，拂拭一堵壁子乾净，寫下《鵲橋仙》詞：

來時秋暮，到時春暮，歸去又還秋暮。豐樂樓上望西川，動不動、八千里路。青山無數，白雲無數，緑水又還無數。人生七十古來稀，算恁地光陰，能來得幾度！

題畢，去後面寫道：「錦里秀才俞良作。」放下筆，不覺眼中流淚，自思量道：「活他做甚，不如尋個死處，免受窮苦！」當下推開檻窗，望着下面湖水，待要跳下去，争奈去岸又遠，倘或跳下去不死，攧折了腿脚，如何是好？【眉批】到底自惜一死。心生一計，解下腰間繫的舊絛，一搭搭在閣兒裏梁上，做一個活落圈。俞良嘆了一口氣，却待把頭鑽入那圈裏去，你道好凑巧！那酒保見多時不叫他，走來閣兒前，見關着門，不敢敲，去那窗眼裏打一張，只見俞良在内，正要鑽入圈裏去，又不捨得死。酒保吃了一驚，火急向前推開門，入到裏面，一把抱住俞良道：「解元甚做作！你自死了，須連累我店中！」聲張起來，樓下掌管、師工、酒保、打雜人等，都上樓來，一時嚷動。衆人看那俞良時，却有八分酒，只推醉，口裏胡言亂語不住聲。酒保看那壁上時，茶盞來大小字寫了一壁，叫苦不迭：「我今朝却不没興，這一日事錢休了也！」道：「解元，吃了酒，便算了錢回去。」俞良道：「做甚麽？你要便打殺了我！」酒保道：「解元，不要尋鬧。你今日吃的酒錢，總算起來，共該五兩銀子。」俞良道：「若要我五兩銀子，你要我性命便有，那得銀子還你！我自從門前走過，你家兩個着紫衫的邀住我，請我上樓吃酒。我如今没錢，只是死了罷。」便望窗檻外要跳，諕得酒保連忙抱住。

當下衆人商議：「不知他在那裏住，忍悔氣放他去罷。不時做出人命來，明日怎地分説？」便問俞良道：「解元，你在那裏住？」俞良道：「我住在貢院橋孫婆客店裏。我是西川成都府有名的秀才，因科舉來此間。【眉批】虧他還説。若我回去，路上攧在河裏水裏，明日都放不過你們。」衆人道：「若真個死了時不好。」只得忍悔氣，着兩個人送他去，有個下落，省惹官司。當下教兩個酒保，攙扶他下樓。出門迤逦上路，却又天色晚了，兩個人一路扶着，到得孫婆店前，那客店門却關了。酒保便把俞良放在門前，却去敲門。裏面只道有甚客來，連忙開門。酒保見開了門，撒了手便走。俞良東倒西歪，踉踉蹌蹌，只待要攧。孫婆討燈來一照，却是俞良，吃了一驚，没奈何，叫兒子孫小二扶他入房裏去睡了。孫婆便罵道：「昨日在我家蒿惱，白白裏送了他兩貫錢。説道還鄉去，却元來將去買酒吃。」俞良只推醉，由他駡，不敢則聲。【眉批】可憐。正是：

人無氣勢精神減，囊少金錢應對難。

話分兩頭。却説南宋高宗天子傳位孝宗，自爲了太上皇，居于德壽宫。孝宗盡事親之道，承顔順志，惟恐有違。自朝賀問安，及良辰美景，父子同游之外，上皇在德壽宫閒暇，每同内侍官到西湖游玩。或有時恐驚擾百姓，微服潛行，以此爲常。忽一日，上皇來到靈隱寺冷泉亭閒坐。怎見得冷泉亭好處？有張輿詩四句：

朵朵峰巒擁翠華，倚雲樓閣是僧家。
憑欄盡日無人語，濯足寒泉數落花。

上皇正坐觀泉，寺中住持僧獻茶。有一行者，手托茶盤，高擎下跪。上皇龍目觀看，見他相貌魁梧，且是執禮恭謹，御音問道：「朕看你不像個行者模樣，可實説是何等人？」那行者雙行流淚，拜告道：「臣姓李名直，原任南劍府太守。得罪於監司，被誣贓罪，廢爲庶人，家貧無以糊口。本寺住持是臣母舅，權充行者，覓些粥食，以延微命。」【眉批】罷官後遂至依僧糊口，其廉可知。監司誣以贓罪，豈不誠冤。上皇惻然不忍道：「待朕回宫，當與皇帝言之。」是晚回宫，恰好孝宗天子差太監到德壽宫問安，上皇就將南劍太守李直分付去了，要皇帝復其原官。

過了數日，上皇再到靈隱寺中，那行者依舊來送茶。上皇問道：「皇帝已復你的原官否？」那行者叩頭奏道：「還未。」上皇面有愧容。次日，孝宗天子恭請太上皇、皇太后幸聚景園。上皇不言不笑，似有怨怒之意。孝宗奏道：「今日風景融和，願得聖情開悅。」上皇嘿然不答。太后道：「孩兒好意招老夫婦游玩，没事惱做甚麽？」上皇嘆口氣道：「『樹老招風，人老招賤。』朕今年老，説來的話都没人作準了。」孝宗愕然，正不知爲甚緣故，叩頭請罪。上皇道：「朕前日曾替南劍府太守李直説個分上，竟不作準。昨日於寺中復見其人，令我愧殺。」孝宗道：「前奉聖訓，次日即諭宰相。宰相説李直贜污狼籍，難以復用。既承聖眷，此小事，來朝便行。今日且開懷一醉。」上皇方纔回嗔作喜，盡醉方休。第二日，孝宗再諭宰相，要起用李直。宰相依舊推辭，孝宗道：「此是太上主意。昨日發怒，朕無地縫可入。便是大逆謀反，也須放他。」遂盡復其原官。此事閣起不題。

再説俞良在孫婆店借宿之夜，上皇忽得一夢，夢游西湖之上，見毫光萬道之中，却有兩條黑氣衝天，竦然驚覺。至次早，宣個圓夢先生來，説其備細。先生奏道：「乃是有一賢人流落此地，游於西湖，口吐怨氣衝天，故托夢於上皇，必主朝廷得一賢人。應在今日，不注吉凶。」上皇聞之大喜，賞了圓夢先生。遂入宮中，更換衣裝，扮作文人秀才，帶幾個近侍官，都扮作斯文模樣，一同信步出城。行至豐樂樓前，正見兩個着紫衫的，又在門前邀請。當下上皇與近侍官一同入酒肆中，走上樓去。那一日樓上閣兒恰好都有人坐滿，只有俞良夜來尋死的那閣兒關着。上皇便揭開簾兒，却待入去，只見酒保告：「解元，不可入去，這閣兒不順溜！今日主人家便要打醋炭了。待打過醋炭，却教客人吃酒。」上皇便問：「這閣兒如何不順溜？」酒保告：「解元，説不可盡。夜來有個秀才，是西川成都府人，因赴試不第，流落在此。獨自一個在這閣兒裏，吃了五兩銀子酒食，吃的大醉。直至日晚，身邊無銀子還酒錢，便放無賴，尋死覓活，自割自吊。没奈何怕惹官司，只得又賠店裏兩個人送他歸去。且是住的遠，直到貢院橋孫婆客店裏歇。因此不順溜，主家要打醋炭了，方教客人吃酒。」上皇見説道：「不妨，我們是秀才，不懼此事。」遂乃一齊坐下。上皇擡頭只見壁上茶盞來大小字寫滿，却是一隻《鵲橋仙》詞。讀至後面寫道「錦里秀才俞良作」，龍顔暗喜，想道：「此人正是應夢賢士，這詞中有怨望之言。」便問酒保：「此詞是誰所作？」酒保告：「解元，此詞便是那夜來撒賴秀才寫的。」上皇聽了，便問：「這秀才見在那裏住？」酒保道：「見在貢院橋孫婆客店裏安歇。」上皇買些酒食吃了，算了酒錢，起身回宫。

一面分付内侍官，傳一道旨意，着地方官於貢院橋孫婆店中，取錦里秀才俞良火速回奏。内侍傳將出去，只説太上聖旨，要唤俞良，却不曾叙出緣由明白。地方官心下也只糊塗，當下奉旨飛馬到貢院橋孫婆店前，左右的一索搵住孫婆。因走得氣急，口中連唤：「俞良，俞良！」孫婆只道被俞良所告，驚得面如土色，【眉批】孫婆忠厚人。雙膝跪下，只是磕頭。差官道：「那婆子莫忙。官裏要西川秀才俞良，在你店中也不在？」孫婆方敢回言道：「告恩官，有却有個俞秀才在此安下，只是今日清早起身回家鄉去了。家中兒子送去，兀自未回。臨行之時，又寫一首詞在壁上。官人如不信，下馬來看便見。」差官聽説，入店中看時，見壁上真個有隻詞，墨迹尚然新鮮，詞名也是《鵲橋仙》，道是：

杏花紅雨，梨花白雪，羞對短亭長路。東君也解數歸程，遍地落花飛絮。

胸中萬卷，筆頭千古，方信儒冠多誤。青霄有路不須忙，便着輛草鞋歸去。

元來那俞良隔夜醉了，由那孫婆駡了一夜。到得五更，孫婆怕他又不去，教兒子小二清早起來，押送他出門。俞良臨去，就壁上寫了這隻詞。孫小二送去，兀自未回。差官見了此詞，便教左右抄了，飛身上馬。另將一匹空馬，也教孫婆騎坐，一直望北赶去。路上正迎見孫小二，差官教放了孫婆，將孫小二搵住，問俞良安在。孫小二戰戰兢兢道：「俞秀才爲盤纏缺少，躊躕不進，見在北關門邊湯團鋪裏坐。」當下就帶孫小二做眼，飛馬赶到北關門下。只見俞良立在那竈邊，手裏拿着一碗湯團正吃哩，被使命叫一聲：「俞良聽聖旨。」諕得俞良大驚，連忙放下碗，走出門跪下。使命口宣上皇聖旨：「教俞良到德壽宫見駕。」俞良不知分曉，一時被衆人簇擁上馬，迤逦直到德壽宫，各人下馬，且于侍班閣子内聽候傳宣。

地方官先在宫門外叩頭復命：「俞良秀才取到了。」上皇傳旨，教俞良借紫入内。俞良穿了紫衣軟帶，紗帽皂靴，到得金階之下，拜舞起居已畢。上皇傳旨，問俞良：「豐樂樓上所寫《鵲橋仙》詞，是卿所作？」俞良奏道：「是臣醉中之筆，不想驚動聖目。」上皇道：「卿有如此才，不遠千里而來，應舉不中，是主司之過也。卿莫有怨望之心。」俞良奏道：「窮達皆天，臣豈敢怨！」上皇曰：「以卿大才，豈不堪任一方之寄？朕今賜卿衣紫，説與皇帝，封卿大官，卿意若何？」俞良叩頭拜謝曰：「臣有何德能，敢膺聖眷如此！」上皇曰：「卿當于朕前，或詩或詞，可做一首，勝如使命所抄店中壁上之作。」俞良奏乞題目。上皇曰：「便只指卿今日遭遇朕躬爲題。」俞良領旨，左右便取過文房四寶，放在俞良面前。俞良一揮而就，做了一隻詞，名《過龍門令》：

冒險過秦關，跋涉長江，崎嶇萬里到錢塘。舉不成名歸計拙，趁食街坊。
命蹇苦難當，空有詞章，片言争敢動吾皇。敕賜紫袍歸故里，衣錦還鄉。

上皇看了，龍顔大喜，對俞良道：「卿要衣錦還鄉，朕當遂卿之志。」當下御筆親書六句：

錦里俞良，妙有詞章。
高才不遇，落魄堪傷。
敕賜高官，衣錦還鄉。

分付内侍官，將這道旨意，送與皇帝，就引俞良去見駕。孝宗見了上皇聖旨，因數日前爲南劍太守李直一事，險些兒觸了太上之怒，今番怎敢遲慢？【眉批】亦是機會湊巧。想俞良是錦里秀才，如今聖旨批賜衣錦還鄉，若用他別處地方爲官，又恐拂了太上的聖意，即刻批旨：「俞良可授成都府太守，加賜白金千兩，以爲路費。」【眉批】孝宗所以爲孝。次日，俞良紫袍金帶，當殿謝恩已畢，又往德壽宫，謝了上皇。將御賜銀兩備辦鞍馬僕從之類，又將百金酬謝孫婆。前呼後擁，榮歸故里，不在話下。

是日孝宗御駕親往德壽宫朝見上皇，謝其賢人之賜。上皇又對孝宗説道：「傳旨遍行天下，下次秀才應舉，須要鄉試得中，然後赴京殿試。」今時鄉試之例，皆因此起，流傳至今，永遠爲例矣。

昔年司馬逢楊意，今日俞良際上皇。
若使文章皆遇主，功名遲早又何妨。

【校記】

〔一〕「志行不移」，底本及諸校本均作「志行不私」，據文意改。

〔二〕「即」，底本作「耶」，據佐伯本改，早大本同佐伯本。

主人恩義重宴
出紅粧寵

憑此火光三昧要
見本来面目

第七卷　陳可常端陽仙化

利名門路兩無憑，百歲風前短焰燈。
只恐爲僧僧不了，爲僧得了盡輪僧。

話說大宋高宗紹興年間，温州府樂清縣，有一秀才，姓陳名義，字可常，年方二十四歲。生得眉目清秀，且是聰明，無書不讀，無史不通。紹興年間，三舉不第，就於臨安府衆安橋命舖，算看本身造物。那先生言：「命有華蓋，却無官星，只好出家。」陳秀才自小聽得母親説，生下他時，夢見一尊金身羅漢投懷。今日功名蹭蹬之際，又聞星家此言，忿一口氣，回店歇了一夜，早起算還了房宿錢，僱人挑了行李，徑來靈隱寺投奔印鐵牛長老出家，做了行者。這個長老，博通經典，座下有十個侍者，號爲甲、乙、丙、丁、戊、己、庚、辛、壬、癸，皆讀書聰明。陳可常在長老座下做了第二位侍者。

紹興十一年間，高宗皇帝母舅吴七郡王，時遇五月初四日，府中裹粽子。當下郡王鈞旨分付都管：「明日要去靈隱寺齋僧，可打點供食齊備。」都管領鈞旨，自去關支銀兩，買辦什物，打點完備。至次日早飯後，郡王點看什物，上轎。帶了都管、幹辦、虞候、押番一干人等，出了錢塘門，過了石涵橋、大佛頭，徑到西山靈隱寺。先有報帖報知，長老引衆僧鳴鑼擂鼓，〔一〕接郡王上殿燒香，請至方丈坐下。長老引衆僧參拜獻茶，分立兩傍。郡王說：「每年五月重五，入寺齋僧解粽，今日依例布施。」院子擡供食獻佛，大盤托出粽子，各房都要散到。郡王閒步廊下，見壁上有詩四句：

齊國曾生一孟嘗，晉朝鎮惡又高强。
五行偏我遭時蹇，欲向星家問短長。

郡王見詩道：「此詩有怨望之意，不知何人所作？」回至方丈，長老設宴管待。郡王問：「長老，你寺中有何人能作得好詩？」長老：「覆恩王，敝寺僧多，座下有甲、乙、丙、丁、戊、己、庚、辛、壬、癸十個侍者，皆能作詩。」郡王說：「與我喚來！」長老：「覆恩王，止有兩個在敝寺，這八個教去各莊上去了。」只見甲、乙二侍者，到郡王面前。郡王叫甲侍者：「你可作詩一首。」甲侍者稟乞題目，郡王教就將粽子爲題。甲侍者作詩曰：

四角尖尖草縛腰，浪蕩鍋中走一遭。

若還撞見唐三藏，將來剥得赤條條。

郡王聽罷，大笑道：「好詩，却少文采。」再唤乙侍者作詩。乙侍者問訊了，乞題目，也交將粽子爲題。作詩曰：

香粽年年祭屈原，齋僧今日結良緣。
滿堂供盡知多少，生死工夫那個先？

郡王聽罷，大喜道：「好詩！」問乙侍者：「廊下壁間詩，是你作的？」乙侍者：「覆恩王，是侍者做的。」郡王道：「既是你做的，你且解與我知道。」乙侍者道：「齊國有個孟嘗君，養三千客，他是五月五日午時生。晉國有個大將王鎮惡，此人也是五月五日午時生。小侍者也是五月五日午時生，却受此窮苦，以此做下四句自嘆。」【眉批】命之理微，多有八字同而貧富貴賤不同者，相法亦然。郡王問：「你是何處人氏？」侍者答道：「小侍者是温州府樂清縣人氏，姓陳名義，字可常。」郡王見侍者言語清亮，人才出衆，意欲擡舉他，當日就差押番，去臨安府僧録司討一道度牒，將乙侍者剃度爲僧，就用他表字可常，爲佛門中法號，就作郡王府内門僧。郡王至晚回府，不在話下。

光陰似箭，不覺又早一年。至五月五日，郡王又去靈隱寺齋僧。長老引可常并衆僧接入方丈，少不得安排齋供，款待郡王。坐間，叫可常到面前道：「你做一篇詞，要見你本身故事。」可常問訊了，口念一詞，名《菩薩蠻》：

平生只被今朝誤，今朝却把平生補。重午一年期，齋僧只待時。主人恩義重，兩載蒙恩寵。清净得爲僧，幽閒度此生。

郡王大喜，盡醉回府，將可常帶回，見兩國夫人説：「這個和尚是温州人氏，姓陳名義，三舉不第，因此棄俗出家，在靈隱寺做侍者。我見他作得好詩，就剃度他爲門僧，法號可常。如今一年了，今日帶回府來，參拜夫人。」夫人見説，十分歡喜，又見可常聰明樸實，一府中人都歡喜。郡王與夫人解粽，就將一個與可常，教做「粽子詞」，還要《菩薩蠻》。可常問訊了，乞紙筆寫出一詞來：

包中香黍分邊角，綵絲剪就交絨索。樽俎泛菖蒲，年年五月初。主人恩義重，對景承歡寵。何日玩山家？葵蒿三四花。

郡王見了大喜，傳旨喚出新荷姐，就教他唱可常這詞。那新荷姐生得眉長眼細，面白唇紅，舉止輕盈。手拿象板，立于筵前，唱起遶梁之聲，衆皆喝采。郡王又教可常做新荷姐詞一篇，【眉批】和尚預内席已異，又使詠新荷，如是誨淫也。還要《菩薩蠻》。可常執筆便寫，詞曰：

天生體態腰肢細，新詞唱徹歌聲利。一曲泛清奇，揚塵簌簌飛。主人恩義重，宴出紅妝寵。便要賞新荷，時光也不多！

郡王越加歡喜。至晚席散，着可常回寺。

至明年五月五日，郡王又要去靈隱寺齋僧。不想大雨如傾，郡王不去，分付院公：「你自去分散衆僧齋供，就教同可常到府中來看看。」院公領旨去靈隱寺齋僧，説與長老：「郡王交同可常回府。」長老説：「近日可常得一心病，不出僧房，【眉批】關目。我與你同去問他。」院公與長老同至可常房中。可常睡在床上，分付院公：「拜覆恩王，小僧心病發了，去不得。有一柬帖，與我呈上恩王。」院公聽説，帶來這封柬帖回府。郡王問：「可常如何不來？」院公：「告恩王，可常連日心疼病發，來不得。教男女奉上一簡，他親自封好。」郡王拆開看，又是《菩薩蠻》詞一首：

去年共飲菖蒲酒，今年却向僧房守。好事更多磨，教人没奈何。主人恩義重，知我心頭痛。待要賞新荷，争知疾愈麽？

郡王隨即唤新荷出來唱此詞。有管家婆禀：「覆恩王，近日新荷眉低眼慢，乳大腹高，出來不得。」郡王大怒，將新荷送盡府中五夫人勘問。新荷供説：「我與可常奸宿有孕。」五夫人將情詞覆恩王。郡王大怒：「可知道這秃驢詞内都有賞新荷之句，他不是害什麽心病，是害的相思病！今日他自覺心虧，不敢到我府中。」教人分付臨安府，差人去靈隱寺，拿可常和尚。臨安府差人去靈隱寺印長老處要可常，長老離不得安排酒食，送些錢鈔與公人。常言道：「官法如爐，誰肯容情。」可常推病不得，只得掙闒起來，隨着公人到臨安府廳上跪下。府主升堂：

　　鼕鼕牙鼓響，公吏兩邊排。
　　閻王生死案，東嶽攝魂臺。

帶過可常問道：「你是出家人，郡王怎地恩顧你，緣何做出這等没天理的事出來？你快快招了！」可常說：「并無此事。」府尹不聽分辨，「左右拿下好生打！」左右將可常拖倒，打得皮開肉綻，鮮血迸流。可常招道：「小僧果與新荷有奸，一時念頭差了，供招是實。」將新荷勘問，一般供招。臨安府將可常、新荷供招呈上郡王。郡王本要打殺可常，因他滿腹文章，不忍下手，【眉批】有此一念，還是賢王。賴有此一念，不曾枉殺可常也。監在獄中。

　　却說印長老自思：「可常是個有德行和尚，日常山門也不出，只在佛前看經。便是郡王府裏喚去半日，未晚就回，又不在府中宿歇，此奸從何而來？【眉批】官府不細察理，不知枉了多少人。內中必有蹺蹊！」連忙入城去傳法寺，央住持槁大惠長老同到府中，與可常討饒。郡王出堂，賜二長老坐，待茶。郡王開口便說：「可常無禮！我平日怎麼看待他，却做下不仁之事！」二位長老跪下，再三稟說：「可常之罪，僧輩不敢替他分辨，但求恩王念平日錯愛之情，可以饒恕一二。」郡王請二位長老回寺：「明日分付臨安府量輕發落。」印長老開言：「覆恩王，此事日久自明。」郡王聞言心中不喜，退入後堂，再不出來。二位長老見郡王不出，也走出府來。槁長老說：「郡王嗔怪你說『日久自明』。他不肯認錯，【眉批】不肯認錯，正是大錯。富貴人作惡業，多坐此病。便不出來。」印長老便說：「可常是個有德行的，日常無事，山門也不出，只在佛前看經。便是郡王府裏喚去，去了半日便回，又不曾宿歇，此奸從何而來？故此小僧說『日久自明』，必有冤枉。」槁長老道：「『貧不與富敵，賤不與貴争。』僧家怎敢與王府争得是非？這也是宿世冤業，且得他量輕發落，却又理會。」說罷，各回寺去了，不在話下。

次日，郡王將封簡子去臨安府，即將可常、新荷量輕打斷。有大尹稟郡王：「待新荷産子，可斷。」郡王分付，便要斷出。府官只得將僧可常追了度牒，杖一百，發靈隱寺，轉發寧家當差。將新荷杖八十，發錢塘縣轉發寧家，追原錢一千貫還郡王府。却說印長老接得可常，滿寺僧衆教長老休要安着可常在寺中，玷辱宗風。長老對衆僧說：「此事必有蹺蹊，久後自明。」【眉批】印長老通達。〔二〕長老令人山後搭一草舍，教可常將息棒瘡好了，着他自回鄉去。

且説郡王把新荷發落寧家，追原錢一千貫。新荷父母對女兒説：「我又無錢，你若有私房積蓄，將來凑還府中。」新荷説：「這錢自有人替我出。」張公駡道：「你這賤人！與個窮和尚通奸，他的度牒也被追了，却那得錢來替你還府中？」新荷説：「可惜屈了這個和尚！【眉批】日久自明了。我自與府中錢原都管有奸，他見我有孕了，恐事發：『到郡王面前，只供與可常和尚有奸。郡王喜歡可常，必然饒你。我自來供養你家，并使用錢物。』説過的話，今日只去問他討錢來用，并還官錢。我一個身子被他騙了，先前説過的話，如何賴得？他若欺心不招架時，左右做我不着，你兩個老人家將我去府中，等我郡王面前實訴，也出脱了可常和尚。」父母聽得女兒説，便去府前伺候錢都管出來，把上項事一一説了。錢都管到焦躁起來，駡道：「老賤才！老無知！好不識廉耻！自家女兒偷了和尚，官司也問結了，却説恁般鬼話來圖賴人！你欠了女兒身價錢，没處措辦時，好言好語，告個消乏，或者可憐你的，一兩貫錢助了你也不見得。你却説這樣没根蒂的話來，傍人聽見時，教我怎地做人？」【眉批】惡人偏口硬。駡了一頓，走開去了。

張老只得忍氣吞聲回來，與女兒説知。新荷見説，兩淚交流，乃言：「爹娘放心，明日却與他理會。」至次日，新荷跟父母到郡王府前，連聲叫屈。郡王即時叫人拿來，却是新荷父母。郡王罵道：「你女兒做下迷天大罪，到來我府前叫屈！」張老跪覆：「恩王，小的女兒没福，做出事來，其中屈了一人，望恩王做主！」郡王問：「屈了何人？」張老道：「小人不知，只問小賤人便有明白。」郡王問：「賤人在那裏？」張老道：「在門首伺候。」郡王唤他入來，問他詳細。新荷入到府堂跪下。郡王問：「賤人，做下不仁之事，你今説屈了甚人？」新荷：「告恩王，賤妾犯奸，妄屈了可常和尚。」郡王問：「緣何屈了他？你可實説，我到饒你。」新荷告道：「賤妾犯奸，却不干可常之事。」郡王道：「你先前怎地不説？」新荷告道：「妾實被幹辦錢原奸騙。有孕之時，錢原怕事露，分付妾：『如若事露，千萬不可説我，只説與可常和尚有奸。因郡王喜歡可常，必然饒你。』」郡王罵道：「你這賤人，怎地依他説，害了這個和尚！」新荷告道：「錢原説：『你若無事退回，我自養你一家老小，如要原錢還府，也是我出。』今日賤妾寧家，恩王責取原錢，一時無措，只得去問他討錢還府中。以此父親去與他説，到把父親打罵，被害無辜。妾今訴告明白，情願死在恩王面前。」郡王道：「先前他許供養你一家，有甚表記爲證？」【眉批】有理有理，當初冤可常時，有何表記爲證，何不問而輕信乎？新荷：「告恩王，錢原許妾供養，妾亦怕他番悔，已拿了他上直朱紅牌一面爲信。」郡王見説，十分大怒，跌脚大駡：「潑賤人！屈了可常和尚！」就着人分付臨安府，拿錢原到廳審問拷打，供認明白。一百日限滿，脊杖八十，送沙門島牢城營料高。新荷寧家，饒了一千貫原錢。隨即差人去靈隱寺取可常和尚來。

却說可常在草舍中將息好了，又是五月五日到。可常取紙墨筆來，寫下一首《辭世頌》：

生時重午，爲僧重午，得罪重午，死時重午。爲前生欠他債負，若不當時承認，又恐他人受苦。今日事已分明，不若抽身回去。【眉批】一首《辭世頌》，收拾一回小說。

五月五日午時書，赤口白舌盡消除；

五月五日天中節，赤口白舌盡消滅。

可常作了《辭世頌》，走出草舍邊，有一泉水。可常脱了衣裳，遍身抹净，穿了衣服，入草舍結跏趺坐圓寂了。道人報與長老知道，長老將自己龕子，妝了可常，擡出山頂。長老正欲下火，只見郡王府院公來取可常。長老道：「院公，你去稟覆恩王，可常坐化了，正欲下火。郡王來取，今且暫停，待恩王令旨。」院公説：「今日事已明白，不干可常之事。皆因屈了，教我來取，却又圓寂了。我去稟恩王，必然親自來看下火。」院公急急回府，將上項事并《辭世頌》呈上，郡王看了大驚。

次日，郡王同兩國夫人去靈隱寺燒化可常。衆僧接到後山，郡王與兩國夫人親自拈香罷，郡王坐下。印長老帶領衆僧看經畢。印長老手執火把，口中念道：

留得屈原香粽在，龍舟競渡盡争先。
從今剪斷緑絲索，不用來生復結緣。

恭惟圓寂可常和尚：重午本良辰，誰把蘭湯浴？角黍漫包金，菖蒲空切玉。須知《妙法華》，大乘俱念足。手不折新荷，枉受攀花辱。目下事分明，唱徹《陽關》曲。今日是重午，歸西何太速！寂滅本來空，管甚時辰毒？山僧今日來，贈與光明燭。憑此火光三昧，要見本來面目。【眉批】印長老文理甚通。咦！

唱徹當時《菩薩蠻》，撒手便歸兜率國。

衆人只見火光中現出可常，問訊謝郡王、夫人、長老并衆僧：「只因我前生欠宿債，今世轉來還，吾今歸仙境，再不往人間。吾是五百尊羅漢中名常歡喜尊者。」【眉批】羅漢名亦佳。正是：

從來天道豈癡聾？好醜難逃久照中。
説好勸人歸善道，算來修德積陰功。

【校記】

〔一〕「鳴鑼擂鼓」，三桂堂本作「鳴鐘擂鼓」。

〔二〕本條眉批底本無，據三桂堂本補。

碾玉生活
誰家稚子鳴榔板
驚起鴛鴦兩處飛

咸陽王捺不下烈火
性郭排軍禁不住閒
磕牙

第八卷　崔待詔生死冤家

宋人小説題作《碾玉觀音》

山色晴嵐景物佳，暖烘回雁起平沙。東郊漸覺花供眼，南陌依稀草吐芽。
堤上柳，未藏鴉，尋芳趁步到山家。隴頭幾樹紅梅落，紅杏枝頭未着花。

這首《鷓鴣天》説孟春景致，原來又不如仲春詞做得好：

每日青樓醉夢中，不知城外又春濃。杏花初落疏疏雨，楊柳輕摇淡淡風。
浮畫舫，躍青驄，小橋門外緑陰籠。行人不入神仙地，人在珠簾第幾重？

這首詞説仲春景致，原來又不如黄夫人做着季春詞又好：

先自春光似酒濃，時聽燕語透簾櫳。小橋楊柳飄香絮，山寺緋桃散落紅。
鶯漸老，蝶西東，春歸難覓恨無窮。侵階草色迷朝雨，滿地梨花逐曉風。

這三首詞，都不如王荊公看見花瓣兒片片風吹下地來，原來這春歸去，是東風斷送的。有詩道：

春日春風有時好，春日春風有時惡。

不得春風花不開，花開又被風吹落。

蘇東坡道：「不是東風斷送春歸去，是春雨斷送春歸去。」有詩道：

雨前初見花間蕊，雨後全無葉底花。

蜂蝶紛紛過牆去，却疑春色在鄰家。

秦少游道：「也不干風事，也不干雨事，是柳絮飄將春色去。」有詩道：

三月柳花輕復散，飄颺澹蕩送春歸。

此花本是無情物，一向東飛一向西。

邵堯夫道：「也不干柳絮事，是蝴蝶採將春色去。」【眉批】此等閒話是宋元人勝過今人處。有詩道：

花正開時當三月，蝴蝶飛來忙劫劫。

採將春色向天涯，行人路上添凄切。

曾兩府道：「也不干蝴蝶事，是黃鶯啼得春歸去。」有詩道：

花正開時艷正濃，春宵何事惱芳叢？

黃鸝啼得春歸去，無限園林轉首空。

朱希真道：「也不干黃鶯事，是杜鵑啼得春歸去。」有詩道：

杜鵑叫得春歸去，吻邊啼血尚猶存。
庭院日長空悄悄，教人生怕到黃昏！

蘇小小道：「都不干這幾件事，是燕子銜將春色去。」有《蝶戀花》詞爲證：

妾本錢塘江上住，花開花落，不管流年度。燕子銜將春色去，紗窗幾陣黃梅雨。
斜插犀梳雲半吐，檀板輕敲，唱徹黃金縷。歌罷綵雲無覓處，夢回明月生南浦。

王巖叟道：「也不干風事，也不干雨事，也不干柳絮事，也不干蝴蝶事，也不干黃鶯事，也不干杜鵑事，也不干燕子事。是九十日春光已過，春歸去。」曾有詩道：

怨風怨雨兩俱非，風雨不來春亦歸。
腮邊紅褪青梅小，口角黃消乳燕飛。
蜀魄健啼花影去，吴蠶强食柘桑稀。【眉批】好詞料。
直惱春歸無覓處，江湖辜負一簑衣。

說話的，因甚說這春歸詞？紹興年間，行在有個關西延州延安府人，本身是三鎮節度使、咸安郡王。當時怕春歸去，將帶着許多鈞眷游春。【眉批】來脉甚逶迤。至晚回家，來到錢塘門裏車橋，前面鈞眷轎子過了，後面是郡王轎子到來。則聽得橋下裱褙鋪裏一個人叫道：「我兒出來看郡王！」當時郡王在轎裏看見，叫幫窗虞候道：「我從前要尋這個人，今日却在這裏。只在你身上，明日要這個人入府中來。」當時虞候聲諾，來尋這個看郡王的人，是甚色目人？正是：

塵隨車馬何年盡？情繫人心早晚休。

只見車橋下一個人家，門前出着一面招牌，寫着「璩家裝裱古今書畫」。鋪裏一個老兒，引着一個女兒，生得如何？

雲鬢輕籠蟬翼，蛾眉淡拂春山，朱唇綴一顆櫻桃，皓齒排兩行碎玉。蓮步半折小弓弓，鶯囀一聲嬌滴滴。

便是出來看郡王轎子的人。虞候即時來他家對門一個茶坊裏坐定，婆婆把茶點來。虞候道：「啓請婆婆，過對門裱褙鋪裏請璩大夫來説話。」婆婆便去請到來，兩個相揖了就坐。璩待詔問：「府幹有何見諭？」虞候道：「無甚事，閒問則個。適來叫出來看郡王轎子的人是令愛麽？」待詔道：「正是拙女，止有三口。」虞候又問：「小娘子貴庚？」待詔應道：「一十八歲。」再問：「小娘子如今要嫁人，却是趨奉官員？」待詔道：「老拙家寒，那討錢來嫁人，將來也只是獻與官員府第。」虞候道：「小娘子有甚本事？」待詔説出女孩兒一件本事來，有詞寄《眼兒媚》爲證：

深閨小院日初長，嬌女綺羅裳。不做東君造化，金針刺繡群芳。斜枝嫩葉包開蕊，唯只欠馨香。曾向園林深處，引教蝶亂蜂狂。

原來這女兒會繡作。虞候道：「適來郡王在轎裏，看見令愛身上繫着一條繡裹肚。府中正要尋一個繡作的人，老丈何不獻與郡王？」璩公歸去，與婆婆説了。到明日寫一紙獻狀，獻來府中。郡王給與身價，因此取名秀秀養娘。

不則一日，朝廷賜下一領團花繡戰袍。當時秀秀依樣繡出一件來。郡王看了歡喜道：「主上賜與我團花戰袍，却尋甚麼奇巧的物事獻與官家？」去府庫裏尋出一塊透明的羊脂美玉來，即時叫將門下碾玉待詔，問：「這塊玉堪做甚麼？」内中一個道：「好做一副勸杯。」郡王道：「可惜恁般一塊玉，如何將來只做得一副勸杯！」又一個道：「這塊玉上尖下圓，好做一個摩侯羅兒。」郡王道：「摩侯羅兒，只是七月七日乞巧使得，尋常間又無用處。」數中一個後生，年紀二十五歲，姓崔名寧，趨事郡王數年，是昇州建康府人。當時叉手向前，對着郡王道：「告恩王，這塊玉上尖下圓，甚是不好，只好碾一個南海觀音。」郡王道：「好，正合我意。」就叫崔寧下手。不過兩個月，碾成了這個玉觀音。郡王即時寫表進上御前，龍顔大喜。崔寧就本府增添請給，遭遇郡王。

不則一日，時遇春天，崔待詔游春回來，入得錢塘門，在一個酒肆，與三四個相知方纔吃得數杯，則聽得街上鬧炒炒，連忙推開樓窗看時，見亂烘烘道：「井亭橋有遺漏！」吃不得這酒成，慌忙下酒樓看時，只見：

初如螢火，次若燈光，千條蠟燭焰難當，萬座糝盆敵不住。六丁神推倒寶天爐，八力士放起焚山火。驪山會上，料應褒姒逞嬌容；赤壁磯頭，想是周郎施妙策。五通神捧住火葫蘆，宋無忌赶番赤騾子。又不曾瀉燭澆油，直恁的煙飛火猛。

崔待詔望見了，急忙道：「在我本府前不遠。」奔到府中看時，已搬挈得罄盡，静悄悄地無一個人。崔待詔既不見人，且循着左手廊下入去，火光照得如同白日。去那左廊下，一個婦女，摇摇擺擺，從府堂裏出來，自言自語，與崔寧打個胸厮撞。崔寧認得是秀秀養娘，倒退兩步，低身唱個喏。原來郡王當日，嘗對崔寧許道：「待秀秀滿日，把來嫁與你。」這些衆人，都攛掇道：「好對夫妻！」崔寧拜謝了，不則一番。崔寧是個單身，却也痴心。秀秀見恁地個後生，却也指望。當日有這遺漏，秀秀手中提着一帕子金珠富貴，從左廊下出來，撞見崔寧，便道：「崔大夫，我出來得遲了。府中養娘各自四散，管顧不得，你如今没奈何只得將我去躲避則個。」當下崔寧和秀秀出府門，沿着河，走到石灰橋。秀秀道：「崔大夫，我脚疼了走不得。」崔寧指着前面道：「更行幾步，那裏便是崔寧住處，小娘子到家中歇脚，却也不妨。」到得家中坐定。秀秀道：「我肚裏飢，崔大夫與我買些點心來吃。我受了些驚，得杯酒吃更好。」當時崔寧買將酒來，三杯兩盞，正是：

三杯竹葉穿心過，兩朵桃花上臉來。

道不得個「春爲花博士，酒是色媒人」。秀秀道：「你記得當時在月臺上賞月，把我許你，你兀自拜謝。你記得也不記得？」崔寧叉着手，只應得「喏」。秀秀道：「當日衆人都替你喝采：『好對夫妻！』你怎地到忘了？」崔寧又則應得「喏」。【眉批】節節見崔寧小心。秀秀道：「比似只管等待，何不今夜我和你先做夫妻，不知你意下何如？」崔寧道：「豈敢？」秀秀道：「你知道不敢！我叫將起來，教壞了你，你却如何將我到家中？我明日府裏去説。」崔寧道：「告小娘子，要和崔寧做夫妻，不妨；只一件，這裏住不得了，要好趁這個遺漏人亂時，今夜就走開去，方纔使得。」【眉批】立志不終，崔寧性命斷送在此。秀秀道：「我既和你做夫妻，憑你行。」當夜做了夫妻。四更已後，各帶着隨身金銀物件出門。離不得飢餐渴飲，夜住曉行，迤逦來到衢州。崔寧道：「這裏是五路總頭，是打那條路去好？不若取信州路上去，我是碾玉作，信州有幾個相識，怕那裏安得身。」即時取路到信州。住了幾日，崔寧道：「信州常有客人到行在往來，若說道我等在此，郡王必然使人來追捉，不當穩便。不若離了信州，再往別處去。」兩個又起身上路，徑取潭州。不則一日，到了潭州。却是走得遠了。就潭州市裏討問房屋，出面招牌，寫着「行在崔待詔碾玉生活」。崔寧便對秀秀道：「這裏離行在有二千餘里了，料得無事，你我安心，好做長久夫妻。」潭州也有幾個寄居官員，見崔寧是行在待詔，日逐也有生活得做。崔寧密使人打探行在本府中事，有曾到都下的，得知府中當夜失火，不見了一個養娘，出賞錢尋了幾日，不知下落。也不知道崔寧將他走了，見在潭州住。

時光似箭，日月如梭，也有一年之上。忽一日方早開門，見兩個着皂衫的，一似虞候府幹打扮。入來舖裏坐地，問道：「本官聽得說有個行在崔待詔，教請過來做生活。」崔寧分付了家中，隨這兩個人到湘潭縣路上來。便將崔寧到宅裏相見官人，承攬了玉作生活，回路歸家。正行間，只見一個漢子頭上帶個竹絲笠兒，穿着一領白段子兩上領布衫，青白行纏找着褲子口，着一雙多耳麻鞋，挑着一個高肩擔兒，正面來把崔寧看了一看，崔寧却不見這漢面貌，這個人却見崔寧，從後大踏步尾着崔寧來。正是：

誰家稚子鳴榔板，驚起鴛鴦兩處飛。

這漢子畢竟是何人？且聽下回分解。

竹引牽牛花滿街，疏籬茅舍月光篩；琉璃盞内茅柴酒，白玉盤中簇豆梅。休懊惱，且開懷，平生贏得笑顔開。三千里地無知己，十萬軍中挂印來。

這隻《鷓鴣天》詞，是關西秦州雄武軍劉兩府所作。從順昌大戰之後，〔一〕閒在家中，寄居湖南潭州湘潭縣。他是個不愛財的名將，家道貧寒，時常到村店中吃酒。店中人不識劉兩府，讙呼囉唣。劉兩府道：「百萬番人，只如等閒，如今却被他們誣罔！」做了這隻《鷓鴣天》，流傳直到都下。【眉批】來脉又逶迤。當時殿前太尉是楊和王，見了這詞，好傷感，「原來劉兩府直恁孤寒！」教提轄官差人送一項錢與這劉兩府。今日崔寧的東人郡王，聽得説劉兩府恁地孤寒，也差人送一項錢與他，却經由潭州路過。見崔寧從湘潭路上來，一路尾着崔寧到家，正見秀秀坐在櫃身子裏，便撞破他們道：「崔大夫多時不見，你却在這裏。秀秀養娘他如何也在這裏？郡王教我下書來潭州，今日遇着你們。原來秀秀養娘嫁了你，也好。」當時諕殺崔寧夫妻兩個，被他看破。那人是誰？却是郡王府中一個排軍，從小伏侍郡王，見他樸實，差他送錢與劉兩府。這人姓郭名立，叫做郭排軍。當下夫妻請住郭排軍，安排酒來請他。分付道：

「你到府中千萬莫説與郡王知道！」郭排軍道：「郡王怎知得你兩個在這裏。我没事，却説甚麽。」當下酬謝了出門，回到府中，參見郡王，納了回書。看着郡王道：「郭立前日下書回，打潭州過，却見兩個人在那裏住。」郡王問：「是誰？」郭立道：「見秀秀養娘并崔待詔兩個，請郭立吃了酒食，教休來府中説知。」【眉批】郭立樸實，説也不妨，却不該許崔寧不説，這又是不樸實處。郡王聽説便道：「叵耐這兩個做出這事來，却如何直走到那裏？」郭立道：「也不知他仔細，只見他在那裏住地，依舊挂招牌做生活。」郡王教幹辦去分付臨安府，即時差一個緝捕使臣，帶着做公的，備了盤纏，徑來湖南潭州府，下了公文，同來尋崔寧和秀秀，却似：

皂雕追紫燕，猛虎啖羊羔。

不兩月，捉將兩個來，解到府中。報與郡王得知，即時升廳。原來郡王殺番人時，左手使一口刀，叫做「小青」；右手使一口刀，叫做「大青」。這兩口刀不知剁了多少番人。那兩口刀，鞘内藏着，挂在壁上。郡王升廳，衆人聲喏。即將這兩個人押來跪下。郡王好生焦躁，左手去壁牙上取下「小青」，右手一掣，掣刀在手，睁起殺番人的眼兒，咬得牙齒剥剥地響。當時諕殺夫人，在屏風背後道：「郡王，這裏是帝輦之下，不比邊庭上面，若有罪過，只消解去臨安府施行，如何胡亂凱得人？」郡王聽説道：

「叵耐這兩個畜生逃走，今日捉將來，我惱了，如何不凱？既然夫人來勸，且捉秀秀入府後花園去。把崔寧解去臨安府斷治。」當下喝賜錢酒，【眉批】今吴中賞人亦云「喝賜」，是古來遺語。賞犒捉事人。解這崔寧到臨安府，一一從頭供說：「自從當夜遺漏，來到府中，都搬盡了，只見秀秀養娘從廊下出來，揪住崔寧道：『你如何安手在我懷中？若不依我口，教壞了你！』要共崔寧逃走。崔寧不得已，只得與他同走。只此是實。」臨安府把文案呈上郡王，郡王是個剛直的人，便道：「既然恁地，寬了崔寧，且與從輕斷治。崔寧不合在逃，罪杖，發還建康府居住。」

當下差人押送，方出北關門，到鵝項頭，見一頂轎兒，兩個人擡着，從後面叫：「崔待詔，且不得去！」崔寧認得像是秀秀的聲音，赶將來又不知恁地？心下好生疑惑！傷弓之鳥，不敢攬事，且低着頭只顧走。只見後面赶將上來，歇了轎子，一個婦人走出來，不是别人，便是秀秀，道：「崔待詔，你如今去建康府，我却如何？」崔寧道：「却是怎地好？」【眉批】崔寧又着迷了。秀秀道：「自從解你去臨安府斷罪，把我捉入後花園，打了三十竹篦，遂便赶我出來。我知道你建康府去，赶將來同你去。」崔寧道：「恁地却好。」討了船，直到建康府。押發人自回。若是押發人是個學舌的，就有一場是非出來。因曉得郡王性如烈火，惹着他不是輕放手的。他又不是王府中人，去管這閒事怎地？【眉批】針綫甚密。況且崔寧一路買酒買食，奉承得他好，回去時就隱惡而揚善了。

再説崔寧兩口在建康居住，既是問斷了，如今也不怕有人撞見，依舊開個碾玉作鋪。渾家道：「我兩口却在這裏住得好，只是我家爹媽自從我和你逃去潭州，兩個老的吃了些苦。當日捉我入府時，兩個去尋死覓活，今日也好教人去行在取我爹媽來這裏同住。」崔寧道：「最好。」便教人來行在取他丈人丈母，寫了他地理脚色與來人。到臨安府尋見他住處，問他鄰舍，指道：「這一家便是。」來人去門首看時，只見兩扇門關着，一把鎖鎖着，一條竹竿封着。問鄰舍：「他老夫妻那裏去了？」鄰舍道：「莫説！他有個花枝也似女兒，獻在一個奢遮去處。這個女兒不受福德，却跟一個碾玉的待詔逃走了。前日從湖南潭州捉將回來，送在臨安府吃官司。那女兒吃郡王捉進後花園裏去。老夫妻見女兒捉去，就當下尋死覓活，至今不知下落，只恁地關着門在這裏。」來人見説，再回建康府來，兀自未到家。

且説崔寧正在家中坐，只見外面有人道：「你尋崔待詔住處？這裏便是。」崔寧叫出渾家來看時，不是别人，認得是璩公、璩婆。都相見了，喜歡的做一處。那去取老兒的人，隔一日纔到，説如此這般，尋不見，却空走了這遭，兩個老的且自來到這裏了。兩個老人道：「却生受你，我不知你們在建康住，教我尋來尋去，直到這裏。」其時四口同住，不在話下。

且說朝廷官裏，一日到偏殿看玩寶器，拿起這玉觀音來看。這個觀音身上，當時有一個玉鈴兒，失手脱下，即時問近侍官員：「却如何修理得？」官員將玉觀音反覆看了，道：「好個玉觀音！怎地脱落了鈴兒？」看到底下，下面碾着三字「崔寧造」。「恁地容易，既是有人造，只消得宣這個人來，教他修整。」敕下郡王府，宣取碾玉匠崔寧。郡王回奏：「崔寧有罪，在建康府居住。」即時使人去建康，取得崔寧到行在歇泊了。當時宣崔寧見駕，將這玉觀音教他領去，用心整理。崔寧謝了恩，尋一塊一般的玉，碾一個鈴兒接住了，御前交納。破分請給養了崔寧，令只在行在居住。崔寧道：「我今日遭際御前，争得氣。再來清湖河下尋間屋兒開個碾玉鋪，須不怕你們撞見！」可煞事有鬥巧，方纔開得鋪三兩日，一個漢子從外面過來，就是那郭排軍。見了崔待詔，便道：「崔大夫恭喜了！你却在這裏住？」擡起頭來，看櫃身裏却立着崔待詔的渾家。郭排軍吃了一驚，拽開脚步就走。渾家説與丈夫道：「你與我叫住那排軍，我相問則個。」正是：

平生不作皺眉事，世上應無切齒人。

崔待詔即時赶上扯住，只見郭排軍把頭只管側來側去，口裏喃喃地道：「作怪，作怪！」没奈何，只得與崔寧回來，到家中坐地。渾家與他相見了，便問：「郭排軍，前者我好意留你吃酒，你却歸來説與郡王，壞了我兩個的好事。今日遭際御前，却不怕你去説。」郭排軍吃他相問得無言可答，只道得一聲「得罪」。相別了，便來到府裏，對着郡王道：「有鬼！」【眉批】又多嘴。郡王道：「這漢則甚？」郭立道：「告恩王，有鬼！」〔二〕郡王問道：「有甚鬼？」郭立道：「方纔打清湖河下過，見崔寧開個碾玉鋪，却見櫃身裏一個婦女，便是秀秀養娘。」【眉批】眼目。郡王焦躁道：「又來胡説！秀秀被我打殺了，埋在後花園，你須也看見，如何又在那裏？却不是取笑我？」郭立道：「告恩王，怎敢取笑！方纔叫住郭立，相問了一回。怕恩王不信，勒下軍令狀了去。」郡王道：「真個在時，你勒軍令狀來！」那漢也是合苦，真個寫一紙軍令狀來。郡王收了，叫兩個當直的轎番，擡一頂轎子，教：「取這妮子來。若真個在，把來凱取一刀。若不在，郭立，你須替他凱取一刀！」郭立同兩個轎番來取秀秀。正是：

麥穗兩岐，農人難辨。

郭立是關西人，樸直，却不知軍令狀如何胡亂勒得！三個一徑來到崔寧家裏，那秀秀兀自在櫃身裏坐地，見那郭排軍來得恁地慌忙，却不知他勒了軍令狀來取你。

郭排軍道：「小娘子，郡王鈞旨，教來取你則個。」秀秀道：「既如此，你們少等，待我梳洗了同去。」即時入去梳洗，換了衣服出來，上了轎，分付了丈夫。兩個轎番便擡着，徑到府前。郭立先入去，郡王正在廳上等待。郭立唱了喏，道：「已取到秀秀養娘。」郡王道：「着他入來！」郭立出來道：「小娘子，郡王教你進來。」掀起簾子看一看，便是一桶水傾在身上，開着口，則合不得，就轎子裏不見了秀秀養娘。【眉批】郭立多事，自取其禍。問那兩個轎番，道：「我不知，則見他上轎，擡到這裏，又不曾轉動。」那漢叫將入來道：「告恩王，恁地真個有鬼！」郡王道：「却不叵耐！」教人：「捉這漢，等我取過軍令狀來，如今凱了一刀。先去取下『小青』來。」那漢從來伏侍郡王，身上也有十數次官了。蓋緣是粗人，只教他做排軍。這漢慌了道：「見有兩個轎番見證，乞叫來問。」即時叫將轎番來，道：「見他上轎，擡到這裏，却不見了。」說得一般，想必真個有鬼，只消得叫將崔寧來問。便使人叫崔寧來到府中。崔寧從頭至尾說了一遍。郡王道：「恁地又不干崔寧事，且放他去。」崔寧拜辭去了。郡王焦躁，把郭立打了五十背花棒。【眉批】打得好，結開冤家的看樣。

崔寧聽得說渾家是鬼，到家中問丈人、丈母。兩個面面厮覷，走出門，看着清湖河裏，撲通地都跳下水去了。當下叫救人，打撈，便不見了尸首。原來當時打殺秀秀時，兩個老的聽得説，便跳在河裏，已自死了。這兩個也是鬼。崔寧到家中，没情没緒，走進房中，只見渾家坐在床上。崔寧道：「告姐姐，饒我性命！」秀秀道：「我因爲你，吃郡王打死了，埋在後花園裏。却恨郭排軍多口，今日已報了冤仇，郡王已將他打了五十背花棒。如今都知道我是鬼，容身不得了。」道罷起身，雙手揪住崔寧，叫得一聲，匹然倒地。鄰舍都來看時，只見：

兩部脉盡總皆沉，一命已歸黄壤下。

崔寧也被扯去，和父母四個，一塊兒做鬼去了。後人評論得好：

咸安王捺不下烈火性，
郭排軍禁不住閒磕牙。
璩秀娘捨不得生眷屬，
崔待詔撇不脱鬼冤家。

【校記】

〔一〕「順昌大戰」，底本及諸校本均作「順昌八戰」，據文意改。

〔二〕「有鬼」，底本作「有見」，據三桂堂本改。

李謫仙醉草
嚇蠻書

一自騎鯨天上去
江流采石有餘哀

第九卷　李謫仙醉草嚇蠻書

堪羡當年李謫仙，吟詩斗酒有連篇。
蟠胸錦繡欺時彦，落筆風雲邁古賢。
書草和番威遠塞，詞歌傾國媚新弦。
莫言才子風流盡，明月長懸采石邊。

話説唐玄宗皇帝朝，有個才子，姓李名白，字太白，乃西梁武昭興聖皇帝李暠九世孫，西川錦州人也。其母夢長庚入懷而生，那長庚星又名太白星，所以名字俱用之。那李白生得姿容美秀，骨格清奇，有飄然出世之表。十歲時，便精通書史，出口成章。人都誇他錦心繡口，又説他是神仙降生，以此又呼爲李謫仙。有杜工部贈詩爲證：

昔年有狂客，號爾謫仙人。

筆落驚風雨，詩成泣鬼神！
聲名從此大，汩没一朝伸。
文采承殊渥，流傳必絶倫。

李白又自稱青蓮居士。一生好酒，不求仕進，志欲遨游四海，看盡天下名山，嘗遍天下美酒。先登峨眉，次居雲夢，復隱于徂徠山竹溪，與孔巢父等六人，日夕酣飲，號爲竹溪六逸。有人説湖州烏程酒甚佳，白不遠千里而往，到酒肆中，開懷暢飲，旁若無人。時有迦葉司馬經過，聞白狂歌之聲，遣從者問其何人。白隨口答詩四句：

青蓮居士謫仙人，酒肆逃名三十春。
湖州司馬何須問，金粟如來是後身。

迦葉司馬大驚，問道：「莫非蜀中李謫仙麽？聞名久矣。」遂請相見，留飲十日，厚有所贈。臨别，問道：「以青蓮高才，取青紫如拾芥，何不游長安應舉？」李白道：「目今朝政紊亂，公道全無，請托者登高第，納賄者獲科名。非此二者，雖有孔、孟之賢，晁、董之才，無由自達。【眉批】此風久矣，可嘆！可嘆！白所以流連詩酒，免受盲試官之氣耳。」迦葉司馬道：「雖則如此，足下誰人不知？一到長安，必有人薦拔。」李白從其言，乃游長安。一日到紫極宫游玩，遇了翰林學士賀知章，通姓道名，彼此相慕。知章遂邀李白於酒肆中，解下金貂，當酒同飲，至夜不捨，遂留李白於家中下榻，結爲兄弟。【眉批】舊小説謂李白爲賀家婢出，得此正之。次日，李白將行李搬至賀内翰宅，每日談詩飲酒，賓主甚是相得。

時光荏苒，不覺試期已迫。賀内翰道：「今春南省試官，正是楊貴妃兄楊國忠太師，監視官乃太尉高力士，二人都是愛財之人。賢弟却無金銀買囑他，便有沖天學問，見不得聖天子。此二人與下官皆有相識，下官寫一封劄子去，預先囑托，或者看薄面一二。」李白雖則才大氣高，遇了這等時勢，況且内翰高情，不好違阻。賀内翰寫了柬帖，投與楊太師、高力士。二人接開看了，冷笑道：「賀内翰受了李白金銀，却寫封空書在我這裏討白人情。到那日專記，如有李白名字卷子，不問好歹，即時批落。」時值三月三日，大開南省，會天下才人，盡呈卷子。李白才思有餘，一筆揮就，第一個交卷。楊國忠見卷子上有李白名字，也不看文字，亂筆塗抹道：「這樣書生，只好與我磨墨。」高力士道：「磨墨也不中，只好與我着襪脱靴。」喝令將李白推搶出去。正是：

不願文章中天下，只願文章中試官！

李白被試官屈批卷子，怨氣沖天，回至内翰宅中，立誓：「久後吾若得志，定教楊國忠磨墨，高力士與我脱靴，方纔滿願。」賀内翰勸白：「且休煩惱，權在舍下安歇。待三年，再開試場，别换試官，必然登第。」終日共李白飲酒賦詩。日往月來，不覺一載。

忽一日，有番使賫國書到。朝廷差使命急宣賀内翰陪接番使，在館驛安下。次日閣門舍人接得番使國書一道，玄宗敕宣翰林學士拆開番書，全然不識一字，拜伏金階啓奏：「此書皆是鳥獸之迹，臣等學識淺短，不識一字。」天子聞奏，將與南省試官楊國忠開讀。楊國忠開看，雙目如盲，亦不曉得。天子宣問滿朝文武，并無一人曉得，不知書上有何吉凶言語。龍顔大怒，喝罵朝臣：「枉有許多文武，并無一個飽學之士與朕分憂。此書識不得，將何回答發落番使，却被番邦笑耻，欺侮南朝，必動干戈，來侵邊界，如之奈何！敕限三日，若無人識此番書，一概停俸；六日無人，一概停職；九日無人，一概問罪，别選賢良，共扶社稷。」聖旨一出，諸官默默無言，再無一人敢奏。天子轉添煩惱。

賀内翰朝散回家，將此事述於李白。白微微冷笑：「可惜我李某去年不曾及第爲官，不得與天子分憂。」【眉批】草茅中埋没了多少忠義有用之才。賀内翰大驚道：「想必賢弟博學多能，辨識番書，下官當於駕前保奏。」次日，賀知章入朝，越班奏道：「臣啓陛下，臣家有一秀才，姓李名白，博學多能。要辨番書，非此人不可。」天子准奏，即遣使命，賫詔前去内翰宅中，宣取李白。李白告天使道：「臣乃遠方布衣，無才無識，今朝中有許多官僚，都是飽學之儒，何必問及草莽？臣不敢奉詔，恐得罪於朝貴。」説這句「恐得罪於朝貴」，隱隱刺着楊、高二人，使命回奏。天子初問賀知章：「李白不肯奉詔，其意云何？」知章奏道：「臣知李白文章蓋世，學問驚人。只爲去年試場中，被試官屈批了卷子，羞搶出門，今日教他白衣入朝，有愧於心。乞陛下賜以恩典，遣一位大臣再往，必然奉詔。」玄宗道：「依卿所奏。欽賜李白進士及第，着紫袍金帶，紗帽象簡見駕。就煩卿自往迎取，卿不可辭！」

賀知章領旨回家，請李白開讀，備述天子惓惓求賢之意。李白穿了御賜袍服，望闕拜謝，遂騎馬隨賀内翰入朝。玄宗於御座專待李白。李白至金階拜舞，山呼謝恩，躬身而立。天子一見李白，如貧得寶，如暗得燈，如饑得食，如旱得雲。開金口，動玉音，道：「今有番國賫書，無人能曉，特宣卿至，爲朕分憂。」白躬身奏道：「臣因學淺，被太師批卷不中，高太尉將臣推搶出門。今有番書，何不令試官回答，却乃久滯番官在此？臣是批黜秀才，不能稱試官之意，怎能稱皇上之意？」天子道：「朕自知卿，卿其勿辭！」遂命侍臣捧番書賜李白觀看。李白看了一遍，微微冷笑，對御座前將唐音譯出，宣讀如流。番書云：

渤海國大可毒書達唐朝官家。自你占了高麗，與俺國逼近，邊兵屢屢侵犯吾界，想出自官家之意。俺如今不可耐者，差官來講，可將高麗一百七十六城，讓與俺國，俺有好物事相送。太白山之菟，南海之昆布，栅城之豉，扶餘之鹿，鄚頡之豕，率賓之馬，沃州之綿，湄沱河之鯽，九都之李，樂游之梨，你官家都有分。若還不肯，俺起兵來厮殺，且看那家勝敗！【眉批】名甚打拙。

衆官聽得讀罷番書，不覺失驚，面面厮覷，盡稱「難得」。天子聽了番書，龍情不悅。沉吟良久，方問兩班文武：「今被番家要興兵搶占高麗，有何策可以應敵？」兩班文武，如泥塑木雕，無人敢應。賀知章啓奏道：「自太宗皇帝三征高麗，不知殺了多少生靈，不能取勝，府庫爲之虛耗。【眉批】高麗事詳見此。天幸蓋蘇文死了，其子男生兄弟争權，爲我鄉導。高宗皇帝遣老將李勣、薛仁貴統百萬雄兵，大小百戰，方纔殄滅。今承平日久，無將無兵，倘干戈復動，難保必勝。兵連禍結，不知何時而止？願吾皇聖鑒！」天子道：「似此如何回答他？」知章道：「陛下試問李白，必然善於辭命。」天子乃召白問之。李白奏道：「臣啓陛下，此事不勞聖慮，來日宣番使入朝，臣當面回答番書，與他一般字迹，書中言語，羞辱番家，須要番國可毒拱手來降。」天子問：「可毒何人也？」李白奏道：「渤海風俗，稱其王曰可毒。猶回紇稱可汗，吐番稱贊普，六詔稱詔，訶陵稱悉莫威，各從其俗。」【眉批】甚博。天子見其應對不窮，聖心大悦，即日拜爲翰林學士。遂設宴於金鑾殿，宫商迭奏，琴瑟喧闐，嬪妃進酒，彩女傳杯。御音傳示：「李卿，可開懷暢飲，休拘禮法。」李白盡量而飲，不覺酒濃身軟，天子令内官扶於殿側安寢。次日五鼓，天子升殿。

净鞭三下響，文武兩班齊。

李白宿酲猶未醒，内官催促進朝。百官朝見已畢，天子召李白上殿，見其面尚帶酒容，兩眼兀自有矇矓之意。天子分付内侍，教御厨中造三分醒酒酸魚羹來。須臾，内侍將金盤捧到魚羹一碗。天子見羹氣太熱，御手取牙筯調之良久，賜與李學士。【眉批】好個愛才皇帝。李白跪而食之，頓覺爽快。是時百官見天子恩幸李白，且驚且喜，驚者怪其破格，喜者喜其得人。惟楊國忠、高力士愀然有不樂之色。

聖旨宣番使入朝，番使山呼見聖已畢。李白紫衣紗帽，飄飄然有神仙凌雲之態，手捧番書，立於左側柱下，朗聲而讀，一字無差，番使大駭。李白道：「小邦失禮，聖上洪度如天，置而不較。有詔批答，汝宜静聽！」番官戰戰兢兢，跪於階下。天子命設七寶床於御座之傍，取于闐白玉硯，象管兔毫筆，獨草龍香墨，五色金花箋，排列停當。賜李白近御榻前，坐錦墩草詔。【眉批】恩寵極矣，惟其人足當之。李白奏道：「臣靴不净，有污前席，望皇上寬恩，賜臣脱靴結襪而登。」天子准奏，命一小内侍：「與李學士脱靴。」李白又奏道：「臣有一言，乞陛下赦臣狂妄，臣方敢奏。」天子道：「任卿失言，朕亦不罪。」李白奏道：「臣前入試春闈，被楊太師批落，高太尉赶逐，今日見二人押班，臣之神氣不旺。乞玉音分付楊國忠與臣捧硯磨墨，高力士與臣脱靴結襪，臣意氣始得自豪，舉筆草詔，口代天言，方可不辱君命。」天子用人之際，恐拂其意，只得傳旨，教「楊國忠捧硯，高力士脱靴」。二人心裏暗暗自揣，前日科場中輕薄了他，「這樣書生，只好與我磨墨脱靴」，今日恃了天子一時寵幸，就來還話，報復前仇。出於無奈，不敢違背聖旨，正是敢怒而不敢言。常言道：

冤家不可結，結了無休歇。
侮人還自侮，説人還自説。

李白此時昂昂得意，躧襪登褥，坐於錦墩。楊國忠磨得墨濃，捧硯侍立。論來爵位不同，怎麽李學士坐了，楊太師到侍立？因李白口代天言，天子寵以殊禮。楊太師奉旨磨墨，不曾賜坐，只得侍立。李白左手將鬚一拂，右手舉起中山兔穎，向五花牋上，手不停揮，須臾，草就嚇蠻書。字畫齊整，并無差落，獻於龍案之上。天子看了大驚，都是照樣番書，一字不識。傳與百官看了，各各駭然。天子命李白誦之。李白就御座前朗誦一遍：

大唐開元皇帝，詔諭渤海可毒，自昔石卵不敵，蛇龍不鬭。本朝應運開天，撫有四海，將勇卒精，甲堅兵鋭。頡利背盟而被擒，弄贊鑄鵝而納誓；新羅奏織錦之頌，天竺致能言之鳥；波斯獻捕鼠之蛇，拂菻進曳馬之狗；白鸚鵡來自訶陵，夜光珠貢于林邑；骨利幹有名馬之納，泥婆羅有良酢之獻。無非畏威懷德，買静求安。【眉批】好鋪張。高麗拒命，天討再加，傳世九百，一朝殄滅，豈非逆天之咎徵，衡大之明鑒與！况爾海外小邦，高麗附國，比之中國，不過一郡，士馬芻糧，萬分不及。若螳怒是逞，鵝驕不遜，天兵一下，千里流血，君同頡利之俘，國爲高麗之續。方今聖度汪洋，恕爾狂悖。急宜悔禍，勤修歲事，毋取誅僇，爲四夷笑。爾其三思哉！故諭。

天子聞之大喜，再命李白對番官面宣一通，然後用寶入函。李白仍叫高太尉着靴，方纔下殿，唤番官聽詔。李白重讀一遍，讀得聲韻鏗鏘，番使不敢則聲，面如土色，不免山呼拜舞辭朝。賀内翰送出都門，番官私問道：「適纔讀詔者何人？」内翰道：「姓李名白，官拜翰林學士。」番使道：「多大的官，使太師捧硯，太尉脱靴。」内翰道：「太師大臣，太尉親臣，不過人間之極貴。那李學士乃天上神仙下降，贊助天朝，更有何人可及。」【眉批】會説。番使點頭而別，歸至本國，與國王述之。國王看了國書，大驚，與國人商議，天朝有神仙贊助，如何敵得。寫了降表，願年年進貢，歲歲來朝。此是後話。

話分兩頭，却説天子深敬李白，欲重加官職。李白啓奏：「臣不願受職，願得逍遥散誕，供奉御前，如漢東方朔故事。」天子道：「卿既不受職，朕所有黄金白璧，奇珍異寶，惟卿所好。」李白奏道：「臣亦不願受金玉，願得從陛下游幸，日飲美酒三千觴，足矣！」天子知李白清高，不忍相强。從此時時賜宴，留宿於金鑾殿中，訪以政事，恩幸日隆。一日，李白乘馬游長安街，忽聽得鑼鼓齊鳴，見一簇刀斧手，擁着一輛囚車行來。白停驂問之，乃是并州解到失機將官，今押赴東市處斬。那囚車中，囚着個美丈夫，生得甚是英偉，叩其姓名，聲如洪鐘，答道：「姓郭名子儀。」李白相他容貌非凡，他日必爲國家柱石，遂喝住刀斧手：「待我親往駕前保奏。」衆人知是李謫仙學士，御手調羹的，誰敢不依。李白當時回馬，直叩宫門，求見天子，討了一道赦敕，親往東市開讀，打開囚車，放出子儀，許他帶罪立功。子儀拜謝李白活命之恩，異日銜環結草，不敢忘報。此事閣過不題。

是時，宮中最重木芍藥，是揚州貢來的。如今叫做牡丹花，唐時謂之木芍藥。宮中種得四本，開出四樣顔色，那四樣？

大紅，深紫，淺紅，通白。

玄宗天子移植于沉香亭前，與楊貴妃娘娘賞玩，詔梨園子弟奏樂。天子道：「對妃子，賞名花，新花安用舊曲。」遽命梨園長李龜年召李學士入宮。有内侍説道：「李學士往長安市上酒肆中去了。」龜年不往九街，不走三市，一徑尋到長安市去。只聽得一個大酒樓上，有人歌云：

三杯通大道，一斗合自然。
但得酒中趣，勿爲醒者傳。

李龜年道：「這歌的不是李學士是誰？」大踏步上樓梯來，只見李白獨占一個小小座頭，卓上花瓶内供一枝碧桃花，獨自對花而酌，已吃得酩酊大醉，手執巨觥，兀自不放。龜年上前道：「聖上在沉香亭宣召學士，快去！」衆酒客聞得有聖旨，一時驚駭，都站起來閒看。李白全然不理，張開醉眼，向龜年念一句陶淵明的詩，道是：

我醉欲眠君且去。

念了這句詩，就瞑然欲睡。李龜年也有三分主意，向樓窗往下一招，七八個從者，一齊上樓，不由分説，手忙脚亂，擡李學士到於門前，上了玉花驄，衆人左扶右持，龜年策馬在後相隨，直跑到五鳳樓前。天子又遣内侍來催促了，敕賜「走馬入宫」。龜年遂不扶李白下馬，同内侍幫扶，直至後宫，過了興慶池，來到沉香亭。天子見李白在馬上雙眸緊閉，兀自未醒，命内侍鋪紫氍毹于亭側，扶白下馬，少卧。親往省視，見白口流涎沫，天子親以龍袖拭之。【眉批】真知遇。貴妃奏道：「妾聞冷水沃面，可以解醒。」乃命内侍汲興慶池水，使宫女含而噴之。白夢中驚醒，見御駕，大驚，俯伏道：「臣該萬死！臣乃酒中之仙，幸陛下恕臣！」天子御手攙起道：「今日同妃子賞名花，不可無新詞，所以召卿，可作《清平調》三章。」李龜年取金花牋授白。白帶醉一揮，立成三首。其一曰：

雲想衣裳花想容，春風拂檻露華濃。
若非群玉山頭見，會向瑶臺月下逢。

其二曰：

一枝紅艷露凝香，雲雨巫山枉斷腸。
借問漢宫誰得似？可憐飛燕倚新妝！

其三曰：

名花傾國兩相歡，長得君王帶笑看。
解釋春風無限恨，沉香亭北倚欄杆。

天子覽詞，稱美不已：「似此天才，豈不壓倒翰林院許多學士。」即命龜年按調而歌，梨園衆子弟絲竹并進，天子自吹玉笛以和之。歌畢，貴妃斂繡巾，再拜稱謝。天子道：「莫謝朕，可謝學士也！」貴妃持玻瓈七寶杯，親酌西涼葡萄酒，命宫女賜李學士飲。天子敕賜李白遍游内苑，令内侍以美酒隨後，恣其酣飲。自是宫中内宴，李白每每被召，連貴妃亦愛而重之。

高力士深恨脱靴之事，無可奈何。一日，貴妃重吟前所製《清平調》三首，倚欄嘆羡。高力士見四下無人，乘間奏道：「奴婢初意娘娘聞李白此詞，怨入骨髓，何反拳拳如是？」貴妃道：「有何可怨？」力士奏道：「『可憐飛燕倚新妝』，那飛燕姓趙，乃西漢成帝之后。則今畫圖中，畫着一個武士，手托金盤，盤中有一女子，舉袖而舞，那個便是趙飛燕。生得腰肢細軟，行步輕盈，若人手執花枝顫顫然，成帝寵幸無比。誰知飛燕私與燕赤鳳相通，匿于複壁之中。成帝入宫，聞壁衣内有人咳嗽聲，搜得赤鳳殺之。欲廢趙后，賴其妹合德力救而止，遂終身不入正宫。今日李白以飛燕比娘娘，此乃謗毁之語，娘娘何不熟思？」原來貴妃那時以胡人安禄山爲養子，出入宫禁，與之私通，滿宮皆知，只瞞得玄宗一人。高力士説飛燕一事，正刺其心。貴妃於是心下懷恨，每於天子前説李白輕狂使酒，無人臣之禮。天子見貴妃不樂李白，遂不召他内宴，亦不留宿殿中。李白情知被高力士中傷，天子有疏遠之意，屢次告辭求去，天子不允。乃益縱酒自廢，與賀知章、李適之、汝陽王璡、崔宗之、蘇晉、張旭、焦遂爲酒友，時人呼爲「飲中八仙」。

却説玄宗天子心下實是愛重李白，只爲宫中不甚相得，所以疏了些兒。見李白屢次乞歸，無心戀闕，乃向李白道：「卿雅志高蹈，許卿暫還，不日再來相召。但卿有大功於朕，豈可白手還山？卿有所需，朕當一一給與。」李白奏道：「臣一無所需，但得杖頭有錢，日沽一醉足矣。」天子乃賜金牌一面，牌上御書「敕賜李白爲天下無憂學士，逍遥落托秀才。【眉批】官銜甚新。逢坊吃酒，過庫支錢，府給千貫，縣給五百貫。文武官員軍民人等，有失敬者，以違詔論。」又賜黄金千兩，錦袍玉帶，金鞍龍馬，從者二十人。白叩頭謝恩。天子又賜金花二朵，御酒三杯。於駕前上馬出朝，百官俱給假，携酒送行，自長安街直接到十里長亭，樽罍不絶。〔一〕只有楊太師、高太尉二人懷恨不送。内中惟賀内翰等酒友七人，直送至百里之外，流連三日而别。李白集中有《還山别金門知己詩》，略云：

恭承丹鳳詔，欻起煙蘿中。
一朝去金馬，飄落成飛蓬。
閒來東武吟，曲盡情未終。
書此謝知己，扁舟尋釣翁。

李白錦衣紗帽，上馬登程，一路只稱錦衣公子。果然逢坊飲酒，遇庫支錢。不一日，回至錦州，與許氏夫人相見。官府聞李學士回家，都來拜賀，無日不醉。日往月來，不覺半載。一日白對許氏說，要出外游玩山水。打扮做秀才模樣，身邊藏了御賜金牌，帶一個小僕，騎一健驢，任意而行。府縣酒資，照牌供給。

忽一日，行到華陰界上，聽得人言華陰縣知縣貪財害民，李白生計，要去治他。來到縣前，令小僕退去，獨自倒騎着驢子，於縣門首連打三回。那知縣在廳上取問公事，觀見了，連聲：「可惡，可惡！怎敢調戲父母官！」速令公吏人等拿至廳前取問。李白微微詐醉，連問不答。知縣令獄卒押入牢中，待他酒醒，着他好生供狀，來日決斷。獄卒將李白領入牢中，見了獄官，掀髯長笑。獄官道：「想此人是風顛的？」李白道：「也不風，也不顛。」獄官道：「既不風顛，好生供狀。你是何人？爲何到此騎驢，搪突縣主？」李白道：「要我供狀，取紙筆來。」獄卒將紙筆置於案上，李白扯獄官在一邊，説道：「讓開一步待我寫。」獄官笑道：「且看這風漢寫出甚麽來！」李白寫道：

供狀錦州人，姓李單名白。弱冠廣文章，揮毫神鬼泣。長安列八仙，竹溪稱六逸。曾草嚇蠻書，聲名播絶域。玉輦每趨陪，金鑾爲寢室。啜羹御手調，流涎御袍拭。高太尉脱靴，楊太師磨墨。天子殿前尚容乘馬行，華陰縣裏不許我騎驢入？請驗金牌，便知來歷。

寫畢，遞與獄官看了，獄官諕得魂驚魄散，低頭下拜道：「學士老爺，可憐小人蒙官發遣，身不由己，萬望海涵赦罪！」李白道：「不干你事，只要你對知縣説，我奉金牌聖旨而來，所得何罪，拘我在此？」獄官拜謝了，即忙將供狀呈與知縣，并述有金牌聖旨。知縣此時如小兒初聞霹靂，無孔可鑽，只得同獄官到牢中參見李學士，叩頭哀告道：「小官有眼不識泰山，一時冒犯，乞賜憐憫！」在職諸官，聞知此事，都來拜求，請學士到廳上正面坐下，衆官庭參已畢。李白取出金牌，與衆官看，牌上寫道：「學士所到，文武官員軍民人等，有不敬者，以違詔論。」「汝等當得何罪？」衆官看罷聖旨，一齊低頭禮拜：「我等都該萬死。」李白見衆官苦苦哀求，笑道：「你等受國家爵禄，如何又去貪財害民？如若改過前非，方免汝罪。」衆官聽説，人人拱手，個個遵依，不敢再犯。就在廳上大排筵宴，管待學士，飲酒三日方散。自是知縣洗心滌慮，遂爲良牧。此信聞於他郡，都猜道朝廷差李學士出外私行觀風考政，無不化貪爲廉，化殘爲善。【眉批】游戲中源是造福，此才人作用之妙。

李白遍歷趙、魏、燕、晉、齊、梁、吴、楚，無不流連山水，極詩酒之趣。後因安禄山反叛，明皇車駕幸蜀，誅國忠於軍中，縊貴妃於佛寺，白避亂隱於廬山。永王璘時爲東南節度使，陰有乘機自立之志。聞白大才，强偪下山，欲授僞職，李白不從，拘留於幕府。未幾，肅宗即位於靈武，拜郭子儀爲天下兵馬大元帥，克復兩京。有人告永王璘謀叛，肅宗即遣子儀移兵討之。永王兵敗，李白方得脱身，逃至潯陽江口，被守江把總擒拿，把做叛黨，解到郭元帥軍前。子儀見是李學士，即喝退軍士，親解其縛，置於上位，納頭便拜道：「昔日長安東市，若非恩人相救，焉有今日？」即命治酒壓驚。連夜修本，奏上天子，爲李白辨冤，且追叙其嚇蠻書之功，薦其才可以大用。此乃施恩而得報也。正是：

兩葉浮萍歸大海，人生何處不相逢。

時楊國忠已死，高力士亦遠貶他方，玄宗皇帝自蜀迎歸，爲太上皇，亦對肅宗稱李白奇才。肅宗乃徵白爲左拾遺。白嘆宦海沉迷，不得逍遥自在，辭而不受。别了郭子儀，遂泛舟游洞庭岳陽，再過金陵，泊舟於采石江邊。是夜，月明如晝。李白在江頭暢飲，忽聞天際樂聲嘹亮，漸近舟次。舟人都不聞，只有李白聽得。忽然江中風浪大作，有鯨魚數丈，奮鬣而起。仙童二人，手持旌節，到李白面前，口稱：「上帝奉迎星主還位。」舟人都驚倒。須臾蘇醒，只見李學士坐於鯨背，音樂前導，騰空而去。明日將此事告於當塗縣令李陽冰，陽冰具表奏聞。天子敕建李謫仙祠于采石山上，春秋二祭。

到宋太平興國年間，有書生於月夜渡采石江，見錦帆西來，船頭上有白牌一面，寫「詩伯」二字。書生遂朗吟二句道：

誰人江上稱詩伯？錦繡文章借一觀！

舟中有人和云：

夜靜不堪題絶句，恐驚星斗落江寒。

書生大驚，正欲傍舟相訪，那船泊于采石之下。舟中人紫衣紗帽，飄然若仙，徑投李謫仙祠中。書生隨後求之祠中，并無人迹，方知和詩者即李白也。至今人稱「酒仙」、「詩伯」，皆推李白爲第一云。

嚇蠻書草見天才，天子調羹親賜來。

一自騎鯨天上去，江流采石有餘哀。

【校記】

〔一〕「樽罍」，底本及諸校本均作「樽壘」，據文意改。

燕子樓前清
夜雨秋來秪
為一人長

荷蒼、太湖
石畔隐珊、
翠竹叢中

第十卷　錢舍人題詩燕子樓

煙花風景眼前休，此地仍傳燕子樓。
鴛夢肯忘三月蕙？翠顰能省一生愁。
柘因零落難重舞，蓮爲單開不并頭。
嬌艷豈無黄壤瘞？至今人過説風流。

話説大唐自政治大聖大孝皇帝謚法太宗開基之後，至十二帝憲宗登位，凡一百九十三年，天下無事日久，兵甲生塵，刑具不用。時有禮部尚書張建封做官年久，恐妨賢路，遂奏乞骸骨歸田養老。憲宗曰：「卿年齒未衰，豈宜退位？果欲避冗辭繁，敕鎮青徐數載。」〔一〕建封奏曰：「臣雖菲才，既蒙聖恩，自當竭力。」遂敕建封節制武寧軍事，建封大喜。平昔愛才好客，既鎮武寧，揀選才能之士，禮置門下。後房歌姬舞妓，非知書識禮者不用。武寧有妓關盼盼，乃徐方之絶色也。但見：

歌喉清亮，舞態婆娑。調弦成合格新聲，品竹作出塵雅韻。琴彈古調，棊覆新圖。賦詩琢句，追風雅見于篇中；搦管丹青，奪造化生于筆下。

建封雖聞其才色無雙，緣到任之初，未暇召于樽俎之間。忽一日，中書舍人白樂天名居易，自長安來，宣論兗鄆，路過徐府，乃建封之故人也。喜樂天遠來，遂置酒邀飲于公館，只見：

幕捲流蘇，簾垂朱箔。瑞腦煙噴寶鴨，香醪光溢瓊壺。果劈天漿，食烹異味。綺羅珠翠，列兩行粉面梅妝；脆管繁音，奏一派新聲雅韻。遍地舞裀鋪蜀錦，當筵歌拍按紅牙。

當時酒至數巡，食供兩套，歌喉少歇，舞袖亦停。忽有一妓，抱胡琴立于筵前，轉袖調弦，獨奏一曲，纖手斜拈，輕敲慢按。滿座清香消酒力，一庭雅韻爽煩襟。須臾彈徹韶音，抱胡琴侍立。建封與樂天俱喜調韻清雅，視其精神舉止，但見花生丹臉，水剪雙眸，意態天然，迥出倫輩。回視其餘諸妓，粉黛如土。遂呼而問曰：「孰氏？」其妓斜抱胡琴，緩移蓮步，向前對曰：「賤妾關盼盼也。」建封喜不自勝，笑謂樂天曰：「彭門樂事，不出于此。」樂天曰：「似此佳人，名達帝都，信非虛也！」建封曰：「誠如舍人之言，何惜一詩贈之？」樂天曰：「但恐句拙，反污麗人之美。」盼盼據卸胡琴，掩袂而言：「妾姿質醜陋，敢煩珠玉？若果不以猥賤見棄，是微軀隨雅文不朽，豈勝身後之榮哉。」樂天喜其黠慧，遂口吟一絶：

鳳擲金鈿砌，檀槽後帶垂。
醉嬌無氣力，風裊牡丹枝。

盼盼拜謝樂天曰：「賤妾之名，喜傳于後世，皆舍人所賜也。」於是賓主歡洽，盡醉而散。

翌日樂天車馬東去。自此建封專寵盼盼，遂于府第之側，擇佳地創建一樓，名曰「燕子樓」，使盼盼居之。建封治政之暇，輕車潛往，與盼盼宴飲，交飛玉斝，共理笙簧，璨錦相偎，鸞衾共展。綺窗唱和，指花月爲題；繡閣論情，對松筠爲誓。歌笑管弦，情愛方濃。不幸彩雲易散，皓月難圓。建封染病，盼盼請醫調治，服藥無效，問卜無靈，轉加沉重而死。子孫護持靈柩，歸葬北邙，獨棄盼盼于燕子樓中。香消衣被，塵滿琴箏，沉沉朱户長扃，悄悄翠簾不捲。盼盼焚香指天誓曰：「妾婦人，無他計報尚書恩德，請落髮爲尼，誦佛經資公冥福，盡此一世，誓不再嫁。」【眉批】真節婦，難得，難得！遂閉户獨居，凡十换星霜，人無見面者。鄉黨中有好事君子，慕其才貌，憐其孤苦，暗暗通書，以窺其意。盼盼爲詩以代柬答，前後積三百餘首，編綴成集，名曰《燕子樓集》，鏤板流傳于世。

忽一日，金風破暑，玉露生涼，雁字橫空，蛩聲喧草。寂寥院宇無人，靜鎖一天秋色。盼盼倚欄長嘆，獨言曰：「我作之詩，皆訴愁苦，未知他人能曉我意否？」沉吟良久，忽想翰林白公必能察我，不若賦詩寄呈樂天，訴我衷腸，必表我不負張公之德。遂作詩三絕，緘封付老蒼頭，馳赴西洛，詣白公投下。白樂天得詩，啓緘展視，其一曰：

北邙松栢鎖愁煙，燕子樓人思悄然。
因埋冠劍歌塵散，紅袖香消二十年。

其二曰：

適看鴻雁岳陽回，又睹玄禽送社來。
瑶瑟玉簫無意緒，任從蛛網結成灰。

其三曰：

樓上殘燈伴曉霜，獨眠人起合歡床。
相思一夜知多少？地角天涯不是長！

樂天看畢，嘆賞良久。不意一妓女能守節操如此，豈可棄而不答？亦和三章以嘉其意，遣老蒼頭馳歸。盼盼接得，拆開視之，其一曰：

鈿暈羅衫色似煙，一回看着一潸然。
自從不舞《霓裳曲》，疊在空箱得幾年？

其二曰：

今朝有客洛陽回，曾到尚書塚上來。
見説白楊堪作柱，争交紅粉不成灰。

其三曰：

滿簾明月滿庭霜，被冷香銷拂卧床。
燕子樓前清夜雨，秋來祇爲一人長。

盼盼吟玩久之，雖獲驪珠和璧，未足比此詩之美。笑謂侍女曰：「自此之後，方表我一點真心。」正欲藏之篋中，見紙尾淡墨題小字數行，遂復展看，又有詩一首：

黄金不惜買蛾眉，揀得如花只一枝。
歌舞教成心力盡，一朝身死不相隨。

盼盼一見此詩，愁鎖雙眉，淚盈滿臉，悲泣哽咽，告侍女曰：「向日尚書身死，我恨不能自縊相隨，恐人言張公有隨死之妾，使尚書有好色之名，是玷公之清德也。我今苟活以度朝昏，樂天不曉，故作詩相諷。我今不死，謗語未息。」【眉批】此乃常事，獨非取以議盼盼耳。遂和韻一章云：

獨宿空樓斂恨眉，身如春後敗殘枝。
舍人不解人深意，諷道泉臺不去隨。

書罷擲筆于地，掩面長吁。久之，拭淚告侍女曰：「我無計報公厚德，惟墜樓一死，以表我心。」道罷，纖手緊褰繡袂，玉肌斜靠雕欄，有心報德酬恩，無意偷生苟活，下視高樓，踴躍奮身一跳。侍女急拽衣告曰：「何事自求橫夭？」盼盼曰：「一片誠心，人不能表，不死何爲？」侍女曰：「今損軀報德，此心雖佳，但粉骨碎身，于公何益？且遺老母，使何人侍養？」盼盼沉吟久之曰：「死既不能，惟誦佛經，祝公冥福。」自此之後，盼盼惟食素飯一盂，閉閣焚香，坐誦佛經。雖比屋未嘗見面。久之，鬢雲懶掠，眉黛慵描，倦理寶瑟瑤琴，厭對鴛衾鳳枕。不施朱粉，似春歸欲謝庾嶺梅花；瘦損腰肢，如秋後消疏隋堤楊柳。每遇花辰月夕，感舊悲哀，寢食失常。不幸寢疾，伏枕月餘，遽爾不起。老母遂卜吉葬于燕子樓後。盼盼既死，不二十年間，而建封子孫，亦散蕩消索。盼盼所居燕子樓遂爲官司所占。其地近郡圃，因其形勢，改作花園，爲郡將游賞之地。【眉批】可憐，可憐。比公孫東閣廢爲馬廐更慘。

星霜屢改，歲月頻遷，唐運告終，五代更伯。當周顯德之末，天水真人承運而興，整頓朝綱，經營禮法。顧視而妖氛寢滅，指揮而宇宙廓清。至皇宋二葉之時，四海無犬吠之警。當時有中書舍人錢易，字希白，乃吴越王錢鏐之後裔也。文行詩詞，獨步朝野，久任紫薇，意欲一歷外任。遂因奏事之暇，上章奏曰：「臣久據詞掖，無毫髮之功，乞一小郡，庶竭駑駘。」上曰：「青魯地腴人善，卿可出鎮彭門。」遂除希白節制武寧軍，希白得旨謝恩。下車之日，宣揚皇化，整肅條章。訪民瘼于井邑，察冤枉于囹圄。屈己待人，親耕勸農，寬仁惠愛，勸化兇頑，悉皆奉業守約，廉謹公平。聽政月餘，節届清明。既在暇日，了無一事，因獨步東階。天氣乍暄，無可消遣，遂呼蒼頭前導，閒游圃中。但見：

晴光靄靄，淑景融融，小桃綻妝臉紅深，嫩柳裊宫腰細軟。幽亭雅榭，深藏花圃陰中，畫舫蘭橈，穩纜回塘岸下。鶯貪春光時時語，蝶弄晴光擾擾飛。

希白信步，深入芬芳，縱意游賞。到紅紫叢中，忽有危樓飛檻，映遠横空，基址孤高，規模壯麗。希白舉目仰觀，見畫棟下有牌額，上書「燕子樓」三字。希白曰：「此張建封寵盼盼之處，歲月累更，誰謂遺踪尚在！」【眉批】一片精誠，雖婦人不泯，况男子乎？

遂攝衣登梯，徑上樓中，但見：

畫棟棲雲，雕梁聳漢。視西野如窺目下，指萬里如睹掌中。遮風翠幕高張，蔽日疏簾低下。移踪但覺煙霄近，舉目方知宇宙寬。

希白倚欄長嘆，言曰：「昔日張公清歌對酒，妙舞邀賓，百歲既終，雲消雨散，此事自古皆然，不足感嘆。但惜盼盼本一娼妓，而能甘心就死，報建封厚遇之恩，雖烈丈夫何以加此！何事樂天詩中，猶訊其不隨建封而死？實憐守節十餘年，自潔之心，泯没不傳。我既知本末，若緘口不爲褒揚，盼盼必抱怨于地下。」【眉批】誰人有此熱腸，我願下拜。即呼蒼頭磨墨，希白染毫，作古調長篇，書于素屏之上。其詞曰：

人生百歲能幾日？荏苒光陰如過隙。
樽中有酒不成歡，身後虛名又何益？
清河太守真奇偉，曾向春風種桃李。
欲將心事占韶華，無奈紅顔隨逝水。
佳人重義不顧生，感激深恩甘一死。
新詩寄語三百篇，貫串風騷洗沐耳。
清樓十二横霄漢，低下珠簾鎖雙燕。
嬌魂媚魄不可尋，盡把闌干空倚遍！

希白題罷，朗吟數過，忽有清風襲人，異香拂面。希白大驚，此非花氣，自何而來？方疑訝間，見素屏後有步履之聲。希白即轉屏後窺之，見一女子，雲濃紺髮，月淡修眉，體欺瑞雪之容光，臉奪奇花之艷麗，金蓮步穩，束素腰輕。一見希白，嬌羞臉黛，急挽金鋪，平掩其身，雖江梅之映雪，不足比其風韻。【眉批】生時雖比屋未嘗見面，死後肯輕見人耶？當是爲知己出頭。希白驚訝，問其姓氏。此女捨金鋪，掩袂向前，叙禮而言曰：「妾乃守園老吏之女也。偶因令節，閒上層樓，忽值公相到來，妾荒急匿身于此，以蔽醜惡。忽聞誦吊盼盼古調新詞，使妾聞之，如獲珠玉，遂潛出聽于素屏之後，因而得面台顔。妾之行藏，盡于此矣。」希白見女子容顔秀麗，詞氣清揚，喜悦之心，不可言喻，遂以言挑之曰：「聽子議論，想必知音。我適來所作長篇，以爲何如？」女曰：「妾門品雖微，酷喜吟詠。聞適來所誦篇章，錦心繡口，使九泉銜恨之心，一旦消釋。」希白又聞此語，愈加喜悦，曰：「今日相逢，可謂佳人才子，還有意無？」女乃斂容正色，〔二〕掩袂言曰：「幸君無及于亂，以全貞潔之心。惟有詩一首，仰酬厚意。」遂於袖中取彩箋一幅上呈。希白展看，其詩曰：

人去樓空事已深，至今惆悵樂天吟。
非君詩法高題起，誰慰黄泉一片心？

希白讀罷，謂女子曰：「爾既能詩，決非園吏之女，果何人也？」女曰：「君詳詩意，自知賤妾微踪，何必苦問？」希白春心蕩漾，不能拴束，向前拽其衣裾，忽聞檻竹敲窗，驚覺，乃一枕游仙夢，伏枕于書窗之下。但見爐煙尚裊，花影微欹，院宇沉沉，方當日午。希白推枕而起，兀坐沉思：「夢中所見者，必關盼盼也。何顯然如是？千古所無，誠爲佳夢。」反覆再三，嘆曰：「此事當作一詞以記之。」遂成《蝶戀花》詞，信筆書于案上，詞曰：

一枕閒欹春晝午，夢入華胥，邂逅飛瓊侶。嬌態翠顰愁不語，彩箋遺我新奇句。

幾許芳心猶未訴，風竹敲窗，驚散無尋處！惆悵楚雲留不住，斷腸凝望高唐路。

墨迹未乾，忽聞窗外有人鼓掌作拍，抗聲而歌，調清韻美，聲入簾櫳。希白審聽窗外歌聲，乃適所作《蝶戀花》詞也。希白大驚曰：「我方作此詞，何人早已先能歌唱？」遂啓窗視之，見其人頂翠冠珠珥，〔三〕玉珮羅裙，向蒼蒼太湖石畔，隱珊珊翠竹叢中，繡鞋不動芳塵，瓊裾風飄裊娜。希白仔細定睛看之，轉柳穿花而去。希白嘆異，不勝惆悵。後希白官至尚書，惜軍愛民，百姓贊仰，一夕無病而終。這是後話。正是：

一首新詞吊麗容，貞魂含笑夢相逢。

雖爲翰苑名賢事，編入稗官小史中。

【校記】

〔一〕「數載」，三桂堂本作「數郡」。

〔二〕「歛容」，底本及諸校本均作「欵容」，據文意改。

〔三〕「其人頂」，三桂堂本作「一女子」。

徐用夜救鄭氏

蘇母迎默羅衫

第十一卷　蘇知縣羅衫再合

早潮纔罷晚潮來，〔一〕一月周流六十回。
不獨光陰朝復暮，杭州老去被潮催。

這四句詩，是唐朝白樂天杭州錢塘江看潮所作。話中説杭州府有一才子，姓李名宏，字敬之。此人胸藏錦繡，腹隱珠璣，奈時運未通，三科不第。時值深秋，心懷抑鬱，欲渡錢塘，往嚴州訪友。命童子收拾書囊行李，買舟而行。撵出江口，天已下午。李生推篷一看，果然秋江景致，更自非常。有宋朝蘇東坡《江神子》詞爲證：

鳳皇山下雨初晴，水風清，晚霞明。一朵芙蓉開過尚盈盈。何處飛來雙白鷺，如有意，慕娉婷。　忽聞江上弄哀箏，苦含情，遣誰聽。煙斂雲收，依約是湘靈。欲待曲終尋問取，人不見，數峰青。

李生正看之間，只見江口有一座小亭，扁曰「秋江亭」。舟人道：「這亭子上每日有游人登覽，今日如何冷靜？」李生想道：「似我失意之人，正好乘着冷靜時去看一看。」叫：「家長，與我移舟到秋江亭去。」舟人依命，將船放到亭邊，停橈穩纜。李生上涯，步進亭子。將那四面窗槅推開，倚欄而望，見山水相銜，江天一色。李生心喜，叫童子將卓椅拂净，焚起一爐好香，取瑶琴横於卓上，操了一回。曲終音止，舉眼見墻壁上多有留題，字迹不一。獨有一處連真帶草，其字甚大。李生起而觀之，乃是一首詞，名《西江月》，是説酒、色、財、氣四件的短處：

酒是燒身焇焰，色爲割肉鋼刀。財多招忌損人苗，氣是無煙火藥。四件將來合就，相當不欠分毫。勸君莫戀最爲高，纔是修身正道。

李生看罷，笑道：「此詞未爲確論。人生在世，酒色財氣四者脱離不得。若無酒，失了祭享宴會之禮；若無色，絶了夫妻子孫之事；若無財，天子庶人皆没用度；若無氣，忠臣義士也盡委靡。我如今也作一詞與他解釋，有何不可。」當下磨得墨濃，醮得筆飽，就在《西江月》背後，也帶草連真，和他一首：

三杯能和萬事，一醉善解千愁。陰陽和順喜相求，孤寡須知絶後。財乃潤家之寶，氣爲造命之由。助人情性反爲仇，持論何多差謬！

李生寫罷，擲筆於卓上。見香煙未燼，方欲就坐，再撫一曲，忽然畫檐前一陣風起：

善聚庭前草，能開水上萍。
惟聞千樹吼，不見半分形。

李生此時不覺神思昏迷，伏几而卧。朦朧中，但聞環珮之聲，異香滿室。有美女四人：一穿黄，一穿紅，一穿白，一穿黑，自外而入，向李生深深萬福。李生此時似夢非夢，便問：「四女何人？爲何至此？」四女乃含笑而言：「妾姊妹四人，乃古來神女，遍游人間。前日有詩人在此游玩，作《西江月》一首，將妾等辱駡，使妾等羞愧無地。今日蒙先生也作《西江月》一首，與妾身解釋前冤，特來拜謝！」李生心中開悟，知是酒、色、財、氣四者之精，全不畏懼，便道：「四位賢姐，各請通名。」四女各言詩一句，

穿黄的道：
杜康造下萬家春，

穿紅的道：
一面紅妝愛殺人。

穿白的道：
生死窮通都屬我，

穿黑的道：

氤氳世界滿乾坤。

原來那黄衣女是酒，紅衣女是色，白衣女是財，黑衣女是氣。李生心下了然，用手輕招四女：「你四人聽我分剖：

香甜美味酒爲先，美貌芳年色更鮮。
財積千箱稱富貴，善調五氣是真仙。」

四女大喜，拜謝道：「既承解釋，復勞褒獎，乞先生於吾姊妹四人之中，選擇一名無過之女，奉陪枕席，少效恩環。」李生摇手，連聲道：「不可，不可！小生有志攀月中丹桂，無心戀野外閒花。請勿多言，恐虧行止。」四女笑道：「先生差矣。妾等乃巫山洛水之儔，非路柳墻花之比。漢司馬相如文章魁首，唐李衛公開國元勳，一納文君，一收紅拂，反作風流話柄，不聞取譏於後世。况佳期良會，錯過難逢，望先生三思！」李生到底是少年才子，心猿意馬，拿把不定，不免轉口道：「既賢姐們見愛，但不知那一位是無過之女？小生情願相留。」言之未已，只見那黄衣酒女急急移步上前道：「先生，妾乃無過之女。」李生道：「怎見賢姐無過？」酒女道：「妾亦有《西江月》一首：

善助英雄壯膽，能添錦繡詩腸。神仙造下解愁方，雪月風花玩賞。」

又道：「還有一句要緊言語，先生聽着：

好色能生疾病，貪杯總是清狂。八仙醉倒紫雲鄉，不羡公侯卿相。」

李生大笑道：「好個『八仙醉倒紫雲鄉』，小生情願相留。」方留酒女，只見那紅衣色女向前，柳眉倒竪，星眼圓睜，道：「先生不要聽賤婢之言！賤人，我且問你：你只講酒的好處就罷了，爲何重己輕人，亂講好色的能生疾病？終不然三四歲孩兒害病，也從好色中來？你只誇己的好處，却不知己的不好處：

平帝喪身因酒毒，江邊李白損其軀。

勸君休飲無情水，醉後教人心意迷！」

李生道：「有理。古人亡國喪身，皆酒之過，小生不敢相留。」只見紅衣女妖妖嬈嬈的走近前來，道：「妾身乃是無過之女，也有《西江月》爲證：

每羡鴛鴦交頸，又看連理花開。無知花鳥動情懷，豈可人無歡愛。君子好逑淑女，佳人貪戀多才。紅羅帳裏兩和諧，一刻千金難買。」

李生沉吟道：「真個『一刻千金難買』！」纔欲留色女，那白衣女早已發怒駡道：「賤人，怎麽説『千金難買』？終不然我到不如你？説起你的過處儘多：

尾生橋下水涓涓，吴國西施事可憐。

貪戀花枝終有禍，好姻緣是惡姻緣。」

李生道："尾生喪身，夫差亡國，皆由於色，其過也不下於酒。請去，請去！"遂問白衣女。白衣女上前道："你却如何？"白衣女上前道：

收盡三才權柄，榮華富貴從生。縱教好善聖賢心，空手難施德行。有我人皆欽敬，無我到處相輕。休因閒氣鬬和争，問我須知有命。

李生點頭道："汝言有理，世間所敬者財也。我若有財，取科第如反掌耳。"【眉批】從來有此，可嘆，可嘆，可嘆！纔動喜留之意，又見黑衣女粉臉生嗔，星眸帶怒，罵道："你爲何説『休争閒氣』？爲人在世，没了氣還好？我想着你：

有財有勢是英雄，命若無時枉用功。昔日石崇因富死，銅山不助鄧通窮。"

李生摇首不語，心中暗想："石崇因財取禍，鄧通空有錢山，不救其餓，財有何益？"便問氣女："卿言雖則如此，但不知卿於平昔間處世何如？"黑衣女道："像妾處世呵：

一自混元開闢，陰陽二字成功。含爲元氣散爲風，萬物得之萌動。但看生身六尺，喉間三寸流通。財和酒色盡包籠，無氣誰人享用？"

氣女説罷，李生還未及答，只見酒、色、財三女齊聲來講："先生休聽其言，我三人豈被賤婢包籠乎？且聽我數他過失：

霸王自刎在烏江，有智周瑜命不長。
多少陣前雄猛將，皆因争氣一身亡。

先生也不可相留！」李生躊躕思想：「呀！四女皆爲有過之人。四位賢姐，小生褥薄衾寒，不敢相留，都請回去。」四女此時互相埋怨，這個説：「先生留我，爲何要你打短？」那個説：「先生愛我，爲何要你争先？」〔二〕話不投機，一時間打駡起來。

酒駡色，盗人骨髓；色駡酒，專惹非灾；財駡氣，能傷肺腑；氣駡財，能損情懷。直打得酒女烏雲亂，色女寶髻歪，財女搥胸叫，氣女倒塵埃。一個個鬔鬆鬢髮遮粉臉，不整金蓮撒鳳鞋。

四女打在一團，攪在一處。李生暗想：「四女相争，不過爲我一人耳。」方欲向前勸解，被氣女用手一推，「先生閃開，待我打死這三個賤婢！」李生猛然一驚，衣袖拂着琴弦，噹的一聲響，驚醒回來，擦磨睡眼，定睛看時，那見四女踪迹！李生撫髀長嘆：「我因關心太切，遂形于夢寐之間。據適間夢中所言，四者皆爲有過，我爲何又作這一首詞贊揚其美？使後人觀吾此詞，恣意於酒色，沉迷於財氣，我即爲禍之魁首。如今欲要説他不好，難以悔筆。也罷，如今再題四句，等人酌量而行。」就在粉墻《西江月》之後，又揮一首：

飲酒不醉最爲高，好色不亂乃英豪。
無義之財君莫取，忍氣饒人禍自消。

這段評話，雖說酒、色、財、氣一般有過，細看起來，酒也有不會飲的，氣也有耐得的，無如財、色二字害事。但是貪財好色的，又免不得吃幾杯酒，免不得淘幾場氣，酒、氣二者又總括在財、色裏面了。今日說一樁異聞，單爲財、色二字弄出天大的禍來。後來悲歡離合，做了錦片一場佳話。正是：

說時驚破奸人膽，話出傷殘義士心。

却說國初永樂年間，北直隸涿州，有個兄弟二人，姓蘇，其兄名雲，其弟名雨。父親早喪，單有母親張氏在堂。那蘇雲自小攻書，學業淹貫，二十四歲上，一舉登科，殿試二甲，除授浙江金華府蘭谿縣大尹。蘇雲回家，住了數日，憑限已到，不免擇日起身赴任。蘇雲對夫人鄭氏說道：「我早登科甲，初任牧民，立心願爲好官，此去止飲蘭溪一杯水。所有家財，盡數收拾，將十分之三留爲母親供膳，其餘帶去任所使用。」當日拜別了老母，囑付兄弟蘇雨：「好生侍養高堂，爲兄的若不得罪於地方，到三年考滿，又得相見。」【眉批】可惜一個好官，不曾大任。說罷，不覺慘然淚下。蘇雨道：「哥哥榮任是美事，家中自有兄弟支持，不必挂懷。前程萬里，須自保重！」蘇雨又送了一程方別。

蘇雲同夫人鄭氏，帶了蘇勝夫妻二人，伏事登途。到張家灣地方，蘇勝禀道：「此去是水路，該用船隻，偶有順便回頭的官座，老爺坐去穩便。」蘇知縣道：「甚好。」原來坐船有個規矩，但是順便回家，不論客貨私貨，都裝載得滿滿的，却去攬一位官人乘坐，借其名號，免他一路稅課，不要那官人的船錢，反出幾十兩銀子送他，爲孝順之禮，謂之坐艙錢。蘇知縣是個老實的人，何曾曉得恁樣規矩，聞說不要他船錢，已自勾了，還想甚麽坐艙錢。那蘇勝私下得了他四五兩銀子酒錢，喜出望外，從旁攛掇。蘇知縣同家小下了官艙。一路都是下水，渡了黄河，過了揚州廣陵驛，將近儀真。因船是年遠的，又帶貨太重，發起漏來，滿船人都慌了。蘇知縣叫快快攏岸，一時間將家眷和行李都搬上岸來。只因搬這一番，有分教蘇知縣全家受禍。正合着二句古語，道是：

漫藏誨盜，冶容誨淫。

却說儀真縣有個慣做私商的人，姓徐名能，在五壩上街居住。久攬山東王尚書府中一隻大客船，裝載客人，南來北往，每年納還船租銀兩。他合着一班水手，叫做趙三、翁鼻涕、楊辣嘴、范剥皮、沈鬍子，這一班都不是個良善之輩。又有一房家人，叫做姚大。時常攬了載，約莫有些油水看得入眼時，半夜三更悄地將船移動，到僻静去處，把客人謀害，劫了財帛。如此十餘年，徐能也做了些家事。這些夥計，一個個羹香飯熟，飽食暖衣，正所謂「爲富不仁，爲仁不富」。你道徐能是儀真縣人，如何却攬山東王尚書府中的船隻？況且私商起家千金，自家難道打不起一隻船？是有個緣故，王尚書初任南京爲官，曾在揚州娶了一位小奶奶，後來小奶奶父母却移家於儀真居住，王尚書時常周給。後因路遥不便，打這隻船與他，教他賃租用度。船上豎的是山東王尚書府的水牌，下水時，就是徐能包攬去了。徐能因爲做那私商的道路，到不好用自家的船，要借尚書府的名色，又有勢頭，人又不疑心他，所以一向不致敗露。

【眉批】大人家切莫護短。

今日也是蘇知縣合當有事，恰好徐能的船空閒在家。徐能正在岸上尋主顧，聽説官船發漏，忙走來看，看見搬上許多箱籠囊篋，心中早有七分動火。結末又走個嬌嬌滴滴少年美貌的奶奶上來，徐能是個貪財好色的都頭，不覺心窩發癢，眼睛裏迸出火來。又見蘇勝搬運行李，料是僕人，在人叢中將蘇勝背後衣袂一扯。【眉批】如畫。蘇勝回頭，徐能陪個笑臉問道：「是那裏去的老爺，莫非要换船麽？」蘇勝道：「家老爺是新科進士，選了蘭溪縣知縣，如今去到任，因船發了漏，權時上岸。若就有個好船換得，省得又落主人家。」徐能指着河裏道：「這山東王尚書府中水牌在上的，就是小人的船，新修整得好，又堅固又乾净。慣走浙直水路，水手又都是得力的。今晚若下船時，明早祭了神福，等一陣順風，不幾日就吹到了。」蘇勝歡喜，便將這話禀知家主。蘇知縣叫蘇勝先去看了艙口，就議定了船錢。因家眷在上，不許搭載一人。徐能俱依允了。當下先秤了一半船錢，那一半直待到縣時找足。蘇知縣家眷行李重復移下了船。

徐能慌忙去尋那一班不做好事的幫手，趙三等都齊了，只有翁、范二人不到。買了神福，正要開船，岸上又有一個漢子跳下船來道：「我也相幫你們去！」【眉批】要緊關目。徐能看見，呆了半晌。原來徐能有一個兄弟，叫做徐用，班中都稱爲徐大哥、徐二哥。真個是「有性善有性不善」，徐能慣做私商，徐用偏好善。但是徐用在船上，徐能要動手脚，往往被兄弟阻住，十遍到有八九遍做不成，所以今日徐能瞞了兄弟不去叫他。那徐用却自有心，聽得説有個少年知縣换船到任，寫了哥子的船，又見哥哥去唤這一班如狼似虎的人，不對他説，心下有些疑惑，故意要來船上相幫。徐能却怕兄弟阻攔他這番穩善的生意，心中嘿嘿不喜。正是：

涇渭自分清共濁，薰蕕不混臭和香。

却説蘇知縣臨欲開船，又見一個漢子赶將下來，心中到有些疑慮，【眉批】疑慮中多少冤枉。只道是趁船的，叫蘇勝：「你問那方纔來的是甚麼人？」蘇勝去問了來，回復道：「船頭叫做徐能，方纔來的叫做徐用，就是徐能的親弟。」蘇知縣想道：「這便是一家了。」是日開船，約有數里，徐能就將船泊岸，説道：「風還不順，衆弟兄且吃神福酒。」徐能飲酒中間，只推出恭上岸，招兄弟徐用對他説道：「我看蘇知縣行李沉重，不下千金，跟隨的又止一房家人，這場好買賣不可挫過，你却不要阻擋我。」徐用道：「哥哥，此事斷然不可！他若任所回來，盈囊滿篋，必是貪贓所致，不義之財，取之無礙。【眉批】徐用堪坐忠義堂一把交椅。如今方纔赴任，不過家中帶來幾兩盤費，〔三〕那有千金？況且少年科甲，也是天上一位星宿，哥哥若害了他，天理也不容，後來必然懊悔。」徐能道：「財采到不打緊，還有一事，好一個標致奶奶！你哥正死了嫂嫂，房中没有個得意掌家的，這是天付姻緣，兄弟這番須作成做哥的則個！」徐用又道：「從來『相女配夫』，既是奶奶，必然也是宦家之女，把他好夫好婦拆散了，强逼他成親，到底也不和順，此事一發不可。」

這裏兄弟二人正在唧唧噥噥，船艄上趙三望見了，正不知他商議甚事，一跳跳上岸來。徐用見趙三上岸，洋洋的到走開了。趙三問徐能：「適纔與二哥説甚麽？」徐能附耳述了一遍。趙三道：「既然二哥不從，到不要與他説了，只消兄弟一人便與你完成其事。【眉批】善人孤立，兇人多助，奈何？今夜須如此如此，這般這般。」徐能大喜道：「不枉叫做趙一刀。」原來趙三爲人粗暴，動不動自誇道：「我是一刀兩段的性子，不學那粘皮帶骨。」因此起個異名，叫做趙一刀。當下衆人飲酒散了，權時歇息。看看天晚，蘇知縣夫婦都睡了，約至一更時分，聞得船上起身，收拾篷索。叫蘇勝問時，説道：「江船全靠順風，趁這一夜風使去，明早便到南京了。老爺們睡穩莫要開口，等我自行。」那蘇知縣是北方人，不知水面的勾當，聽得這話，就不問他了。

却説徐能撑開船頭，見風色不順，〔四〕正中其意，拽起滿篷，倒使轉向黄天蕩去。那黄天蕩是極野去處，船到蕩中，四望無際。姚大便去抛鐵猫，楊辣嘴把定頭艙門口，沈鬍子守舵，趙三當先提着一口潑風刀，徐能手執板斧隨後，只不叫徐用一人。却説蘇勝打鋪睡在艙口，聽得有人推門進來，便從被窩裏鑽出頭向外張望，趙三看得真，一刀砍去，正劈着脖子，蘇勝只叫得一聲「有賊」，又復一刀砍殺，拖出艙口，向水裏撺下去了。蘇勝的老婆和衣睡在那裏，聽得嚷，摸將出來，也被徐能一斧劈倒。姚大點起火把，照得艙中通亮。慌得蘇知縣雙膝跪下，叫道：「大王，行李分毫不要了，只求饒命！」徐能道：「饒你不得！」舉斧照頂門砍下，却被一人攔腰抱住道：「使不得！」却便似：

秋深逢赦至，病篤遇仙來！

你道是誰？正是徐能的親弟徐用。曉得衆人動撣，不幹好事，走進艙來，却好抱住了哥哥，扯在一邊，不容他動手。徐能道：「兄弟，今日騎虎之勢，罷不得手了。」徐用道：「他中了一場進士，不曾做得一日官，今日劫了他財帛，占了他妻小，殺了他家人，又教他刀下身亡，也忒罪過。」徐能道：「兄弟，別事聽得你，這一件聽不得你，留了他便是禍根，我等性命難保。放了手！」徐用越抱得緊了，便道：「哥哥，既然放他不得，拋在湖中，也得個全尸而死。」徐能道：「便依了兄弟言語。」徐用道：「哥哥撇下手中兇器，兄弟方好放手。」【眉批】節節見徐用精細。徐能果然把板斧撇下，徐用放了手。徐能對蘇知縣道：「免便免你一斧，只是鬆你不得。」便將棕纜捆做一團，如一隻餛飩相似，向水面撲通的攛將下去，眼見得蘇知縣不活了。夫人鄭氏只叫得苦，便欲跳水。徐能那裏容他，把艙門關閉，撥回船頭，將篷扯滿，又使轉來。原來江湖中除了頂頭大逆風，往來都使得篷。

儀真至邵伯湖，不過五十餘里，到天明，仍到了五壩口上。徐能回家，喚了一乘肩輿，教管家的朱婆先扶了奶奶上轎，一路哭哭啼啼，竟到了徐能家裏。徐能分付朱婆：「你好生勸慰奶奶，到此地位，不由不順從，不要愁煩。今夜若肯從順，還你終身富貴，强似跟那窮官。說得成時，重重有賞。」朱婆領命，引着奶奶歸房。徐能同衆人將船中箱籠，盡數搬運上岸，打開看了，作六分均分。殺倒一口猪，燒利市紙，連翁鼻涕、范剥皮都請將來，做慶賀筵席。徐用心中甚是不忍，想着哥哥不仁，到夜來必然去逼蘇奶奶，若不從他，性命難保，若從時，可不壞了他名節。雖在席中，如坐針氈。衆人大酒大肉，直吃到夜。徐用心生一計，將大折碗滿斟熱酒，碗内約有斤許。徐用捧了這碗酒，到徐能面前跪下。【眉批】徐能大有作用。徐能慌忙來攙道：「兄弟爲何如此？」徐用道：「夜來船中之事，做兄弟的違拗了兄長，必然見怪。若果然不怪，可飲兄弟這甌酒。」徐能雖是强盜，弟兄之間，到也和睦，只恐徐用疑心，將酒一飲而盡。【眉批】不和睦的，强盗不如。衆人見徐用勸了酒，都起身把盞道：「今日徐大哥娶了新嫂，是個大喜，我等一人慶一杯。」此時徐能七八已醉，欲推不飲。衆人道：「徐二哥是弟兄，我們異姓，偏不是弟兄？」徐能被纏不過，只得每人陪過，吃得酩酊大醉。

徐用見哥哥坐在椅上打瞌睡，只推出恭，提個燈籠，走出大門。從後門來，門却鎖了。徐用從墻上跳進屋裏，將後門鎖裂開，取燈籠藏了。厨房下兩個丫頭在那裏盪酒，徐用不顧，徑到房前。只見房門掩着，裏面説話聲響，徐用側耳而聽，【眉批】精細。却是朱婆勸鄭夫人成親，正不知勸過幾多言語了，鄭夫人不允，只是啼哭。朱婆道：「奶奶既立意不順從，何不就船中尋個自盡？今日到此，那裏有地孔鑽去？」鄭夫人哭道：「媽媽，不是奴家貪生怕死，只爲有九個月身孕在身，若死了不打緊，我丈夫就絶後了。」朱婆道：「奶奶，你就生下兒女來，誰容你存留？老身又是婦道家，做不得程嬰、杵臼，也是枉然。」【眉批】朱婆大曉事。〔五〕徐用聽到這句話，一脚把房門踢開，唬得鄭夫人魂不附體，連朱婆也都慌了。徐用道：「不要忙，我是來救你的。我哥哥已醉，乘此機會，送你出後門去逃命。異日相會，須記得不干我徐用之事。」鄭夫人叩頭稱謝。朱婆因説了半日，也十分可憐鄭夫人，情願與他作伴逃走。徐用身邊取出十兩銀子，付與朱婆做盤纏，引二人出後門，又送了他出了大街，囑付：「小心在意。」説罷，自去了。好似：

撞碎玉籠飛彩鳳，掣開金鎖走蛟龍。

單説朱婆與鄭夫人尋思黑夜無路投奔，信步而行，只揀僻静處走去，顧不得鞋弓步窄。約行十五六里，蘇奶奶心中着忙，到也不怕脚痛，那朱婆却走不動了。没奈何，彼此相扶，又捱了十餘里，天還未明。朱婆原有個氣急的症候，走了許多路，發喘起來，道：「奶奶，不是老身有始無終，其實寸步難移，恐怕反拖累奶奶。且喜天色微明，奶奶前去，好尋個安身之處。老身在此處途路還熟，不消挂念。」鄭夫人道：「奴家患難之際，只得相撇了，只是媽媽遇着他人，休得漏了奴家消息！」朱婆道：「奶奶尊便，老身不誤你的事。」鄭夫人纔轉得身，朱婆嘆口氣，想道：「没處安身，索性做個乾净好人。」望着路傍有口義井，將一雙舊鞋脱下，投井而死。【眉批】浣紗女又有配享。鄭夫人眼中流淚，只得前行。

又行了十里，共三十餘里之程，漸覺腹痛難忍。此時天色將明，望見路傍有一茅庵，其門尚閉。鄭夫人叩門，意欲借庵中暫歇。庵内答應開門。鄭夫人擡頭看見，驚上加驚，想道：「我來錯了！」原來是僧人。聞得南邊和尚們最不學好，【眉批】北邊亦未必多勝。〔六〕躲了强盗，又撞了和尚，却不晦氣。千死萬死，左右一死，且進門觀其動静。」那僧人看見鄭夫人丰姿服色，不像個以下之人，甚相敬重，請入净室問訊。叙話起來，方知是尼僧。鄭夫人方纔心定，將黄天蕩遇盗之事，叙了一遍。那老尼姑道：「奶奶暫住幾日不妨，却不敢久留，恐怕强人訪知，彼此有損。」説猶未畢，鄭夫人腹痛，一陣緊一陣。老尼年踰五十，也是半路出家的，曉得些道兒，問道：「奶奶這痛陣，到像要分娩一般？」鄭夫人道：「實不相瞞，奴家懷九個月孕，因昨夜走急了路，肚疼，只怕是分娩了。」老尼道：「奶奶莫怪我説，這裏是佛地，不可污穢。奶奶可往別處去，不敢相留。」鄭夫人眼中流淚，哀告道：「師父，慈悲爲本，這十方地面不留，教奴家更投何處？想是蘇門前世業重，今日遭此冤劫，不如死休！」老尼心慈道：「也罷，庵後有個厠屋，奶奶若没處去，權在那厠屋裏住下，等生産過了，進庵未遲。」

鄭夫人出於無奈，只得捧着腹肚，走到庵後厠屋裏去。雖則厠屋，喜得不是個露坑，到還乾净。鄭夫人到了屋内，一連幾陣緊痛，産下一個孩兒。老尼聽得小兒啼哭之聲，忙走來看，説道：「奶奶且喜平安。只是一件，母子不能并留。若留下小的，我與你托人撫養，你就休住在此；你若要住時，把那小官人棄了。不然佛地中啼啼哭哭，被人疑心，查得根由，又是禍事。」鄭夫人左思右量，兩下難捨，便道：「我有道理。」將自己貼肉穿的一件羅衫脱下，包裹了孩兒，拔下金釵一股，插在孩兒胸前，對天拜告道：「夫主蘇雲，倘若不該絶後，願天可憐，遣個好人收養此兒。」祝罷，將孩兒遞與老尼，央他放在十字路口。老尼念聲「阿彌陀佛」，接了孩兒，走去約莫半里之遥，地名大柳村，撇於柳樹之下。

分明路側重逢棄，疑是空桑再産伊。

老尼轉來，回復了鄭夫人，鄭夫人一慟幾死。老尼勸解，自不必説。老尼净了手，向佛前念了《血盆經》，送湯送水價看覷鄭夫人。鄭夫人將隨身簪珥手釧，盡數解下，送與老尼爲陪堂之費。等待滿月，進庵做了道姑，拜佛看經。過了數月，老尼恐在本地有是非，又引他到當塗縣慈湖老庵中潛住，更不出門，不在話下。

却說徐能醉了，睡在椅上，直到五鼓方醒。衆人見主人酒醉，先已各散去訖。徐能醒來，想起蘇奶奶之事，走進房看時，却是個空房，連朱婆也不見了。叫丫鬟問時，一個個目睁口呆，對答不出。看後門大開，情知走了，雖然不知去向，也少不得追趕。料他不走南路，必走北路，望僻静處，一直追來。也是天使其然，一徑走那蘇奶奶的舊路，到義井跟頭，看見一雙女鞋，原是他先前老婆的舊鞋，認得是朱婆的。疑猜道：「難道他特地奔出去，到於此地，捨得性命？」巴着井欄一望，黑洞洞地，不要管他，再赶一程。又行十餘里，已到大柳村前，全無踪迹。正欲回身，只聽得小孩子哭響，走上一步看時，那大柳樹之下一個小孩兒，且是生得端正，懷間有金釵一股，正不知什麽人撇下的。心中暗想：「我徐能年近四十，尚無子息，這不是皇天有眼，賜與我爲嗣？」【眉批】皇天真個有眼。輕輕抱在懷裏，那孩兒就不哭了。徐能心下十分之喜，也不想追赶，抱了孩子就回。到得家中，想姚大的老婆，新育一個女兒，未及一月死了，正好接奶。把那一股釵子，就做賞錢，賞了那婆娘，教他好生喂乳：「長大之時，我自看顧你。」不在話下。有詩爲證：

插下薔薇有刺藤，養成乳虎自傷生。
凡人不識天公巧，種就殃苗待長成。

話分兩頭。再説蘇知縣被强賊攛入黄天蕩中，自古道「死生有命」，若是命不該活，一千個也休了。只爲蘇知縣後來還有造化，在水中半沉半浮，直淌到向水閘邊。恰好有個徽州客船，泊於閘口。客人陶公夜半正起來撒溺，覺得船底下有物，叫水手將篙摘起，却是一個人，渾身綑縛，心中駭異，不知是死的活的？正欲推去水中，有這等異事，那蘇知縣在水中浸了半夜，還不曾死，開口道：「救命！救命！」陶公見是活的，慌忙解開繩索，將薑湯灌醒，問其緣故。蘇知縣備細告訴：「被山東王尚書船家所劫，如今待往上司去告理。」陶公是本分生理之人，聽得説要與山東王尚書家打官司，只恐連累，有懊悔之意。蘇知縣看見顔色變了，怕不相容，便改口道：「如今盤費一空，文憑又失，此身無所着落，倘有安身之處，再作道理。」陶公道：「先生休怪我説，你若要去告理，在下不好管得閒事。若只要個安身之處，敝村有個市學，倘肯相就，權住幾時。」蘇知縣道：「多謝！多謝！」陶公取些乾衣服，教蘇知縣换了，帶回家中。這村名雖唤做三家村，共有十四五家，每家多有兒女上學，却是陶公做領袖，分派各家輪流供給，在家教學，不放他出門。看官牢記着，那蘇知縣自在村中教學。正是：

未司社稷民人事，權作之乎者也師。

却說蘇老夫人在家思念兒子蘇雲，對次子蘇雨道：「你哥哥爲官，一去三年，杳無音信。你可念手足之情，親往蘭溪任所，討個音耗回來，以慰我懸懸之望。」蘇雨領命，收拾包裹，陸路短盤，水路搭船，不則一日，〔七〕來到蘭溪。那蘇雨是樸實莊家，不知委曲，一徑走到縣裏。值知縣退衙，來私宅門口敲門。守門皂隸急忙攔住，問是甚麼人。蘇雨道：「我是知縣老爺親屬，你快通報。」皂隸道：「大爺好利害，既是親屬，可通個名姓，小人好傳雲板。」蘇雨道：「我是蘇爺的嫡親兄弟，特地從涿州家鄉而來。」皂隸兜臉打一啐，駡道：「見鬼！大爺自姓高，是江西人。牛頭不對馬嘴！」正說間，後堂又有幾個閒蕩的公人聽得了，走來幫興，駡道：「那裏來這光棍，打他出去就是。」蘇雨再三分辨，那個聽他。正在那裏七張八嘴，東扯西拽，驚動了衙内的高知縣，開私宅出來，問甚緣由。蘇雨聽說大爺出衙，睁眼看時，却不是哥哥，已自心慌，只得下跪禀道：「小人是北直隸涿州蘇雨，有親兄蘇雲，於三年前選本縣知縣，到任以後，杳無音信。老母在家懸望，特命小人不遠千里，來到此間，何期遇了恩相。恩相既在此榮任，必知家兄前任下落。」高知縣慌忙扶起，與他作揖，看坐，説道：「你令兄向來不曾到任，吏部只道病故了，又將此缺補與下官。既是府上都没消息，不是覆舟，定是遭寇了。若是中途病亡，豈無一人回籍？」蘇雨聽得，哭將起來道：「老母家中懸念，只望你衣錦還鄉，誰知死得不明不白，教我如何回覆老母？」高知縣傍觀，未免同袍之情，甚不過意，寬慰道：「事已如此，足下休得煩惱。且在敝治寬住一兩個月，待下官差人四處打聽令兄消息，回府未遲。一應路費，都在下官身上。」便分付門子，於庫房取書儀十兩，送與蘇雨爲程敬，着一名皂隸送蘇二爺於城隍廟居住。蘇雨雖承高公美意，心下痛苦，晝夜啼哭。住了半月，忽感一病，服藥不愈，嗚呼哀哉。

未得兄弟生逢，又見娘兒死别。

高知縣買棺親往殯殮，停柩於廟中，分付道士小心看視。不在話下。

再説徐能自抱那小孩兒回來，教姚大的老婆做了乳母，養爲己子。俗語道：「只愁不養，不愁不長。」那孩子長成六歲，聰明出衆，取名徐繼祖，上學攻書。十三歲經書精通，游庠補廩。十五歲上登科，起身會試。從涿州經過，走得乏了，下馬歇脚。見一老婆婆，面如秋葉，髮若銀絲，自提一個磁瓶向井頭汲水。〔八〕徐繼祖上前與婆婆作揖，求一甌清水解渴。【眉批】情節好。老婆婆老眼朦朧，看見了這小官人，清秀可喜，便留他家裏吃茶。徐繼祖道：「只怕老娘府上路遠！」婆婆道：「十步之内，就是老身舍下。」徐繼祖真個下馬，跟到婆婆家裏，見門庭雖像舊家，甚是冷落，後邊房屋都被火焚了，瓦礫成堆，無人收拾，止剩得廳房三間，將土墻隔斷。左一間老婆婆做個卧房，右一間放些破家火，中間雖則空下，傍邊供兩個靈位，開寫着長兒蘇雲，次兒蘇雨。廳側邊是個耳房，一個老婢在内燒火。老婆婆請小官人於中間坐下，自己陪坐。喚老婢潑出一盞熱騰騰的茶，將托盤托將出來道：「小官人吃茶。」

老婆婆看着小官人，目不轉睛，不覺兩淚交流。徐繼祖怪而問之。老婆婆道：「老身七十八歲了，就説錯了句言語，料想郎君不怪。」徐繼祖道：「有話但説，何怪之有！」老婆婆道：「官人尊姓？青春幾歲？」徐繼祖叙出姓名，年方一十五歲，今科僥倖中舉，赴京會試。老婆婆屈指暗數了一回，撲簌簌淚珠滚一個不住。徐繼祖也不覺慘然道：「婆婆如此哀楚，必有傷心之事！」老婆婆道：「老身有兩個兒子，長子蘇雲，叨中進士，職受蘭溪縣尹，十五年前，同着媳婦赴任，一去杳然。老身又遣次男蘇雨親往任所體探，連蘇雨也不回來。後來聞人傳説，大小兒喪於江盗之手，次兒没於蘭溪。老身痛苦無伸，又被鄰家失火延燒卧室。老身和這婢子兩口，權住這幾間屋内，坐以待死。適纔偶見郎君面貌與蘇雲無二，又剛是十五歲，所以老身感傷不已。

今日天色已晚，郎君若不嫌貧賤，在草舍權住一晚，吃老身一餐素飯。」説罷又哭。徐繼祖是個慈善的人，也是天性自然感動，心内到可憐這婆婆，也不忍别去，就肯住了。老婆婆宰鷄煮飯，管待徐繼祖。叙了二三更的話，就留在中間歇息。次早，老婆婆起身，又留吃了早飯，臨去時依依不捨，在破箱子内取出一件不曾開折的羅衫出來相贈，説道：「這衫是老身親手做的，男女衫各做一件，却是一般花樣。女衫把與兒婦穿去了，男衫因打摺時被燈煤落下，燒了領上一個孔。老身嫌不吉利，不曾把與亡兒穿，至今老身收着。今日老身見了郎君，就如見我蘇雲一般。郎君受了這件衣服，倘念老身衰暮之景，來年春闈得第，衣錦還鄉，是必相煩差人於蘭溪縣打聽蘇雲、蘇雨一個實信見報，老身死亦瞑目。」【眉批】叙得可憐。説罷放聲痛哭。徐繼祖没來由，不覺也掉下淚來。老婆婆送了徐繼祖上馬，哭進屋去了。徐繼祖不勝傷感。

到了京師，連科中了二甲進士，除授中書。朝中大小官員，見他少年老成，諸事歷練，甚相敬重。也有打聽他未娶，情願賠了錢，送女兒與他做親。徐繼祖爲不曾禀命於父親，堅意推辭。在京二年，爲「急缺風憲事」，選授監察御史，差往南京刷卷，就便回家省親歸娶，剛好一十九歲。徐能此時已做了太爺，在家中耀武揚威，甚是得志。正合着古人兩句：

常將冷眼觀螃蟹，看你横行得幾時？

再説鄭氏夫人在慈湖尼庵，一住十九年，不曾出門。一日照鏡，覺得龐兒非舊，潸然淚下。想道：「殺夫之仇未報，孩兒又不知生死，就是那時有人收留，也不知落在誰手？住居何鄉？我如今容貌憔瘦，又是道姑打扮，料無人認得。況且吃了這幾年安逸茶飯，定害庵中，〔九〕心中過意不去。如今不免出外托鉢，一來也幫貼庵中，二來往儀真一路去，順便打聽孩兒消息。常言『大海浮萍，也有相逢之日』，或者天天可憐，有近處人家拾得，撫養在彼，母子相會，對他説出根由，教他做個報仇之人，却不了却心願！」當下與老尼商議停妥，托了鉢盂，出庵而去。

一路抄化，到於當塗縣内，只見沿街搭彩，迎接刷卷御史徐爺。鄭夫人到一家化齋，其家乃是里正，辭道：「我家爲接官一事，甚是匆忙，改日來布施罷！」却有間壁一個人家，有女眷閒立在門前觀看搭彩，看這道姑生得十分精緻，年也却不甚長，見化不得齋，便去叫唤他。鄭氏聞唤，到彼問訊過了。那女眷便延進中堂，將素齋款待，問其來歷。鄭氏料非賊黨，想道：「我若隱忍不説，到底終無結末。」遂將十九年前苦情，數一數二，告訴出來。誰知屏後那女眷的家長伏着，聽了半日，心懷不平，轉身出來，叫道姑：「你受恁般冤苦，見今刷卷御史到任，如何不去告狀申理？」鄭氏道：「小道是女流，幼未識字，寫不得狀詞。」那家長道：「要告狀，我替你寫。」【眉批】如此閒事，何須多管。〔一〇〕便去買一張三尺三的綿紙，從頭至尾寫道：

告狀婦鄭氏，年四十二歲，係直隸涿州籍貫。夫蘇雲，由進士選授浙江蘭溪縣尹。於某年相隨赴任，路經儀真，因船漏過載。豈期船户積盜徐能，糾夥多人，中途劫夫財，謀夫命，又欲姦騙氏身。氏幸逃出，庵中潛躲，迄今一十九年，沉冤無雪。徐盜見在五壩街住。懇乞天臺捕獲正法，生死銜恩，激切上告！

鄭氏收了狀子，作謝而出。走到接官亭，徐御史正在寧太道周兵備船中答拜，船頭上一清如水。鄭氏不知利害，徑蹌上船。管船的急忙攔阻，鄭氏便叫起屈來。徐爺在艙中聽見，也是一緣一會，【眉批】兇會。〔一一〕偏覺得音聲悽慘，叫巡捕官接進狀子，同周兵備觀看。不看猶可，看畢時，唬得徐御史面如土色，屏去從人，私向周兵備請教：「這婦人所告，正是老父，學生欲待不准他狀，又恐在别衙門告理。」周兵備呵呵大笑道：「先生大人，正是青年，不知機變，此事亦有何難？可分付巡捕官帶那婦人明日察院中審問。到那其間，一頓板子，將那婦人敲死，可不絶了後患？」【眉批】狠人。徐御史起身相謝道：「承教了。」辭别周兵備，分付了巡捕官説話，押那告狀的婦人，明早帶進衙門面審。

當下回察院中安歇，一夜不睡，想道：「我父親積年爲盜，這婦人所告，或是真情。當先劫財殺命，今日又將婦人打死，却不是冤上加冤，【眉批】説得是。若是不打殺他時，又不是小可利害。」驀然又想起三年前涿州遇見老嫗，説兒子蘇雲被强人所算，想必就是此事了。又想道：「我父親劫掠了一生，不知造下許多冤業，有何陰德，積下兒子科第？我記得小時上學，學生中常笑我不是親生之子，正不知我此身從何而來？此事除非奶公姚大知其備細。」心生一計，寫就一封家書，書中道：「到任忙促，不及回家，特地迎接父叔諸親，南京衙門相會。路上乏人伏侍，可先差奶公姚大來當塗采石驛，莫誤，莫誤！」次日開門，將家書分付承差，送到儀真五壩街上太爺親拆。

巡捕官帶鄭氏進衙。徐繼祖見了那鄭氏，不由人心中慘然，略問了幾句言語，就問道：「那婦人有兒子没有？如何自家出身告狀？」鄭氏眼中流淚，將庵中産兒，并羅衫包裹，和金釵一股，留于大柳村中始末，又備細説了一遍。徐繼祖委決不下，分付鄭氏：「你且在庵中暫住，待我察訪强盜着實，再來唤你。」鄭氏拜謝去了。

徐繼祖起馬到采石驛住下，等得奶公姚大到來。日間無話，直至黄昏深後，唤姚大至於卧榻，將好言撫慰，問道：「我是誰人所生？」姚大道：「是太爺生的。」再三盤問，只是如此。徐爺發怒道：「我是他生之子，備細都已知道。你若説得明白，念你妻子乳哺之恩，免你本身一刀。若不說之時，發你在本縣，先把你活活敲死！」姚大道：「實是太爺親生，小的不敢説謊。」徐爺道：「黄天蕩打劫蘇知縣一事，難道你不知？」姚大又不肯明言。徐爺大怒，便將憲票一幅，寫下姚大名字，發去當塗縣打一百討氣絶繳。姚大見僉了憲票，着了忙，連忙磕頭道：「小的願説，只求老爺莫在太爺面前泄漏。」徐爺道：「凡事有我做主，你不須懼怕！」姚大遂將打劫蘇知縣，謀蘇奶奶爲妻，及大柳樹下拾得小孩子回家，教老婆接奶，備細説了一遍。徐爺又問道：「當初裹身有羅衫一件，又有金釵一股，如今可在？」姚大道：「羅衫上染了血迹，洗不净，至今和金釵留在。」此時徐爺心中已自了然，分付道：「此事只可你我二人知道，明早打發你回家，取了釵子、羅衫，星夜到南京衙門來見我。」姚大領命自去。徐爺次早，一面差官「將盤纏銀兩好生接取慈湖庵鄭道姑到京中來見我」，一面發牌起程，往南京到任。正是：

少年科第榮如錦，御史威名猛似雷。

且説蘇雲知縣在三家村教學，想起十九年前之事，老母在家，音信隔絶，妻房鄭氏懷孕在身，不知生死下落，日夜憂惶，將此情告知陶公，欲到儀真尋訪消息。陶公苦勸安命，莫去惹事。蘇雲乘清明日各家出去掃墓，乃寫一謝帖留在學館之内，寄謝陶公，收拾了筆墨出門。一路賣字爲生，行至常州烈帝廟，日晚投宿。夢見烈帝廟中，燈燭煇煌，自己拜禱求籤，籤語云：

陸地安然水面凶，一林秋葉遇狂風。
要知骨肉團圓日，只在金陵豸府中。

五更醒來，記得一字不忘，自家暗解道：「江中被盜遇救，在山中住這幾年，首句『陸地安然水面凶』已自應了。『一林秋葉遇狂風』，應了骨肉分飛之象，難道還有團圓日子？金陵是南京地面，御史衙門號爲豸府。我如今不要往儀真，徑到南都御史衙門告狀，或者有伸冤之日。」天明起來，拜了神道，討其一筶：「若該往南京，乞賜聖筶。」擲下果然是個聖筶。蘇公歡喜，出了廟門，直至南京，寫下一張詞狀，到操江御史衙門去出告。狀云：

告狀人蘇雲，直隸涿州人，忝中某科進士，初選蘭溪知縣。攜家赴任，行至儀真。禍因舟漏，重僱山東王尚書家船隻過載。豈期舟子徐能、徐用等，慣於江洋打劫。夜半移船僻處，縛雲拋水，幸遇救免，教授糊口，行李一空，妻僕不知存亡。勢宦養盜，非天莫剿，上告！

那操江林御史，正是蘇爺的同年，看了狀詞，甚是憐憫。即刻行個文書，支會山東撫按，着落王尚書身上要强盗徐能、徐用等。剛剛發了文書，刷卷御史徐繼祖來拜。操院偶然叙及此事。徐繼祖有心，别了操院出門，即時叫聽事官：「將操院差人喚到本院衙門，有話分付。」徐爺回衙門，聽事官喚到操院差人進衙磕頭，禀道：「老爺有何分付？」徐爺道：「那王尚書船上强盗，本院已知一二。今本院賞你盤纏銀二兩，你可暫停兩三日，待本院喚你們時，你可便來，管你有處緝拿真贜真盗，不須到山東去得。」差人領命去了。

少頃，門上通報太爺到了。徐爺出迎，就有踧踖之意。想着養育教訓之恩，恩怨也要分明，今晚且盡個禮數。〔三〕當下差官往河下接取到衙。原來徐能、徐用起身時，連這一班同夥趙三、翁鼻涕、楊辣嘴、范剥皮、沈鬍子，都倚仗通家兄弟面上，備了百金賀禮，一齊來慶賀徐爺。這是天使其然，自來投死。姚大先進衙磕頭，徐爺教請太爺、二爺到衙，鋪氈拜見。徐能端然而受。次要拜徐用，徐用抵死推辭，不肯要徐爺下拜，只是長揖。趙三等一夥，向來在徐能家，把徐繼祖當做子姪之輩，今日高官顯耀，時勢不同，趙三等口稱「御史公」，徐繼祖口稱「高親」，兩下賓主相見，備飯款待。至晚，徐繼祖在書房中，密喚姚大，討他的金釵及帶血羅衫看了。那羅衫花樣與涿州老婆婆所贈無二。「那老婆婆又説我的面龐與他兒子一般，他分明是我的祖母，那慈湖庵中道姑是我親娘，更喜我爺不死，見在此間告狀，骨肉團圓，在此一舉。」

次日大排筵宴在後堂，管待徐能一夥七人，大吹大擂介飲酒。徐爺只推公務，獨自出堂，先教聚集民壯快手五六十人，安排停當，聽候本院揮扇爲號，一齊進後堂擒拿七盜。又喚操院公差，快快請告狀的蘇爺，到衙門相會。不一時，蘇爺到了，一見徐爺便要下跪。徐爺雙手扶住，彼此站立，問其情節，蘇爺含淚而語。徐爺道：「老先生休得愁煩，後堂有許多貴相知在那裏，請去認一認！」蘇爺走入後堂。一者此時蘇爺青衣小帽，二者年遠了，三者出其不意，徐能等已不認得蘇爺了。蘇爺時刻在念，到也還認得這班人的面貌，看得仔細，吃了一驚，倒身退出，對徐爺道：「這一班人，正是船中的强盜，爲何在此？」徐爺且不回話，舉扇一揮，五六十個做公的蜂擁而入，將徐能等七人一齊捆縛。徐能大叫道：「繼祖孩兒，救我則個！」徐爺罵道：「死强盜，誰是你的孩兒？你認得這位十九年前蘇知縣老爺麼？」徐能就罵徐用道：「當初不聽吾言，只教他全尸而死，今日悔之何及！」又教姚大出來對證，各各無言。徐爺分付巡捕官：「將這八人與我一總發監，明日本院自備文書，送到操院衙門去。」

發放已畢，分付關門，請蘇爺復入後堂。蘇爺看見這一夥强賊，都在酒席上擒拿，正不知甚麼意故。方欲待請問明白，然後叩謝。只見徐爺將一張交椅，置於面南，請蘇爺上坐，納頭便拜。蘇爺慌忙扶住道：「老大人素無一面，何須過謙如此？」徐爺道：「愚男一向不知父親踪迹，有失迎養，望乞恕不孝之罪！」蘇爺還説道：「老大人不要錯了！學生并無兒子。」徐爺道：「不孝就是爹爹所生，如不信時，有羅衫爲證。」徐爺先取涿州老婆婆所贈羅衫，遞與蘇爺，蘇爺認得領上燈煤燒孔，道：「此衫乃老母所製，從何而得？」徐爺道：「還有一件。」又將血漬的羅衫及金釵取來。蘇爺觀看，又認得：「此釵乃吾妻首飾，原何也在此？」徐爺將涿州遇見老母，及采石驛中道姑告狀，并姚大招出情由，備細説了一遍。蘇爺方纔省悟，抱頭而哭。事有凑巧，這裏恰纔父子相認，門外傳鼓報道：「慈湖觀音庵中鄭道姑已喚到。」徐爺忙教請進後堂。蘇爺與奶奶別了一十九年，到此重逢。蘇爺又引孩兒拜見了母親。痛定思痛，夫妻母子哭做一堆。【眉批】好會合。然後打掃後堂，重排個慶賀筵席。正是：

樹老抽枝重茂盛，雲開見月倍光明。

次早，南京五府六部六科十三道，及府縣官員，聞知徐爺骨肉團圓，都來拜賀。操江御史將蘇爺所告狀詞，奉還徐爺，聽其自審。徐爺別了列位官員，分付手下，取大毛板伺候。於監中吊出衆盗，一個個脚鐐手杻，跪於階下。徐爺在徐家生長，已熟知這班兇徒殺人劫財，非止一事，不消拷問。只有徐用平昔多曾諫訓，且蘇爺夫婦都受他活命之恩，叮囑兒子要出脫他。【眉批】做好人何曾吃虧。徐爺一筆出豁了他，赶出衙門，徐用拜謝而去。山東王尚書寫遠無干，不須推究。徐能、趙三首惡，打八十。楊辣嘴、沈鬍子在船上幫助，打六十。姚大雖也在船上出尖，其妻有乳哺之恩，與翁鼻涕、范剥皮各只打四十板。雖有多寡，都打得皮開肉綻，鮮血迸流。姚大受痛不過，叫道：「老爺親許免小人一刀，如何失信？」徐爺又免他十板，只打三十。打完了，分付收監。徐爺退於後堂，請命於父親，草下表章，將此段情由，具奏天子，先行出姓，改名蘇泰，取否極泰來之義。次要將諸賊不時處決，各賊家財，合行籍没爲邊儲之用。表尾又説「臣父蘇雲，二甲出身，一官未赴，十九年患難之餘，宦情已淡。臣祖母年踰八衮，獨居故里，未知存亡。臣年十九未娶，繼祀無望。懇乞天恩給假，從臣父暫歸涿州，省親歸娶」云云。奏章已發。

此時徐繼祖已改名蘇泰，將新名寫帖，遍拜南京各衙門，又寫年姪帖子，拜謝了操江林御史。又記着祖母言語，寫書差人往蘭溪縣查問蘇雨下落。蘭溪縣差人先來回報，蘇二爺十五年前曾到，因得病身死。高知縣殯殮，官寄在城隍廟中。蘇爺父子痛哭了一場，即差的當人，賫了盤費銀兩，重到蘭溪，於水路僱船裝載二爺靈柩回涿州祖墳埋葬。〔三〕不一日，奏章准了下來，一一依准，仍封蘇雲爲御史之職，欽賜父子馳驛還鄉。刑部請蘇爺父子同臨法場監斬諸盜。蘇泰預先分付獄中，將姚大縊死全尸，也算免其一刀。【眉批】處得妥了。〔一四〕徐能嘆口氣道：「我雖不曾與蘇奶奶成親，做了三年太爺，死亦甘心了。」【眉批】兇人之性，有甚無悛。各盜面面相覷，延頸受死。但見：

兩聲破鼓響，一棒碎鑼鳴。監斬官如十殿閻王，劊子手似飛天羅刹。刀斧劫來財帛，萬事皆空；江湖使盡英雄，一朝還報。森羅殿前，個個盡驚兇鬼至；陽間地上，人人都慶賊人亡！

在先上本時，便有文書支會揚州府官、儀真縣官，將强盜六家預先赶出人口，封鎖門户，縱有金寶如山，都爲官物。家家女哭兒啼，人離財散，自不必説。只有姚大的老婆，原是蘇御史的乳母，一步一哭，到南京來求見御史老爺。蘇御史因有乳哺之恩，況且丈夫已經正法，罪不及孥，又恐奶奶傷心，不好收留，把五十兩銀子賞他爲終身養生送死之資，打發他隨便安身。

京中無事，蘇太爺辭了年兄林操江。御史公别了各官，起馬，前站打兩面金字牌，一面寫着「奉旨省親」，一面寫着「欽賜歸娶」。旗旛鼓吹，好不齊整，鬧嚷嚷的從揚州一路而回。道經儀真，蘇太爺甚是傷感，鄭老夫人又對兒子説起朱婆投井之事，又説虧了庵中老尼。御史公差地方訪問義井，居民有人説，十九年前，是曾有個死尸，浮于井面。衆人撈起三日，無人識認，只得斂錢買棺盛殮，埋於左近一箭之地。地方回復了，御史公備了祭禮，及紙錢冥錠，差官到義井墳頭，通名致祭。又將白金百兩，送與庵中老尼，另封白銀十兩，付老尼啓建道場，超度蘇二爺、朱婆及蘇勝夫婦亡靈。這叫做以直報怨，以德報德。蘇公父子親往拈香拜佛。

諸事已畢，不一日行到山東臨清，頭站先到渡口驛，驚動了地方上一位鄉宦，那人姓王名貴，官拜一品尚書，告老在家。那徐能攬的山東王尚書船，正是他家。徐能盜情發了，操院拿人，鬧動了儀真一縣，王尚書的小夫人家屬，恐怕連累，都搬到山東，依老尚書居住。後來打聽得蘇御史審明，船雖尚書府水牌，止是租賃，王府并不知情，老尚書甚是感激。今日見了頭行，親身在渡口驛迎接。見了蘇公父子，滿口稱謝，設席款待。席上問及：「御史公欽賜歸娶，不知誰家老先兒的宅眷？」蘇雲答道：「小兒尚未擇聘。」王尚書道：「老夫有一末堂幼女，年方二八，才貌頗頗，倘蒙御史公不棄老朽，老夫願結絲蘿。」【眉批】此轉情節更妙，又是忠厚之報，彼珠連結禴者，何心也？蘇太爺謙讓不遂，只得依允。就於臨清暫住，擇吉行聘成親。有詩爲證：

月下赤繩曾綰足，何須射中雀屏目。

當初恨殺尚書船，誰想尚書爲眷屬。

三朝以後，蘇公便欲動身，王尚書苦留，蘇太爺道：「久別老母，未知存亡，歸心已如箭矣！」王尚書不好擔閣。過了七日，備下千金妝奩，別起夫馬，送小姐隨夫衣錦還鄉。一路無話。到了涿州故居，且喜老夫人尚然清健，見兒子媳婦俱已半老，不覺感傷。又見孫兒就是向年汲水所遇的郎君，歡喜無限。當初只恨無子，今日抑且有孫。兩代甲科，僕從甚衆，舊居火焚之餘，安頓不下，暫借察院居住。起建御史第，府縣都來助工，真個是「不日成之」。蘇雲在家，奉養太夫人，直至九十餘歲方終。蘇泰歷官至坐堂都御史，夫人王氏，所生二子，將次子承繼爲蘇雨之後，【眉批】情節毫無滲漏。二子俱登第。至今閭里中傳説蘇知縣報冤唱本。後人有詩云：

月黑風高浪沸揚，黄天蕩裏賊猖狂。
平陂往復皆天理，那見兇人壽命長？

【校記】

〔一〕「早潮纔罷晚潮來」，底本作「早湖纔罷晚湖來」，據三桂堂本改。

〔二〕「争先」，底本作「争光」，據三桂堂本改。

〔三〕「不過」，底本作「不遇」，據三桂堂本改。

〔四〕「風色不順」，底本作「風已不順」，據三桂堂本改。
〔五〕本條眉批，底本僅殘存「曉」字字形，據三桂堂本補。
〔六〕本條眉批，底本僅殘存「亦未勝」三字，據三桂堂本補。
〔七〕「不則一日」，三桂堂本作「不則一月」。
〔八〕「向」，底本作「問」，據三桂堂本改。
〔九〕「定害」，蓬左文庫本、三桂堂本同，早大本作「是擾」。
〔一〇〕「何須多管」，底本作「何防多管」，據三桂堂本改。
〔一一〕本條眉批底本無，據三桂堂本補。
〔一二〕「今晚」，三桂堂本作「今日」。
〔一三〕「埋葬」，底本作「此葬」，據三桂堂本改。
〔一四〕本條眉批底本無，據三桂堂本補。

綠林此日稱佳客
紅粉今宵配吉人

十年分散天
邊鳥一旦團
圓鏡裡鴛

第十二卷　范鰍兒雙鏡重圓

簾捲水西樓，一曲新腔唱打油。宿雨眠雲年少夢，休謳，且盡生前酒一甌。
明日又登舟，却指今宵是舊游。同是他鄉淪落客，休愁！月子彎彎照幾州？

這首詞末句，乃借用吴歌成語，吴歌云：

月子彎彎照幾州，幾家歡樂幾家愁。
幾家夫婦同羅帳，幾家飄散在他州。

此歌出自南宋建炎年間，述民間離亂之苦。只爲宣和失政，奸佞專權，延至靖康，金虜凌城，擄了徽、欽二帝北去。康王泥馬渡江，棄了汴京，偏安一隅，改元建炎。其時東京一路百姓懼怕韃虜，都跟隨車駕南渡，又被虜騎追赶，兵火之際，東逃西躲，不知拆散了幾多骨肉！往往父子夫妻終身不復相見。其中又有幾個散而復合的，民間把作新聞傳説。正是：

劍氣分還合，荷珠碎復圓。
萬般皆是命，半點盡由天！

話説陳州有一人姓徐名信，自小學得一身好武藝，娶妻崔氏，頗有容色。家道豐裕，夫妻二人正好過活。却被金兵入寇，二帝北遷，徐信共崔氏商議，此地安身不牢，收拾細軟家財，打做兩個包裹，夫妻各背了一個，隨着衆百姓曉夜奔走。行至虞城，只聽得背後喊聲振天，只道韃虜追來，却原來是南朝殺敗的潰兵。只因武備久弛，軍無紀律。教他殺賊，一個個膽寒心駭，不戰自走；及至遇着平民，搶擄財帛子女，一般會揚威耀武。【眉批】此承平日久之通弊。〔一〕徐信雖然有三分本事，那潰兵如山而至，寡不敵衆，捨命奔走。但聞四野號哭之聲，回頭不見了崔氏。亂軍中無處尋覓，只得前行。行了數日，嘆了口氣，没奈何，只索罷了。

行到睢陽，肚中饑渴，上一個村店，買些酒飯。原來離亂之時，店中也不比往昔，没有酒賣了，就是飯，也不過是粗糲之物，又怕衆人搶奪，交了足錢，方纔取出來與你充饑。徐信正在數錢，猛聽得有婦女悲泣之聲。事不關心，關心者亂。徐信且不數錢，急走出店來看，果見一婦人，單衣蓬首，露坐於地上，雖不是自己的老婆，年貌也相彷彿。徐信動了個惻隱之心，以己度人道：「這婦人想也是遭難的。」不免上前問其來歷。婦人訴道：「奴家乃鄭州王氏，小字進奴，隨夫避兵，不意中途奔散，奴孤身被亂軍所掠。行了兩日一夜，到於此地。兩脚俱腫，寸步難移。賊徒剥取衣服，棄奴於此。衣單食缺，舉目無親，欲尋死路，故此悲泣耳。」徐信道：「我也在亂軍中不見了妻子，正是同病相憐了。身邊幸有盤纏，娘子不若權時在這店裏住幾日，將息貴體，等在下探問荆妻消耗，就便訪取尊夫，不知娘子意下如何？」【眉批】説話中聽。婦人收淚而謝道：「如此甚好。」徐信解開包裹，將幾件衣服與婦人穿了，同他在店中吃了些飯食，借半間房子，做一塊兒安頓。徐信慇慇勤勤，每日送茶送飯。婦人感其美意，料道尋夫訪妻，〔二〕也是難事，今日一鰥一寡，亦是天緣，熱肉相湊，不容人不成就了。又過數日，婦人脚不痛了，徐信和他做了一對夫妻，上路直到建康。正值高宗天子南渡即位，改元建炎，出榜招軍，徐信去充了個軍校，就於建康城中居住。

日月如流，不覺是建炎三年。一日徐信同妻城外訪親回來，天色已晚，婦人口渴，徐信引到一個茶肆中吃茶。那肆中先有一個漢子坐下，見婦人入來，便立在一邊，偷看那婦人，目不轉睛。婦人低眉下眼，那個在意，徐信甚以爲怪。少頃，吃了茶，還了茶錢出門，那漢又遠遠相隨，比及到家，那漢還站在門首，依依不去。徐信心頭火起，問道：「什麽人？如何窺覷人家的婦女！」那漢拱手謝罪道：「尊兄休怒！某有一言奉詢。」徐信忿氣尚未息，答應道：「有什麽話就講罷！」那漢道：「尊兄倘不見責，權借一步，某有實情告訴。若還嗔怪，某不敢言。」徐信果然相隨，到一個僻静巷裏。那漢臨欲開口，又似有難言之狀。徐信道：「我徐信也是個慷慨丈夫，有話不妨盡言。」【眉批】不遇慷慨丈夫，枉對他盡言，自取慢耳。那漢方纔敢問道：「適纔婦人是誰？」徐信道：「是荆妻。」那漢道：「娶過幾年了？」徐信道：「三年矣。」那漢道：「可是鄭州人，姓王小字進奴麽？」徐信大驚道：「足下何以知之？」那漢道：「此婦乃吾之妻也。因兵火失散，不意落於君手。」徐信聞言，甚踧踖不安，將自己虞城失散，到睢陽村店遇見此婦始末，細細述了：「當時實是憐他孤身無倚，初不曉得是尊閫，如之奈何？」那漢道：「足下休疑，我已別娶渾家，舊日伉儷之盟，不必再題。但倉忙拆開，未及一言分別，倘得暫會一面，叙述悲苦，死亦無恨。」【眉批】可憐。徐信亦覺心中凄慘，説道：「大丈夫腹心相照，何處不可通情，明日在舍下相候。足下既然别娶，可携新閫同來，做個親戚，庶於鄰里耳目不礙。」那漢歡喜拜謝。臨别，徐信問其姓名，那漢道：「吾乃鄭州列俊卿是也。」是夜，徐信先對王進奴述其緣由。進奴思想前夫恩義，暗暗偷淚，一夜不曾合眼。到天明，盥漱方畢，列俊卿夫婦二人到了。

徐信出門相迎，見了俊卿之妻，彼此驚駭，各各慟哭。原來俊卿之妻，却是徐信的渾家崔氏，〔三〕自虞城失散，尋丈夫不着，却隨個老嫗同至建康，〔四〕解下隨身簪珥，賃房居住。三個月後，丈夫并無消息。老嫗說他終身不了，與他爲媒，嫁與列俊卿。誰知今日一雙兩對，恰恰相逢，真個天緣湊巧。彼此各認舊日夫妻，相抱而哭。當下徐信遂與列俊卿八拜爲交，置酒相待。至晚，將妻子兑轉，各還其舊。【眉批】事大奇。〔五〕從此通家往來不絕，有詩爲證：

夫換妻兮妻換夫，這場交易好糊塗。
相逢總是天公巧，一笑燈前認故吾。

此段話題做「交互姻緣」，乃建炎三年建康城中故事。同時又有一事，叫做「雙鏡重圓」。〔六〕說來雖没有十分奇巧，論起夫義婦節，有關風化，到還勝似幾倍。正是：

話須通俗方傳遠，語必關風始動人。

話說南宋建炎四年，關西一位官長，姓呂名忠翊，職授福州監税。此時七閩之地，尚然全盛。忠翊帶領家眷赴任，一來福州憑山負海，東南都會，富庶之邦；二來中原多事，可以避難。於本年起程，到次年春間，打從建州經過。《輿地志》說：「建州碧水丹山，爲東閩之勝地。」今日合着了古語兩句：

洛陽三月花如錦，偏我來時不遇春。

自古「兵荒」二字相連，金虜渡河，兩浙都被他殘破，閩地不遭兵火，也就遇個荒年，此乃天數。

話中單説建州饑荒，斗米千錢，民不聊生。却爲國家正值用兵之際，糧餉要緊，官府只顧催徵上供，顧不得民窮財盡。常言「巧媳婦煮不得没米粥」，百姓既没有錢糧交納，又被官府鞭笞偪勒，禁受不過，三三兩兩，逃入山間，相聚爲盗。【眉批】此時調停得體，方見能吏手段。「蛇無頭而不行」，就有個草頭天子出來，此人姓范名汝爲，仗義執言，救民水火。群盗從之如流，嘯聚至十餘萬。無非是：

風高放火，月黑殺人。
無糧同餓，得肉均分。

官兵抵當不住，連敗數陣。范汝爲遂據了建州城，自稱元帥，分兵四出抄掠。范氏門中子弟，都受僞號，做領兵官將。汝爲族中有個姪兒名喚范希周，年二十三歲，自小習得一件本事，能識水性，伏得在水底三四晝夜，因此起個異名喚做范鰍兒。原是讀書君子，功名未就，被范汝爲所逼，凡族人不肯從他爲亂者，先將斬首示衆，希周貪了性命，不得已而從之。雖在賊中，專以方便救人爲務，不做劫掠勾當。賊黨見他凡事畏縮，就他鰍兒的外號，改做「范盲鰍」，是笑他無用的意思。【眉批】好人中有賊人，賊人中有好人，俗語「盲鰍」本此。

再説呂忠翊有個女兒，小名順哥，年方二八，生得容顔清麗，情性温柔。隨着父母福州之任，來到這建州相近，正遇着范賊一枝游兵，刧奪行李財帛，將人口趕得三零四散。呂忠翊失散了女兒，無處尋覓，嗟嘆了一回，只索赴任去了。單説順哥脚小伶俜，行走不動，被賊兵掠進建州城來。順哥啼啼哭哭，范希周中途見而憐之。問其家門，順哥自叙乃是宦家之女。希周遂叱開軍士，親解其縛。留至家中，將好言撫慰，訴以衷情：「我本非反賊，被族人逼迫在此。他日受了朝廷招安，仍做良民。小娘子若不棄卑末，結爲眷屬，三生有幸。」順哥本不願相從，落在其中，出於無奈，只得許允。次日希周稟知賊首范汝爲，汝爲亦甚喜。希周送順哥於公館，擇吉納聘。希周有祖傳寶鏡，乃是兩鏡合扇的，清光照徹，可開可合，内鑄成鴛鴦二字，名爲「鴛鴦寶鏡」，用爲聘禮。遍請范氏宗族，花燭成婚。

一個是衣冠舊裔，一個是閥閲名姝。一個儒雅丰儀，一個温柔性格。一個縱居賊黨，風雲之氣未衰；一個雖作囚俘，金玉之姿不改。緑林此日稱佳客，紅粉今宵配吉人。

自此夫妻和順，相敬如賓。自古道「瓦罐不離井上破」。范汝爲造下迷天大罪，不過乘朝廷有事，兵力不及。豈期名將張浚、岳飛、張俊、張榮、吴玠、吴璘等，屢敗金人，國家粗定，高宗卜鼎臨安，改元紹興。是年冬，高宗命韓蘄王諱世忠的，統領大軍十萬前來討捕。范汝爲豈是韓公敵手，只得閉城自守。韓公築長圍以困之。原來韓公與吕忠翊先在東京有舊，今番韓公統兵征剿反賊，知吕公在福州爲監税官，必知閩中人情土俗。其時將帥專征的都帶有空頭敕，遇有地方人才，聽憑填敕委用，韓公遂用吕忠翊爲軍中都提轄，同駐建州城下，指麾攻圍之事。城中日夜號哭，范汝爲幾遍要奪門而出，都被官軍殺回，勢甚危急。順哥向丈夫説道：「妾聞『忠臣不事二君，烈女不更二夫』。妾被賊軍所掠，自誓必死。蒙君救拔，遂爲君家之婦，此身乃君之身矣。大軍臨城，其勢必破。城既破，則君乃賊人之親黨，必不能免。妾願先君而死，不忍見君之就戮也。」【眉批】此婦人大有見識，大有志節。引床頭利劍便欲自刎。希周慌忙抱住，奪去其刀，安慰道：「我陷在賊中，原非本意，今無計自明，玉石俱焚，已付之於命了。你是宦家兒女，擄劫在此，與你何干？韓元帥部下將士，都是北人，你也是北人，言語相合，豈無鄉曲之情？或有親舊相逢，宛轉聞知於令尊，骨肉團圓，尚不絶望。人命至重，豈可無益而就死地乎？」順哥道：「若果有再生之日，妾誓不再嫁。

便恐被軍校所擄，妾寧死於刀下，决無失節之理。」希周道：「承娘子志節自許，吾死亦瞑目。萬一爲漏網之魚，苟延殘喘，亦誓願終身不娶，以答娘子今日之心。」順哥道：「『鴛鴦寶鏡』乃是君家行聘之物，妾與君共分一面，牢藏在身。他日此鏡重圓，夫妻再合。」説罷相對而泣。

這是紹興元年冬十二月内的説話。到紹興二年春正月，韓公將建州城攻破，范汝爲情急，放火自焚而死。韓公竪黄旗招安餘黨，只有范氏一門不赦。【眉批】最是。范氏宗族一半死於亂軍之中，一半被大軍擒獲，獻俘臨安。順哥見勢頭不好，料道希周必死，慌忙奔入一間荒屋中，解下羅帕自縊。正是：

寧爲短命全貞鬼，不作偷生失節人。

也是陽壽未終，恰好都提轄吕忠翊領兵過去，見破屋中有人自縊，急唤軍校解下。近前觀之，正是女兒順哥。那順哥死去重蘇，半晌方能言語，父子重逢，且悲且喜。順哥將賊兵擄劫，及范希周救取成親之事，述了一遍。吕提轄嘿然無語。

却説韓元帥平了建州，安民已定，同吕提轄回臨安面君奏凱。天子論功升賞，自不必説。一日，吕公與夫人商議，女兒青年無偶，終是不了之事，兩口雙雙的來勸女兒改嫁。順哥述與丈夫交誓之言，堅意不肯。吕公駡道：「好人家兒女，嫁了反賊，一時無奈。天幸死了，出脱了你，你還想他怎麽？」【眉批】也説得是。順哥含淚而告道：「范家郎君，本是讀書君子，爲族人所逼，實非得已。他雖在賊中，每行方便，不做傷天理的事。倘若天公有眼，此人必脱虎口。【眉批】料着了。『大海浮萍，或有相逢之日。』孩兒如今情願奉道在家，侍養二親，便終身守寡，死而不怨。若必欲孩兒改嫁，不如容孩兒自盡，不失爲完節之婦。」吕公見他説出一班道理，也不去逼他了。

光陰似箭，不覺已是紹興十二年，吕公累官至都統制，領兵在封州鎮守。一日，廣州守將差指使賀承信捧了公牒，到封州將領司投遞。吕公延於廳上，問其地方之事，叙話良久方去。順哥在後堂簾中竊窺，【眉批】窺墻窺瑣總不如此窺簾者無心而得力。等吕公入衙，問道：「適纔賫公牒來的何人？」吕公道：「廣州指使賀承信也。」順哥道：「奇怪！看他言語行步，好似建州范家郎君。」吕公大笑道：「建州城破，凡姓范的都不赦，只有枉死，那有枉活？廣州差官自姓賀，又是朝廷命官，并無分毫干惹，這也是你妄想了。侍妾聞知，豈不可笑？」順哥被父親搶白了一場，滿面羞慚，不敢再説。正是：

只爲夫妻情愛重，致令父子語參差。

過了半年，賀承信又有軍牒奉差到吕公衙門。順哥又從簾下窺視，心中懷疑不已，對父親説道：「孩兒今已離塵奉道，豈復有兒女之情？但再三詳審廣州姓賀的，酷似范郎。父親何不召至後堂，賜以酒食，從容叩之。范郎小名鰍兒，昔年在圍城中情知必敗，有『鴛鴦鏡』各分一面，以爲表記。父親呼其小名，以此鏡試之，必得其真情。」吕公應承了。次日賀承信又進衙領回文，吕公延至後堂，置酒相款。飲酒中間，吕公問其鄉貫出身。承信言語支吾，似有羞愧之色。吕公道：「鰍兒非足下别號乎？老夫已盡知矣，但説無妨也！」承信求吕公屏去左右，即忙下跪，口稱「死罪」。吕公用手攙扶道：「不須如此！」承信方敢吐膽傾心告訴道：「小將建州人，實姓范。建炎四年，宗人范汝爲煽誘饑民，據城爲叛，小將陷於賊中，實非得已。後因大軍來討，攻破城池，賊之宗族，盡皆誅戮。小將因平昔好行方便，有人救護，【眉批】彼不行方便者如何？遂改姓名爲賀承信，出就招安。紹興五年撥在岳少保部下，隨征洞庭湖賊楊么。岳家軍都是西北人，不習水戰。【眉批】盲鰍不盲。小將南人，幼通水性，能伏水三晝夜，所以有『范鰍兒』之號。岳少保親選小將爲前鋒，每戰當先，遂平么賊。岳少保薦小將之功，得受軍職，累任至廣州指使，十年來未曾泄之他人。今既承鈞問，不敢隱諱。」吕公又問道：「令孺人何姓，是結髮還是再娶？」承信道：「在賊中時曾獲一宦家女，納之爲妻。踰年城破，夫妻各分散逃走。曾相約，苟存性命，夫不再娶，婦不再嫁。小將後來到信州，又尋得老母。至今母子相依，止畜一粗婢炊爨，未曾娶妻。」呂公又問道：「足下與先孺人相約時，有何爲記？」承信道：「有『鴛鴦寶鏡』，合之爲一，分之爲二，夫婦各留一面。」呂公道：「此鏡尚在否？」承信道：「此鏡朝夕隨身，不忍少離。」【眉批】情至之人。〔七〕呂公道：「可借一觀。」承信揭開衣袂，在錦裏肚繫帶上解下一個繡囊，囊中藏着寶鏡。呂公取觀，遂於袖中亦取一鏡合之，儼如生成。承信見二鏡符合，不覺悲泣失聲。呂公感其情義，亦不覺淚下，道：「足下所娶，即吾女也。吾女見在衙中。」遂引承信至中堂，與女兒相見，各各大哭。呂公解勸了，且作慶賀筵席。是夜即留承信於衙門歇宿。

過了數日，呂公將回文打發女婿起身，即令女兒相隨，到廣州任所同居。後一年承信任滿，將赴臨安，又領妻順哥同過封州，拜別呂公。呂公備下千金妝奩，差官護送承信到臨安。自諒前事年遠，無人推剥，不可使范氏無後，【眉批】都是大道理。乃打通狀到禮部，復姓不復名，改名不改姓，叫做范承信。後累官至兩淮留守，夫妻偕老。其鴛鴦二鏡，子孫世傳爲至寶云。後人評論范鰍兒在逆黨中涅而不淄，好行方便，救了許多人性命，今日死裏逃生，夫妻再合，乃陰德積善之報也。有詩爲證：

十年分散天邊鳥，一旦團圓鏡裏鴛。

莫道浮萍偶然事，總由陰德感皇天。

【校記】

〔一〕本條眉批，佐伯本無。

〔二〕「料道」，底本及諸校本均作「科道」，據文意改。

〔三〕「俊卿之妻却是」，底本作「俊卿之庸不足」，據佐伯本改，早大本作「俊卿之妻就是」。

〔四〕「隨個」，底本「個」字漫漶不辨，據佐伯本改，早大本作「隨着」。

〔五〕「事」字，底本墨釘，據佐伯本補。

〔六〕「雙鏡重圓」，底本作「雙鏡重之」，據佐伯本改，早大本同佐伯本。

〔七〕本條眉批底本無，據佐伯本補。

孫押司三現身

包龍圖初断
寃

第十三卷　三現身包龍圖斷冤

甘羅發早子牙遲，彭祖顏回壽不齊。
范丹貧窮石崇富，算來都是只争時。

話説大宋元祐年間，一個太常大卿，姓陳名亞，因打章子厚不中，除做江東留守安撫使，兼知建康府。一日與衆官宴於臨江亭上，忽聽得亭外有人叫道：「不用五行四柱，能知禍福興衰。」大卿問：「甚人敢出此語？」衆官有曾認的，説道：「此乃金陵術士邊瞽。」大卿分付：「與我叫來。」即時叫至門下，但見：

破帽無檐，籃縷衣裾，霜髯瞽目，傴僂形軀。

邊瞽手携節杖入來，長揖一聲，摸着階沿便坐。大卿怒道：「你既瞽目，不能觀古聖之書，輒敢輕五行而自高！」邊瞽道：「某善能聽簡笏聲知進退，聞鞋履響辨死生。」大卿道：「你術果驗否？」説言未了，見大江中畫船一隻，櫓聲咿軋，自上流而下。大卿便問邊瞽，〔一〕主何灾福。答言：「櫓聲帶哀，舟中必載大官之喪。」大卿遣人訊問，果是知臨江軍李郎中，在任身故，載靈柩歸鄉。大卿大驚道：「使漢東方朔復生，不能過汝。」贈酒十罇，銀十兩，遣之。

那邊瞽能聽櫓聲知災福。今日且説個賣卦先生，姓李名杰，是東京開封府人。去兖州府奉符縣前，開個卜肆，用金紙糊着一把太阿寶劍，底下一個招兒，寫道：「斬天下無學同聲。」這個先生，果是陰陽有準：

精通《周易》，善辨六壬。瞻乾象遍識天文，觀地理明知風水。五星深曉，决吉凶禍福如神；三命秘談，斷成敗興衰似見。

當日挂了招兒，只見一個人走將進來，怎生打扮？但見：

裹背繫帶頭巾，着上兩領皂衫，腰間繫條絲縧，下面着一雙乾鞋净襪，袖裹袋着一軸文字。

那人和金劍先生相揖罷，説了年月日時，鋪下卦子。只見先生道：「這命算不得。」那個買卦的，却是奉符縣裏第一名押司，姓孫名文，問道：「如何不與我算這命？」先生道：「上覆尊官，這命難算。」押司道：「怎地難算？」先生道：「尊官有酒休買，護短休問。」押司道：「我不曾吃酒，也不護短。」先生道：「再請年月日時，恐有差誤。」押司再說了八字。先生又把卦子布了，道：「尊官，且休算。」押司道：「我不諱，但說不妨。」先生道：「卦象不好。」寫下四句來，道是：

白虎臨身日，臨身必有災。
不過明旦丑，親族盡悲哀。

押司看了，問道：「此卦主何災福？」先生道：「實不敢瞞，主尊官當死。」又問：「卻是我幾年上當死？」先生道：「今年死。」又問：「卻是今年幾月死？」先生道：「卻是今年今月死。」又問：「卻是今年今月幾日死？」先生道：「今年今月今日死。」再問：「早晚時辰？」先生道：「今年今月今日三更三點子時當死。」押司道：「若今夜真個死，萬事全休；若不死，明日和你縣裏理會！」先生道：「今夜不死，尊官明日來取下這斬無學同聲的劍，斬了小子的頭！」押司聽說，不覺怒從心上起，惡向膽邊生，把那先生捽出卦舖去。怎地計結？那先生：

只因會盡人間事，惹得閒愁滿肚皮。

只見縣裏走出數個司事人來攔住孫押司，問做甚鬧。押司道：「甚麼道理！我閒買個卦，却說我今夜三更三點當死。我本身又無疾病，怎地三更三點便死？待捽他去縣中，官司究問明白。」衆人道：「若信卜，賣了屋；賣卦口，没量斗。」衆人和烘孫押司去了，轉來埋怨那先生道：「李先生，你觸了這個有名的押司，想也在此賣卦不成了。從來貧好斷，賤好斷，只有壽數難斷。你又不是閻王的老子，判官的哥哥，那裏便斷生斷死，刻時刻日，這般有準？說話也該放寬緩些。」先生道：「若要奉承人，卦就不準了；若說實話，又惹人怪。此處不留人，自有留人處！」【眉批】自是涉世惡語。嘆口氣，收了卦舖，搬在別處去了。

却說孫押司雖則被衆人勸了，只是不好意思，當日縣裏押了文字歸去，心中好悶。歸到家中，押司娘見他眉頭不展，面帶憂容，便問丈夫：「有甚事煩惱？想是縣裏有甚文字不了？」押司道：「不是，你休問。」再問道：「多是今日被知縣責罰來？」又道：「不是。」再問道：「莫是與人争鬧來？」押司道：「也不是。我今日去縣前買個卦，那先生道，我主在今年今月今日三更三點子時當死。」押司娘聽得說，柳眉剔豎，星眼圓睁，問道：「怎地平白一個人，今夜便教死！如何不捽他去縣裏官司？」押司道：「便捽他去，衆人勸了。」渾家道：「丈夫，你且只在家裏少待，我尋常有事，兀自去知縣面前替你出頭，如今替你去尋那個先生問他。【眉批】婦人好出尖的，定是可畏。我丈夫又不少官錢私債，又無甚官事臨逼，做甚麽今夜三更便死？」押司道：「你且休去。待我今夜不死，明日我自與他理會，却强如你婦人家。」當日天色已晚，押司道：「且安排幾杯酒來吃着。我今夜不睡，消遣這一夜。」三杯兩盞，不覺吃得爛醉。只見孫押司在校椅上，朦朧着醉眼打瞌睡。渾家道：「丈夫，怎地便睡着？」叫迎兒：「你且摇覺爹爹來。」迎兒到身邊摇着不醒，叫一會不應。押司娘道：「迎兒，我和你扶押司入房裏去睡。」若還是説話的同年生，并肩長，攔腰抱住，把臂拖回，孫押司只吃着酒消遣一夜，千不合萬不合上床去睡，却教孫押司只就當年當月當日當夜，死得不如《五代史》李存孝、《漢書》裏彭越。正是：

金風吹樹蟬先覺，暗送無常死不知。

渾家見丈夫先去睡，分付迎兒厨下打滅了火燭，説與迎兒道：「你曾聽你爹爹説，日間賣卦的算你爹爹今夜三更當死？」迎兒道：「告媽媽，迎兒也聽得説來。那裏討這話！」押司娘道：「迎兒，我和你做些針綫，且看今夜死也不死？若還今夜不死，明日却與他理會。」教迎兒：「你且莫睡！」迎兒道：「那裏敢睡！」道猶未了，迎兒打瞌睡。押司娘道：「迎兒，我教你莫睡，如何便睡着！」迎兒道：「我不睡。」纔説罷，迎兒又睡着。押司娘叫得應，問他如今甚時候了？迎兒聽縣衙更鼓，正打三更三點。押司娘道：「迎兒，且莫睡則個！這時辰正尷尬！」那迎兒又睡着，叫不應。只聽得押司從床上跳將下來，兀底中門響，押司娘急忙叫醒迎兒，點燈看時，只聽得大門響。迎兒和押司娘點燈去赶，只見一個着白的人，一隻手掩着面，走出去，撲通地跳入奉符縣河裏去了。正是：

情到不堪回首處，一齊分付與東風。

那條河直通着黄河水，滴溜也似緊，那裏打撈尸首！押司娘和迎兒就河邊號天大哭道：「押司，你却怎地投河，教我兩個靠兀誰！」即時叫起四家鄰舍來，上手住的刁嫂，下手住的毛嫂，對門住的高嫂、鮑嫂，一發都來。押司娘把上件事對他們説了一遍。刁嫂道：「真有這般作怪的事！」毛嫂道：「我日裏兀自見押司着了皂衫，袖着文字歸來，老媳婦和押司相叫來。」高嫂道：「便是，我也和押司廝叫來。」鮑嫂道：「我家裏的早間去縣前幹事，見押司捽着賣卦的先生，兀自歸來説。怎知道如今真個死了！」刁嫂道：「押司，你怎地不分付我們鄰舍則個，如何便死！」簌地兩行淚下。毛嫂道：「思量起押司許多好處來，如何不煩惱！」也眼淚出。鮑嫂道：「押司，幾時再得見你！」【眉批】描出一團婆子氣。即時地方申呈官司，押司娘少不得做些功果，追薦亡靈。

撚指間過了三個月。當日押司娘和迎兒在家坐地，只見兩個婦女，吃得面紅頰赤，上手的提着一瓶酒，下手的把着兩朵通草花，掀開布簾入來道：「這裏便是。」押司娘打一看時，却是兩個媒人，無非是姓張姓李。押司娘道：「婆婆多時不見？」媒婆道：「押司娘煩惱，外日不知，不曾送得香紙來，莫怪則個！押司如今也死得幾時？」答道：「前日已做過百日了。」兩個道：「好快！早是百日了。押司在日，直恁地好人，【眉批】好人多糊塗，押司之謂也。有時老媳婦和他厮叫，還喏不迭。時今死了許多時，宅中冷静，也好説頭親事是得。」押司娘道：「何年月日再生得一個一似我那丈夫孫押司這般人？」媒婆道：「恁地也不難，老媳婦却有一頭好親。」押司娘道：「且住，如何得似我先頭丈夫？」兩個吃了茶，歸去。過了數日，又來説親。押司娘道：「婆婆休只管來説親。你若依得我三件事，便來説；若依不得我，一世不説這親，寧可守孤孀度日。」當時押司娘啓齒張舌，説出這三件事來。有分撞着五百年前夙世的冤家，雙雙受國家刑法。正是：

鹿迷秦相應難辨，蝶夢莊周未可知。

媒婆道：「却是那三件事？」押司娘道：「第一件，我死的丈夫姓孫，如今也要嫁個姓孫的。第二件，我先丈夫是奉符縣裏第一名押司，如今也只要恁般職役的人。第三件，不嫁出去，則要他入舍。」【眉批】巧言。兩個聽得説，道：「好也！你説要嫁個姓孫的，也要一似先押司職役的，教他入舍的，若是説別件事，還費些計較，偏是這三件事，老媳婦都依得。好教押司娘得知，先押司是奉符縣裏第一名押司，唤做大孫押司。如今來説親的，元是奉符縣第二名押司，唤做小孫押司。他也肯來入舍。我教押司娘嫁這小孫押司，是肯也不？」押司娘道：「不信有許多湊巧！」【眉批】巧言。張媒道：「老媳婦今年七十二歲了。若胡説時，變做七十二隻雌狗，在押司娘家吃屎。」押司娘道：「果然如此，煩婆婆且去説看，不知緣分如何？」張媒道：「就今日好日，討一個利市團圓吉帖。」押司娘道：「却不曾買在家裏。」李媒道：「老媳婦這裏有。」便從抹胸内取出一幅五男二女花牋紙來，正是：

雪隱鷺鷥飛始見，柳藏鸚鵡語方知。

當日押司娘教迎兒取將筆硯來，寫了帖子，兩個媒婆接去。免不得下財納禮，往來傳話。不上兩月，入舍小孫押司在家。夫妻兩個好一對兒，果是説得着。

不則一日，兩口兒吃得酒醉，教迎兒做些個醒酒湯來吃。迎兒去厨下一頭燒火，口裏埋冤道：「先的押司在時，恁早晚，我自睡了。如今却教我做醒酒湯！」只見火筒塞住了孔，燒不着，迎兒低着頭，把火筒去竈床脚上敲。敲未得幾聲，則見竈床脚漸漸起來，離地一尺已上，見一個人頂着竈床，胈項上套着井欄，披着一帶頭髮，長伸着舌頭，眼裏滴出血來，【眉批】一現身。叫道：「迎兒，與爹爹做主則個！」諕得迎兒大叫一聲，匹然倒地，面皮黄，眼無光，唇口紫，指甲青，未知五臟如何，先見四肢不舉。正是：

身如五鼓銜山月，命似三更油盡燈。

夫妻兩人急來救得迎兒蘇醒，討些安魂定魄湯與他吃了。問道：「你適來見了甚麽，便倒了？」迎兒告媽媽：「却纔在竈前燒火，只見竈床漸漸起來，見先押司爹爹，肷項上套着井欄，眼中滴出血來，披着頭髮，叫聲迎兒，便吃驚倒了。」押司娘見説，倒把迎兒打個漏風掌：「你這丫頭，教你做醒酒湯，則説道懶做便了，直裝出許多死模活樣！莫做莫做，打滅了火去睡。」迎兒自去睡了。

且説夫妻兩個歸房，押司娘低低叫道：「二哥，這丫頭見這般事，不中用，教他離了我家罷。」小孫押司道：「却教他那裏去？」押司娘道：「我自有個道理。」到天明，做飯吃了，押司自去官府承應。押司娘叫過迎兒來道：「迎兒，你在我家裏也有七八年，我也看你在眼裏，如今比不得先押司在日做事。我看你肚裏莫是要嫁個老公？如今我與你説頭親。」迎兒道：「那裏敢指望，却教迎兒嫁兀誰？」押司娘只因教迎兒嫁這個人，與大孫押司索了命。正是：

風定始知蟬在樹，燈殘方見月臨窗。

當時不由迎兒做主，把來嫁了一個人。那廝姓王名興，渾名喚做王酒酒，又吃酒，又要賭。迎兒嫁將去，那得三個月，把房臥都費盡了。那廝吃得醉，走來家把迎兒罵道：「打脊賤人！見我恁般苦，不去問你使頭借三五百錢來做盤纏？」迎兒吃不得這廝罵，把裙兒繫了腰，一程走來小孫押司家中。押司娘見了道：「迎兒，你自嫁了人，又來說甚麽？」迎兒告媽媽：「實不敢瞞，迎兒嫁那廝不着，又吃酒，又要賭。如今未得三個月，有些房卧，都使盡了。没計奈何，告媽媽借換得三五百錢，把來做盤纏。」押司娘道：「迎兒，你嫁人不着，是你的事。我今與你一兩銀子，後番却休要來。」迎兒接了銀子，謝了媽媽歸家。那得四五日，又使盡了。

當日天色晚，王興那廝吃得酒醉，走來看着迎兒道：「打脊賤人，你見恁般苦，不去再告使頭則個？」迎兒道：「我前番去，借得一兩銀子，吃盡千言萬語，如今却教我又怎地去？」王興罵道：「打脊賤人！你若不去時，打折你一隻脚。」迎兒吃罵不過，只得連夜走來孫押司門首看時，門却關了。迎兒欲待敲門，又恐怕他埋怨，進退兩難，只得再走回來。過了兩三家人家，只見一個人道：「迎兒，我與你一件物事。」只因這個人身上，我只替押司娘和小孫押司煩惱！正是：

龜游水面分開緑，鶴立松梢點破青。

迎兒回過頭來看那叫的人，只見人家屋檐頭一個人，舒角幞頭，緋袍角帶，抱着一骨碌文字。低聲叫道：「迎兒，我是你先的押司。如今見在一個去處，未敢説與你知道。你把手來，我與你一件物事。」迎兒打一接，接了這件物事，隨手不見了那個緋袍角帶的人。迎兒看那物事時，却是一包碎銀子。

迎兒歸到家中敲門，只聽得裏面道：「姐姐，你去使頭家裏，如何恁早晚纔回？」迎兒道：「好教你知，我去媽媽家借米，他家關了門。我又不敢敲，怕吃他埋怨。再走回來，只見人家屋檐頭立着先的押司，舒角幞頭，緋袍角帶，與我一包銀子在這裏。」王興聽説道：「打脊賤人！你却來我面前説鬼話！你這一包銀子，來得不明，你且進來。」迎兒入去，王興道：「姐姐，你尋常説那竈前看見先押司的話，我也都記得，這事一定有些蹊蹺。我却怕鄰舍聽得，故恁地如此説。你把銀子收好，待天明去縣裏首告他。」正是：

着意種花花不活，等閒插柳柳成陰。

王興到天明時，思量道：「且住，有兩件事告首不得。第一件，他是縣裏頭名押司，我怎敢惡了他。第二件，却無實迹，連這些銀子也待入官，却打没頭腦官司。不如贖幾件衣裳，買兩個盒子送去孫押司家裏，到去謁索他則個。」計較已定，便去買下兩個盒子送去。兩人打扮身上乾浄，走來孫押司家，押司娘看見他夫妻二人身上乾浄，〔二〕又送盒子來，便道：「你那得錢鈔？」王興道：「昨日得押司一件文字，撰得有二兩銀子，送些盒子來。如今也不吃酒，也不賭錢了。」押司娘道：「王興，你自歸去，且教你老婆在此住兩日。」王興去了，押司娘對着迎兒道：「我有一炷東峰岱岳願香要還，我明日同你去則個！」當晚無話。

明早起來，梳洗罷，押司自去縣裏去。押司娘鎖了門，和迎兒同行。到東岳廟殿上燒了香，下殿來去那兩廊下燒香。行到速報司前，迎兒裙帶鬆，脱了裙帶，押司娘先行過去。迎兒正在後面繫裙帶，只見速報司裏有個舒角幞頭、緋袍角帶的判官，叫：「迎兒，我便是你先的押司。【眉批】三現身。你與我申冤則個，我與你這件物事。」迎兒接得物事在手，看了一看，道：「却不作怪！泥神也會説起話來！如何與我這物事？」正是：

開天闢地罕曾聞，從古至今希得見。

迎兒接得來，慌忙揣在懷裏，也不敢説與押司娘知道。當日燒了香，各自歸家。把上項事對王興説了，王興討那物事看時，却是一幅紙，上寫道：

大女子，小女子，前人耕來後人餌。

要知三更事，掇開火下水。

來年二三月，句已當解此。

王興看了解說不出，分付迎兒不要說與別人知道，看來年二三月間有甚麼事。

撚指間到來年二月間，換個知縣，是廬州金斗城人，姓包名拯，就是今人傳說有名的包龍圖相公。他後來官至龍圖閣學士，所以叫做包龍圖。此時做知縣還是初任。那包爺自小聰明正直，做知縣時，便能剖人間曖昧之情，斷天下狐疑之獄。到任三日，未曾理事。夜間得其一夢，夢見自己坐堂，堂上貼一聯對子：

要知三更事，掇開火下水。

包爺次日早堂，喚合當吏書，將這兩句教他解說，無人能識。包公討白牌一面，將這一聯楷書在上，却就是小孫押司動筆。寫畢，包公將朱筆判在後面：「如有能解此語者，賞銀十兩。」將牌挂於縣門，烘動縣前縣後，官身私身，捱肩擦背，〔三〕只爲貪那賞物，都來賭先爭看。

却說王興正在縣前買棗糕吃，聽見人說知縣相公挂一面白牌出來，牌上有二句言語，無人解得。王興走來看時，正是速報司判官一幅紙上寫的話，暗地吃了一驚：

「欲要出首，那新知縣相公是個古怪的人，怕去惹他。欲待不說，除了我再無第二個人曉得這二句話的來歷。」買了棗糕回去，與渾家說知此事。迎兒道：「先押司三遍出現，教我與他申冤，又白白裏得了他一包銀子。若不去出首，只怕鬼神見責。」王興意猶不決，再到縣前，正遇了鄰人裴孔目。王興平昔曉得裴孔目是知事的，一手扯到僻靜巷裏，將此事與他商議：「該出首也不該？」裴孔目道：「那速報司這一幅紙在那裏？」王興道：「見藏在我渾家衣服箱裏。」裴孔目道：「我先去與你禀官。你回去取了這幅紙，帶到縣裏。待知縣相公喚你時，你却拿將出來，做個證見。」當下王興去了。裴孔目候包爺退堂，見小孫押司不在左右，就跪將過去，禀道：「老爺白牌上寫這二句，只有鄰舍王興曉得來歷。他說是岳廟速報司與他一幅紙，紙上還寫許多言語，內中却有這二句。」包爺問道：「王興如今在那裏？」裴孔目道：「已回家取那一幅紙去了。」包爺差人速拿王興回話。

却說王興回家，開了渾家的衣箱，檢那幅紙出來看時，只叫得苦，原來是一張素紙，字迹全無。不敢到縣裏去，懷着鬼胎，躲在家裏。知縣相公的差人到了，新官新府，如火之急，怎好推辭？只得帶了這張素紙，隨着公差進縣，直至後堂。包爺屏去左右，只留裴孔目自在傍。包爺問王興道：「裴某說你在岳廟中收得一幅紙，可取上來看。」王興連連叩頭禀道：「小人的妻子，去年在岳廟燒香，走到速報司前，那神道出現，與他一幅紙。紙上寫着一篇説話，中間其實有老爺白牌上寫的兩句，小的把來藏在衣箱裏。方纔去檢看，變了一張素紙。如今這素紙見在，小人不敢説謊。」包爺取紙上來看了，問道：「這一篇言語，你可記得？」王興道：「小人還記得。」即時念與包爺聽了。

包爺將紙寫出，仔細推詳了一會，叫：「王興，我且問你，那神道把這一幅紙與你的老婆，可再有甚麽言語分付？」王興道：「那神道只叫與他申冤。」包爺大怒，喝道：「胡説！做了神道，有甚冤没處申得，偏你的婆娘會替他申冤？他到來央你！【眉批】申冤只在此數句。這等無稽之言，却哄誰來！」王興慌忙叩頭道：「老爺，是有個緣故。」包爺道：「你細細講。講得有理，有賞；如無理時，今日就是你開棒了。」王興禀道：「小人的妻子，原是伏侍本縣大孫押司的，叫做迎兒。因算命的算那大孫押司其年其月其日三更三點命裏該死，何期果然死了。主母隨了如今的小孫押司，却把這迎兒嫁出與小人爲妻。小人的妻子，初次在孫家竈下，看見先押司現身，項上套着井欄，披髮吐舌，眼中流血，叫道：『迎兒，可與你爹爹做主。』第二次夜間到孫家門首，又遇見先押司，舒角幞頭，緋袍角帶，把一包碎銀與小人的妻子。第三遍岳廟裏速報司判官出現，將這一幅紙與小人的妻子，又囑付與他申冤。那判官的模樣，就是大孫押司，原是小人妻子舊日的家長。」【眉批】説得明白。包爺聞言，呵呵大笑：「原來如此！」喝教左右去拿那小孫押司夫婦二人到來：「你兩個做得好事！」小孫押司道：「小人不曾做甚麽事。」包爺將速報司一篇言語解説出來：「『大女子，小女子』，女之子，乃外孫，是説外郎姓孫，分明是大孫押司、小孫押司。『前人耕來後人餌』，餌者食也，是説你白得他的老婆，享用他的家業。『要知三更事，掇開火下水』，大孫押司死於三更時分，要知死的根由，掇開火下之水。那迎兒見家長在竈下，披髮吐舌，眼中流血，此乃勒死之狀。頭上套着井欄，井者水也，竈者火也。水在火下，你家竈必砌在井上，死者之尸，必在井中。『來年二三月』，正是今日。『句已當解此』，『句已』兩字，合來乃是個包字，是説我包某今日到此爲官，解其語意，與他雪冤。」【眉批】解得明白。喝教左右：「同王興押着小孫押司，到他家竈下，不拘好歹，要勒死的尸首回話。」

衆人似疑不信，到孫家發開竈床脚，地下是一塊石皮。揭起石皮，是一口井。喚集土工，將井水吊乾，絡了竹籃，放人下去打撈，撈起一個尸首來。衆人齊來認看，面色不改，還有人認得是大孫押司，項上果有勒帛。小孫押司唬得面如土色，不敢開口。衆人俱各駭然。

元來這小孫押司當初是大雪裏凍倒的人，當時大孫押司見他凍倒，好個後生，救他活了，教他識字，寫文書。不想渾家與他有事。當日大孫押司算命回來時，恰好小孫押司正閃在他家，見說三更前後當死，趁這個機會，把酒灌醉了，就當夜勒死了大孫押司，攛在井裏。【眉批】好計，好計。〔四〕小孫押司却掩着面走去，把一塊大石頭漾在奉符縣河裏，撲通地一聲響，當時只道大孫押司投河死了。後來却把竈來壓在井上，次後説成親事。當下衆人回復了包爺。押司和押司娘不打自招，雙雙的問成死罪，償了大孫押司之命。包爺不失信於小民，將十兩銀子賞與王興，王興把三兩謝了裴孔目，不在話下。

包爺初任，因斷了這件公事，名聞天下，至今人説包龍圖日間斷人，夜間斷鬼。有詩爲證：

詩句藏謎誰解明，包公一斷鬼神驚。
寄聲暗室虧心者，莫道天公鑑不清。

【校記】

〔一〕「問」，底本及諸校本均作「聞」，據文意改。下徑改，不出校。

〔二〕「身上乾浄」，底本及諸校本均作「身命乾浄」，據前後文改。

〔三〕「捱肩擦背」，底本作「捱承擦背」，據佐伯本改。

〔四〕本條眉批底本無，據佐伯本補。

邪正盡從心
剖斷

西山窟鬼早
番身

第十四卷　一窟鬼癩道人除怪

宋人小説舊名《西山一窟鬼》

杏花過雨，漸殘紅、零落臙脂顔色。流水飄香，人漸遠、難托春心脉脉。恨别王孫，墻陰目斷，誰把青梅摘？金鞍何處？緑楊依舊南陌。消散雲雨須臾，多情因甚有、輕離輕拆。燕語千般，争解説、些子伊家消息。厚約深盟，除非重見，見了方端的。而今無奈，寸腸千恨堆積。

這隻詞名唤做《念奴嬌》，是一個赴省士人，姓沈名文述所作，元來皆是集古人詞章之句。如何見得？從頭與各位説開：

第一句道：「杏花過雨。」陳子高曾有《寒食詞》，寄《謁金門》：

柳絲碧，柳下人家寒食。鶯語匆匆花寂寂，玉階春草濕。閒憑熏籠無力，心事有誰知得？檀炷繞窗背壁，杏花殘雨滴。

第二句道：「漸殘紅、零落臙脂顔色。」李易安曾有《暮春詞》，寄《品令》：

零落殘紅，似臙脂顔色。一年春事，柳飛輕絮，筍添新竹。寂寞，幽對小園嫩緑。登臨未足，悵游子歸期促。他年清夢，千里猶到，城陰溪曲。應有凌波時，爲故人凝目。

第三句道：「流水飄香。」延安李氏曾有《春雨詞》，寄《浣溪沙》：

無力薔薇帶雨低，多情蝴蝶趁花飛，流水飄香乳燕啼。南浦魂銷春不管，東陽衣減鏡先知，小樓今夜月依依。

第四句道：「人漸遠、難托春心脉脉。」寶月禪師曾有《春詞》，寄《柳梢青》：

脉脉春心，情人漸遠，難托離愁。雨後寒輕，風前香軟，春在梨花。行人倚棹天涯，酒醒處，殘陽亂鴉。門外鞦韆，墻頭紅粉，深院誰家？

第五句、第六句道：「恨別王孫，墻陰目斷。」歐陽永叔曾有《清明詞》，寄《一斛珠》：

傷春懷抱，清明過後鶯花好。勸君莫向愁人道，又被香輪，輾破青青草。夜來風月連清曉，墻陰目斷無人到。恨別王孫愁多少，猶頓春寒，未放花枝老。

第七句道：「誰把青梅摘。」鼂無咎曾有《春詞》，寄《清商怨》：

風摇動，雨濛鬆，翠條柔弱花頭重。春衫窄，嬌無力，記得當初，共伊把青梅來摘。　　都如夢，何時共？可憐敧損釵頭鳳！　關山隔，暮雲碧，燕子來也，全然又無些子消息。

第八句、第九句道：「金鞍何處？緑楊依舊南陌。」柳耆卿曾有《春詞》，寄《清平樂》：

陰晴未定，薄日烘雲影。　金鞍何處尋芳徑？緑楊依舊南陌静。厭厭幾許春情，可憐老去難成！　看取鑷殘霜鬢，不隨芳草重生。

第十句道：「消散雲雨須臾。」晏叔原曾有《春詞》，寄《虞美人》：

飛花自有牽情處，不向枝邊住。　曉風飄薄已堪愁，更伴東流流水、過秦樓。消散須臾雲雨怨，閒倚闌干見。　遠彈雙淚濕香紅，暗恨玉顔光景、與花同。

第十一句道：「多情因甚有、輕離輕拆。」魏夫人曾有《春詞》，寄《捲珠簾》：

記得來時春未暮，執手攀花，袖染花梢露。　暗卜春心共花語，争尋雙朵争先去。　　多情因甚相辜負，有輕拆輕離，向誰分訴？淚濕海棠花枝處，東君空把奴分付。

第十二句道：「燕語千般。」康伯可曾有《春詞》，寄《減字木蘭花》：

小樓深静，楊花飄盡，雲壓緑陰風乍定。　簾幕閒垂，弄語千般燕子飛。

睡起殘妝猶未整。夢不成歸，淚滴斑斑金縷衣。〔一〕

第十三句道：「爭解説、些子伊家消息。」秦少游曾有《春詞》，寄《夜游宫》：

何事東君又去？空滿院、落花飛絮。巧燕呢喃向人語，何曾解、説伊家、些子苦？〔二〕　況是傷心緒，念個人兒成睽阻。一覺相思夢回處，連宵雨、更那堪、聞杜宇！

第十四句、第十五句道：「厚約深盟，除非重見。」黄魯直曾有《春詞》，寄《搗練子》：

梅凋粉，柳搖金，微雨輕風斂陌塵。厚約深盟何處訴？除非重見那人人。

第十六句道：「見了方端的。」周美成曾有《春詞》，寄《滴滴金》：

梅花漏泄春消息，柳絲長，草芽碧。不覺星霜鬢白，念時光堪惜！　蘭堂把酒思佳客，黛眉顰，愁春色。音書千里相疏隔，見了方端的。

第十七句、第十八句道：「而今無奈，寸腸千恨堆積。」歐陽永叔曾有詞，寄《蝶戀花》：

簾幕東風寒料峭，雪裏梅花，先報春來早。而今無奈寸腸思，堆積千愁空懊惱。　旋暖金爐薰蘭澡，悶把金刀，剪彩呈纖巧。繡被五更香睡好，羅幃不覺紗窗曉。【眉批】「香睡」二字可作繡房軒名。

話説沈文述是一個士人，自家今日也説一個士人，因來行在臨安府取選，變做十數回蹺蹊作怪的小說。我且問你，這個秀才姓甚名誰？却說紹興十年間，有個秀才，是福州威武軍人，姓吳名洪。離了鄉里，來行在臨安府求取功名，指望：

一舉首登龍虎榜，十年身到鳳凰池。

争知道時運未至，一舉不中。吳秀才悶悶不已，又没甚麽盤纏，也自羞歸故里，且只得胡亂在今時州橋下開一個小小學堂度日。等待後三年，春榜動，選場開，再去求取功名，逐月却與幾個小男女打交。撚指開學堂後，也有一年之上。也罪過那街上人家，都把孩兒們來與他教訓，頗自有些趲足。

當日正在學堂裏教書，只聽得青布簾兒上鈴聲響，走將一個人入來。吳教授看那入來的人，不是别人，却是半年前搬去的鄰舍王婆。元來那婆子是個撮合山，專靠做媒爲生。吳教授相揖罷，道：「多時不見，而今婆婆在那裏住？」婆子道：「只道教授忘了老媳婦，如今老媳婦在錢塘門裏沿城住。」教授問：「婆婆高壽？」婆子道：「老媳婦犬馬之年七十有五。教授青春多少？」教授道：「小子二十有二。」婆子道：「教授方纔二十有二，却像三十以上人。想教授每日價費多少心神！據老媳婦愚見，也少不得一個小娘子相伴。」教授道：「我這裏也幾次問人來，却没這般頭腦。」〔三〕婆子道：「這個『不是冤家不聚會』。好教官人得知，却有一頭好親在這裏。一千貫錢房卧，帶一個從嫁，又好人材。却有一床樂器都會，又寫得算得，又是啤嗻大官府第出身。只要嫁個讀書官人，教授却是要也不？」教授聽得説罷，喜從天降，笑逐顔開，道：「若還真個有這人時，可知好哩！只是這個小娘子如今在那裏？」婆子道：「好教教授得知，這個小娘子，從秦太師府三通判位下出來，有兩個月，不知放了多少帖子。也曾有省、部、院裏當職事的來説他，也曾有内諸司當差的來説他，也曾有門面舖席人來説他。只是高來不成，低來不就。小娘子道：『我只要嫁個讀書官人。』更兼又没有爹娘，只有一個從嫁，名唤錦兒。〔四〕因他一床樂器都會，一府裏人都叫做李樂娘，見今在白雁池一個舊鄰舍家裏住。」兩個兀自説猶未了，只見風吹起門前布簾兒來，一個人從門首過去。王婆道：「教授，你見過去的那人麽？便是你有分取他做渾家。」王婆出門赶上，那人不是别人，便是李樂娘在他家住的，姓陳，唤做陳乾娘。王婆厮赶着入來，與吴教授相揖罷。王婆道：「乾娘，宅裏小娘子説親成也未？」乾娘道：「説不得，又不是没好親來説他，只是吃他執拗的苦，口口聲聲，只要嫁個讀書官人，却又没這般巧。」王婆道：「我却有個好親在這裏，未知乾娘與小娘子肯也不？」乾娘道：「却教孩兒嫁兀誰？」王婆指着吴教授道：「我教小娘子嫁這個官人，却是好也不好？」乾娘道：「休取笑，若嫁得這個官人，可知好哩！」

吴教授當日一日教不得學，把那小男女早放了，都唱了喏，先歸去。【眉批】關心者亂。〔五〕教授却把一把鎖鎖了門，同着兩個婆子上街，免不得買些酒相待他們。三杯之後，王婆起身道：「教授既是要這頭親事，却問乾娘覓一個帖子。」乾娘道：「老媳婦有在這裏。」側手從抹胸裏取出一個帖子來。王婆道：「乾娘，『真人面前説不得假話，旱地上打不得拍浮』。你便約了一日，帶了小娘子和從嫁錦兒來梅家橋下酒店裏，等我便同教授來過眼則個。」乾娘應允，和王婆謝了吴教授，自去。教授還了酒錢歸家。把閒話提過。

到那日，吴教授換了幾件新衣裳，放了學生，一程走將來梅家橋下酒店裏時，遠遠地王婆早接見了。兩個同入酒店裏來。到得樓上，陳乾娘接着，教授便問道：「小娘子在那裏？」乾娘道：「孩兒和錦兒在東閣兒裏坐地。」教授把三寸舌尖舐破窗眼兒，張一張，喝聲采，不知高低，道：「兩個都不是人！」如何不是人？元來見他生得好了，只道那婦人是南海觀音，見錦兒是玉皇殿下侍香玉女。恁地道他不是人？看那李樂娘時：

水剪雙眸，花生丹臉。雲鬢輕梳蟬翼，蛾眉淡拂春山。朱唇綴一顆夭桃，皓齒排兩行碎玉。意態自然，迥出倫輩。有如織女下瑶臺，渾似嫦娥離月殿。

看那從嫁錦兒時：

眸清可愛，鬢聳堪觀。新月籠眉，春桃拂臉。意態幽花未艷，肌膚嫩玉生香。金蓮着弓弓扣繡鞋兒，螺髻插短短紫金釵子。如撚青梅窺小俊，似騎紅杏出墻頭。

自從當日插了釵，離不得下財納禮，奠雁傳書。不則一日，吴教授取過那婦女來。夫妻兩個好説得着：

雲淡淡天邊鸞鳳，水沉沉交頸鴛鴦。
寫成今世不休書，結下來生雙綰帶。

却説一日是月半，學生子都來得早，要拜孔夫子。吴教授道：「姐姐，我先起去。」來那竈前過，看那從嫁錦兒時，脊背後披着一帶頭髮，一雙眼插將上去，脕項上血污着。教授看見，大叫一聲，匹然倒地。即時渾家來救得蘇醒，錦兒也來扶起。渾家道：「丈夫，你見甚麽來？」吴教授是個養家人，不成説道我見錦兒恁地來，自已也認做眼花了，只得使個脱空，瞞過道：「姐姐，我起來時少着了件衣裳，被冷風一吹，忽然頭暈倒了。」錦兒慌忙安排些個安魂定魄湯與他吃罷，自没事了。只是吴教授肚裏有些疑惑。

話休絮煩，時遇清明節假，學生子却都不來。教授分付了渾家，换了衣服，出去閒走一遭。取路過萬松嶺，出今時浄慈寺裏，看了一會，却待出來，只見一個人看着吴教授唱個喏，教授還禮不迭，却不是别人，是浄慈寺對門酒店裏量酒，説道：「店中一個官人，教男女來請官人。」吴教授同量酒入酒店來時，不是别人，是王七府判兒，唤做王七三官人。兩個叙禮罷，王七三官人道：「適來見教授，又不敢相叫，特地教量酒來相請。」教授道：「七三官人如今那裏去？」王七三官人口裏不説，肚裏思量：「吴教授新娶一個老婆在家不多時，你看我消遣他則個。」道：「我如今要同教授去家裏墳頭走一遭，早間看墳的人來説道：『桃花發，杜醖又熟。』我們去那裏吃三杯。」教授道：「也好。」兩個出那酒店，取路來蘇公堤上，看那游春的人，真個是：

人煙輻輳，車馬駢闐。只見和風扇景，麗日增明。流鶯囀緑柳陰中，粉蝶戲奇花枝上。管弦動處，是誰家舞榭歌臺？語笑喧時，斜側傍春樓夏閣。香車競逐，玉勒争馳。白面郎敲金鐙響，紅妝人揭繡簾看。

南新路口討一隻船，直到毛家步上岸，迤邐過玉泉、龍井。王七三官人家裏墳，直在西山駞獻嶺下。好座高嶺！下那嶺去，行過一里，到了墳頭。看墳的張安接見了，王七三官人即時叫張安安排些點心酒來。側首一個小小花園内，兩個入去坐地。

又是自做的杜醞，吃得大醉。看那天色時，早已：

紅輪西墜，玉兔東生。佳人秉燭歸房，江上漁人罷釣。漁父賣魚歸竹徑，牧童騎犢入花村。

天色却晚，吴教授要起身，王七三官人道：「再吃一杯，我和你同去。我們過馳獻嶺、九里松路上，妓弟人家睡一夜。」吴教授口裏不說，肚裏思量：「我新娶一個老婆在家裏，干顙我一夜不歸去，我老婆須在家等，如何是好？便是這時候去赶錢塘門，走到那裏，也關了。」只得與王七三官人手厮挽着，上馳獻嶺來。你道事有湊巧，物有故然，就那嶺上，雲生東北，霧長西南，下一陣大雨。果然是銀河倒瀉，滄海盆傾，好陣大雨！且是没躲處，冒着雨又行了數十步，見一個小小竹門樓，王七三官人道：「且在這裏躲一躲。」不是來門樓下躲雨，却是：

猪羊走入屠宰家，一脚脚來尋死路。

兩個奔來躲雨時，看來却是一個野墓園。只那門前一個門樓兒，裏面都没甚麽屋宇。石坡上兩個坐着，等雨住了行。正大雨下，只見一個人貌類獄子院家打扮，從隔壁竹籬笆裏跳入墓園，走將去墓堆子上叫道：「朱小四，你這厮有人請唤。今日須當你這厮出頭。」墓堆子裏謾應道：「阿公，小四來也。」不多時，墓上土開，跳出一個人來，獄子厮赶着了自去。吴教授和王七三官人見了，背膝展展，兩股不摇而自顫。看那雨却住了，兩個又走。地下又滑，肚裏又怕，心頭一似小鹿兒跳，一雙脚一似鬭敗公鷄，後面一似千軍萬馬赶來，再也不敢回頭。行到山頂上，側着耳朵聽時，空谷傳聲，聽得林子裏面斷棒響。不多時，則見獄子驅將墓堆子裏跳出那個人來。兩個見了又走，嶺側首却有一個敗落山神廟，入去廟裏，慌忙把兩扇廟門關了。兩個把身軀抵着廟門，真個氣也不敢喘，屁也不敢放。聽那外邊時，只聽得一個人聲唤過去，道：「打殺我也！」一個人道：「打脊魍魎，你這厮許了我人情，又不還我，怎的不打你？」王七三官人低低説與吴教授道：「你聽得外面過去的，便是那獄子和墓堆裏跳出來的人。」兩個在裏面顫做一團。吴教授却埋怨王七三官人道：「你没事教我在這裏受驚受怕，我家中渾家却不知怎地盼望？」

兀自説言未了，只聽得外面有人敲門，道：「開門則個！」兩個問道：「你是誰？」仔細聽時，却是婦女聲音，道：「王七三官人好也，你却將我丈夫在這裏一夜，直教我尋到這裏！錦兒，我和你推開門兒，叫你爹爹。」吴教授聽得外面聲音，不是别人：「是我渾家和錦兒，怎知道我和王七三官人在這裏？莫教也是鬼？」兩個都不敢則聲。只聽得外面説道：「你不開廟門，我却從廟門縫裏鑽入來！」兩個聽得恁地說，日裏吃的酒，都變做冷汗出來。只聽得外面又道：「告媽媽，不是錦兒多口，不如媽媽且歸，明日爹爹自歸來。」渾家道：「錦兒，你也說得是，我且歸去了，却理會。」却叫道：「王七三官人，我且歸去，你明朝却送我丈夫歸來則個。」兩個那裏敢應他。婦女和錦兒說了自去。王七三官人說：「吴教授，你家裏老婆和從嫁錦兒，都是鬼。這裏也不是人去處，我們走休。」拔開廟門看時，約莫是五更天氣，兀自未有人行。兩個下得嶺來，尚有一里多路，見一所林子裏，走出兩個人來。上手的是陳乾娘，下手的是王婆，道：「吴教授，我們等你多時，你和王七三官人却從那裏來？」吴教授和王七三官人看見，道：「這兩個婆子也是鬼了，我們走休！」真個便是獐奔鹿跳，猿躍鶻飛，下那嶺來。後面兩個婆子，兀自慢慢地赶來。「一夜熱亂，不曾吃一些物事，肚裏又饑，一夜見這許多不祥，怎地得個生人來衝一衝！」正恁地說，則見嶺下一家人家，門前挂着一枝松柯兒，王七三官人道：「這裏多則是賣茅柴酒，我們就這裏買些酒吃了助威，一道躲那兩個婆子。」恰待奔入這店裏來，見個男女：

頭上裹一頂牛膽青頭巾，身上裹一條猪肝赤肚帶，舊瞞襠袴，脚下草鞋。

王七三官人道：「你這酒怎地賣？」只見那漢道：「未有湯哩。」吴教授道：「且把一碗冷的來！」只見那人也不則聲，也不則氣。王七三官人道：「這個開酒店的漢子，又尷尬，也是鬼了！我們走休。」兀自說未了，就店裏起一陣風：

非干虎嘯，不是龍吟。明不能謝柳開花，暗藏着山妖水怪。吹開地獄門前土，惹引酆都山下塵。

風過處，看時，也不見了酒保，也不見有酒店，兩個立在墓堆子上。諕得兩個魂不附體，急急取路到九里松麯院前討了一隻船，直到錢塘門，上了岸。王七三官人自取路歸家。吳教授一徑先來錢塘門城下王婆家裏看時，見一把鎖鎖着門。問那鄰舍時，道：「王婆自死五個月有零了。」諕得吳教授目睁口呆，罔知所措。一程離了錢塘門，取今時景靈宮貢院前，過梅家橋，到白雁池邊來，問到陳乾娘門首時，十字兒竹竿封着門，一碗官燈在門前。上面寫着八個字道：「人心似鐵，官法如爐。」問那裏時，陳乾娘也死一年有餘了。離了白雁池，取路歸到州橋下，見自己屋裏，一把鎖鎖着門，問鄰舍家裏：「拙妻和粗婢那裏去了？」鄰舍道：「教授昨日一出門，小娘子分付了我們，自和錦兒往乾娘家裏去，直到如今不歸。」吳教授正在那裏面面厮覷，做聲不得。只見一個癩道人，看着吳教授道：「觀公妖氣太重，我與你早早斷除，免致後患。」吳教授即時請那道人入去，安排香燭符水。那個道人作起法來，念念有詞，喝聲道：「疾！」只見一員神將出現：

黄羅抹額，錦帶纏腰，皂羅袍袖繡團花，金甲束身微窄地。劍横秋水，靴踏狻猊。上通碧落之間，下徹九幽之地。業龍作祟，向海波水底擒來；邪怪爲妖，入山洞穴中捉出。六丁壇畔，權爲符吏之名；上帝階前，次有天丁之號。

神將聲喏道：「真君遣何方使令？」真人道：「在吴洪家裏興妖，并騮獻嶺上爲怪的，都與我捉來！」神將領旨，就吴教授家裏起一陣風：

無形無影透人懷，二月桃花被綽開。
就地撮將黄葉去，入山推出白雲來。

風過處，捉將幾個爲怪的來。吴教授的渾家李樂娘，是秦太師府三通判位樂娘，〔六〕因與通判懷身，産亡的鬼。從嫁錦兒，因通判夫人妒色，吃打了一頓，因恁地自割殺，他自是割殺的鬼。王婆是害水蠱病死的鬼。保親陳乾娘，因在白雁池邊洗衣裳，落在池裏死的鬼。在騮獻嶺上被獄子叫開墓堆，跳出來的朱小四，在日看墳，害癆病死的鬼。那個嶺下開酒店的，是害傷寒死的鬼。道人一一審問明白，去腰邊取出一個葫蘆來。人見時，便道是葫蘆，鬼見時，便是酆都獄。作起法來，那些鬼個個抱頭鼠竄，捉入葫蘆中。分付吴教授：「把來埋在騮獻嶺下。」癩道人將拐杖望空一撇，變做一隻仙鶴，道人乘鶴而去。吴教授直下拜道：「吴洪肉眼不識神仙，情願相隨出家，望真仙救度弟子則個！」只見道人道：「我乃上界甘真人，你原是我舊日採藥的弟子。因你凡心不净，中道有退悔之意，因此墮落。今生罰爲貧儒，教你備嘗鬼趣，消遣色情。你今既已看破，便可離塵辦道，直待一紀之年，吾當度汝。」説罷，化陣清風不見了。吴教授從此捨俗出家，雲游天下。十二年後，遇甘真人于終南山中，從之而去。詩曰：

一心辦道絶凡塵，衆魅如何敢觸人？
邪正盡從心剖判，西山鬼窟早翻身。

【校記】

〔一〕「斑斑金鏤衣」，底本及諸校本均作「班班金鏤衣」，據《全宋詞》改。

〔二〕「伊家些子苦」，底本及諸校本均無「苦」字，據《全宋詞》補。

〔三〕「頭腦」，底本及諸校本均作「頭惱」，據文意改。下徑改，不出校。

〔四〕「名喚錦兒」，底本及諸校本均作「多喚錦兒」，據文意改。

〔五〕本條眉批底本無，據佐伯本補。

〔六〕「三通判位樂娘」，佐伯本同，三桂堂本作「三通判小娘子」。

金令史請將決疑

弱門子盜銀
鬪賭

第十五卷　金令史美婢酬秀童

塞翁得馬非爲吉，宋子雙盲豈是凶。
禍福前程如漆暗，但平方寸答天公。

話説蘇州府城内有個玄都觀，乃是梁朝所建。唐刺史劉禹錫有詩道「玄都觀裏桃千樹」，就是此地。一名爲玄妙觀。這觀踞郡城之中，爲姑蘇之勝。基址寬廠，廟貌崇宏，上至三清，下至十殿，無所不備。各房黄冠道士，何止數百。内中有個北極真武殿，俗名祖師殿。這一房道士，世傳正一道教，善能書符遣將，剖斷人間禍福。於中單表一個道士，俗家姓張，手中慣弄一個皮雀兒，人都唤他做張皮雀。其人有些古怪，葷酒自不必説，偏好吃一件東西。是甚東西？

吠月荒村裏，奔風臘雪天。
分明一太字，移點在傍邊。

他好吃的是狗肉。屠狗店裏把他做個好主顧，若打得一隻壯狗，定去報他來吃，吃得快活時，人家送得錢來，都把與他，也不算帳。【眉批】凡人又要吃，又要錢，所以不成仙。或有鬼祟作耗，求他書符鎮宅，遇着吃狗肉，就把筯蘸着狗肉汁，寫個符去，教人貼於大門。鄰人往往夜見貼符之處，如有神將往來，其祟立止。有個矯大户家，積年開典獲利，感謝天地，欲建一壇齋醮酬答，已請過了清真觀裏周道士主壇。周道士姱張皮雀之高，矯公亦慕其名，命主管即時相請。那矯家養一隻防宅狗，甚是肥壯，張皮雀平昔看在眼裏，今番見他相請，説道：「你若要我來時，須打這隻狗請我，待狗肉煮得稀爛，酒也盪熱了，我纔到你家裏。」主管回復了矯公。矯公曉得他是蹺蹊古怪的人，只得依允。果然盪熱了酒，煮爛了狗肉，張皮雀到門。主人迎入堂中，告以相請之意。堂中香火燈燭，擺得齊整，供養着一堂神道，衆道士已起過香頭了。張皮雀昂然而入，也不禮神，也不與衆道士作揖，口中只叫：「快將爛狗肉來吃，酒要熱些！」矯公道：「且看他吃了酒肉，如何作用？」當下大盤裝狗肉，大壺盛酒，擺列張皮雀面前，恣意飲啖。吃得盤無餘骨，酒無餘滴，十分醉飽，叫道：「聒噪！」吃得快活，嘴也不抹一抹，望着拜神的鋪氈上倒頭而睡，鼻息如雷，自西牌直睡至下半夜。衆道士醮事已完，兀自未醒，又不敢去動撣他。矯公等得不耐煩，到埋怨周道士起來，周道士自覺無顏，不敢分辨。想道：「張皮雀時常吃醉了，一睡兩三日不起，今番正不知幾時纔醒？」只得將表章焚化了，辭神謝將，收拾道場。弄到五更，衆道士吃了酒飯，剛欲告辭，只見張皮雀在拜氈上跳將起來，團團一轉，亂叫：「十日十日，五日五日。」矯公和衆道士見他風了，都走來圍着看。周道士膽大，向前抱住，將他喚醒了，口裏還叫「五日五日」。周道士問其緣故，張皮雀道：「適纔表章，誰人寫的？」周道士道：「是小道親手繕寫的。」張皮雀道：「中間落了一字，差了兩字。」矯公道：「學生也親口念過幾遍，并無差落，那有此話？」張皮雀在袖中簌簌響，抽出一幅黄紙來，道：「這不是表章？」衆人看見，各各駭然道：「這表章已焚化了，如何却在他袖中，紙角兒也不動半毫？」仔細再念一遍，到天尊寶號中，果然落了一字，却看不出差處。張皮雀指出其中一聯云：

「吃虧吃苦，掙來一倍之錢；柰短柰長，僅作千金之子。

『吃虧吃苦』，該寫『喫』字，今寫『吃』字，是『吃舌』的『吃』字了。『喫』音『赤』，『吃』音『格』，兩音也不同。『柰』字是『李柰』之『柰』；『奈』字是『奈何』之『奈』；『耐』字是『耐煩』之『耐』。『柰短柰長』該寫『耐煩』的『耐』字，『柰』是果名，借用不得。你欺負上帝不識字麽？如今上帝大怒，教我也難處。」矯公和衆道士見了表文，不敢不信，一齊都求告道：「如今重修章奏，再建齋壇，不知可否？」張皮雀道：「没用，没用！你表文上差落字面還是小事，上帝因你有這道奏章，在天曹日記簿上查你的善惡。你自開解庫，爲富不仁，輕兑出、重兑入，水絲出、足紋入。兼將解下的珠寶，但揀好的都換了自用。【眉批】爲富不仁的看樣。又凡質物值錢者纔足了年數，就假托變賣過了，不准贖取。如此刻剥貧户，以致肥饒。你奏章中全無悔罪之言，多是自誇之語，已命雷部於即日焚燒汝屋，蕩毁你的家私。我只爲感你一狗之惠，求寬至十日，上帝不允。再三懇告，已准到五日了。你可出個曉字：『凡五日内來贖典者免利，只收本錢。』其向來欺心，換人珠寶，賴人質物，雖然勢難吐退，發心喜捨，變賣爲修橋補路之費。有此善行，上帝必然回嗔，或者收回雷部，也未可知。」

矯公初時也還有信從之意，聽説到「收回雷部，也未可知」，到不免有疑：「這風道士必然假托此因，來布施我的財物。難道雷部如此易收易放？」況且掌財的人，算本算利，怎肯放鬆？口中答應，心下不以爲然。張皮雀和衆道士辭别自去了。矯公將此話閣起不行。到第五日，解庫裏火起，前堂後廳，燒做白地。第二日，這些質當的人家都來討當，又不肯賠償，結起訟來，連田地都賣了，矯大户一貧如洗。有人知道張皮雀曾預言雷火之期，從此益敬而畏之。

張皮雀在玄都觀五十餘年，後因渡錢塘江，風逆難行，張皮雀遣天將打纜，其去如飛。皮雀呵呵大笑，觸了天將之怒，爲其所擊而死。後有人於徽商家扶鸞，皮雀降筆，自稱：「原是天上苟元帥，塵緣已滿，衆將請他上天歸班，非擊死也。」徽商聞真武殿之靈異，捨施千金，於殿前堆一石假山，以爲壯觀之助。這假山雖則美觀，反破了風水，從此本房道侶，更無得道者。詩云：

雷火曾將典庫焚，符驅鬼祟果然真。
玄都觀裏張皮雀，莫道無神也有神。

爲何説這張皮雀的話？只爲一般有個人家，信了書符召將，險些兒冤害了人的性命。那人姓金名滿，也是蘇州府崑山縣人。少時讀書不就，將銀援例納了個令史，就參在本縣户房爲吏。他原是個乖巧的人，待人接物十分克己，同役中甚是得合。做不上三四個月令史，衙門上下，没一個不喜歡他。又去結交這些門子，要他在知縣相公面前幫襯，不時請他們吃酒，又送些小物事。但遇知縣相公比較，審問到夜静更深時，他便留在家中宿歇，日逐打諢。那門子也都感激，在縣主面前雖不能用力，每事却也十分周全。時遇五月中旬，金令史知吏房要開各吏送鬮庫房，思量要謀這個美缺。那庫房舊例，一吏輪管兩季，任憑縣主隨意點的。衆吏因見是個利藪，人人思想要管，屢屢縣主點來，都不肯服。却去上司具呈批准，要六房中擇家道殷實老成無過犯的，當堂拈鬮，各吏具結申報上司。若新參及役將滿者，俱不許鬮。然雖如此，其權出在吏房，但平日與吏房相厚的，送些東道，他便混帳開上去，那裏管新參役滿，家道殷實不殷實？這叫做官清私暗。

却說金滿暗想道：「我雖是新參，那吏房劉令史與我甚厚，拚送些東西與他，自然送鬮的。若鬮得着，也不枉費這一片心機；倘鬮不着，却不空丟了銀子，又被人笑話？怎得一個必着之策便好！」忽然想起門子王文英，他在衙門有年，甚有見識，何不尋他計較。一徑走出縣來，恰好縣門口就遇着王文英，道：「金阿叔，忙忙的那裏去？」金滿道：「好兄弟，正來尋你說話。」王文英道：「有什麼事作成我？」金滿道：「我與你坐了方好說。」二人來到側邊一個酒店裏坐下，金滿一頭吃酒，一頭把要謀庫房的事說與王文英知道。王文英說：「此事只要吏房開得上去，包在我身上，使你鬮着。」金滿道：「吏房是不必說了，但當堂拈鬮，怎麼這等把穩？」王文英附耳低言，道：「只消如此如此，何難之有！」金滿大喜，連聲稱謝：「若得如此，自當厚謝。」二人又吃了一回，起身會鈔而別。

金滿回到公廨裏買東買西，備下夜飯，請吏房令史劉雲到家，將上項事與他說知，劉雲應允。金滿取出五兩銀子，送與劉雲道：「些小薄禮，先送阿哥買果吃，待事成了，再找五兩。」劉雲假意謙讓道：「自己弟兄，怎麽這樣客氣？」金滿道：「阿哥從直些罷，不嫌輕，就是阿哥的盛情了。」劉雲道：「既如此，我權收去再處。」把銀袖了。擺出果品肴饌，二人杯來盞去，直飲至更深而散。

明日，有一令史察聽了些風聲，拉了衆吏與劉雲説：「金某他是個新參，未及半年，怎麽就想要做庫房？這個定然不成的。你要開只管開，少不得要當堂禀的，恐怕連你也没趣，那時却不要見怪！」劉雲道：「你們不要亂嚷，凡事也要通個情。就是他在衆人面上一團和氣，并無一毫不到之處，便開上去，難道就是他鬮着了？這是落得做人情的事。若去一禀，朋友面上又不好看，説起來只是我們薄情。」又一個道：「争名争利，顧得什麽朋友不朋友，薄情不薄情。」劉雲道：「噯！不要與人争，只去與命争。是這樣説，明日就是你鬮着便好，若不是你，連這幾句話也是多的，還要算長。」内中有兩個老成的，見劉雲説得有理，便道：「老劉，你的話雖是，但他忒性急了些。就是做庫房，未知是禍是福，【眉批】老成之見。直等結了局，方纔見得好歹。什麽正經？做也罷，不做也罷，不要閒争，各人自去幹正事。」遂各散去。金滿聞得衆人有言，恐怕不穩，又去揭債，央本縣顯要士夫，寫書嚼托知縣相公，説他「老成明理，家道頗裕，諸事可托」。這分明是叫把庫房與他管，但不好明言耳。

話休煩絮，到拈鬮這日，劉雲將應鬮各吏名字，開列一單，呈與知縣相公看了。喚裏書房一樣寫下條子，又呈上看罷，命門子亂亂的總做一堆，然後唱名取鬮。那捲鬮傳遞的門子，便是王文英，已作下弊，金滿一手拈起，扯開，恰好正是。你道當堂拈鬮，怎麽作得弊？原來劉雲開上去的名單，却從吏、户、禮、兵、刑、工挨次寫的，吏房也有管過的，也有役滿快的，已不在數内。金滿是户房司吏，單上便是第一名了。那王文英捲鬮的時節，已做下暗號，金滿第一個上去拈時，却不似易如反掌！衆人那知就裏，正是：

隨你官清似水，難逃吏滑如油。

當時衆吏見金滿鬮着，都跪下禀説：「他是個新參，尚不該鬮庫。况且錢糧干係，不是小事，俱要具結申報上司的。若是金滿管了庫，衆吏不敢輕易執結的。」縣主道：「既是新參，就不該開在單上了。」衆吏道：「這是吏房劉雲得了他賄賂，混開在上面的。」縣主道：「吏房既是混開，你衆人何不先來禀明，直等他鬮着了方來禀話？明明是個妒忌之意。」衆人見本官做了主，誰敢再道個不字，反討了一場没趣。縣主落得在鄉官面上做個人情，又且當堂鬮着，更無班駁。那些衆吏雖懷妒忌，無可奈何，做好做歉的説發金滿備了一席戲酒，方出結狀，申報上司，不在話下。

且説金滿自六月初一日交盤上庫接管，就把五兩銀子謝了劉雲。那些門子因作弊成全了他，當做恩人相看，比前愈加親密。他雖則管了庫，正在農忙之際，諸事俱停，那裏有什麼錢糧完納。到七八月裏，却又個把月不下雨，做了個秋旱。雖不至全灾，却也是個半荒，鄉間人紛紛的都來告荒。知縣相公只得各處去踏勘，也没甚大生意。眼見得這半年庫房，扯得直就勾了。時光迅速，不覺到了十一月裏，欽天監奏准本月十五日月蝕，行文天下救護。本府奉文，帖下屬縣。是夜，知縣相公聚集僚屬、師生、僧道人等，在縣救護。舊例庫房備辦公宴，於後堂款待衆官。金滿因無人相幫，將銀教厨夫備下酒席，自己却不敢離庫，轉央劉雲及門子在席上點管酒器，支持諸事。衆官不過拜幾拜，應了故事，都到後堂飲酒，只留這些僧道在前邊打一套鐃鈸，吹一番細樂，直鬧到四更方散。剛剛收拾得完，恰又報新按院到任。縣主急忙忙下船，到府迎接。又要支持船上，往還供應，准准的一夜眼也不合。天明了，查點東西時，不見了四錠元寶。金滿自想：「昨日并不曾離庫，有誰人用障眼法偷去了？只恐怕還失落在那裏。」各處搜尋，那裏見個分毫。着了急，連聲叫苦道：「這般晦氣，却失了這二百兩銀子，如今把什麼來賠補？若不賠時，一定經官出醜，如何是好！」

一頭叫言，一邊又重新尋起，就把這間屋翻轉來，何嘗有個影兒？慌做一堆，正没理會，那時外邊都曉得庫裏失了銀子，盡來探問，到拌得口乾舌碎。内中單喜歡得那幾個不容他管庫的令史，一味説清話，做鬼臉，喜談樂道。正是：

幸灾樂禍千人有，替力分憂半個無。

過了五六日，知縣相公接了按院，回到縣裏。金滿只得將此事禀知縣主。縣主還未開口，那幾個令史在傍邊你一嘴，我一句，道：「自己管庫没了銀子，不去賠補，到對老爺説，難道老爺賠不成？」縣主因前番鬮庫時，有些偏護了金滿，今日没了銀子，頗有赧容。喝道：「庫是你執掌，又没閒人到來，怎麽没了銀子？必竟將去闞賭花費了，在此支吾。今且饒你的打，限十日内將銀補庫，如無，定然參究。」金滿氣悶悶地，走出縣來，即時尋縣中陰捕商議。江南人説陰捕，就是北方叫番子手一般。其在官有名者謂之官捕，幫手謂之白捕。金令史不拘官捕、白捕，都邀過來，到酒店中吃三杯。説道：「金某今日勞動列位，非爲己私，四定元寶尋常人家可有？不比散碎的好用，少不得敗露出來。只要列位用心，若緝訪得實，拿獲贓盗時，小子願出白金二十兩酬勞。」捕人齊答應道：「當得，當得！」一日三，三日九，看看十日限足，捕人也吃了幾遍酒水，全無影響。知縣相公叫金滿問：「銀子有了麽？」金滿禀道：「小的同捕人緝訪，尚無踪迹。」知縣喝道：「我限你十日内賠補，那等得你緝訪！」叫左右：「揣下去打！」金滿叩頭求饒，道：「小的願賠，只求老爺再寬十日，容變賣家私什物。」知縣准了轉限。

金滿管庫又不曾趁得幾多東西，今日平白地要賠這二百兩銀子，甚費措置。家中首飾衣服之類，盡數變賣也還不勾。身邊畜得一婢，小名金杏，年方一十五歲，生得甚有姿色：

鼻端面正，齒白唇紅。兩道秀眉，一雙嬌眼。鬢似烏雲髮委地，手如尖笋肉凝脂。分明豆蔻尚含香，疑似夭桃初發蕊。

金令史平昔愛如己女，欲要把這婢子來出脱，思想再等一二年，遇個貴人公子，或小妻，或通房，嫁他出去，也討得百來兩銀子。如今忙不擇價，豈不可惜！左思右想，只得把住身的幾間房子，權解與人。將銀子湊足二百兩之數，傾成四個元寶，當堂兑準，封貯庫上。分付他：「下次小心！」

金令史心中好生不樂，把庫門鎖了，回到公廨裏，獨坐在門首，越想越惱。着甚來由，用了這主屈財，却不是青白晦氣！正納悶間，只見家裏小厮叫做秀童，吃得半醉，從外走來。見了家長，倒退幾步。金令史罵道：「蠢奴才，家長氣悶，你到快活吃酒？我手裏没錢使用，你到有閒錢買酒吃？」秀童道：「我見阿爹兩日氣悶，連我也不喜歡，常聽見人説酒可忘憂，身邊偶然積得幾分銀子，買杯中物來散悶。阿爹若没錢買酒時，我還餘得有一壺酒錢在店上，取來就是。」金令史喝道：「誰要你的吃！」原來蘇州有件風俗，大凡做令史的，不拘内外人都稱他爲「相公」。秀童是九歲時賣在金家的，自小撫養，今已二十餘歲，只當過繼的義男，故稱「阿爹」。那秀童要取壺酒與阿爹散悶，是一團孝順之心。誰知人心不同，到挑動了家長的一個機括，險些兒送了秀童的性命。正是：

老龜烹不爛，移禍於枯桑。

當時秀童自進去了。金令史驀然想道：「這一夜眼也不曾合，那裏有外人進來偷了去？只有秀童拿遞東西，進來幾次，難道這銀子是他偷了？」又想道：「這小斯自幼跟隨奔走，甚是得力，從不見他手脚有甚毛病，如何抖然生起盗心？」又想道：「這小斯平昔好酒，凡爲盗的，都從好酒賭錢兩件上起。他吃溜了口，没處來方，見了大錠銀子，又且手邊方便，如何不愛？不然，終日買酒吃，那裏來這許多錢？」【眉批】展轉幾想，描畫如見。又想道：「不是他。他就要偷時，或者溜幾塊散碎銀子，這大錠元寶没有這個力量。就偷了時，那裏出笏？終不然放在錢櫃上零支錢，少不得也露人眼目。就是拿出去時，只好一錠，還留下三錠在家。我今夜把他床鋪搜檢一番，便知分曉。」又想道：「這也不是常法。他若果偷了這大銀，必然寄頓在家中父母處，怎肯還放在身邊？搜不着時，反惹他笑。若不是他偷的，冤了他一場，反冷了他的心腸。哦！有計了。聞得郡城有個莫道人，召將斷事，吉凶如睹。見寓在玉峰寺中，何不請他來一問，以決胸中之疑？」【眉批】此回書原爲破巫覡之惑而作。過了一夜，次日金滿早起，分付秀童買些香燭、紙馬、果品之類，也要買些酒肉，爲謝將之用，自己却到玉峰寺去請莫道人。

却説金令史舊鄰有個閒漢，叫做計七官。偶在街上看見秀童買了許多東西，氣忿忿的走來，問其緣故，秀童道：「説也好笑，我爹真是交了敗運，幹這樣没正經事。二百兩銀子已自賠去了，認了晦氣罷休。却又聽了别人言語，請什麽道人來召將。那賊道今日鬼混，哄了些酒肉吃了，明日少不得還要索謝。『成不成，吃三瓶。』本錢去得不爽利，又添些利錢上去，好没要緊。七官人，你想這些道人，可有真正活神仙在裏面麽？有這好酒好肉到把與秀童吃了，還替我爹出得些氣力。齋了這賊道的嘴，『咶噪』也可謝你一聲麽？」正説之間，恰好金令史從玉峰寺轉來。秀童見家長來了，自去了。金滿與計七官相見，問道：「你與秀童説甚麽？」計七官也不信召將之事的，就把秀童適纔所言述了一遍，又道：「這小廝到也有些見識。」金滿沉吟無語。那計七官也只當閒話敘過，不想又挑動了家長一個機括。【眉批】晦氣的件件挑動了惡機括。

只因家長心疑，險使童兒命喪！

金令史別了計七官自回縣裏，腹内躊躇，這話一發可疑：「他若不曾偷銀子，由我召將便了，如何要他怪那個道士？」口雖不言，分明是「土中曲蟮，滿肚泥心」。少停莫道人到了，排設壇場，却將鄰家一個小學生附體。莫道人做張做智，步罡踏斗，念呪書符。小學生就舞將起來，像一個捧劍之勢，口稱「鄧將軍下壇」。其聲頗洪，不似小學生口氣。金滿見真將下降，叩首不迭，志心通陳，求判偷銀之賊。天將摇首道：「不可說，不可說。」金滿再三叩求，願乞大將指示真盜姓名。莫道人又將靈牌施設，喝道：

鬼神無私，明彰報應。

有叩即答，急急如令！

金滿叩之不已。天將道：「屏退閒人，吾當告汝。」

其時這些令史們家人，及衙門内做公的，聞得莫道人在金家召將，做一件希奇之事，都走來看，塞做一屋。金滿好言好語都請出去了，只剩得秀童一人在傍答應。天將叫道：「還有閒人。」莫道人對金令史說：「連秀童都遣出屋外去。」天將教金滿舒出手來，金滿跪而舒其左手。天將伸指頭蘸酒，在金滿手心内寫出「秀童」二字，喝道：「記着！」金滿大驚，正合他心中所疑。猶恐未的，叩頭嘿嘿祝告道：「金滿撫養秀童已十餘年，從無偷竊之行。若此銀果然是他所盜，便當嚴刑究訊。此非輕易之事。神明在上，乞再加詳察，莫隨人心，莫隨人意。」天將又蘸着酒在卓上寫出「秀童」二字。又向空中指畫，詳其字勢，亦此二字。金滿以爲實然，更無疑矣。當下莫道人書了退符，小學生望後便倒。扶起，良久方醒，問之一無所知。

金滿把謝將的三牲與莫道人散了福，只推送他一步，連夜去喚陰捕拿賊。爲頭的張陰捕，叫做張二哥，當下叩其所以。金令史將秀童口中所言，及天將三遍指名之事，備細說了。連陰捕也有八九分道是，只不是他緝訪來的，不去擔這干紀，推辭道：「未經到官，難以吊拷。」金滿是衙門中出入的，豈不會意，便道：「此事有我做主，與列位無涉。只要嚴刑究拷，拷得真贓出來，向時所許二十兩，不敢短少分毫。」張陰捕應允，同兄弟四哥，去叫了幫手，即時隨金令史行走。此時已有起更時分，秀童收拾了堂中家火，喫了夜飯，正提碗行燈出縣來迎候家主。纔出得縣門，被三四個陰捕，將麻繩望頸上便套，不由分説，直拖至城外一個冷舖裏來。秀童却待開口，被陰捕將鐵尺向肩胛上痛打一下，大喝道：「你幹得好事！」秀童負痛叫道：「我幹何事來？」陰捕道：「你偷庫内這四錠元寶，藏於何處？窩在那家？你家主已訪實了，把你交付我等。你快快招了，免吃痛苦。」秀童叫天叫地的哭將起來。自古道：

有理言自壯，負屈聲必高。

秀童其實不曾做賊，被陰捕如法吊拷，秀童疼痛難忍，咬牙切齒，只是不招。原來《大明律》一款，捕盗不許私刑吊拷。若審出真盗，解官有功。倘若不肯招認，放了去時，明日被他告官，説誣陷平民，罪當反坐。衆捕盗吊打拶夾都已行過，見秀童不招，心下也着了忙。商議只有閻王閂、鐵膝褲兩件未試。閻王閂是腦箍上了箍，眼睛内烏珠都漲出寸許。鐵膝褲是將石屑放於夾棍之内，未曾收緊，痛已異常。這是拷賊的極刑了。秀童上了腦箍，死而復蘇者數次，昏憒中承認了，醒來依舊説没有。【眉批】捕盗尚然，况公堂威嚴之下，枉之何如，可念也。〔一〕陰捕又要上鐵膝褲，秀童忍痛不起，只得招道：「是我一時見財起意，偷來藏在姐夫李大家床下，還不曾動。」陰捕將板門擡秀童到於家中，用粥湯將息，等候天明，到金令史公廨裏來報信。此時秀童奄奄一息，爬走不動了。金令史叫了船隻，自同捕役到李大家去起贜。李大家住鄉間，與秀童爹娘家相去不遠。陰捕到時，李大又不在家，嚇得秀童的姐兒面如土色，正不知甚麽緣故，開了後門，望爹娘家奔去了。陰捕走入卧房，發開床脚，看地下土實不鬆，已知虚言。金令史定要將鋤頭墾起，起土尺餘，并無一物。衆人道：「有心到這裏蒿惱一番了。」翻箱倒籠，滿屋尋一個遍，那有些影兒。金令史只得又同陰捕轉來，親去叩問秀童。秀童淚如雨下，答道：「我實不曾爲盜，你們非刑吊拷，務要我招認。吾吃苦不過，又不忍妄扳他人，只得自認了。說姐夫床下贓物，實是混話，毫不相干。吾自九歲時蒙爹撫養成人，今已二十多歲，在家未曾有半點差錯。前日看見我爹費産完官，暗地心痛；又見爹信了野道，召將費錢，愈加不樂，不想道爹疑到我身上。今日我只欠爹一死，更無别話。」【眉批】說得可憐。說罷悶絶去了。衆陰捕叫唤，方纔醒來，兀自唉唉的哭個不住，金令史心下亦覺慘然。

須臾，秀童的爹娘和姐夫李大都到了。見秀童倘在板門上，七損八傷，一絲兩氣，大哭了一場，奔到縣前叫喊。知縣相公正值坐堂，問了口詞，忙差人唤金滿到來，問道：「你自不小心，失了庫内銀兩，如何通同陰捕，妄殺平人，非刑吊拷。」金滿禀道：「小的破家完庫，自然要緝訪此事，討個明白。有莫道人善於召將，天將降壇，三遍寫出秀童名字。小的又見他言語可疑，所以信了。除了此奴，更無影響。小的也是出乎無奈，不是故意。」知縣也曉得他賠補得苦了，此情未知真僞，又被秀童的爹娘左稟右稟，無可奈何。此時已是臘月十八了。知縣分付道：「歲底事忙，且過了新年，初十後面，我與你親審個明白。」衆人只得都散了。金滿回家，到抱着一個鬼胎，只恐秀童死了，到留秀童的爹娘伏侍兒子，又請醫人去調治，每日大酒大肉送去將息。那秀童的爹娘，兀自哭哭啼啼絮絮聒聒的不住。正是：

青龍共白虎同行，吉凶事全然未保。

却説捕盜知得秀童的家屬叫喊准了，十分着忙，商議道：「我等如此綳吊，還不肯吐露真情，明日縣堂上可知他不招的。若不招時，我輩私加吊拷，罪不能免。」乃請城隍紙供於庫中，香花燈燭，每日參拜禱告，夜間就同金令史在庫裏歇宿，求一報應。金令史少不得又要破些慳在他們面上。到了除夜，知縣把庫逐一盤過，交付新庫吏掌管。金滿已脱了干紀，〔二〕只有失盜事未結，同着張陰捕向新庫吏説知：「原教張二哥在庫裏安歇。」那新庫吏也是本縣人，與金令史平昔相好的，無不應允。是夜，金滿備下三牲香紙，携到庫中，拜獻城隍老爺。就將福物請新庫吏和張二哥同酌。三杯以後，新庫吏説家中事忙，到央金滿替他照管，自己要先別。金滿爲是大節夜，不敢强留。新庫吏將厨櫃等都檢看封鎖，又將庫門鎖鑰付與金滿，叫聲「相擾」，自去了。金滿又吃了幾杯，也就起身，對張二哥說：「今夜除夜，來早是新年，多吃幾杯，做個靈夢，在下不得相陪了。」說罷，將庫門帶上落了鎖，帶了鑰匙自回。張二哥被金滿反鎖在內，嘆口氣道：「這節夜，那一家不夫婦團圓，偏我晦氣，在這裏替他們守庫！」悶上心來，只顧自篩自飲，不覺酩酊大醉，和衣而寢。睡至四更，夢見神道伸隻靴脚踢他起來，道：「銀子有了，陳大壽將來放在厨櫃頂上葫蘆内了。」張陰捕夢中驚覺，慌忙爬起來，向橱櫃頂上摸個遍，那裏有什麽葫蘆。「難道神道也作弄人？還是我自己心神恍惚之故？」須臾之間，又睡去了。夢裏又聽得神道說：「銀子在葫蘆裏面，如何不取？」張陰捕驚醒，坐在床鋪上，聽更鼓，恰好發擂。爬起來，推開窗子，微微有光。再向橱櫃上下看時，并無些子物事。欲要去報與金令史，庫門却又鎖着，只得又去睡了。少頃，聽得外邊人聲熱鬧，鼓樂喧闐，乃是知縣出來同衆官拜牌賀節，去文廟行香。

天已將明，金滿已自將庫門上匙鑰交還新庫吏了。新庫吏開門進來，取紅紙用印。張陰捕已是等得不耐煩，急忙的戴了帽子，走出庫來。恰好知縣回縣，在那裏排衙公座。那金滿已是整整齊齊，穿着公服，同衆令史站立在堂上，伺候作揖。張陰捕走近前，把他扯到旁邊，說夢中神道如此如此：「一連兩次，甚是奇異，特來報你。你可查縣中有這陳大壽的名字否？」說罷，張陰捕自回家去不題。

却說金滿是日參謁過了知縣，又到庫中城隍面前磕了四個頭。回家吃了飯，也不去拜年，只在縣中稽查名姓，凡外郎、書手、皂快、門子及禁子、夜夫，曾在縣裏走動的，無不查到，并無陳大壽名字。整整的忙了三日，常規年節酒都不曾吃得，氣得面紅腹脹，到去埋怨那張陰捕說謊。張陰捕道：「我是真夢，除是神道哄我。」金滿又想起前日召將之事，那天將下臨，還沒句實話相告，况夢中之言，怎便有准？說罷，丢在一遍去了。又過了兩日，是正月初五。蘇州風俗，是日家家户户祭獻五路大神，謂之燒利市，吃過了利市飯，方纔出門做買賣。金滿正在家中吃利市飯，忽見老門子陸有恩來拜年，叫道：「金阿叔恭喜了！有利市酒，請我吃碗！」金令史道：「兄弟，總是節物，不好特地來請得，今日來得極妙，且吃三杯。」即忙教嫂子暖一壺酒，安排些見成魚肉之類，與陸門子對酌。閒話中間，陸門子道：「金阿叔，偷銀子的賊有些門路麽？」金滿摇首：「那裏有！」陸門子道：「要贓露，問陰捕。你若多許陰捕幾兩銀子，隨你飛來賊，也替你訪着了。」金滿道：「我也許過他二十兩銀子，只恨他没本事賺我的錢。」陸門子道：「假如今日有個人緝訪得賊人真信，來報你時，你還捨得這二十兩銀子麽？」金滿道：「怎麽不肯？」陸門子道：「金阿叔，你若真個把二十兩銀子與我，我就替你拿出賊來。」金滿道：「好兄弟，你果然如此，也教我明白了這樁官司，出脱了秀童。好兄弟，你須是眼見的實，莫又做猜謎的話！」陸門子道：「我不是十分看得的實，怎敢多口！」金令史即忙脱下帽子，向髻上取下兩錢重的一根金挖耳來，遞與陸有恩道：「這件小意思權爲信物，追出贓來，莫説有餘，就是止剩得二十兩，也都與你。」陸有恩道：「不該要金阿叔的，今日是初五，也得做兄弟的發個利市。」【眉批】口氣酷肖。〔三〕陸有恩是已冠的門子，就將挖耳插於網邊之内，教：「金阿叔且關了門，與你細講！」金滿將大門閉了，兩個促膝細談。正是：

踏破鐵鞋無覓處，得來全不費工夫！

原來陸有恩間壁住的，也是個門子，姓胡名美，年十八歲。有個姐夫叫做盧智高。那盧智高因死了老婆，就與小舅同住。這胡美生得齊整，多有人調戲他，到也是個本分的小廝。自從父母雙亡，全虧着姐姐拘管。一從姐姐死了，跟着姐夫，便學不出好樣，慣熟的是那七字經兒：

賭錢，吃酒，養婆娘。

去年臘月下旬，陸門子一日出去了，渾家聞得間壁有斧鑿之聲，初次也不以爲異。以後但是陸門子出去了，就聽得他家關門，打得一片響。陸門子回家，就住了聲。渾家到除夜，與丈夫飲酒，説及此事，正不知鑿甚麼東西。陸門子有心，過了初一，自初二初三，一連在家住兩日，側耳而聽，寂然無聲。到初四日假做出門往親戚家拜節，却遠遠站着，等間壁關門之後，悄地回來，藏在家裏，果聽得間壁槌鑿之聲，從壁縫裏張看，只見胡美與盧智高俱蹲在地下。胡美拿着一錠大銀，盧智高將斧敲那錠邊下來。陸門子看在眼裏，晚間與二人相遇，問道：「你家常常鏨鑿什麼東西？」胡美面紅不語，盧智高道：「祖上傳下一塊好鐵條，要敲斷打厨刀來用。」陸有恩暗想道：「不是那話兒是什麽？他兩個那裏來有這元寶？」當夜留在肚裏，次日料得金令史在家燒利市，所以特地來報。

金滿聽了這席話，就同陸有恩來尋張二哥，不遇，其夜就留陸有恩過宿。明日初六，起個早，又往張二哥家，并拉了四哥，共四個人，同到胡美家來。只見門上落鎖，没人在内。陸門子叫渾家出來問其緣故。渾家道：「昨日聽見説要叫船往杭州進香，今早雙雙出門，恰纔去得。此時就開了船，也去不遠。」四個人飛星赶去，剛剛上駟馬橋，只見小游船上的王溜兒，在橋堍下買酒糴米。令史們時常叫他的船，都是相熟的。王溜兒道：「金相公今日起得好早！」金令史問道：「溜兒，你赶早買酒糴米，往那裏去？」溜兒道：「托賴攬個杭州的載，要去有個把月生意。」金滿拍着肩問：

「是誰？」王溜兒附耳低言道：「是胡門官同他姓盧的親眷合叫的船。」金滿道：「如今他二人可在船裏？」王溜兒道：「那盧家在船裏，胡舍還在岸上接表子未來。」張陰捕聽説，一索先把王溜兒扣住。溜兒道：「我得何罪？」金滿道：「不干你事，只要你引我到船上就放你。」溜兒連買的酒、糴的米都寄在店上，引着四個人下橋來，八隻手準備拿賊。這正是：

閒時不學好，今日悔應遲。

却説盧智高在船中，靠着欄干，眼盼盼望那胡美接表子下來同樂。却一眼瞧見金令史，又見王溜兒頸上麻繩帶着，心頭跳動，料道有些詫異，也不顧鋪蓋，跳在岸上，捨命奔走。王溜兒指道：「那戴孝頭巾的就是姓盧的。」衆人放開脚去赶，口中只叫：「盗庫的賊休走！」盧智高着了忙，跌上一交，被衆人赶上，一把拿住，也把麻繩扣頸，問道：「胡美在那裏？」盧智高道：「在表子劉丑姐家裏。」衆人教盧智高作眼，齊奔劉丑姐家來。胡美先前聽得人説外面拿盗庫的賊，打着心頭，不對表子説，預先走了，不知去向，衆人只得拿劉丑姐去。都到張二哥家裏，搜盧智高身邊，并無一物，及搜到氈襪裏，搜出一錠禿元寶，錠邊兒都敲去了。張二哥要帶他到城外冷鋪裏去吊拷，盧智高道：「不必用刑，我招便了。去年十一月間，我同胡美都賭極了，没處設法。胡美對我說：『只有庫裏有許多元寶空在那裏。』我教他：『且拿幾個來用用。』他趁十五月蝕這夜，偷了四錠出來，每人各分二錠。因不敢出笏，只敲得錠邊使用。那一錠藏在米桶中，米上放些破衣服蓋着，還在家裏。那兩錠却在胡美身邊。」金滿又問：「那一夜我眼也不曾合，他怎麽拿得這樣即溜？」盧智高道：「胡美幾遍進來，見你坐着，不好動手。那一夜閃入來，恰好你們小厮在裏面橱中取爛燭，打翻了麻油，你起身去看，方得其便。」衆人得了口詞，也就不帶去吊拷了。

此時秀童在張二哥家將息，還動撣不得，見拿着了真贓真賊，咬牙切齒的罵道：「這砍頭賊！你便盗了銀子，却害得我好苦。如今我也没處伸冤，只要咬下他一塊肉來，消這口氣。」便在草舖上要爬起來，可憐那裏掙扎得動。衆人盡來安慰，勸住了他，心中轉痛，嗚嗚咽咽的啼哭。金令史十分過意不去，不覺也吊下眼淚，連忙叫人擡回家中調養。自己却同衆人到胡美家中，打開鎖搜看。將米桶裏米傾在地上，滚出一錠没邊的元寶來。當日衆人就帶盧智高到縣，禀明了知縣相公。知縣驗了銀子，曉得不枉，即將盧智高重責五十板，取了口詞收監，等拿獲胡美時，一同擬罪。出個廣捕文書，緝訪胡美，務在必獲。船户王溜兒，樂婦劉丑姐，原不知情，且贓物未見破散，暫時討保在外。先獲元寶二個，本當還庫，但庫銀已經金滿變産賠補，姑照給主贓例，給還金滿。【眉批】好官。這一斷，滿崑山人無有不服。正是：

國正天心順，官清民自安。

却說金令史領了兩個禿元寶回家，就在銀匠舖裏，將銀鑿開，把二八一十六兩白銀，送與陸門子，不失前言。却將十兩送與張二哥，候獲住胡美時，還有奉謝。次日金滿候知縣出堂，叩謝。知縣有憐憫之心，深恨胡美，乃出官賞銀十兩，立限，仰捕衙緝獲。

過了半年之後，張四哥偶有事到湖州雙林地方，船從蘇州婁門過去，忽見胡美在婁門塘上行走。張四哥急攏船上岸，叫道：「胡阿弟，慢走！」胡美回頭認得是陰捕，忙走一步，轉灣望一個豆腐店裏頭就躲。賣豆腐的老兒纔要聲張，胡美向兜肚裏摸出雪白光亮水磨般的一錠大銀，對酒缸草蓋上一丢，說道：「容我躲過今夜時，這錠銀與你平分。」老兒貪了這錠銀子，慌忙檢過了，指一個去處，教他藏了。張四哥赶到轉灣處，不見了胡美，有個多嘴的閒漢，指點他在豆腐店裏去尋。張四哥進店問時，那老兒只推没有。張四哥滿屋看了一周遭，果然没有。張四哥身邊取出一塊銀子，約有三四錢重，把與老兒，說道：「這小厮是崑山縣門子，盜了官庫出來的，大老爺出廣捕拿他。你若識時務時，引他出來，這幾錢銀子送你老人家買果子吃。你若藏留，我禀知縣主，拿出去時，問你個同盜。」老兒慌了，連銀子也不肯接，將手望上一指。你道什麽去處？

上不至天，下不至地。
躲得安穩，説出晦氣。

那老兒和媽媽兩口只住得一間屋，又做豆腐，又做白酒，狹窄没處睡，將木頭架一個小小閣兒，恰好打個鋪兒，臨睡時把短梯爬上去，却有一個店橱兒隱着。胡美正躲得穩，却被張四哥一手拖將下來，就把麻繩縛住，駡道：「害人賊！銀子藏在那裏？」胡美戰戰兢兢答應道：「一錠用完了，一錠在酒缸蓋上。」老者怎敢隱瞞，於缸罅裏取出。張四哥問老者：「何姓何名？」老者懼怕，不敢答應。傍邊一個人替他答道：「此老姓陳名大壽。」張四哥點頭，便把那三四錢銀子，撇在老兒櫃上，帶了胡美，踏在船頭裏面，連夜回崑山縣來。正是：

莫道虧心事可做，惡人自有惡人磨！

此時盧智高已病死於獄中。知縣見累死了一人，心中頗慘，又令史中多有與胡美有勾搭的，都來替他金滿面前討饒，又央門子頭兒王文英來説。金滿想起鬮庫的事虧他，只得把人情賣在衆人面上，禀知縣道：「盜銀雖是胡美，造謀實出姐夫，况原銀所失不多，求老爺從寬發落。」知縣將罪名都推在死者身上，只將胡美重責三十，問個徒罪，以儆後來。元寶一錠，仍給還金滿領去。金滿又將十兩銀子，謝了張四哥。張四哥因説起腐酒店老者始末，衆人各各駭然。方知去年張二哥除夜夢城隍分付：「陳大壽已將銀子放在橱頂上葫蘆内了。」「葫」者，胡美；「盧」者，盧智高；「陳大壽」乃老者之姓名，胡美在店橱頂上搜出。神明之語，一字無欺。果然是：

暗室虧心，神目如電。

過了幾日，備下猪羊，擡往城隍廟中賽神酬謝。金滿因思屈了秀童，受此苦楚，況此童除飲酒之外，并無失德，更兼立心忠厚，死而無怨，更没有甚麽好處酬答得他。乃改秀童名金秀，用己之姓，視如親子。將美婢金杏許他爲婚，待身體調治得强旺了，便配爲夫婦。金秀的父母俱各歡喜無言。後來金滿無子，家業就是金秀承頂。金秀也納個吏缺，人稱爲小金令史，三考滿了，仕至按察司經歷。後人有詩嘆金秀之枉，詩云：

疑人無用用無疑，耳畔休聽是與非。
凡事要憑真實見，古今冤屈有誰知？

【校記】

〔一〕本條眉批底本無，據佐伯本補。

〔二〕「干紀」，佐伯本同，早大本作「干繫」。

〔三〕本條眉批底本無，據佐伯本補。

小夫人[illegible]贈
年少

張主管看燈
逢故主
酒舘

第十六卷　張主管志誠脱奇禍〔一〕

誰言今古事難窮？大抵榮枯總是空。
算得生前隨分過，争如雲外指溟鴻。
暗添雪色眉根白，旋落花光臉上紅。
惆悵凄涼兩回首，暮林蕭索起悲風。

這八句詩，乃西川成都府華陽縣王處厚，年紀將及六旬，把鏡照面，見鬚髮有幾根白的，有感而作。世上之物，少則有壯，壯則有老，古之常理，人人都免不得的。原來諸物都是先白後黑，惟有髭鬚却是先黑後白。又有戴花劉使君，對鏡中見這頭髮斑白，曾作《醉亭樓》詞：

平生性格，隨分好些春色，沉醉戀花陌。雖然年老心未老，滿頭花壓巾帽側。鬢如霜，鬚似雪，自嗟惻！幾個相知勸我染，幾個相知勸我摘。染摘有何益！當初怕作短命鬼，如今已過中年客。且留些，妝晚景，儘教白。

如今説東京汴州開封府界，有個員外，年踰六旬，鬚髮皤然。只因不伏老，兀自貪色，蕩散了一個家計，幾乎做了失鄉之鬼。這員外姓甚名誰？却做出甚麼事來？正是：

塵隨車馬何年盡？事繫人心早晚休。

話説東京汴州開封府界身子裏，一個開綫舖的員外張士廉，年過六旬，媽媽死後，孑然一身，并無兒女。家有十萬貲財，用兩個主管營運。張員外忽一日拍胸長嘆，對二人説：「我許大年紀，無兒無女，要十萬家財何用？」二人曰：「員外何不取房娘子，生得一男半女，也不絶了香火。」員外甚喜，差人隨即喚張媒、李媒前來，這兩個媒人端的是：

開言成匹配，舉口合姻緣。醫世上鳳隻鸞孤，管宇宙單眠獨宿。傳言玉女，用機關把臂拖來；侍案金童，下説詞攔腰抱住。調唆織女害相思，引得嫦娥離月殿。

員外道：「我因無子，相煩你二人説親。」張媒口中不道，心下思量道：「大伯子許多年紀，如今説親，説甚麼人是得？教我怎地應他？」則見李媒把張媒推一推，便道：

「容易。」臨行，又叫住了道：「我有三句話。」只因説出這三句話來，教員外：

青雲有路，番爲苦楚之人；白骨無墳，化作失鄉之鬼。

媒人道：「不知員外意下何如？」張員外道：「有三件事，説與你兩人：第一件，要一個人材出衆好模好樣的。第二件，要門户相當。第三件，我家下有十萬貫家財，須着個有十萬貫房奩的親來對付我。」兩個媒人肚裏暗笑，口中胡亂答應道：「這三件事都容易。」當下相辭員外自去。

張媒在路上與李媒商議道：「若説得這頭親事成，也有百十貫錢撰。只是員外説的話太不着人，有那三件事的，他不去嫁個年少郎君，却肯隨你這老頭子？偏你這幾根白髯鬚是沙糖拌的？」李媒道：「我有一頭到也凑巧，人材出衆，門户相當。」張媒道：「是誰家？」李媒云：「是王招宣府裏出來的小夫人。王招宣初娶時，十分寵幸，後來只爲一句話破綻些，失了主人之心，情願白白裏把與人，只要個有門風的便肯。隨身房計少也有幾萬貫，只怕年紀忒小些。」張媒道：「不愁小的忒小，還嫌老的忒老，這頭親張員外怕不中意？只是雌兒心下必然不美。如今對雌兒説，把張家年紀瞞過了一二十年，兩邊就差不多了。」李媒道：「明日是個和合日，我同你先到張宅講定財禮，隨到王招宣府一説便成。」是晚各歸無話。

次日，二媒約會了，雙雙的到張員外宅裏説：「昨日員外分付的三件事，老媳尋得一頭親，難得恁般凑巧！第一件，人才十分足色。第二件，是王招宣府裏出來，有名聲的。第三件，十萬貫房奩。則怕員外嫌他年小。」張員外問道：「却幾歲？」張媒應道：「小如員外三四十歲。」張員外滿臉堆笑道：「全仗作成則個！」話休絮煩，當下兩邊俱説允了。少不得行財納禮，奠雁已畢，花燭成親。次早參拜家堂，張員外穿紫羅衫，新頭巾，新靴新襪。這小夫人着乾紅銷金大袖團花霞帔，銷金蓋頭，生得：

新月籠眉，春桃拂臉。意態幽花殊麗，肌膚嫩玉生光。説不盡萬種妖嬈，畫不出千般艷冶。何須楚峽雲飛過，便是蓬萊殿裏人！

張員外從下至上看過，暗暗地喝采。小夫人揭起蓋頭，看見員外鬚眉皓白，暗暗地叫苦。花燭夜過了，張員外心下喜歡，小夫人心下不樂。

過了月餘，只見一人相揖道：「今日是員外生辰，小道送疏在此。」原來員外但遇初一月半，本命生辰，須有道疏。那時小夫人開疏看時，撲簌簌兩行淚下，見這員外年已六十，埋怨兩個媒人：「將我誤了。」看那張員外時，這幾日又添了四五件在身上！【眉批】不量力。

腰便添疼，眼便添淚。
耳便添聾，鼻便添涕。

一日，員外對小夫人道：「出外薄幹，夫人耐靜。」小夫人只得應道：「員外早去早歸。」説了，員外自出去。小夫人自思量：「我恁地一個人，許多房奩，却嫁一個白鬚老子！」心下正煩惱，身邊立着從嫁道：「夫人今日何不門首看街消遣？」小夫人聽説，便同養娘到外邊來看。這張員外門首，是胭脂絨綫鋪，兩壁裝着厨櫃，當中一片紫絹沿邊簾子。養娘放下簾鈎，垂下簾子，門前兩個主管，一個李慶，五十來歲；一個張勝，年紀三十來歲。二人見放下簾子，問道：「爲甚麽？」養娘道：「夫人出來看街。」兩個主管躬身在簾子前參見。小夫人在簾子底下啓一點朱唇，露兩行碎玉，説不得數句言語，教張勝惹場煩惱：

遠如沙漠，何殊没底滄溟；重若丘山，難比無窮泰華。

小夫人先叫李主管問道：「在員外宅裏多少年了？」李主管道：「李慶在此二十餘年。」夫人道：「員外尋常照管你也不曾？」李主管道：「一飲一啄，皆出員外。」【眉批】帶挈了李主管。却問張主管，張主管道：「張勝從先父在員外宅裏二十餘年，張勝隨着先父便趨事員外，如今也有十餘年。」小夫人問道：「員外曾管顧你麽？」張勝道：

「舉家衣食，皆出員外所賜。」小夫人道：「主管少待。」小夫人折身進去不多時，遞些物與李主管，把袖包手來接，躬身謝了。小夫人却叫張主管道：「終不成與了他不與你？這物件雖不直錢，也有好處。」張主管也依李主管接取，躬身謝了。小夫人又看了一回，自入去。兩個主管，各自出門前支持買賣。原來李主管得的是十文銀錢，張主管得的却是十文金錢，當時張主管也不知道李主管得的是銀錢，李主管也不知張主管得的是金錢。當日天色已晚，但見：

野煙四合，宿鳥歸林。佳人秉燭歸房，路上行人投店。漁父負魚歸竹徑，牧童騎犢返孤村。

當日晚算了帳目，把文簿呈張員外，今日賣幾文，買幾文，人上欠幾文，都僉押了。原來兩個主管，各輪一日在舖中當直，其日却好正輪着張主管值宿。門外面一間小房，點着一盞燈。張主管閒坐半晌，安排歇息，則聽得有人來敲門。張主管聽得，問道：「是誰？」應道：「你則開門，却說與你！」張主管開了房門，那人蹌將入來，閃身已在燈光背後。張主管看時，是個婦人。張主管吃了一驚，慌忙道：「小娘子，你這早晚來有甚事？」那婦人應道：「我不是私來，早間與你物事的教我來。」張主管道：「小夫人與我十文金錢，想是教你來討還？」那婦女道：「你不理會得，李主管得的是銀錢。如今小夫人又教把一件物來與你。」只見那婦人背上取下一包衣服，打開來看道：「這幾件把與你穿的，又有幾件婦女的衣服把與你娘。」只見婦女留下衣服，作別出門，復回身道：「還有一件要緊的到忘了。」又向衣袖裏取出一錠五十兩大銀，〔二〕撇了自去。當夜張勝無故得了許多東西，不明不白，一夜不曾睡着。

明日早起來，張主管開了店門，依舊做買賣。等得李主管到了，將舖面交割與他，張勝自歸到家中，拿出衣服銀子與娘看。娘問：「這物事那裏來的？」張主管把夜來的話，一一説與娘知。婆婆聽得説道：「孩兒，小夫人他把金錢與你，又把衣服銀子與你，却是甚麽意思？娘如今六十已上年紀，自從没了你爺，便滿眼只看你。若是你做出事來，老身靠誰？明日便不要去。」【眉批】賢哉母氏。這張主管是個本分之人，況又是個孝順的，聽見娘説，便不往舖裏去。張員外見他不去，使人來叫，問道：「如何主管不來？」婆婆應道：「孩兒感些風寒，這幾日身子不快，來不得。傳語員外得知，一好便來。」又過了幾日，李主管見他不來，自來叫道：「張主管如何不來？舖中没人相幫。」老娘只是推身子不快，這兩日反重，李主管自去。張員外三五遍使人來叫，做娘的只是説未得好。張員外見三回五次叫他不來，猜道：「必是别有去處。」張勝自在家中。

時光迅速，日月如梭，撚指之間，在家中早過了一月有餘。道不得「坐吃山崩」，雖然得這小夫人許多物事，那一錠大銀子容易不敢出笏，衣裳又不好變賣，不去營運，日來月往，手内使得没了，却來問娘道：「不教兒子去張員外宅裏去，閒了經紀，如今在家中日逐盤費如何措置？」那婆婆聽得説，用手一指，指着屋梁上道：「孩兒你見也不見？」張勝看時，原來屋梁上挂着一個包，取將下來，道：「你爺養得你這等大，則是這件物事身上。」打開紙包看時，是個花栲栲兒。婆婆道：「你如今依先做這道路，習爺的生意，賣些胭脂絨綫。」

當日時遇元宵，張勝道：「今日元宵夜端門下放燈。」便問娘道：「兒子欲去看燈則個。」娘道：「孩兒，你許多時不行這條路，如今去端門看燈，從張員外門前過，又去惹是招非。」張勝道：「是人都去看燈，説道今年好燈，兒子去去便歸，不從張員外門前過便了。」娘道：「要去看燈不妨，則是你自去看不得，同一個相識做伴去纔好。」張勝道：「我與王二哥同去。」娘道：「你兩個去看不妨，第一莫得吃酒！第二同去同回！」分付了，兩個來端門下看燈。正撞着當時賜御酒，撒金錢，好熱鬧。王二哥道：「這裏難看燈，一來我們身小力怯，着甚來由吃挨吃攪？不如去一處看，那裏也抓縛着一座鰲山。」張勝問道：「在那裏？」王二哥道：「你到不知，王招宣府裏抓縛着小鰲山，今夜也放燈。」

兩個便復身回來，却到王招宣府前。原來人又熱鬧似端門下。就府門前不見了王二哥，張勝只叫得聲苦：「却是怎地歸去？臨出門時，我娘分付道：『你兩個同去同回。』如何不見了王二哥！只我先到屋裏，我娘便不焦躁。若是王二哥先回，我娘定道我那裏去。」當夜看不得那燈，獨自一個行來行去，猛省道：「前面是我那舊主人張員外宅裏，每年到元宵夜，歇浪綫舖，添許多煙火，今日想他也未收燈。」迤逦信步行到張員外門前，【眉批】偏不記娘言。張勝吃驚，只見張員外家門便關着，十字兩條竹竿，縛着皮革底釘住，一碗泡燈，照着門上一張手榜貼在。張勝看了，諕得目睁口呆，罔知所措。張勝去這燈光之下，看這手榜上寫着道：「開封府左軍巡院，勘到百姓張士廉，爲不合……」方纔讀到「不合」三個字，兀自不知道因甚罪，則見燈籠底下一人喝聲道：「你好大膽，來這裏看甚的！」張主管吃了一驚，拽開脚步便走。那喝的人大踏步赶將來，叫道：「是甚麽人？直恁大膽，夜晚間，看這榜做甚麽？」諕得張勝便走。漸次間，行到巷口，待要轉彎歸去。相次二更，見一輪明月，正照着當空。正行之間，一個人從後面赶將來，叫道：「張主管，有人請你。」張勝回頭看時，是一個酒博士。張勝道：「想是王二哥在巷口等我，置些酒吃歸去，恰也好。」同這酒博士到店内，隨上樓梯，到一個閣兒前面。量酒道：「在這裏。」掀開簾兒，張主管看見一個婦女，身上衣服不堪齊整，頭上鬔鬆，正是：

烏雲不整，唯思昔日豪華；粉淚頻飄，爲憶當年富貴。秋夜月蒙雲籠罩，牡丹花被土沉埋。

這婦女叫：「張主管，是我請你。」張主管看了一看，雖有些面熟，却想不起。這婦女道：「張主管如何不認得我？我便是小夫人。」張主管道：「小夫人如何在這裏？」夫人道：「一言難盡！」張勝問：「夫人如何恁地？」小夫人道：「不合信媒人口，嫁了張員外。原來張員外因燒煅假銀事犯，把張員外縛去左軍巡院裏去，至今不知下落。家計并許多房産，都封估了。我如今一身無所歸着，特地投奔你。你看我平昔之面，留我家中住幾時則個。」張勝道：「使不得！第一家中母親嚴謹，第二道不得『瓜田不納履，李下不整冠』。要來張勝家中，斷然使不得。」小夫人聽得道：「你將爲常言俗語道『呼蛇容易遣蛇難』，怕日久歲深，盤費重大。我教你看。」用手去懷裏提出件物來：

聞鐘始覺山藏寺，傍岸方知水隔村。

小夫人將一串一百單八顆西珠數珠，顆顆大如鷄豆子，明光燦爛。張勝見了喝采道：「有眼不曾見這寶物！」小夫人道：「許多房奩，盡被官府籍没了，則藏得這物。你若肯留在家中，慢慢把這件寶物逐顆去賣，儘可過日。」張主管聽得說，正是：

歸去只愁紅日晚，思量猶恐馬行遲。
橫財紅粉歌樓酒，誰爲三般事不迷？

當日張勝道：「小夫人要來張勝家中，也得我娘肯時方可。」小夫人道：「和你同去問婆婆，我只在對門人家等回報。」張勝回到家中，將前後事情逐一對娘說了一遍。婆婆是個老人家，心慈，聽說如此落難，連聲叫道：「苦惱，苦惱！小夫人在那裏？」張勝道：「見在對門等。」婆婆道：「請相見。」相見禮畢，小夫人把適來說的話從頭細說一遍：「如今都無親戚投奔，特來見婆婆，望乞容留！」婆婆聽得說道：「夫人暫住數日不妨，只怕家寒怠慢，思量别的親戚再去投奔。」小夫人便從懷裏取出數珠遞與婆婆。燈光下婆婆看見，就留小夫人在家住。小夫人道：「來日剪顆來貨賣，開起胭脂絨綫鋪，門前挂着花栲栲兒爲記。」張勝道：「有這件寶物，胡亂賣動，便是若干錢。况且五十兩一錠大銀未動，正好收買貨物。」張勝自從開店，接了張員外一路買賣，其時人唤張勝做小張員外。【眉批】人無賢愚，無貴賤，有錢者居上耳。可嘆！可嘆！小夫人屢次來纏張勝，張勝心堅似鐵，只以主母相待，并不及亂。

當時清明節候，怎見得：

清明何處不生煙？郊外微風挂紙錢。
人笑人歌芳草地，乍晴乍雨杏花天。
海棠枝上綿蠻語，楊柳堤邊醉客眠。
紅粉佳人争畫板，綵絲摇曳學飛仙。

滿城人都出去金明池游玩，張小員外也出去游玩。到晚回來，却待入萬勝門，則聽得後面一人叫「張主管」。當時張勝自思道：「如今人都叫我做小張員外，甚人叫我主管？」回頭看時，却是舊主人張員外。張勝看張員外面上刺着四字金印，蓬頭垢面，衣服不整齊，即時邀入酒店裏，一個穩便閣兒坐下。張勝問道：「主人緣何如此狼狽？」張員外道：「不合成了這頭親事！小夫人原是王招宣府裏出來的。今年正月初一日，小夫人自在簾兒裏看街，只見一個安童托着盒兒打從面前過去，小夫人叫住問道：『府中近日有甚事説？』安童道：『府裏别無甚事，則是前日王招宣尋一串一百單八顆西珠數珠不見，帶累得一府的人没一個不吃罪責。』小夫人聽得説，臉上或青或紅。小安童自去。不多時，二三十人來家，把他房奩和我的家私都搬將去，便捉我下左軍巡院拷問，要這一百單八顆數珠。我從不曾見，回説『没有』。將我打一頓毒捧，拘禁在監。到虧當日小夫人入去房裏自吊身死，【眉批】小夫人累人多矣，那得不死。〔三〕官司没決撒，把我斷了。則是一事，至今日那一串一百單八顆數珠不知下落。」張勝聞言，心下自思道：「小夫人也在我家裏，數珠也在我家裏，早剪動幾顆了。」甚是惶惑，勸了張員外些酒食，相别了。

張勝沿路思量道：「好是惑人！」回到家中，見小夫人，張勝一步退一步道：「告夫人，饒了張勝性命！」小夫人問道：「怎恁地説？」張勝把適來大張員外説的話説了一遍。小夫人聽得道：「却不作怪，你看我身上衣裳有縫，一聲高似一聲，你豈不理會得？他道我在你這裏，故意説這話教你不留我。」張勝道：「你也説得是。」又過了數日，只聽得外面道：「有人尋小員外。」張勝出來迎接，便是大張員外。張勝心中道：「家裏小夫人使出來相見，是人是鬼，便明白了。」【眉批】張勝理直氣壯。〔四〕教養娘請小夫人出來。養娘入去，只没尋討處，不見了小夫人。當時小員外既知小夫人真個是鬼，只得將前面事一一告與大張員外。問道：「這串數珠却在那裏？」張勝去房中取出，大張員外叫張勝同來王招宣府中説，將數珠交納，其餘剪去數顆，將錢取贖訖。王招宣續免張士廉罪犯，將家私給還，仍舊開胭脂絨綫鋪。大張員外仍請天慶觀道士做醮，追薦小夫人。只因小夫人生前甚有張勝的心，死後猶然相從。虧殺張勝立心至誠，到底不曾有染，所以不受其禍，超然無累。如今財色迷人者紛紛皆是，如張勝者萬中無一。有詩贊云：

誰不貪財不愛淫？始終難染正人心。
少年得似張主管，鬼禍人非兩不侵。

【校記】

〔一〕「張主管志誠脱奇禍」，底本作「小夫人金錢贈年少」，據目録及佐伯本改。

〔二〕「錠」，底本及諸校本均作「綻」，據文意改。

〔三〕本條眉批，佐伯本無。

〔四〕本條眉批，佐伯本無。

慣與裱家書壽軸喜逢新歲寫春聯
賣字

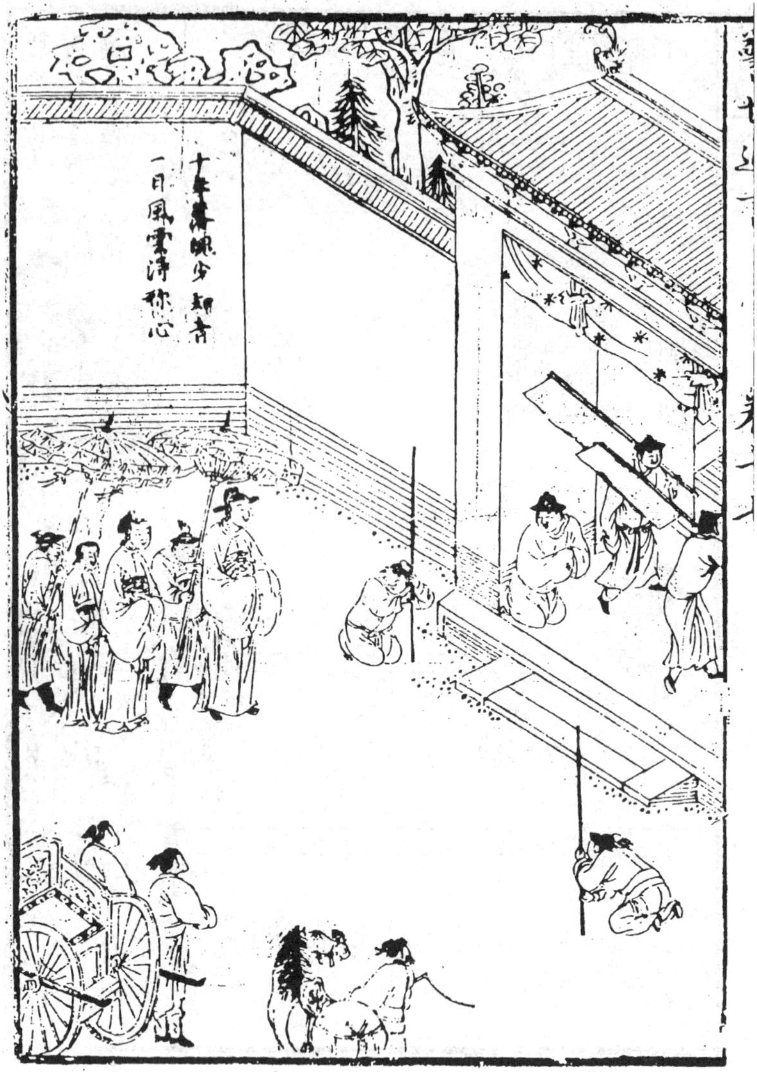
十年落魄少知音
一日風雲得稱心

第十七卷　鈍秀才一朝交泰

蒙正窑中怨氣，買臣擔上書聲。文夫失意惹人輕，纔入榮華稱慶。紅日偶然陰翳，黄河尚有澄清。浮雲眼底總難憑，牢把脚跟立定。

這首《西江月》，大概説人窮通有時，固不可以一時之得意而自誇其能，亦不可以一時之失意而自墜其志。唐朝甘露年間，有個王涯丞相，官居一品，權壓百僚，僮僕千數，日食萬錢，説不盡榮華富貴。其府第厨房與一僧寺相鄰。每日厨房中滌鍋净碗之水，傾向溝中，其水從僧寺中流出。一日寺中老僧出行，偶見溝中流水中有白物，大如雪片，小如玉屑。近前觀看，乃是上白米飯，王丞相厨下鍋裏碗裏洗刷下來的。長老合掌念聲：「阿彌陀佛，罪過，罪過！」隨口吟詩一首：

春時耕種夏時耘，粒粒顆顆費力勤。
春去細糠如剖玉，炊成香飯似堆銀。

三餐飽食無餘事，一口饑時可療貧。

堪嘆溝中狼籍賤，可憐天下有窮人！

長老吟詩已罷，隨喚火工道人，將笊籬笊起溝内殘飯，向清水河中滌去污泥，攤於篩内，日色曬乾，用磁缸收貯，且看幾時滿得一缸。不勾三四個月，其缸已滿。兩年之内，共積得六大缸有餘。

那王涯丞相只道千年富貴，萬代奢華。誰知樂極生悲，一朝觸犯了朝廷，闔門待勘，未知生死。其時賓客散盡，童僕逃亡，倉廩盡爲仇家所奪。王丞相至親二十三口，米盡糧絶，擔饑忍餓，啼哭之聲，聞於鄰寺。長老聽得，心懷不忍。只是一墻之隔，除非穴墻可以相通。長老將缸内所積飯乾浸軟，蒸而饋之。王涯丞相吃罷，甚以爲美。【眉批】已棄不應得食，天使懺悔耳。遣婢子問老僧，他出家之人，何以有此精食？老僧道：「此非貧僧家常之飯，乃府上滌釜洗碗之餘，流出溝中。貧僧可惜有用之物，棄之無用，將清水洗盡，日色曬乾，留爲荒年貧丐之食。今日誰知仍濟了尊府之急。正是一飲一啄，莫非前定。」王涯丞相聽罷，嘆道：「我平昔暴殄天物如此，安得不敗？今日之禍，必然不免。」其夜遂伏毒而死。當初富貴時節，怎知道有今日！正是：貧賤常思富貴，富貴又履危機。此乃福過災生，自取其咎。假如今人貧賤之時，那知後日富貴？即如榮華之日，豈信後來苦楚？如今在下再説個先憂後樂的故事。列位看官們，内中倘有胯下忍辱的韓信，妻不下機的蘇秦，聽在下説這段評話，各人回去硬挺着頭頸過日，以待時來，不要先墜了志氣。有詩四句：

秋風衰草定逢春，尺蠖泥中也會伸。
畫虎不成君莫笑，安排牙爪始驚人。

話説國朝天順年間，福建延平府將樂縣有個宦家，姓馬名萬群，官拜吏科給事中。因論太監王振專權誤國，削籍爲民。夫人早喪，單生一子，名曰馬任，表字德稱。十二歲游庠，聰明飽學。説起他聰明，就如顔子淵聞一知十；論起他飽學，就如虞世南五車腹笥。真個文章蓋世，名譽過人。馬給事愛惜如良金美玉，自不必言。里中那些富家兒郎，一來爲他是黄門的貴公子，二來道他經解之才，早晚飛黄騰達，無不爭先奉承。其中更有兩個人奉承得要緊，真個是：

冷中送暖，閑裏尋忙。出外必稱弟兄，使錢那問爾我。偶話店中酒美，請飲三杯；纔誇妓館容嬌，代包一月。掇臀捧屁，猶云手有餘香；隨口蹋痰，惟恐人先着脚。説不盡諂笑脅肩，只少個出妻獻子。【眉批】善形容。

一個叫黄勝，綽號黄病鬼。一個叫顧祥，綽號飛天炮杖。他兩個祖上也曾出仕，都是富厚之家，目不識丁，也頂個讀書的虚名。把馬德稱做個大菩薩供養，扳他日後富貴往來。那馬德稱是忠厚君子，彼以禮來，此以禮往，見他慇勤，也遂與之爲友。黄勝就把親妹六媖，許與德稱爲婚。德稱聞此女才貌雙全，不勝之喜。但從小立個誓願：

若要洞房花燭夜，必須金榜挂名時。

馬給事見他立志高明，也不相强，所以年過二十，尚未完娶。

時值鄉試之年，忽一日，黄勝、顧祥邀馬德稱向書舖中去買書。見書舖隔壁有個算命店，牌上寫道：

要知命好醜，只問張鐵口！

馬德稱道：「此人名爲『鐵口』，必肯直言。」買完了書，就過間壁，與那張先生拱手道：「學生賤造，求教！」先生問了八字，將五行生剋之數，五星虚實之理，推算了一回，説道：「尊官若不見怪，小子方敢直言。」馬德稱道：「君子問灾不問福，何須隱諱！」黄勝、顧祥兩個在傍，只怕那先生不知好歹，説出話來沖撞了公子。【眉批】一路描寫，人情曲似。黄勝便道：「先生仔細看看，不要輕談！」顧祥道：「此位是本縣大名士，你只看他今科發解，還是發魁？」先生道：「小子只據理直講，不知準否？貴造『偏才歸禄』，父主崢嶸，論理必生於貴宦之家。」黃、顧二人拍手大笑道：「這就準了。」先生道：「五星中『命纏奎壁』，文章冠世。」二人又大笑道：「好先生，算得準，算得準！」先生道：「只嫌二十二歲交這運不好，官煞重重，爲禍不小。不但破家，亦防傷命。若過得三十一歲，後來到有五十年榮華。只怕一丈闊的水缺，雙脚跳不過去。」黃勝就駡起來道：「放屁，那有這話！」顧祥伸出拳來道：「打這厮，打歪他的鐵嘴。」馬德稱雙手攔住道：「命之理微，只説他算不準就罷了，何須計較。」黃、顧二人口中還不乾净，却得馬德稱抵死勸回。那先生只求無事，也不想算命錢了。正是：

阿諛人人喜，直言個個嫌。

那時連馬德稱也只道自家唾手功名，雖不深怪那先生，却也不信。誰知三場得意，榜上無名。自十五歲進場，到今二十一歲，三科不中。若論年紀還不多，只爲進場屢次了，反覺不利。又過一年，剛剛二十二歲，馬給事一個門生，又參了王振一本。王振疑心座主指使而然，再理前仇，密唆朝中心腹，尋馬萬群當初做有司時罪過，坐贓萬兩，着本處撫按追解。馬萬群本是個清官，聞知此信，一口氣得病數日身死。馬德稱哀戚盡禮，此心無窮。却被有司逢迎上意，逼要萬兩贓銀交納。此時只得變賣家産，但是有税契可查者，有司徑自估價官賣。只有續置一個小小田莊，未曾起税，官府不知，馬德稱恃顧祥平昔至交，只説顧家産業，央他暫時承認。又有古董書籍等項，約數百金，寄與黄勝家中去訖。却説有司官將馬給事家房産田業盡數變賣，未足其數，兀自吹毛求疵不已。【眉批】吹毛求疵以逢迎上司，有骨氣者決不如此。馬德稱扶柩在墳堂屋内暫住，忽一日，顧祥遣人來言，府上餘下田莊，官府已知，瞞不得了，馬德稱無可奈何，只得入官。後來聞得反是顧祥舉首，一則恐後連累，二者博有司的笑臉。德稱知人情奸險，付之一笑。過了歲餘，馬德稱往黄勝家索取寄頓物件，連走數次，俱不相接。結末遣人送一封帖來，馬德稱拆開看時，没有書柬，止封帳目一紙，内開：某月某日某事用銀若干，某該合認，某該獨認。如此非一次，隨將古董書籍等項估計扣除，不還一件。德稱大怒，當了來人之面，將帳目扯碎，大罵一場：「這般狗彘之輩，再休相見！」從此親事亦不題起。黄勝巴不得杜絶馬家，正中其懷。正合着西漢馮公的四句，道是：

一貴一賤，交情乃見。
一死一生，乃見交情。

馬德稱在墳屋中守孝，弄得衣衫藍縷，口食不周。當初父親存日，也曾周濟過别人，今日自己遭困，却誰人周濟我？守墳的老王攛掇他把墳上樹木倒賣與人，德稱不肯。老王指着路上幾棵大柏樹道：「這樹不在塚傍，賣之無妨。」德稱依允。講定價錢，先倒一棵下來，中心都是蟲炷空的，不值錢了。再倒一棵，亦復如此。德稱嘆道：「此乃命也！」就教住手。那兩棵樹只當燒柴，賣不多錢，不兩日用完了。身邊只剩得十二歲一個家生小厮，央老王作中，也賣與人，得銀五兩。這小厮過門之後，夜夜小遺起來。【眉批】凡落井下石者，皆墳樹之蟲，小童之便一類耳。主人不要了，退還老王處，索取原價。德稱不得已，情願減退了二兩身價賣了。好奇怪！第二遍去就不小遺了。這幾夜小遺，分明是打落德稱這二兩銀子，不在話下。

光陰似箭，看看服滿。德稱貧困之極，無門可告。想起有個表叔在浙江杭州府做二府，湖州德清縣知縣也是父親門生，不如去投奔他，兩人之中，也有一遇。當下將幾件什物家火，托老王賣充路費。漿洗了舊衣舊裳，收拾做一個包裹，搭船上路，直至杭州。問那表叔，剛剛十日之前，已病故了。隨到德清縣投那個知縣時，又正遇這幾日爲錢糧事情，與上司争論不合，使性要回去，告病關門，無由通報。正是：

時來風送滕王閣，運去雷轟薦福碑。

德稱兩處投人不着，想得南京衙門做官的多有年家。又趁船到京口，欲要渡江，怎奈連日大西風，上水船寸步難行。只得往句容一路步行而去，徑往留都。且數留都那幾個城門：

神策金川儀鳳門，懷遠清凉到石城。
三山聚寶連通濟，洪武朝陽定太平。

馬德稱由通濟門入城，到飯店中宿了一夜。次早往部科等各衙門打聽，往年多有年家爲官的，如今升的升了，轉的轉了，死的死了，壞的壞了，一無所遇。乘興而來，却難興盡而返。流連光景，不覺又是半年有餘，盤纏俱已用盡。雖不學伍大夫吴門乞食，也難免吕蒙正僧院投齋。忽一日，德稱投齋到大報恩寺，遇見個相識鄉親，問其鄉里之事。方知本省宗師按臨歲考，德稱在先服滿時因無禮物送與學裏師長，不曾動得起復文書及游學呈子，也不想如此久客於外，如今音信不通，教官徑把他做避考中黜。【眉批】教官無怪其然。千里之遥，無由辨復。真是：

屋漏更遭連夜雨，船遲又遇打頭風。

德稱聞此消息，長嘆數聲，無面回鄉，意欲覓個館地，權且教書糊口，再作道理。誰知世人眼淺，不識高低。聞知異鄉公子如此形狀，必是個浪蕩之徒，便有錦心繡腸，誰人信他，誰人請他？又過了幾時，和尚們都怪他蒿惱，語言不遜，不可盡説。幸而天無絶人之路，有個運糧的趙指揮，要請個門館先生同往北京，一則陪話，一則代筆，偶與承恩寺主持商議。德稱聞知，想道：「乘此機會，往北京一行，豈不兩便。」遂央僧舉薦。那俗僧也巴不得遣那窮鬼起身，就在指揮面前稱揚德稱好處，且是束脩甚少。趙指揮是武官，不管三七二十一，只要省，便約德稱在寺，投刺相見，擇日請了下船同行。德稱口如懸河，賓主頗也得合。不一日到黄河岸口，德稱偶然上岸登東。忽聽發一聲喊，猶如天崩地裂之形。慌忙起身看時，吃了一驚，原來河口決了，趙指揮所統糧船三分四散，不知去向，但見水勢滔滔，一望無際。

德稱舉目無依，仰天號哭，嘆道：「此乃天絶我命也，不如死休！」方欲投入河流，遇一老者相救，問其來歷。德稱訴罷，老者惻然憐憫，道：「看你青春美質，將來豈無發迹之期？此去短盤至北京，費用亦不多，老夫帶得有三兩荒銀，權爲程敬。」説罷，去摸袖裏，却摸個空，連呼「奇怪」。仔細看時，袖底有一小孔，那老者赶早出門，不知在那裏遇着剪綹的剪去了。老者嗟嘆道：「古人云『得咱心肯日，是你運通時。』今日看起來，就是心肯，也有個天數。非是老夫吝惜，乃足下命運不通所致耳。欲屈足下過舍下，又恐路遠不便。」乃邀德稱到市心裏，向一個相熟的主人家借銀五錢爲贈。【眉批】賢哉此老，何異淮陰漂母。德稱深感其意，只得受了，再三稱謝而别。

德稱想這五錢銀子，如何盤纏得許多路？思量一計，買下紙筆，一路賣字。德稱寫作俱佳，爭奈時運未利，不能討得文人墨士賞鑒，不過村坊野店胡亂買幾張糊壁，此輩曉得什麽好歹，那肯出錢。德稱有一頓没一頓，半饑半飽，直捱到北京城裏，下了飯店。問店主人借縉紳看查，有兩個相厚的年伯，一個是兵部尤侍郎，一個是左卿曹光禄。當下寫了名刺，先去謁曹公。曹公見其衣衫不整，心下不悦，又知是王振的仇家，不敢招架，送下小小程儀就辭了。再去見尤侍郎，那尤公也是個没意思的，自家一無所贈，寫一封柬帖薦在邊上陸總兵處。店主人見有這封書，料有際遇，將五兩銀子借爲盤纏。誰知正值北虜也先爲寇，大掠人畜，陸總兵失機，紐解來京問罪，連尤侍郎都罷官去了。德稱在塞外擔閣了三四個月，又無所遇，依舊回到京城旅寓。

店主人折了五兩銀子，没處取討，又欠下房錢飯錢若干，索性做個宛轉，到不好推他出門。【眉批】亦算賢主人矣。想起一個主意來，前面衚衕有個劉千户，其子八歲，要訪個下路先生教書，乃薦德稱。劉千户大喜，講過束脩二十兩。店主人先支一季束脩自己收受，準了所借之數。劉千户頗盡主道，送一套新衣服，迎接德稱到彼坐館。自此饔餐不缺，且訓誦之暇，重温經史，再理文章。剛剛坐彀三個月，學生出起痘來，太醫下藥不效，十二朝身死。劉千户單只此子，正在哀痛，又有刻薄小人對他説道：「馬德稱是個降禍的太歲，耗氣的鶴神，所到之處，必有灾殃。【眉批】怪他説不得。趙指揮請了他就壞了糧船，尤侍郎薦了他就壞了官職。他是個不吉利的秀才，不該與他親近。」劉千户不想自兒死生有命，到抱怨先生帶累了，各處傳説。從此京中起他一個異名，叫做「鈍秀才」。凡鈍秀才街上過去，家家閉户，處處關門。但是早行遇着鈍秀才的，一日没采，做買賣的折本，尋人的不遇，出官的理輸，討債的不是厮打定是厮駡，就是小學生上學也被先生打幾下手心。有此數項，把他做妖物相看。【眉批】英雄失路，可憐，可憐！倘然狹路相逢，一個個吐口涎沫，叫句吉利方走。可憐馬德稱衣冠之胄，飽學之儒，今日時運不利，弄得日無飽餐，夜無安宿。

同時有個浙中吴監生，性甚硬直。聞知鈍秀才之名，不信有此事，特地尋他相會，延至寓所，叩其胸中所學，甚有接待之意。坐席猶未暖，忽得家書報家中老父病故，踉蹌而别，轉薦與同鄉吕鴻臚。吕公請至寓所，待以盛饌，方纔舉筯，忽然厨房中火起，舉家驚慌逃奔。德稱因腹餒緩行了幾步，被地方拿他做火頭，解去官司，不由分説，下了監鋪。幸吕鴻臚是個有天理的人，替他使錢，免其枷責。從此鈍秀才其名益著，無人招接，仍復賣字爲生。

慣與裱家書壽軸，喜逢新歲寫春聯。

夜間常在祖師廟、關聖廟、五顯廟這幾處安身。或與道人代寫疏頭，趁幾文錢度日。

話分兩頭，却説黄病鬼黄勝，自從馬德稱去後，初時還怕他還鄉。到宗師行黜，不見回家，又有人傳信，道是隨趙指揮糧船上京，被黄河水決，已覆没矣。心下坦然無慮，朝夕逼勒妹子六媖改聘。六媖以死自誓，決不二天。到天順晚年鄉試，黄勝夤緣賄賂，買中了秋榜，里中奉承者填門塞户。聞知六媖年長未嫁，求親者日不離門，六媖堅執不從，黄勝也無可奈何。到冬底，打叠行囊往北京會試。馬德稱見了鄉試録，已知黄勝得意，必然到京，想起舊恨，羞與相見，預先出京躲避。誰知黄勝不耐功名。若是自家學問上掙來的前程，到也理之當然，不放在心裏。他原是買來的舉人，小人乘君子之器，不覺手之舞之，足之蹈之，又將銀五十兩買了個勘合，馳驛到京，尋了個大大的下處。且不去温習經史，終日穿花街過柳巷，在院子裏表子家行樂。常言道「樂極悲生」，闖出一身廣瘡。科場漸近，將白金百兩送太醫，只求速愈。太醫用輕粉劫藥，數日之内，身體光鮮，草草完場而歸。不勾半年，瘡毒大發，醫治不痊，嗚呼哀哉，死了。既無兄弟，又無子息，族間都來搶奪家私。其妻王氏又没主張，全賴六媖一身，内支喪事，外應親族，按譜立嗣，衆心俱悦服無言。【眉批】婦人無才爲德，豈其然乎？六媖自家也分得一股家私，不下數千金。想起丈夫覆舟消息，未知真假，費了多少盤纏，各處遣人打聽下落。有人自北京來，傳説馬德稱未死，落莫在京，京中都呼爲「鈍秀才」。六媖是個女中丈夫，甚有劈着，收拾起輜重銀兩，帶了丫鬟童僕，顧下船隻，一徑來到北京尋取丈夫。【眉批】高人。訪知馬德稱在真定府龍興寺大悲閣寫《法華經》，乃將白金百兩，新衣數套，親筆作書，緘封停當，差老家人王安賫去，迎接丈夫。分付道：「我如今便與馬相公援例入監，請馬相公到此讀書應舉，不可遲滯。」王安到龍興寺，見了長老，問：「福建馬相公何在？」長老道：「我這裏只有個『鈍秀才』，並沒有什麽馬相公。」王安道：「就是了，煩引相見。」和尚引到大悲閣下，指道：「傍邊卓上寫經的，不是鈍秀才？」王安在家時曾見過馬德稱幾次，今日雖然藍縷，如何不認得？一見德稱便跪下磕頭。馬德稱却在貧賤患難之中，不料有此，一時想不起來，慌忙扶住，問道：「足下何人？」王安道：「小的是將樂縣黄家，(一)奉小姐之命，特來迎接相公，小姐有書在此。」德稱便問：「你小姐嫁歸何宅？」王安道：「小姐守志至今，誓不改適。因家相公近故，小姐親到京中來訪相公，要與相公入粟北雍，請相公早辦行期。」德稱方纔開緘而看，原來是一首詩，詩曰：

何事蕭郎戀遠游？應知烏帽未籠頭。
圖南自有風雲便，且整雙簫集鳳樓。

德稱看罷，微微而笑。王安獻上衣服銀兩，且請起程日期。德稱道：「小姐盛情，我豈不知？只是我有言在先：『若要洞房花燭夜，必須金榜挂名時。』向因貧困，學業久荒。今幸有餘資可供燈火之費，且待明年秋試得意之後，方敢與小姐相見。」【眉批】是個硬漢。王安不敢强逼，求賜回書。德稱取寫經餘下的繭絲一幅，答詩四句：

逐逐風塵已厭游，好音剛喜見伻頭。
嫦娥夙有攀花約，莫遣簫聲出鳳樓。

德稱封了詩，付與王安。王安星夜歸京，回復了六媖小姐。開詩看畢，嘆惜不已。

其年天順爺爺正遇「土木之變」，皇太后權請郕王攝位，改元景泰。將奸閹王振全家抄没，凡參劾王振吃虧的加官賜蔭。黄小姐在寓中得了這個消息，又遣王安到龍興寺報與馬德稱知道。德稱此時雖然借寓僧房，圖書滿案，鮮衣美食，已不似在先了。和尚們曉得是馬公子馬相公，無不欽敬。其年正是三十二歲，交逢好運，正應張鐵口先生推算之語。可見：

萬般皆是命，半點不由人。

德稱正在寺中温習舊業，又得了王安報信，收拾行囊，别了長老赴京，另尋一寓安歇，黄小姐撥家僮二人伏侍，一應日用供給，絡繹饋送。德稱草成表章，叙先臣馬萬群直言得禍之由，一則爲父親乞恩昭雪，一則爲自己辨復前程。聖旨倒下，准復馬萬群原官，仍加三級，馬任復學復廩。所抄没田産，有司追給。德稱差家童報與小姐知道。黄小姐又差王安送銀兩到德稱寓中，叫他廩例入粟。明春就考了監元，至秋發魁，就於寓中整備喜筵，與黄小姐成親。來春又中了第十名會魁，殿試二甲，考選庶吉士。上表給假還鄉，焚黄謁墓，聖旨准了。夫妻衣錦還鄉，府縣官員出廓迎接。往年抄没田宅，俱用官價贖還，造册交割，分毫不少。賓朋一向疏失者，此日奔走其門如市，只有顧祥一人自覺羞慚，遷往他郡去訖。時張鐵嘴先生尚在，聞知馬公子得第榮歸，特來拜賀，德稱厚贈之而去。後來馬任直做到禮、兵、刑三部尚書，六媖小姐封一品夫人。所生二子，俱中甲科，簪纓不絶。至今延平府人，説讀書人不得第者，把「鈍秀才」爲比。後人有詩嘆云：

十年落魄少知音，一日風雲得稱心。
秋菊春桃時各有，何須海底去撈針。〔二〕

【校記】

〔一〕「黄家」，底本作「王家」，佐伯本同，據三桂堂本改，《奇觀》同底本。

〔二〕「撈針」，底本及佐伯本均作「澇針」，三桂堂本作「勞針」，據文意改。

本心擇取少年
郎誰意收將老
怪物

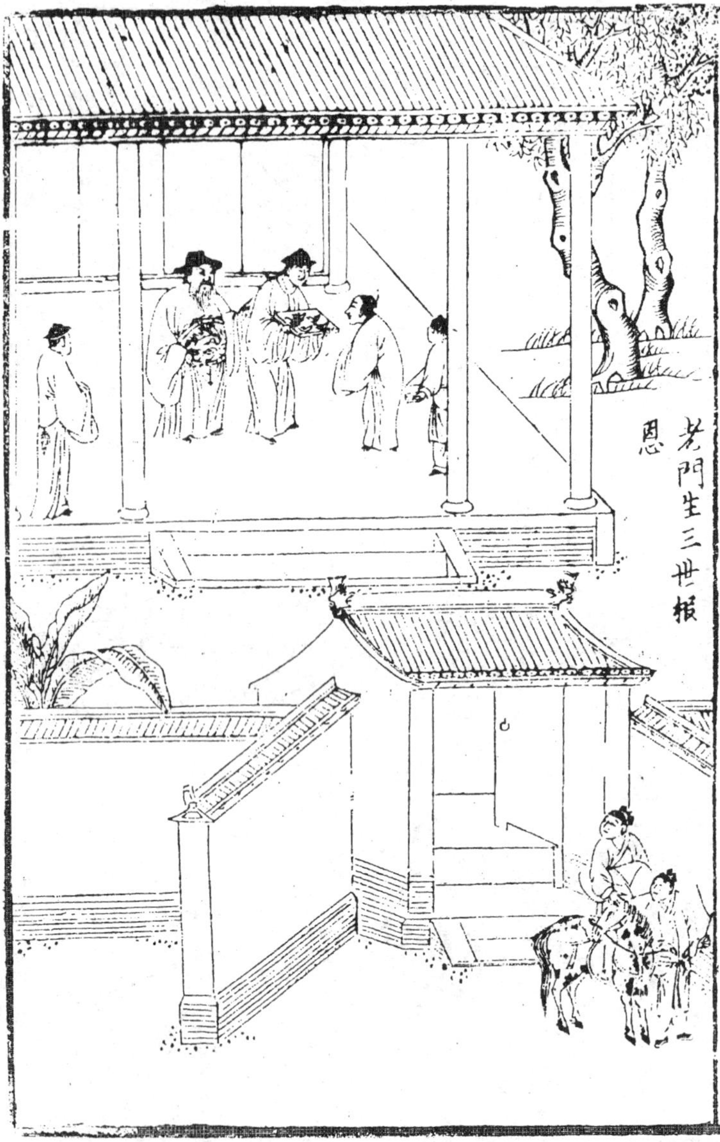
老門生三世報恩

第十八卷　老門生三世報恩

買隻牛兒學種田，結間茅屋向林泉。
也知老去無多日，且向山中過幾年。
爲利爲官終幻客，能詩能酒總神仙。
世間萬物俱增價，老去文章不值錢。

這八句詩，乃是達者之言。末句説「老去文章不值錢」，這一句，還有個評論。大抵功名遲速，莫逃乎命，也有早成，也有晚達。早成者未必有成，晚達者未必不達。不可以年少而自恃，不可以年老而自棄。這老少二字，也在年數上論不得的。假如甘羅十二歲爲丞相，十三歲上就死了，這十二歲之年，就是他髮白齒落、背曲腰彎的時候了。後頭日子已短，叫不得少年。【眉批】論奇而確。又如姜太公八十歲還在渭水釣魚，遇了周文王，以後車載之，拜爲師尚父。文王崩，武王立，他又秉鉞爲軍師，佐武王伐商，定了周家八百年基業，封於齊國。又教其子丁公治齊，自己留相周朝，直活到一百二十歲方死。你説八十歲一個老漁翁，誰知日後還有許多事業，日子正長哩！這等看將起來，那八十歲上還是他初束髮、剛頂冠、做新郎、應童子試的時候，叫不得老年。世人只知眼前貴賤，那知去後的日長日短？見個少年富貴的奉承不暇，多了幾年年紀，蹉跎不遇，就怠慢他，這是短見薄識之輩。譬如農家，也有早穀，也有晚稻，正不知那一種收成得好？不見古人云：

東園桃李花，早發還先萎。
遲遲澗畔松，鬱鬱含晚翠。

閒話休題。却説國朝正統年間，廣西桂林府興安縣有一秀才，複姓鮮于，名同，字大通。八歲時曾舉神童，十一歲游庠，超增補廩。論他的才學，便是董仲舒、司馬相如也不看在眼裏，真個是胸藏萬卷，筆掃千軍。論他的志氣，便像馮京、商輅連中三元，也只算他便袋裏東西，真個是足躡風雲，氣衝牛斗。何期才高而數奇，志大而命薄。年年科舉，歲歲觀場，不能得朱衣點額，黄榜標名。到三十歲上，循資該出貢了。他是個有才有志的人，貢途的前程是不屑就的。思量窮秀才家，全虧學中年規這幾兩廩銀，做個讀書本錢。若出了學門，少了這項來路，又去坐監，反費盤纏。况且本省比監裏又好中，算計不通。偶然在朋友前露了此意，那下首該貢的秀才，就來打話要他讓貢，情願將幾十金酬謝。鮮于同又得了這個利息，自以爲得計。

第一遍是個情，第二遍是個例，人人要貢，個個争先。鮮于同自三十歲上讓貢起，一連讓了八遍，到四十六歲兀自沉埋於泮水之中，馳逐於青衿之隊。也有人笑他的，也有人憐他的，又有人勸他的。那笑他的他也不睬，憐他的他也不受，只有那勸他的，他就勃然發怒起來道：「你勸我就貢，止無過道俺年長，不能個科第了。却不知龍頭屬於老成，梁皓八十二歲中了狀元，也替天下有骨氣肯讀書的男子争氣。俺若情願小就時，三十歲上就了，肯用力鑽刺，少不得做個府佐縣正，昧着心田做去，儘可榮身肥家。只是如今是個科目的世界，假如孔夫子不得科第，誰説他胸中才學？若是三家村一個小孩子，粗粗裏記得幾篇爛舊時文，遇了個盲試官，亂圈亂點，睡夢裏偷得個進士到手，一般有人拜門生，稱老師，譚天説地，誰敢出個題目將帶紗帽的再考他一考麽？不止於此，做官裏頭還有多少不平處，進士官就是個銅打鐵鑄的，撒漫做去，没人敢説他不字。科貢官兢兢業業，捧了卵子過橋，上司還要尋趁他。比及按院復命，參論的但是進士官，憑你叙得極貪極酷，公道看來，拿問也還透頭。説到結末，生怕斷絶了貪酷種子，道：『此一臣者，官箴雖玷，但或念初任，或念年青，尚可望其自新，策其末路，姑照浮躁或不及例降調。』不勾幾年工夫，依舊做起。【眉批】説盡考察大弊，貪酷者見之應怒。倘拚得些銀子央要道挽回，不過對調個地方，全然没事。科貢的官一分不是，就當做十分。悔氣遇着别人有勢有力，没處下手，隨你清廉賢宰，少不得借重他替進士頂缸。有這許多不平處，所以不中進士，再做不得官。俺寧可老儒終身，死去到閻王面前高聲叫屈，還博個來世出頭。豈可屈身小就，終日受人懊惱，吃順氣丸度日！」遂吟詩一首，詩曰：

從來資格困朝紳，只重科名不重人。
楚士鳳歌誠恐殆，葉公龍好豈求真。
若還黄榜終無分，寧可青衿老此身。
鐵硯磨穿豪傑事，《春秋》晚遇説平津。

漢時有個平津侯，複姓公孫，名弘，五十歲讀《春秋》，六十歲對策第一，做到丞相封侯。鮮于同後來六十一歲登第，人以爲詩讖，此是後話。

却説鮮于同自吟了這八句詩，其志愈鋭。怎奈時運不利，看看五十齊頭，「蘇秦還是舊蘇秦」，不能勾改换頭面。再過幾年，連小考都不利了。每到科舉年分，第一個攔場告考的就是他，討了多少人的厭賤。到天順六年，鮮于同五十七歲，鬢髮都蒼然了，兀自擠在後生家隊裏，談文講藝，娓娓不倦。那些後生見了他，或以爲怪物，望而避之；或以爲笑具，就而戲之。這都不在話下。

却説興安縣知縣，姓蒯名遇時，表字順之，浙江台州府仙居縣人氏。少年科甲，聲價甚高。喜的是談文講藝，商古論今。只是有件毛病，愛少賤老，不肯一視同仁。見了後生英俊，加意獎借；若是年長老成的，視爲朽物，口呼「先輩」，甚有戲侮之意。其年鄉試屆期，宗師行文，命縣裏録科。蒯知縣將合縣生員考試，彌封閲卷，自恃眼力，從公品第，黑暗裏拔了一個第一，心中十分得意，向衆秀才面前誇獎道：「本縣拔得個首卷，其文大有吴越中氣脉，必然連捷。通縣秀才，皆莫能及。」衆人拱手聽命，却似漢皇築壇拜將，正不知拜那一個有名的豪傑。比及拆號唱名，只見一人應聲而出，從人叢中擠將上來，你道這人如何？

矮又矮，胖又胖，鬚鬢黑白各一半。破儒巾，欠時樣，藍衫補孔重重綻。你也瞧，我也看，若還冠帶像胡判。不枉誇，不枉贊，「先輩」今朝説嘴慣。休羡他，莫自嘆，少不得大家做老漢。不須營，不須幹，序齒輪流做領案。

那案首不是别人，正是那五十七歲的怪物、笑具，名叫鮮于同。合堂秀才哄然大笑，都道：「鮮于『先輩』，又起用了。」連蒯公也自羞得滿面通紅，頓口無言。一時間看錯文字，今日衆人屬目之地，如何番悔！忍着一肚子氣，胡亂將試卷拆完。喜得除了第一名，此下一個個都是少年英俊，還有些嗔中帶喜。是日蒯公發放諸生事畢，回衙悶悶不悦，不在話下。

却説鮮于同少年時本是個名士，因淹滯了數年，雖然志不曾灰，却也是：

澤畔屈原吟獨苦，洛陽季子面多慚。（一）

今日出其不意，考個案首，也自覺有些興頭。到學道考試，未必愛他文字，虧了縣家案首，就搭上一名科舉，喜孜孜去赴省試。衆朋友都在下處看經書，温後場。只有鮮于同平昔飽學，終日在街坊上游玩。旁人看見，都猜道：「這位老相公，不知是送兒子孫兒進場的？事外之人，好不悠閒自在！」若曉得他是科舉的秀才，少不得要笑他幾聲。

日居月諸，忽然八月初七日，街坊上大吹大擂，迎試官進貢院。鮮于同觀看之際，見興安縣蒯公，正徵聘做《禮記》房考官。鮮于同自想，我與蒯公同經，他考過我案首，必然愛我的文字，今番遇合，十有八九。誰知蒯公心裏不然，他又是一個見識，道：「我取個少年門生，他後路悠遠，官也多做幾年，房師也靠得着他。那些老師宿儒，取之無益。」又道：「我科考時不合昏了眼，錯取了鮮于『先輩』，在衆人前老大没趣。今番再取中了他，却不又是一場笑話。我今閲卷，但是三場做得齊整的，多應是夙學之士，年紀長了，不要取他。只揀嫩嫩的口氣，亂亂的文法，歪歪的四六，怯怯的策論，憒憒的判語，那定是少年初學。雖然學問未充，養他一兩科，年還不長，且脱了鮮于同這件干紀。」算計已定，如法閲卷，取了幾個不整不齊，略略有些筆資的，大圈大點，呈上主司。主司都批了「中」字。

到八月廿八日，主司同各經房在至公堂上拆號填榜，《禮記》房首卷是桂林府興安縣學生，複姓鮮于，名同，習《禮記》。又是那五十七的怪物、笑具僥倖了。蒯公好生驚異。主司見蒯公有不樂之色，問其緣故。蒯公道：「那鮮于同年紀已老，恐置之魁列，無以壓服後生，情願把一卷换他。」主司指堂上扁額道：「此堂既名爲『至公堂』，豈可以老少而私愛憎乎？自古龍頭屬於老成，也好把天下讀書人的志氣鼓舞一番。」遂不肯更换，判定了第五名正魁，蒯公無可奈何。正是：

饒君用盡千般力，命裏安排動不得。
本心揀取少年郎，依舊收將老怪物。

蒯公立心不要中鮮于「先輩」，故此只揀不整齊的文字纔中。那鮮于同是宿學之士，文字必然整齊，如何反投其機？原來鮮于同爲八月初七日看了蒯公入簾，自謂遇合十有八九，回歸寓中多吃了幾杯生酒，壞了脾胃，破腹起來。勉强進場，一頭想文字，一頭泄瀉，瀉得一絲兩氣，草草完篇。二場三場，仍復如此。十分才學，不曾用得一分出來。【眉批】用一分就中得不穩了。自謂萬無中式之理，誰知蒯公到不要整齊文字，以此竟占了個高魁。也是命裏否極泰來，顛之倒之，自然湊巧。那興安縣剛剛只中他一個舉人，當日鹿鳴宴罷，衆同年序齒，他就居了第一。各房考官見了門生，俱各歡喜，惟蒯公悶悶不悦。鮮于同感蒯公兩番知遇之恩，愈加殷勤，蒯公愈加懶散。上京會試，只照常規，全無作興加厚之意。

明年鮮于同五十八歲，會試，又下第了。相見蒯公，蒯公更無别語，只勸他選了官罷。鮮于同做了四十餘年秀才，不肯做貢生官，今日纔中得一年鄉試，怎肯就舉人職？回家讀書，愈覺有興。每聞里中秀才會文，他就袖了紙墨筆硯，捱入會中同做。憑衆人要他，笑他，嗔他，厭他，總不在意。做完了文字，將衆人所作看了一遍，欣然而歸，以此爲常。

光陰荏苒，不覺轉眼三年，又當會試之期。鮮于同時年六十有一，年齒雖增，矍鑠如舊。在北京第二遍會試，在寓所得其一夢。夢見中了正魁，會試録上有名，下面却填做《詩經》，不是《禮記》。鮮于同本是個宿學之士，那一經不通？他功名心急，夢中之言，不由不信，就改了《詩經》應試。事有凑巧，物有偶然。蒯知縣爲官清正，行取到京，欽授禮科給事中之職，其年又進會試經房。蒯公不知鮮于同改經之事，心中想道：「我兩遍錯了主意，取了那鮮于『先輩』做了首卷，今番會試，他年紀一發長了。若《禮記》房裏又中了他，這纔是終身之玷。我如今不要看《禮記》，改看了《詩經》卷子，那鮮于『先輩』中與不中，都不干我事。」比及入簾閱卷，遂請看《詩》五房卷。蒯公又想道：「天下舉子像鮮于『先輩』的，諒也非止一人，我不中鮮于同，又中了别的老兒，可不是『躲了雷公，遇了霹靂』？【眉批】避老得老，天所以警蒯公，又烏知天所以愛蒯公乎？我曉得了，但凡老師宿儒，經旨必然十分透徹。後生家專工四書，經義必然不精。如今到不要取四經整齊，但是有些筆資的，不妨題旨影響，這定是少年之輩了。」閱卷進呈，等到揭曉，《詩》五房頭卷，列在第十名正魁。拆號看時，却是桂林府興安縣學生，複姓鮮于，名同，習《詩經》，剛剛又是那六十一歲的怪物、笑具！氣得蒯遇時目睁口呆，如槁木死灰模樣！

早知富貴生成定，悔却從前枉用心。

蒯公又想道：「論起世上同名姓的儘多，只是桂林府興安縣却没有兩個鮮于同，但他向來是《禮記》，不知何故又改了《詩經》，好生奇怪？」候其來謁，叩其改經之故。鮮于同將夢中所見，說了一遍。蒯公嘆息連聲道：「真命進士，真命進士！」自此蒯公與鮮于同師生之誼，比前反覺厚了一分。殿試過了，鮮于同考在二甲頭上，得選刑部主事。人道他晚年一第，又居冷局，替他氣悶，他欣然自如。

却說蒯遇時在禮科衙門直言敢諫，因奏疏裏面觸突了大學士劉吉，被吉尋他罪過，下於詔獄。那時刑部官員一個個奉承劉吉，欲將蒯公置之死地。却好天與其便，鮮于同在本部一力周旋看覷，所以蒯公不致吃虧。又替他糾合同年，在各衙門懇求方便，蒯公遂得從輕降處。蒯公自想道：「『着意種花花不活，無心栽柳柳成陰。』若不中得這個老門生，今日性命也難保。」乃往鮮于「先輩」寓所拜謝。【眉批】一世報恩。鮮于同道：「門生受恩師三番知遇，今日小小效勞，止可少答科舉而已。天高地厚，未酬萬一！」當日師生二人歡飲而別。自此不論蒯公在家在任，每年必遣人問候，或一次或兩次，雖俸金微薄，表情而已。

光陰荏苒，鮮于同只在部中遷轉，不覺六年，應升知府。京中重他才品，敬他老成，吏部立心要尋個好缺推他，鮮于同全不在意。偶然仙居縣有信至，蒯公的公子蒯敬共與豪户查家争墳地疆界，嚷罵了一場。查家走失了個小厮，賴蒯公子打死，將人命事告官。蒯敬共無力對理，一徑逃往雲南父親任所去了。官府疑蒯公子逃匿，人命真情，差人雪片下來提人，家屬也監了幾個，闔門驚懼。鮮于同查得台州正缺知府，乃央人討這地方。吏部知台州原非美缺，既然自己情願，有何不從，即將鮮于同推升台州府知府。

鮮于同到任三日，豪家已知新太守是蒯公門生，特討此缺而來，替他解紛，必有偏向之情，先在衙門謡言放刁，鮮于同只推不聞。蒯家家屬訴冤，鮮于同亦佯爲不理。密差的當捕人訪緝查家小厮，務在必獲。約過兩月有餘，那小厮在杭州拿到，鮮于太守當堂審明，的係自逃，與蒯家無干。當將小厮責取查家領狀，蒯氏家屬，即行釋放。期會一日，親往墳所踏看疆界。查家見小厮已出，自知所訟理虚，恐結訟之日必然吃虧，一面央大分上到太守處説方便，一面又央人到蒯家，情願把墳界相讓講和。蒯家事已得白，也不願結冤家。鮮于太守准了和息，將查家薄加罰治，申詳上司，兩家莫不心服。正是：

只愁堂上無明鏡，不怕民間有鬼奸。

鮮于太守乃寫書信一通，差人往雲南府回覆房師蒯公。蒯公大喜，想道：「『樹荆棘得刺，樹桃李得蔭。』若不曾中得這個老門生，今日身家也難保。」遂寫懇切謝啓一通，遣兒子蒯敬共賫回，到府拜謝。【眉批】二世報恩。鮮于同道：「下官暮年淹蹇，爲世所棄，受尊公老師三番知遇，得掇科目，常恐身先溝壑，大德不報。今日恩兄被誣，理當暴白。下官因風吹火，小效區區，止可少酬老師鄉試提拔之德，尚欠情多多也！」因爲蒯公子經紀家事，勸他閉户讀書，自此無話。

鮮于同在台州做了三年知府，聲名大振，升在徽寧道做兵憲，累升河南廉使，勤於官職。年至八旬，精力比少年兀自有餘，推升了浙江巡撫。鮮于同想道：「我六十一歲登第，且喜儒途淹蹇，仕途到順溜，并不曾有風波。今官至撫臺，恩榮極矣。一向清勤自矢，不負朝廷。今日急流勇退，理之當然。但受蒯公三番知遇之恩，報之未盡，此任正在房師地方，或可少效涓埃。」〔二〕乃擇日起程赴任。一路迎送榮耀，自不必説。不一日，到了浙江省城。此時蒯公也歷任做到大參地位，因病目不能理事，致政在家。聞得鮮于「先輩」又做本省開府，乃領了十二歲孫兒，親到杭州謁見。蒯公雖是房師，到小於鮮于公二十餘歲。今日蒯公致政在家，又有了目疾，朧鍾可憐。鮮于公年已八旬，健如壯年，位至開府。可見發達不在於遲早，蒯公嘆息了許多。正是：

松柏何須羡桃李，請君點檢歲寒枝。〔三〕

且説鮮于同到任以後，正擬遣人問候蒯公，聞説蒯參政到門，喜不自勝，倒屣而迎，〔四〕直請到私宅，以師生禮相見。蒯公唤十二歲孫兒：「見了老公祖。」鮮于公問：「此位是老師何人？」蒯公道：「老夫受公祖活命之恩，犬子昔日難中，又蒙昭雪，此恩直如覆載。今天幸福星又照吾省。老夫衰病，不久於世，犬子讀書無成，只有此孫，名曰蒯悟，資性頗敏，特携來相托，求老公祖青目一二。」鮮于公道：「門生年齒，已非仕途人物，正爲師恩酬報未盡，所以强顔而來。今日承老師以令孫相托，此乃門生報德之會也。【眉批】報恩第三世。鄙意欲留令孫在敝衙同小孫輩課業，未審老師放心否？」蒯公道：「若蒙老公祖教訓，老夫死亦瞑目！」遂留兩個書童服事蒯悟在都撫衙内讀書，蒯公自別去了。

那蒯悟資性過人，文章日進。就是年之秋，學道按臨，鮮于公力薦神童，進學補廪，依舊留在衙門中勤學。三年之後，學業已成。鮮于公道：「此子可取科第，我亦可以報老師之恩矣。」乃將俸銀三百兩贈與蒯悟爲筆硯之資，親送到台州仙居縣。適值蒯公三日前一病身亡，鮮于公哭奠已畢，問：「老師臨終亦有何言？」蒯敬共道：「先父遺言，自己不幸少年登第，因而愛少賤老。偶爾暗中摸索，得了老公祖大人。後來許多年少的門生，賢愚不等，升沉不一，俱不得其氣力。全虧了老公祖大人一人，始終看覷。我子孫世世不可怠慢老成之士！」【眉批】大有感慨。〔五〕鮮于公呵呵大笑道：「下官今日三報師恩，正要天下人曉得扶持了老成人也有用處，不可愛少而賤老也！」説罷，作別回省，草上表章，告老致仕。得旨予告，馳驛還鄉，優悠林下。每日訓課兒孫之暇，同里中父老飲酒賦詩。後八年，長孫鮮于涵鄉榜高魁，赴京會試，恰好仙居縣蒯悟是年中舉，也到京中。兩人三世通家，又是少年同窗，并在一寓讀書。比及會試揭曉，同年進士，兩家互相稱賀。

鮮于同自五十七歲登科，六十一歲登甲，歷仕二十三年，腰金衣紫，錫恩三代。告老回家，又看了孫兒科第，直活到九十七歲，整整的四十年晚運。至今浙江人肯讀書，不到六七十歲還不丢手，往往有晚達者。後人有詩嘆云：

利名何必苦奔忙，遲早須臾在上蒼。
但學蟠桃能結果，三千餘歲未爲長。

【校記】

〔一〕「季子」，底本及諸校本均作「李子」，據《奇觀》改。

〔二〕「涓埃」，底本及諸校本均作「涓渓」，據文意改。

〔三〕「枝」字，底本缺失，據佐伯本補。

〔四〕「倒屣」，底本及諸校本均作「倒蓰」，據文意改。

〔五〕「大有感慨」，底本作「有感慨」，據佐伯本補，《奇觀》同佐伯本。

虎奴兇女活骷髏
作怪成群山上頭

雙眼豈核
彼矣愚彼
沉溺

第十九卷　崔衙内白鷂招妖

古本作《定山三怪》，又云《新羅白鷂》

早退春朝寵貴妃，諫章争敢傍丹墀。
蓬萊殿裏迎鑾駕，花萼樓前進荔枝。
羯鼓未終鼙鼓動，羽衣猶在戰衣追。
子孫翻作升平禍，不念先皇創業時。

這首詩，題著唐時第七帝，謚法謂之玄宗。古老相傳云：天上一座星，謂之玄星，又謂之金星，又謂之參星，又謂之長庚星，又謂之太白星，又謂之啓明星。世人不識，叫做曉星。初上時，東方未明；天色將曉，那座星漸漸地暗將來。先明後暗，這個謂之玄。唐玄宗自姚崇、宋璟爲相，米麥不過三四錢，千里不饋行糧。自從姚、宋二相死，楊國忠、李林甫爲相，教玄宗生出四件病來：

內作色荒，外作禽荒。耽酒嗜音，峻宇雕墻。

玄宗最寵愛者一個貴妃，叫做楊太真。那貴妃又背地裏寵一個胡兒，姓安名禄山，腹重三百六十斤，坐綽飛燕，走及奔馬，善舞胡旋，其疾如風。玄宗愛其驍健，因而得寵。禄山遂拜玄宗爲父，貴妃爲母。楊妃把這安禄山頭髮都剃了，搽一臉粉，畫兩道眉，打一個白鼻兒，用錦繡綵羅做成襁褓，選粗壯宮娥數人扛擡，遶那六宮行走。【眉批】凡戲無益。〔一〕當時則是取笑，誰知浸潤之間，太真與禄山爲亂。一日，禄山正在太真宮中行樂，宮娥報道：「駕到！」禄山矯捷非常，踰墻逃去。貴妃愴惶出迎，冠髮散亂，語言失度，錯呼聖上爲郎君。玄宗駕即時起，使六宮大使高力士高珪送太真歸第，使其省過。貴妃求見天子不得，涕泣出宮。

却説玄宗自離了貴妃三日，食不甘味，卧不安席。高力士探知聖意，啓奏道：「貴妃晝寢困倦，言語失次，得罪萬歲御前。今省過三日，想已知罪，萬歲爺何不召之？」玄宗命高珪往看妃子在家作何事。高珪奉旨到楊太師私第，見過了貴妃，回奏天子，言：「娘娘容顏愁慘，梳沐俱廢。一見奴婢，便問聖上安否，淚如雨下。乃取妝臺對鏡，手持并州剪刀，解散青絲，剪下一縷，用五綵絨繩結之，手自封記，托奴婢傳語，送到御前。娘娘垂淚而言：『妾一身所有，皆出皇上所賜。只有身體髮膚，受之父母，以此寄謝聖恩，願勿忘七夕夜半之約。』」【眉批】高力士好個幫閒。原來玄宗與貴妃七夕夜半，曾在沉香亭有私誓，願生生世世同衾同穴。此時玄宗聞知高珪所奏，見貴妃封寄青絲，拆而觀之，凄然不忍。即時命高力士用香車細輦，迎貴妃入宫。自此愈加寵幸。

其時四方貢獻不絶：西夏國進月樣琵琶，南越國進玉笛，西凉州進葡萄酒，新羅國進白鷂子。這葡萄酒供進御前，琵琶賜與鄭觀音，玉笛賜與御弟寧王，新羅白鷂賜與崔丞相。【眉批】來歷透迤。後因李白學士題沉香亭牡丹詩，將趙飛燕比著太真娘娘，暗藏譏刺，被高力士奏告貴妃，泣訴天子，將李白黜貶。崔丞相元來與李白是故交，事相連累，得旨令判河北定州中山府。正是：

老龜烹不爛，遺禍及枯桑。

崔丞相來到定州中山府，遠近接入進府，交割牌印了畢。在任果然是如水之清，如秤之平，如繩之直，如鏡之明。不一月之間，治得府中路不拾遺。時遇天寶春初：

春，春。柳嫩，花新。梅謝粉，草鋪茵。鶯啼北里，燕語南鄰。郊原嘶寶馬，紫陌廣香輪。日暖冰消水緑，風和雨嫩煙輕。東閣廣排公子宴，錦城多少賞花人。

崔丞相有個衙内，名唤崔亞，年紀二十來歲。生得美丈夫，性好畋獵。見這春間天色，宅堂裏叉手向前道：「告爹爹，請一日嚴假，欲出野外游獵。不知爹爹尊意如何？」相公道：「吾兒出去，則索早歸。」衙内道：「領爹尊旨。則是兒有一事，欲取覆慈父。」相公道：「你有甚説？」衙内道：「欲借御賜新羅白鷂同往。」相公道：「好，把出去照管，休教失了。這件物是上方所賜，新羅國進到，世上只有這一隻，萬弗走失！上方再來索取，却是那裏去討？」衙内道：「兒帶出去無他，但只要光耀州府，教人看玩則個。」相公道：「早歸，少飲。」衙内借得新羅白鷂，令一個五放家架著。果然是那裏去討！捧將鬧裝銀鞍馬過來，衙内攀鞍上馬出門。若是説話的當時同年生，并肩長，勸住崔衙内，只好休去。千不合，萬不合，帶這隻新羅白鷂出來，惹出一場怪事。真個是亘古未聞，于今罕有。有詩爲證：

外作禽荒内色荒，濫沾些子又何妨？
早晨架出蒼鷹去，日暮歸來紅粉香。

崔衙内尋常好畋獵，當日借得新羅白鷂，好生喜歡，教這五放家架著。一行人也有把水磨角靶彈弓，雁木烏椿弩子，架眼圓鐵爪嘴彎鷹，牽搭耳細腰深口犬。出得城外，穿桃溪，過梅塢，登緑楊林，涉芳草渡，杏花村高懸酒望，茅檐畔低亞青帘。正是：

不暖不寒天氣，半村半郭人家。

行了二三十里，覺道各人走得辛苦，尋一個酒店，衙内推鞍下馬，入店問道：「有甚好酒買些個？先犒賞衆人助脚力。」只見走一個酒保出來唱喏。看那人時，生得：

身長八尺，豹頭燕頷，環眼骨髭，有如一個距水斷橋張翼德，原水鎮上王彦章。

衙内看了酒保，早吃一驚道：「怎麽有這般生得惡相貌的人？」酒保唱了喏，站在一邊。衙内教：「有好酒把些個來吃，就犒賞衆人。」那酒保從裏面掇一桶酒出來。隨行自有帶著底酒盞，安在卓上。篩下一盞，先敬衙内：

酒，酒。邀朋，會友。君莫待，時長久。名呼食前，禮於茶後。臨風不可無，對月須教有。李白一飲一石，劉伶解醒五斗。公子沾唇臉似桃，佳人入腹眉如柳。

衙内見篩下酒色紅，心中早驚：「如何恁地紅！」踏著酒保脚跟，入去到酒缸前，揭開缸蓋，只看了一看，嚇得衙内：

頂門上不見三魂，脚底下蕩散七魄。

只見血水裏面浸著浮米。衙内出來，教一行人且莫吃酒，把三兩銀子與酒保，還了酒錢。【眉批】宋人小説凡説賞勞及使費，動是若干兩、若干貫，何其多也。蓋小説是進御者，恐啓官家裁省之端，是以務從廣大。觀者不可不知。那酒保接錢，唱喏謝了。

衙内攀鞍上馬，離酒店，又行了一二里地，又見一座山岡。元來門外謂之郭，郭外謂之郊，郊外謂之野，野外謂之垧。〔二〕行了半日，相次到北岳恒山。一座小峰在恒山脚下，山勢果是雄勇：

山，山。突兀，回環。羅翠黛，列青藍。洞雲縹緲，澗水潺湲。巒碧千山外，嵐光一望間。暗想雲峰尚在，宜陪謝屐重攀。季世七賢雖可愛，盛時四皓豈宜閒。

衙内恰待上那山去，擡起頭來，見山脚下立著兩條木柱，柱上釘著一面版牌，牌上寫著幾句言語。衙内立馬看了道：「這條路上恁地利害！」勒住馬，叫：「回去休！」衆人都赶上來，衙内指著版牌，教衆人看。有識字的讀道：

此山通北岳恒山路，名爲定山。有路不可行。其中精靈不少，鬼怪極多。行路君子，可從此山下首小路來往，切不可經此山過。特預禀知。

「如今却怎地好？」衙内道：「且只得回去。」待要回來，一個肐膊上架著一枚角鷹，出來道：「覆衙内，男女在此居，上面萬千景致，生數般蹺蹊作怪直錢的飛禽走獸。衙内既是出來畋獵，不入這山去，從小路上去，那裏是平地，有甚飛禽走獸？可惜閒了新羅白鷂，也可惜閒了某手中角鷹。這一行架的小鷂、獵狗、彈弓、弩子，都爲棄物。」【眉批】衙内主意在此，小人之談，有所窺而進矣。衙内道：「也説得是。你們都聽我説，若打得活的歸去，到府中一人賞銀三兩，吃幾杯酒了歸；若打得死的，一人賞銀一兩，也吃幾杯酒了歸；如都打不得飛禽走獸，銀子也没有，酒也没得吃。」衆人各應了喏。

衙内把馬摔一鞭，先上山去，衆人也各上山來。可煞作怪，全没討個飛禽走獸。只見草地裏掉掉地響，衙内用五輪八光左右兩點神水，則看了一看，喝聲采，從草裏走出一隻乾紅兔兒來。衆人都向前，衙内道：「若捉得這紅兔兒的，賞五兩銀子！」去馬後立著個人，手探著新羅白鷂。衙内道：「却如何不去勒？」閒漢道：「告衙内，未得台旨，不敢擅便。」衙内道一聲：「快去！」那閒漢領台旨，放那白鷂子勒紅兔兒。這白鷂見放了手，一翅箭也似便去。這兔兒見那白鷂赶得緊，去淺草叢中便鑽。鷂子見兔兒走的不見，一翅徑飛過山嘴去。衙内道：「且與我尋白鷂子！」衙内也勒著馬，轉山去赶。赶到山腰，見一所松林：

松，松。節峻，陰濃。能耐歲，解凌冬。高侵碧漢，森聳青峰。偃蹇形如蓋，虬蟠勢若龍。茂葉風聲瑟瑟，繁枝月影重重。四季常持君子操，五株曾受大夫封。

衙内手捁著水磨角靶彈弓，騎那馬赶。看見白鷂子飛入林子裏面去，衙內也入這林子裏來。當初白鷂子肷項上帶著一個小鈴兒，林子背後一座峭壁懸崖，没路上去，則聽得峭壁頂上鈴兒響。衙內擡起頭來看時，吃了一驚，道：「不曾見這般蹊蹺作怪底事！」去那峭壁頂上，一株大樹底下，坐著一個一丈來長短骷髏：

頭上裹著鏃金蛾帽兒，身上錦袍灼灼，金甲輝輝。錦袍灼灼，一條抹額荔枝紅；金甲輝輝，靴穿一雙鸚鵡緑。

看那骷髏，左手架著白鷂，右手一個指頭，撥那鷂子的鈴兒，口裏嘖嘖地引這白鷂子。【眉批】好耍子。衙内道：「却不作怪！我如今去討，又没路上得去。」只得在下面告道：「尊神，崔某不知尊神是何方神聖，一時走了新羅白鷂，望尊神見還則個！」看那骷髏，一似佯佯不采。似此告了他五七番，陪了七八個大喏。【眉批】衙内儘膽大。這人從又不見一個入林子來，骷髏只是不采。衙內忍不得，拿起手中彈弓，拽得滿，覷得較親，一彈子打去。一聲響亮，看時，骷髏也不見，白鷂子也不見了。乘著馬出這林子前，人從都不見。著眼看那林子，四下都是青草。看看天色晚了，衙内慢慢地行，肚中又飢。下馬離鞍，吊韁牽著馬，待要出這山路口。看那天色，却早：

紅日西沉，鴉鵲奔林高噪。打魚人停舟罷棹，望客旅貪程，煙村繚繞。山寺寂寥，玩銀燈，佛前點照。月上東郊，孤村酒旆收了。採樵人回，攀古道，過前溪，時聽猿啼虎嘯。深院佳人，望夫歸，倚門斜靠。

衙內獨自一個牽著馬，行到一處，却不是早起入來的路。星光之下，遠遠地望見數間草屋。衙内道：「慚愧，這裏有人家時，却是好了。」徑來到跟前一看，見一座莊院：

莊，莊。臨堤，傍岡。青瓦屋，白泥墻。桑麻映日，榆柳成行。山鷄鳴竹塢，野犬吠村坊。淡蕩煙籠草舍，輕盈霧罩田桑。家有餘糧鷄犬飽，户無徭役子孫康。

衙内把馬繫在莊前柳樹上，便去叩那莊門。衙内道：「過往行人迷失道路，借宿一宵，來日尋路歸家。」莊裏無人答應。衙内又道：「是見任中山府崔丞相兒子，因不見了新羅白鷂，迷失道路，問宅裏借宿一宵。」敲了兩三次，方纔聽得有人應道：「來也，來也！」鞋履響，脚步鳴，一個人走將出來開門。衙内打一看時，叫聲苦！那出來的不是别人，却便是早間村酒店裏的酒保。衙内問道：「你如何却在這裏？」酒保道：「告官人，這裏是酒保的主人家。我却入去説了便出來。」酒保去不多時，只見幾個青衣，簇擁著一個著乾紅衫的女兒出來：

吴道子善丹青，描不出風流體段；蒯文通能舌辨，説不盡許多精神。

衙内不敢擡頭：「告娘娘，崔亞迷失道路，敢就貴莊借宿一宵。來日歸家，丞相爹爹却當報效。」只見女娘道：「奴等衙内多時，果蒙寵訪。請衙内且入敝莊。」衙内道：「豈敢輒入！」再三再四，只管相請。衙内唱了喏，隨著入去。到一個草堂之上，見燈燭熒煌，青衣點將茶來。衙内告娘娘：「敢問此地是何去處？娘娘是何姓氏？」女娘聽得問，啓一點朱唇，露兩行碎玉，説出數句言語來。衙内道：「這事又作怪！」茶罷，接過盞托。衙内自思量道：「先自肚裏又饑，却教吃茶！」正恁沈吟間，則見女娘教安排酒來。道不了，青衣掇過果卓，頃刻之間，咄嗟而辦：

幕天席地，燈燭熒煌。筵排異皿奇杯，席展金觥玉斝。珠罍妝成異果，玉盤簇就珍羞。珊瑚筵上，青衣美麗捧霞觴；玳瑁杯中，粉面丫鬟斟玉液。

衙内叉手向前：「多蒙賜酒，不敢祗受。」女娘道：「不妨。屈郎少飲。家間也是勳臣貴戚之家。」衙内道：「不敢拜問娘娘，果是那一宅？」女娘道：「不必問，他日自知。」衙内道：「家間父母望我回去，告娘娘指路，令某早歸。」女娘道：「不妨，家間正是五伯諸侯的姻眷，衙内又是宰相之子，門户正相當。奴家見爹爹議親，東來不就，西來不成，不想姻緣却在此處相會！」衙内聽得説，愈加心慌，却不敢抗違，則應得喏。一杯兩盞，酒至數巡。衙内告娘娘：「指一條路，教某歸去。」女娘道：「不妨，左右明日教爹爹送衙内歸。」衙内道：「男女不同席，不共食，自古『瓜田不納履，李下不整冠』。深恐得罪于尊前。」女娘道：「不妨，縱然不做夫婦，也待明日送衙内回去。」衙内似夢如醉之間，則聽得外面人語馬嘶。青衣報道：「將軍來了。」女娘道：「爹爹來了，請衙内少等則個。」女娘輕移蓮步，向前去了。衙内道：「這裏有甚將軍？」捏手捏脚，尾著他到一壁厢，轉過一個閣兒裏去，聽得有人在裏面聲唤。衙内去黑處把舌尖舐開紙窗一望時，唬得渾身冷汗，動撣不得，道：「我這性命休了！走了一夜，却走在這個人家裏。」當時衙内窗眼裏看見閣兒裏兩行都擺列朱紅椅子，主位上坐著一個一丈來長短骷髏，却便是日間一彈子打的。且看他如何説？那女孩兒見爹爹叫了萬福，問道：「爹爹没甚事？」骷髏道：「孩兒，你不來看我則個！我日間出去，見一隻雪白鷂子，我見他奇異，捉將來架在手裏，被一個人在山脚下打我一彈子，正打在我眼裏，好疼！我便問山神土地時，却是崔丞相兒子崔衙内。我若捉得這厮，將來背剪縛在將軍柱上，劈腹取心。左手把起酒來，右手把著他心肝，吃一杯酒，嚼一塊心肝，以報冤仇。」説猶未了，只見一個人從屏風背轉將出來，不是别人，却是早來村酒店裏的酒保。將軍道：「班犬，你聽得説也不曾？」班犬道：「纔見説，却不叵耐，崔衙内早起來店中問我買酒吃，不知却打了將軍的眼！」女孩兒道：「告爹爹，他也想是誤打了爹爹，望爹爹饒恕他！」班犬道：「妹妹，莫怪我多口。崔衙内適來共妹妹在草堂飲酒。」女孩兒告爹爹：「崔郎與奴飲酒，他是五百年前姻眷。看孩兒面，且饒恕他則個！」將軍便只管焦躁，女孩兒只管勸。衙内在窗子外聽得，道：「這裏不走，更待何時！」走出草堂，開了院門，跳上馬，摔一鞭，那馬四隻蹄一似翻盞撒鈸，道不得個「慌不擇路」，連夜胡亂走到天色漸曉，離了定山。衙内道：「慚愧！」

正説之間，林子裏搶出十餘個人來，大喊一聲，把衙内簇住。衙内道：「我好苦！出得龍潭，又入虎穴！」仔細看時，却是隨從人等。衙内道：「我吃你們一驚！」衆人問衙内：「一夜從那裏去來？今日若不見衙内，我們都打没頭腦惡官司。」衙内對衆人把上項事説了一遍。衆人都以手加額道：「早是不曾壞了性命！我們昨晚一夜不敢歸去，在這林子裏等到今日。早是新羅白鷂，元來飛在林子後面樹上，方纔收得。」【眉批】還好。〔三〕那養角鷹的道：「覆衙内，男女在此土居，這山裏有多少奇禽異獸，只好再入去出獵。【眉批】不知利害。可惜擔閣了新羅白鷂。」衙内道：「這厮又來！」衆人扶策著衙内歸到府中。

一行人離了犒設，却入堂裏，見了爹媽，唱了喏。相公道：「一夜你不歸，那裏去來?憂殺了媽媽。」衙内道:「告爹媽,兒子昨夜見一件詫異的事!」把説過許多話,從頭説了一遍。相公焦躁:「小後生亂道胡説!且罰在書院裏,教院子看著,不得出離!」衙内只得入書院。

時光似箭,日月如梭,撚指間過了三個月。當時是夏間天氣:

夏,夏。雨餘,亭厦。紈扇輕,薰風乍。散髮披襟,樿棋打馬。【眉批】打馬戲起於靖康年間,唐時未有。古鼎焚龍涎,照壁名人畫。當頭竹徑風生,兩行青松暗瓦。最好沉李與浮瓜,對青樽旋開新鮓。

衙内過三個月不出書院門,今日天色却熱,〔四〕且離書院去後花園裏乘凉。坐定,衙内道:「三個月不敢出書院門,今日在此乘凉,好快活!」聽那更點,早是二更。只見一輪月從東上來:

月,月。無休,無歇。夜東生,曉西滅。少見團圓,多逢破缺。偏宜午夜時,最稱三秋節。幽光解敵嚴霜,皓色能欺瑞雪。穿窗深夜忽清風,曾遣離人情慘切。

衙内乘著月色,閒行觀看。則見一片黑雲起,雲綻處,見一個人駕一輪香車,載著一個婦人。看那駕車的人,便是前日酒保班犬,香車裏坐著乾紅衫女兒。衙内月光下認得是莊内借宿留他吃酒的女娘，下車來道：「衙内，外日奴好意相留，如何不別而行？」衙内道：「好！不走，右手把著酒，左手把著心肝做下口。告娘娘，饒崔某性命！」女孩兒道：「不要怕，我不是人，亦不是鬼，奴是上界神仙，與衙内是五百年姻眷，今日特來效于飛之樂。」教班犬自駕香車去。衙内一時被他這色迷了：

色，色。難離，易惑。隱深閨，藏柳陌。長小人志，滅君子德。後主謾多才，紂王空有力。傷人不痛之刀，對面殺人之賊。方知雙眼是横波，無限賢愚被沉溺。

兩個同在書院裏過了數日。院子道：「這幾日衙内不許我們入書院裏，是何意故？」當夜張見一個妖媚的婦人，院子先來覆管家婆，便來覆了相公。相公焦躁做一片，仗劍入書院裏來。衙内見了相公，只得唱個喏。相公道：「我兒，教你在書院中讀書，如何引惹鄰舍婦女來？朝廷得知，只説我縱放你如此，也妨我兒將來仕路！」

【眉批】遠慮。衙内只應得喏：「告爹爹，無此事。」却待再問，只見屏風後走出一個女孩兒來，叫聲萬福。相公見了，越添焦躁，仗手中寶劍，移步向前，喝一聲道：「著！」劍不下去，萬事俱休，一劍下去，教相公倒退三步。看手中利刃，只剩得劍靶，吃了一驚，到去住不得。只見女孩兒道：「相公休焦！奴與崔郎五百年姻契，合爲夫婦。不日同爲神仙。」相公出豁不得，却來與夫人商量，教請法官，那裏捉得住！

正恁地煩惱，則見客將司來覆道：「告相公，有一司法，姓羅名公適，新到任，來公參。客司説：『相公不見客。』問：『如何不見客？』客將司把上件事説了一遍。羅法司道：『此間有一個修行在世神仙，可以斷得。姓羅名公遠，是某家兄。』客司覆相公。」相公即時請相見。茶湯罷，便問羅真人在何所。得了備細，便修劄子請將羅公遠下山，到府中見了。崔丞相看那羅真人，果是生得非常。【眉批】宋時小説凡言道術，必托之羅真人，蓋附會公遠之名也。便引到書院中，與這婦人相見了。羅真人勸諭那婦人：「看羅某面，放捨崔衙内。」婦人那裏肯依。羅真人既再三勸諭，不從，作起法來，忽起一陣怪風：

風，風。蕩翠，飄紅。忽南北，忽西東。春開柳葉，秋謝梧桐。凉入朱門内，寒添陋巷中。似鼓聲摇陸地，如雷響振晴空。乾坤收拾塵埃净，現日移陰却有功。

那陣風過處，叫下兩個道童來，一個把著一條縛魔索，一個把著一條黑柱杖，羅真人令道童捉下那婦女。婦女見道童來捉，他叫一聲班犬。從虛空中跳下班犬來，忿忿地檠起雙拳，竟來抵敵。元來邪不可以干正，被兩個道童一條索子，先縛了班犬，後縛了乾紅衫女兒。喝教現形，班犬變做一隻大蟲，乾紅衫女兒變做一個紅兔兒。這骷髏神，元來晉時一個將軍，死葬在定山之上。歲久年深，成器了，現形作怪。羅真人斷了這三怪，救了崔衙内性命。從此至今，定山一路太平無事。這段話本，則喚做《新羅白鷂》、《定山三怪》。有詩爲證：

虎奴兔女活骷髏，作怪成群山上頭。
一自真人明斷後，行人坦道永無憂。

【校記】

〔一〕本條眉批底本無，據佐伯本補。

〔二〕「垌」，底本及諸校本均作「迥」，據文意改。

〔三〕本條眉批底本無，據佐伯本補。

〔四〕「今日」，底本及諸校本均作「今自」，據文意改。

計押番金
鰻產禍

存夫子三分
不犯蕭何六
條

第二十卷　計押番金鰻産禍

舊名《金鰻記》

終日昏昏醉夢間，忽聞春盡强登山。
因過竹院逢僧話，又得浮生半日閑。

話説大宋徽宗朝有個官人，姓計名安，在北司官廳下做個押番。止只夫妻兩口兒。偶一日，下番在家，天色却熱，無可消遣，却安排了釣竿，迤逦取路來到金明池上釣魚。釣了一日，不曾發市。計安肚裏焦躁，却待收了釣竿歸去，覺道浮子沉下去，釣起一件物事來。計安道聲「好」，不知高低：「只有錢那裏討！」安在籃内，收拾了竿子，起身取路歸來。一頭走，只聽得有人叫道：「計安！」回頭看時，却又没人。又行，又叫：「計安，吾乃金明池掌。汝若放我，教汝富貴不可言盡；汝若害我，教你合家人口死於非命。」【眉批】何不即時放之，却又携歸。仔細聽時，不是别處，却是魚籃内叫聲。計安道：「却不作怪！」一路無話。

到得家中，放了竿子籃兒。那渾家道：「丈夫，快去廳裏去，太尉使人來叫你兩遭。不知有甚事，分付便來。」計安道：「今日是下番日期，叫我做甚？」説不了，又使人來叫：「押番，太尉等你。」計安連忙换了衣衫，和那叫的人去幹當官的事。了畢，回來家中，脱了衣裳，教安排飯來吃。只見渾家安排一件物事，放在面前。押番見了，吃了一驚，叫聲苦，不知高低：「我這性命休了！」渾家也吃一驚道：「没甚事，叫苦連聲！」押番却把早間去釣魚的事説了一遍，道：「是一條金鰻，他説：『吾乃金明池掌，若放吾，大富不可言；若害我，教我合家死于非命。』你却如何把他來害了？我這性命合休！」渾家見説，啐了一口唾，道：「却不是放屁！金鰻又會説起話來！我見没下飯，安排他來吃，却又没事。你不吃，我一發吃了。」計安終是悶悶不已。到得晚間，夫妻兩個解帶脱衣去睡。渾家見他懷悶，離不得把些精神來陪侍他。自當夜之間，那渾家身懷六甲，只見眉低眼慢，腹大乳高。【眉批】金鰻投化。倏忽間又十月滿足，臨盆之時，叫了收生婆，生下個女孩兒來。正是：

野花不種年年有，煩惱無根日日生。

那押番看了，夫妻二人好不喜歡，取名叫做慶奴。

時光如箭，轉眼之間，那女孩兒年登二八，長成一個好身材，伶俐聰明，又教成一身本事。爹娘憐惜，有如性命。時遇靖康丙午年間，士馬離亂，因此計安家夫妻女兒三口，收拾隨身細軟包裹，流落州府。後來打聽得車駕杭州駐蹕，官員都隨駕來臨安，計安便迤邐取路奔行在來。不則一日，三口兒入城，權時討得個安歇，便去尋問舊日官員相見了，依舊收留在廳着役，不在話下。計安便教人尋問房，安頓了妻小居住。不止一日，計安覷着渾家道：「我下番無事，若不做些營生，恐坐吃山空，須得些個道業，來相助方好。」渾家道：「我也這般想，別沒甚事好做，算來只好開一個酒店。便是你上番時，我也和孩兒在家裏賣得。」計安道：「你説得是，和我肚裏一般。」便去理會這節事。次日，便去打合個量酒的人。却是外方人，從小在臨安討衣飯吃，没爹娘，獨自一個，姓周名得，排行第三。安排都了，選吉日良時，開張店面。周三就在門前賣些果子，自捏合些湯水。到晚間，就在計安家睡。計安不在家，那娘兒兩個自在家中賣。那周三直是勤力，却不躲懶。倏忽之間，相及數月。

忽朝一日，計安對妻子道：「我有句話和你説，不要嗔我。」渾家道：「却有甚事，只管説。」計安道：「這幾日我見那慶奴，全不像那女孩兒相態。」渾家道：「孩兒日夜不曾放出去，并没甚事，想必長成了恁麼！」計安道：「莫托大！我見他和周三兩個打眼色。」【眉批】親見又何疑？當日没話説。

一日，計安不在家，做娘的叫那慶奴來：「我兒，娘有件事和你說，不要瞞我。」慶奴道：「没甚事。」娘便説道：「我這幾日，見你身體粗醜，全不相模樣，實對我説。」慶奴見問，只不肯説。娘見那女孩兒前言不應後語，失張失志，道三不著兩，面上忽青忽紅，【眉批】又不須疑了。娘道：「必有緣故！」捉住慶奴，搜檢他身上時，娘只嘆得口氣，叫聲苦，連腮贈掌，打那女兒：「你却被何人壞了？」【眉批】打又何益？慶奴吃打不過，哭著道：「我和那周三兩個有事。」娘見説，不敢出聲，擷著脚，只叫得苦：「却是怎的計結？爹歸來時須説我在家管甚事，裝這般幌子！」周三不知裏面許多事，兀自在門前賣酒。

到晚，計安歸來歇息了，安排些飯食吃罷。渾家道：「我有件事和你説。果應你的言語，那丫頭被周三那厮壞了身體。」那計安不聽得説，萬事全休；聽得説時，怒從心上起，惡向膽邊生，便要去打那周三。【眉批】打又何益？〔二〕渾家攔住道：「且商量。打了他，不争我家却是甚活計！」計安道：「我指望教這賤人去個官員府第，却做出這般事來。譬如不養得，把這丫頭打殺了罷。」做娘的再三再四勸了一個時辰。爹性稍過，便問這事却怎地出豁，做娘的不慌不忙，説出一個法兒來，正是：

金風吹樹蟬先覺，斷送無常死不知。

渾家道：「只有一法，免得妝幌子。」計安道：「你且說。」渾家道：「周三那廝，又在我家得使，何不把他來招贅了？」【眉批】周三既得使，贅之亦是一策。其成親後改節，自是金鰻作禍，非人謀所及也。說話的，當時不把女兒嫁與周三，只好休，也只被人笑得一場，兩下赶開去，却没後面許多說話。不想計安聽信了妻子之言，便道：「這也使得。」當日且分付周三歸去。那周三在路上思量：「我早間見那做娘的打慶奴，晚間押番歸，却打發我出門。莫是『東窗事發』？若是這事走漏，須教我吃官司，如何計結？」没做理會處。正是：

烏鴉與喜鵲同行，吉凶事全然未保。

閒話提過，離不得計押番使人去說合周三，下財納禮，擇日成親，不在話下。

倏忽之間，周三入贅在家，一載有餘。夫妻甚是說得著。兩個暗地計較了，只要搬出去住。在家起晏睡早，躲懶不動。周三那廝，打出吊入，公然乾顙。計安忍不得，不住和那周三廝鬧。便和渾家商量：「和這廝官司一場，奪了休，却不妨得。」【眉批】只合分他異居，奪之非策。日前時便怕人笑，没出手，今番只說是招那廝不著。」便安排圈套，捉那周三些個事，鬧將起來，和他打官司。鄰舍勸不住，奪了休。周三只得離了計押番家，自去赶趁。慶奴不敢則聲，肚裏自煩惱，正自生離死別。

討休在家相及半載，只見有個人來尋押番娘，却是個説親的媒人。相見之後，坐定道：「聞知宅上小娘子要説親，老媳婦特來。」計安道：「有甚好頭腦，萬望主盟。」婆子道：「不是别人，這個人是虎翼營有請受的官身，占役在官員去處，〔二〕姓戚名青。」計安見説，因緣相撞，却便肯。即時便出個帖子，幾杯酒相待。押番娘便説道：「婆婆用心則個！事成時，却得相謝。〔三〕」婆婆謝了自去。夫妻兩個却説道：「也好，一則有請受官身；二則年紀大些，却老成；三則周三那廝不敢來胡生事，已自嫁了個官身。我也認得這戚青，却善熟。」話中見快，媒人一合説成，依舊少不得許多節次成親。

却説慶奴與戚青兩個，説不著、道不得個「少女少郎，情色相當」，戚青却年紀大，便不中那慶奴意。却整日鬧炒，没一日静辦。爹娘見不成模樣，又與女奪休，【眉批】爹娘也管不得許多，押番太多事。告托官員，封過狀子，去所屬看人情面，給狀判離。戚青無力勢，被奪了休。遇吃得醉，便來計押番門前駡。【眉批】自取。忽朝一日，發出句説話來，教「張公吃酒李公醉」，「柳樹上著刀，桑樹上出血」。正是：

安樂窩中好使乖，〔四〕中堂有客寄書來。
多應只是名和利，撇在床頭不拆開。

那戚青遇吃得酒醉，便來厮駡，却又不敢與他争。初時鄰里也來相勸，次後吃得醉便來，把做常事，不管他。一日，戚青指著計押番道：「看我不殺了你這狗男女不信！」道了自去，鄰里都知。【眉批】言不可不慎。

却説慶奴在家，又經半載。只見有個婆婆來閒話，莫是來説親？相見了，茶罷，婆子道：「有件事要説，怕押番焦躁。」計安夫妻兩個道：「但説不妨。」婆子道：「老媳婦見小娘子兩遍説親不著，何不把小娘子去個好官員家？三五年一程，却出來説親也不遲。」計安聽説，肚裏道：「也好，一則兩遍裝幌子，二則壞了些錢物。却是又嫁甚麽人是得？」便道：「婆婆有甚麽好去處教孩兒去則個？」婆子道：「便是有個官人要小娘子，特地教老媳婦來説，見在家中安歇。他曾來宅上吃酒，認得小娘子。他是高郵軍主簿，如今來這裏理會差遣，没人相伴。只是要帶歸宅裏去，却不知押番肯也不肯？」夫妻兩個計議了一會，便道：「若是婆婆説時，必不肯相誤，望婆婆主盟則個。」當日説定，商量揀日，做了文字。那慶奴拜辭了爹娘，便來伏事那官人。有分教做個失鄉之鬼，父子不得相見。正是：

天聽寂無聲，蒼蒼何處尋？
非高亦非遠，都只在人心。

那官人是高郵軍主簿，家小都在家中，來行在理會本身差遣，姓李，名子由。討得慶奴，便一似夫妻一般。日間寒食節，夜裏正月半。那慶奴思衣得衣，思食得食。數月後，官人家中信到，催那官人去，恐在都下費用錢物。不只一日，幹當完備，安排行裝，買了人事，僱了船隻，即日起程，取水路歸來。在路貪花戀酒，遷延程途，直是快快。相次到家，當直人等接著。那恭人出來，與官人相見。官人只應得喏，便道：「恭人在宅幹管不易。」便教慶奴入來參拜恭人。慶奴低著頭，走入來立地，却待拜，恭人道：「且休拜！」便問：「這是甚麼人？」官人道：「實不瞞恭人，在都下早晚無人使喚，胡亂討來相伴。今日帶來，伏事恭人。」恭人看了慶奴道：「你却和官人好快活！來我這裏做甚麼？」慶奴道：「奴一時遭際，恭人看離鄉背井之面。」只見恭人教兩個養娘來：「與我除了那賤人冠子，脱了身上衣裳，换幾件粗布衣裳著了。解開脚，蓬鬆了頭，罰去厨下打水燒火做飯！」慶奴只叫得萬萬聲苦，哭告恭人道：「看奴家中有老爹娘之面，若不要慶奴，情願轉納身錢，還歸宅中。」恭人道：「你要去，可知好哩！且罰你厨下吃些苦。你從前快活也勾了！」慶奴看著那官人道：「你帶我來，却教我恁地模樣，你須與我告恭人則個。」官人道：「你看恭人何等情性！隨你了得的包待制，也斷不得這事。你且没奈何，我自性命不保。等他性下，却與你告。」【眉批】好貨。即時押慶奴到厨下去。官人道：「恭人若不要他時，只消退在牙家，轉變身錢便了，何須發怒！」恭人道：「你好做作！兀自説哩！」自此罰在厨下，相及一月。

忽一日晚，官人去厨下，只聽得黑地裏有人叫官人。官人聽得，認得是慶奴聲音，走近前來，兩個扯住了哭，不敢高聲。便説道：「我不合帶你回來，教你吃這般苦！」慶奴道：「你只管教我在這裏受苦，却是幾時得了？」官人沉吟半晌，道：「我有道理救你處。不若我告他，只做退你去牙家，轉變身錢。安排廨舍，悄悄地教你在那裏住。我自教人把錢來，我也不時自來和你相聚。是好也不好？」慶奴道：「若得如此，可知好哩！却是灾星退度。」當夜官人離不得把這事説道：「慶奴受罪也勾了。若不要他時，教發付牙家去，轉變身錢。」恭人應允，不知裏面許多事。且説官人差一個心腹虞候，叫做張彬，專一料理這事。把慶奴安頓廨舍裏，隔得那宅中一兩條街，只瞞着恭人一個不知。官人不時便走來，安排幾杯酒吃了後，免不得幹些没正經的事。

却説宅裏有個小官人，叫做佛郎，年方七歲，直是得人惜。有時往來慶奴那裏要，【眉批】此是破綻。爹爹便道：「我兒不要説向媽媽道，這個是你姐姐。」孩兒應喏。忽一日，佛郎來，要走入去，那張彬與慶奴兩個相并肩而坐吃酒，佛郎見了，便道：

「我只説向爹爹道。」兩個男女回避不迭，張彬連忙走開躲了。慶奴一把抱住佛郎，坐在懷中，説：「小官人不要胡説。姐姐自在這裏吃酒，等小官人來，便把果子與小官人吃。」那佛郎只是説：「我向爹爹道，你和張虞候兩個做甚麽？」【眉批】小官人吃了聰明的虧。慶奴聽了，口中不道，心下思量：「你説了，我兩個却如何？」眉頭一縱，計上心來：「寧苦你，莫苦我。」没奈何，來年今月今日今時，是你忌辰！【眉批】一個死。把條手巾，捉住佛郎，撲番在床上，便去一勒。那裏消半碗飯時，那小官人命歸泉世。【眉批】狠哉此婦。正是：

時間風火性，燒却歲寒心。

一時把那小官人來勒殺了，却是怎地出豁？正没理會處，只見張彬走來，慶奴道：「叵耐這廝，只要説與爹爹知道。我一時慌促，把來勒死了。」那張彬聽説，叫聲苦，不知高低，道：「姐姐，我家有老娘，却如何出豁？」慶奴道：「你教我壞了他，怎恁地説！【眉批】險哉此婦。是你家有老娘，我也有爹娘。事到這裏，我和你收拾些包裹，走歸行在，〔五〕見我爹娘，這須不妨。」張彬没奈何，只得隨順。兩個打疊包兒，漾開了逃走。離不得宅中不見了佛郎，尋到慶奴家裏，見他和張彬走了，孩兒勒死在床。一面告了官司，出賞捉捕，不在話下。【眉批】既欲逃，即不殺佛郎可也。不殺而逃，李生必不敢追尋，而大事定矣。愚哉此婦。

張彬和慶奴兩個取路到鎮江。那張彬肚裏思量著老娘，憶著這事，因此得病，就在客店中將息。不止一日，身邊細軟衣物解盡。張彬道：「要一文看也没有，却是如何計結？」歎歎地兩行淚下：「教我做個失鄉之鬼！」慶奴道：「不要煩惱，我有錢。」張彬道：「在那裏？」慶奴道：「我會一身本事，唱得好曲。到這裏怕不得羞，何不買個鑼兒，出去諸處酒店内賣唱，趁百十文，把來使用，是好也不好？」張彬道：「你是好人家兒女，如何做得這等勾當？」慶奴道：「事極無奈。但得你没事，和你歸臨安見我爹娘。」從此慶奴只在鎮江店中赶趁。

話分兩頭，却説那周三自從奪休了，做不得經紀，歸鄉去投奔親戚，又不著。一夏衣裳著汗，到秋來都破了。再歸行在來，於計押番門首過。其時是秋深天氣，濛濛的雨下。計安在門前立地，周三見了便唱個喏。計安見是周三，也不好問他來做甚麽。周三道：「打這裏過，見丈人，唱個喏。」計安見他身上籃褸，動了個惻隱之心，便道：「入來，請你吃碗酒了去。」當時只好休引那廝，却没甚事。千不合，萬不合，教入來吃酒，【眉批】評話的都以成敗論事。却教計押番：

一種是死，死之太苦；一種是亡，亡之太屈！

却説計安引周三進門，老婆道：「没事引他來做甚？」周三見了丈母，唱了喏，道：「多時不見。自從奪了休，病了一場，做不得經紀，投遠親不著。姐姐安樂？」計安道：「休説！自你去之後，又討頭腦不著。如今且去官員人家三二年，却又理會。」便教渾家暖將酒來，與周三吃，吃罷，没甚事，周三謝了自去。天色却晚，有一兩點雨下。周三道：「也罷過，他留我吃酒！却不是他家不好，都是我自討得這場煩惱。」一頭走，一頭想：「如今却是怎地好？深秋來到，這一冬如何過得？」自古人極計生，驀上心來：「不如等到夜深，撥開計押番門。那老夫妻兩個又睡得早，不防我。拿些個東西把來過冬。」那條路却静，不甚熱鬧。走回來等了一歇，撥開門閃身入去，隨手關了。仔細聽時，只聽得押番娘道：「關得門户好？前面響。」押番道：「撑打得好。」渾家道：〔六〕「天色雨下，怕有做不是的。起去看一看，放心。」押番真個起來看。周三聽得，道：「苦也，起來捉住我，却不利害！」去那竈頭邊模著把刀在手，黑地裏立著。押番不知頭腦，走出房門看時，周三讓他過一步，劈腦後便剁。覺道襯手，劈然倒地，命歸泉世。【眉批】兩個死。周三道：「只有那婆子，索性也把來殺了。」不則聲，走上床，揭開帳子，把押番娘殺了。【眉批】三個死。點起燈來，把家中有底細軟包裹都收拾了。碌亂了半夜，周三背了包裹，倒拽上門，迤逞出北關門。【眉批】金鰻冤已報矣，此後皆金鰻結局。

且說天色已曉，人家都開門，只見計押番家靜悄悄不聞聲息。〔七〕鄰舍道：「莫是睡殺了也？」隔門叫喚不應。推那門時，隨手而開，只見那中門裏計押番死尸在地，便叫押番娘，又不應。走入房看時，只見床上血浸著那死尸，箱籠都開了。衆人都道：「不是別人，是戚青這廝，每日醉了來罵，便要殺他，今日真個做出來！」即時經由所屬，便去捉了戚青。戚青不知來歷，一條索縛將去，和鄰舍解上臨安府。府主見報殺人公事，即時升廳，押那戚青至面前，便問：「有請官身，輒敢禁城内殺命掠財！」戚青初時辨說，後吃鄰舍指證叫罵情由，分說不得。【眉批】公堂冤枉如此不少，仔細看。結正申奏朝廷，勘得戚青有請官身，禁城内圖財殺人，押赴市曹處斬。但見：

刀過時一點清風，尸倒處滿街流血。

戚青枉吃了一刀。【眉批】四個死。且說周三壞了兩個人命，只恁地休，却没有天理！天幾曾錯害了一個？只是時辰未到。

且說周三迤逦取路，直到鎮江府，討個客店歇了。没事出來閒走一遭，覺道肚中有些飢，就這裏買些酒吃。只見一家門前招子上寫道：

醞成春夏秋冬酒，醉倒東西南北人。

周三入去時，酒保唱了喏，問了升數，安排蔬菜下口。方纔吃得兩盞，只見一個人，頭頂著厮鑼，入來閣兒前，道個萬福。周三擡頭一看，當時兩個都吃一驚，不是別人，却是慶奴。周三道：「姐姐，你如何却在這裏？」便教來坐地。教量酒人添隻盞來，便道：「你家中說賣你官員人家，如今却如何恁地？」慶奴見說，淚下數行。但見：

幾聲嬌語如鶯囀，一串真珠落綫頭。

道：「你被休之後，嫁個人不著。如今賣我在高郵軍主簿家。到得他家，娘子妒色，罰我厨下打火，挑水做飯，一言難盡，吃了萬千辛苦。」周三道：「却如何流落到此？」慶奴道：「實不相瞞，後來與本府虞候兩個有事，小官人撞見，要說與他爹爹，因此把來勒殺了。没計奈何，逃走在此。那厮却又害病在店中，解當使盡，因此我便出來撰幾錢盤纏。今日天與之幸，撞見你。吃了酒，我和你同歸店中。」周三道：「必定是你老公一般，我須不去。」慶奴道：「不妨，我自有道理。」那裏是教周三去，又教壞了一個人性命。有詩爲證：

日暮迎來香閣中，百年心事一宵同。
寒鷄鼓翼紗窗外，已覺恩情逐曉風。

當時兩個同到店中，甚是說得著。當初兀自賣藥煮粥，去看那張彬。次後有了周三，便不管他，有一頓，没一頓。張彬又見他兩個公然在家乾顙，先自十分病做十五分，得口氣，死了。【眉批】五個死。〔八〕兩個正是推門入柏，免不得買具棺木盛殮，把去燒了。周三搬來店中，兩個依舊做夫妻。周三道：「我有句話和你説，如今却不要你出去賣唱。我自尋些道路，撰得錢來使。」慶奴道：「怎麽恁地説？當初是没計奈何，做此道路。」自此兩個恩情，便是：

雲淡淡天邊鸞鳳，水沉沉交頸鴛鴦。歡娱嫌夜短，寂寞恨更長。

忽一日，慶奴道：「我自離了家中，不知音信，不若和你同去行在，投奔爹娘。『大蟲惡殺不吃兒。』」周三道：「好却好，只是我和你歸去不得。」慶奴問：「怎地？」周三却待説，又忍了。當時只不説便休，千不合，萬不合，説出來，分明似飛蛾投火，自送其死。正是：

花枝葉下猶藏刺，人心怎保不懷毒。

慶奴務要問個備細。周三道：「實不相瞞，如此如此，把你爹娘都殺了，却走在這裏。如何歸去得！」慶奴見説，大哭起來，扯住道：「你如何把我爹娘來殺了？」周三道：「住住！我不合殺了你爹娘，你也不合殺小官人和張彬，大家是死的。」慶奴沉吟半晌，無言抵對。

倏忽之間，相及數月。周三忽然害著病，起床不得，身邊有些錢物，又都使盡。慶奴看著周三道：「家中沒柴米，却是如何？你却不要嗔我，『前回意智今番在』，依舊去賣唱幾時。等你好了，却又理會。」周三無計可施，只得應允。自從出去赶趁，每日撰得幾貫錢來，便無話說。有時撰不得來，周三那廝便罵：「你都是又喜歡漢子，貼了他！」不由分說。若撰不來，慶奴只得去到處熟酒店裏櫃頭上，借幾貫歸家，撰得來便還他。

一日，却是深冬天氣，下雪起來。慶奴立在危樓上，倚著闌干立地，只見三四個客人，上樓來吃酒。慶奴道：「好大雪，晚間沒錢歸去，那廝又罵。且喜那三四客人來飲酒，我且胡亂去賣一賣。」便去揭開簾兒，打個照面。慶奴只叫得「苦也」，不是別人，却是宅中當直的。叫一聲：「慶奴，你好做作，却在這裏！」唬得慶奴不敢則聲。元來宅中下狀，得知道走過鎮江，便差宅中一個當直厮赶著做公的來捉。便問：「張彬在那裏？」慶奴道：「生病死了，我如今却和我先頭丈夫周三在店裏住。那廝在臨安把我爹娘來殺了，却在此撞見，同做一處。」當日酒也吃不成，即時縛了慶奴，到店中床上拖起周三縛了。【眉批】周三、張彬即無金鰻因緣，其人自可死也，只枉却戚青耳。解來府中，盡情勘結，兩個各自認了本身罪犯，申奏朝廷。內有戚青屈死，別作施行。周三不合圖財殺害外父外母，【眉批】六個死。慶奴不合因奸殺害兩條姓命，【眉批】七個死。押赴市曹處斬。但見：

犯由前引，棍棒後隨。前街後巷，這番過後幾時回？把眼睜開，今日始知天報近。正是：但存夫子三分禮，不犯蕭何六尺條。

這兩個正是明有刑法相繫，暗有鬼神相隨。道不得個：

善惡到頭終有報，只爭來早與來遲。

後人評論此事，道計押番釣了金鰻，那時金鰻在竹籃中，開口原説道：「汝若害我，教你合家人口死於非命。」只合計押番夫妻償命，如何又連累周三、張彬、戚青等許多人？想來這一班人也是一緣一會，該是一宗案上的鬼，只借金鰻作個引頭。連這金鰻説話，金明池執掌，未知虛實，總是個凶妖之先兆。計安既知其異，便不該帶回家中，以致害他性命。大凡物之異常者，便不可加害，【眉批】尋常之物且不可輕害，况非常之人乎！〔九〕有詩爲證：

李救朱蛇得美姝，孫醫龍子獲奇書。
勸君莫害非常物，禍福冥中報不虛。

【校記】

〔一〕本條眉批，佐伯本無。

〔二〕「占役」，底本作「占破」，佐伯本同，據三桂堂本改。

〔三〕「相謝」，底本作「相謂」，據佐伯本改，早大本同佐伯本。

〔四〕「好使乖」，底本作「好使氏」，據佐伯本改，早大本作「好使呆」。

〔五〕「走歸行在」，底本作「去歸行在」，據佐伯本改。

〔六〕「渾家」，底本作「運家」，據佐伯本改。

〔七〕「計押番」，底本作「都押番」，佐伯本同，據三桂堂本改。

〔八〕本條眉批底本無，據佐伯本補。

〔九〕本條眉批底本無，據佐伯本補。

趙太祖千里
送京娘

迎着棒似秋葉翻
風近着身如落花
墜地

第二十一卷　趙太祖千里送京娘

兔走烏飛疾若馳，百年世事總依稀。
累朝富貴三更夢，歷代君王一局棋。
禹定九州湯受業，秦吞六國漢登基。
百年光景無多日，晝夜追歡還是遲。

話説趙宋末年，河東石室山中有個隱士，不言姓名，自稱石老人。有人認得的，説他原是有才的豪傑，因遭胡元之亂，曾詣軍門獻策不聽，自起義兵，恢復了幾個州縣。後來見時勢日蹙，知大事已去，乃微服潛遯，隱於此山中，指山爲姓，農圃自給，耻言仕進，或與談論古今興廢之事，娓娓不倦。一日近山有老少二儒，閒步石室，與隱士相遇。偶談漢、唐、宋三朝創業之事，隱士問：「宋朝何者勝於漢、唐？」一士云：「修文偃武。」一士云：「歷朝不誅戮大臣。」隱士大笑道：「二公之言，皆非通論。

漢好征伐四夷，儒者雖言其『黷武』，然蠻夷畏懼，稱爲强漢，魏武猶借其餘威以服匈奴。唐初府兵最盛，後變爲藩鎮，雖跋扈不臣，而犬牙相制，終藉其力。宋自澶淵和虜，憚於用兵，其後以歲幣爲常，以拒敵爲諱，金元繼起，遂至亡國：此則偃武修文之弊耳。不戮大臣雖是忠厚之典，然奸雄誤國，一概姑容，使小人進有非望之福，退無不測之禍，終宋之世，朝政壞於奸相之手。乃致末年時窮勢敗，函侂胄於虜庭，刺似道於厠下，不亦晚乎！以是爲勝於漢、唐，豈其然哉？」二儒道：「據先生之意，以何爲勝？」隱士道：「他事雖不及漢、唐，惟不貪女色最勝。」二儒道：「何以見之？」隱士道：「漢高溺愛於戚姬，唐宗亂倫於弟婦。吕氏、武氏幾危社稷，飛燕、太真并污宫闈。宋代雖有盤樂之主，絶無漁色之君，所以高、曹、向、孟，閨德獨擅其美，此則遠過於漢、唐者矣。」二儒嘆服而去。正是：【眉批】通達國體，非經生常談。

要知古往今來理，須問高明遠見人。

方纔説宋朝諸帝不貪女色，全是太祖皇帝貽謀之善，不但是爲君以後，早朝宴罷，寵幸希疏。自他未曾發迹變泰的時節，也就是個鐵錚錚的好漢，直道而行，一邪不染。則看他「千里送京娘」這節故事便知。正是：

説時義氣凌千古，話到英風透九霄。

八百軍州真帝主，一條桿棒顯雄豪。

且說五代亂離，有詩四句：

朱李石劉郭，梁唐晉漢周。

都來十五帝，擾亂五十秋。

這五代都是偏霸，未能混一。其時土宇割裂，民無定主。到後周雖是五代之末，兀自有五國三鎮。那五國？

周郭威，北漢劉崇，南唐李璟，蜀孟昶，南漢劉晟。

那三鎮？

吴越錢佐，荆南高保融，湖南周行逢。

雖說五國三鎮，那周朝承梁、唐、晉、漢之後，號爲正統。趙太祖趙匡胤曾仕周爲殿前都點檢，後因陳橋兵變，代周爲帝，混一宇内，國號大宋。當初未曾發迹變泰的時節，因他父親趙洪殷曾仕漢爲岳州防禦使，人都稱匡胤爲趙公子，又稱爲趙大郎。生得面如噀血，目若曙星，力敵萬人，氣吞四海。專好結交天下豪傑，任俠任氣，路見不平，拔刀相助，是個管閒事的祖宗，撞没頭禍的太歲。先在汴京城打了御勾欄，鬧了御花園，觸犯了漢末帝，逃難天涯。到關西護橋殺了董達，得了名馬赤麒麟。黄州除了宋虎，朔州三棒打死了李子英，滅了潞州王李漢超一家。來到太原地面，遇了叔父趙景清。時景清在清油觀出家，就留趙公子在觀中居住。誰知染患，一卧三月。比及病愈，景清朝夕相陪，要他將息身體，不放他出外閒游。

一日景清有事出門，分付公子道：「姪兒耐心静坐片時，病加小愈，切勿行動！」景清去了。公子那裏坐得住，想道：「便不到街坊游蕩，這本觀中閒步一回，又且何妨。」公子將房門拽上，遶殿游觀。先登了三清寶殿，行遍東西兩廊、七十二司，又看了東岳廟，轉到酆寧殿上游玩，嘆息一聲，真個是：

金爐不動千年火，玉盞長明萬載燈。

行過多景樓玉皇閣，一處處殿宇崔嵬，制度宏敞。公子喝采不迭，果然好個清油觀，觀之不足，玩之有餘。轉到酆都地府冷静所在，却見小小一殿，正對那子孫宫相近，上寫着「降魔寶殿」，殿門深閉。公子前後觀看了一回，正欲轉身，忽聞有哭泣之聲，乃是婦女聲音。公子側耳而聽，其聲出於殿内。公子道：「蹊蹺作怪！這裏是出家人住處，緣何藏匿婦人在此？其中必有不明之事。且去問道童討取鑰匙，開這殿來，看個明白，也好放心。」回身到房中，唤道童討降魔殿上匙鑰，道童道：「這匙鑰師父自家收管，其中有機密大事，不許閒人開看。」公子想道：「『莫信直中直，須防人不仁！』原來俺叔父不是個好人，三回五次只教俺静坐，莫出外閒行，原來幹這勾當。出家人成甚規矩？俺今日便去打開殿門，怕怎的！」方欲移步，只見趙景清回來。公子含怒相迎，口中也不叫叔父，氣忿忿地問道：「你老人家在此出家，幹得好事！」景清出其不意，便道：「我不曾做甚事！」公子道：「降魔殿内鎖的是什麽人？」景清方纔省得，便摇手道：「賢侄莫管閒事！」公子急得暴躁如雷，【眉批】庸人謂之閒事，英雄不啻切膚。大聲叫道：「出家人清浄無爲，紅塵不染，爲何殿内鎖着個婦女，在内哭哭啼啼？必是非禮不法之事！你老人家也要放出良心，是一是二，説得明白，還有個商量。休要欺三瞞四，我趙某不是與你和光同塵的！」景清見他言詞峻厲，便道：「賢侄，你錯怪愚叔了！」公子道：「怪不怪是小事，且説殿内可是婦人？」景清道：「正是。」公子道：「可又來。」景清曉得公子性躁，還未敢明言，用緩詞答應道：「雖是婦人，却不干本觀道衆之事。」公子道：「你是個一觀之主，就是别人做出歹事寄頓在殿内，少不得你知情。」景清道：「賢侄息怒，此女乃是兩個有名響馬不知那裏擄來，一月之前寄於此處，托吾等替他好生看守。若有差遲，寸草不留。因是賢侄病未痊，不曾對你説得。」公子道：「響馬在那裏？」景清道：「暫往那裏去了。」公子不信道：「豈有此理！快與我打開殿門，唤女子出來，俺自審問他詳細。」説罷，綽了渾鐵齊眉短棒，往前先走。景清知他性如烈火，不好遮攔。慌忙取了匙鑰，隨後赶到降魔殿前。景清在外邊開鎖，那女子在殿中聽得鎖響，只道是强人來到，愈加啼哭。公子也不謙讓，纔等門開，一脚跨進。那女子躲在神道背後唬做一團。公子近前放下齊眉短棒，看那女子，果然生得標致：

眉掃春山，眸横秋水。含愁含恨，猶如西子捧心；欲泣欲啼，宛似楊妃剪髮。琵琶聲不響，是個未出塞的明妃；胡笳調若成，分明强和番的蔡女。天生一種風流態，便是丹青畫不真。

公子撫慰道：「小娘子，俺不比奸淫之徒，你休得驚慌。且説家居何處？誰人引誘到此？倘有不平，俺趙某與你解救則個。」那女子方纔舉袖拭淚，深深道個萬福。公子還禮。女子先問：「尊官貴姓？」景清代答道：「此乃汴京趙公子。」女子道：「公子聽稟！」未曾説得一兩句，早已撲簌簌流下淚來。原來那女子也姓趙，小字京娘，是蒲州解梁縣小祥村居住，年方一十七歲。因隨父親來陽曲縣還北岳香愿，路遇兩個響馬强人，一個叫做滿天飛張廣兒，一個叫做着地滚周進。見京娘顔色，饒了他父親性命，擄掠到山神廟中。張、周二强人争要成親，不肯相讓，議論了兩三日，二人恐壞了義氣，將這京娘寄頓于清油觀降魔殿内，分付道士小心供給看守。再去别處訪求個美貌女子，擄掠而來，湊成一對，然後同日成親，爲壓寨夫人。那強人去了一月，至今未回。道士懼怕他，只得替他看守。

京娘叙出緣由，趙公子方纔向景清道：「適纔甚是粗鹵，險些衝撞了叔父。既然京娘是良家室女，無端被強人所擄，俺今日不救，更待何人？」又向京娘道：「小娘子休要悲傷，萬事有趙某在此，管教你重回故土，再見爹娘。」京娘道：「雖承公子美意，釋放奴家出於虎口。奈家鄉千里之遥，奴家孤身女流，怎生跋涉？」公子道：「救人須救徹，俺不遠千里親自送你回去。」【眉批】誰肯？京娘拜謝道：「若蒙如此，便是重生父母。」景清道：「賢侄，此事斷然不可。那強人勢大，官司禁捕他不得。你今日救了小娘子，典守者難辭其責；再來問我要人，教我如何對付？須當連累於我！」公子笑道：「『大膽天下去得，小心寸步難行。』俺趙某一生見義必爲，萬夫不懼。那響馬雖狠，敢比得潞州王麼？他須也有兩個耳朵，曉得俺趙某名字。既然你們出家人怕事，俺留個記號在此，你們好回復那響馬。」説罷，輪起渾鐵齊眉棒，横着身子，向那殿上朱紅槅子狠的打一下，「櫪拉」一聲，把菱花窗櫺都打下來。再復一下，把那四扇槅子打個東倒西歪。【眉批】撇脱。唬得京娘戰戰兢兢，遠遠的躲在一邊。景清面如土色，口中只叫：「罪過！」公子道：「強人若再來時，只説趙某打開殿門搶去了。冤各有頭，債各有主。要來尋俺時，教他打蒲州一路來。」景清道：「此去蒲州千里之遥，路上盗賊生發，獨馬單身，尚且難走，况有小娘子牽絆？凡事宜三思而行！」公子笑道：「漢末三國時，關雲長獨行千里，五關斬六將，護着兩位皇嫂，直到古城與劉皇叔相會，這纔是大丈夫所爲。今日一位小娘子救他不得，趙某還做什麽人？此去倘然冤家狹路相逢，教他雙雙受死。」景清道：「然雖如此，還有一説。古者男女坐不同席，食不共器。賢侄千里相送小娘子，雖則美意，出於義氣，傍人怎知就裏？見你少男少女，一路同行，嫌疑之際，被人談論，可不爲好成歉，反爲一世英雄之玷？」【眉批】景清要阻公子之行，只是怕那班强盗。公子呵呵大笑道：「叔父莫怪我説，你們出家人慣妝架子，裏外不一。俺們做好漢的，只要自己血心上打得過，人言都不計較。」【眉批】大丈夫語。景清見他主意已决，問道：「賢侄幾時起程？」公子道：「明早便行。」景清道：「只怕賢侄身子還不健旺。」公子道：「不妨事。」景清教道童治酒送行。公子於席上對京娘道：「小娘子，方纔叔父説一路嫌疑之際，恐生議論。俺借此席面，與小娘子結爲兄妹。【眉批】此亦爲俗眼設法，大丈夫何必爾。俺姓趙，小娘子也姓趙，五百年合是一家，從此兄妹相稱便了。」京娘道：「公子貴人，奴家怎敢扳高？」景清道：「既要同行，如此最好。」呼道童取過拜氈：「京娘請恩人在上，受小妹子一拜。」公子在傍還禮。京娘又拜了景清，呼爲伯伯。景清在席上叙起侄兒許多英雄了得，京娘歡喜不盡。是夜直飲至更餘，景清讓自己臥房與京娘睡，自己與公子在外廂同宿。

五更鷄唱，景清起身安排早飯，又備些乾糧牛脯，爲路中之用。公子鞴了赤麒麟，將行李扎縛停當，囑付京娘：「妹子，只可村妝打扮，不可冶容炫服，惹是招非。」早飯已畢，公子扮作客人，京娘扮作村姑，一般的戴個雪帽，齊眉遮了。兄妹二人作别景清。景清送出房門，忽然想起一事，道：「賢侄，今日去不成，還要計較。」不知景清説出甚話來？正是：

鵰得羽毛方遠舉，虎無牙爪不成行。

景清道：「一馬不能騎兩人，這小娘子弓鞋襪小，怎跟得上？可不擔誤了程途？從容覓一輛車兒同去却不好？」公子道：「此事算之久矣。有個車輛又費照顧，將此馬讓與妹子騎坐，俺誓願千里步行，相隨不憚。」【眉批】誰肯？京娘道：「小妹有累恩人遠送，愧非男子，不能執鞭墜鐙，豈敢反占尊騎？決難從命！」公子道：「你是女流之輩，必要脚力。趙某脚又不小，步行正合其宜。」京娘再四推辭，公子不允，只得上馬。公子跨了腰刀，手執渾鐵桿棒，隨後向景清一揖而别。景清道：「賢侄路上小心，恐怕遇了兩個響馬，須要用心堤防。下手斬絶些，莫帶累我觀中之人。」公子道：「不妨，不妨。」説罷，把馬尾一拍，喝聲：「快走。」那馬拍騰騰便跑，公子放開脚步，緊緊相隨。

於路免不得饑餐渴飲，夜住曉行。不一日行至汾州介休縣地方。這赤麒麟原是千里龍駒馬，追風逐電，自清油觀至汾州不過三百里之程，不勾名馬半日馳驟。一則公子步行，恐奔赴不及，二則京娘女流，不慣馳騁，所以控轡緩緩而行。兼之路上賊寇生發，須要慢起早歇，每日止行一百餘里。公子是日行到一個土岡之下，地名黄茅店。當初原有村落，因世亂人荒，都逃散了，還存得個小小店兒。日色將晡，前途曠野，公子對京娘道：「此處安歇，明日早行罷。」京娘道：「但憑尊意。」店小二接了包裹，京娘下馬，去了雪帽。小二一眼瞧見，舌頭吐出三寸，縮不進去，心下想道：「如何有這般好女子！」小二牽馬繫在屋後。公子請京娘進了店房坐下，小二哥走來跕着呆看。公子問道：「小二哥有甚話説？」小二道：「這位小娘子，是客官甚麽人？」公子道：「是俺妹子。」小二道：「客官，不是小人多口，千山萬水，路途間不該帶此美貌佳人同走！」公子道：「爲何？」小二道：「離此十五里之地，叫做介山，地曠人稀，都是緑林中好漢出没之處。倘若强人知道，只好白白裹送與他做壓寨夫人，還要貼他個利市。」公子大怒，駡道：「賊狗大膽，敢虚言恐唬客人！」照小二面門一拳打去。小二口吐鮮血，〔二〕手掩着臉，向外急走去了。店家娘就在厨下發話。京娘道：「恩兄忒性躁了些。」公子道：「這厮言語不知進退，怕不是良善之人！先教他曉得俺些手段。」京娘道：「既在此借宿，惡不得他。」公子道：「怕他則甚？」京娘便到厨下與店家娘相見，將好言好語穩貼了他半晌，【眉批】京娘亦非庸女子。店家娘方纔息怒，打點動火做飯。

京娘歸房，房中尚有餘光，還未點燈。公子正坐，與京娘講話，只見外面一個人入來，到房門口探頭探腦。公子大喝道：「什麽人敢來瞧俺脚色？」那人道：「小人自來尋小二哥閒話，與客官無干。」説罷，到厨房下，與店家娘唧唧噥噥的講了一會方去。公子看在眼裏，早有三分疑心。燈火已到，店小二只是不回。店家娘將飯送到房裏，兄妹二人吃了晚飯，公子教京娘掩上房門先寢。自家只推水火，帶了刀棒遶屋而行。約莫二更時分，只聽得赤麒麟在後邊草屋下有嘶喊踢跳之聲。此時十月下旬，月光初起，公子悄步上前觀看，一個漢子被馬踢倒在地，見有人來，務能的掙闘起來就跑。公子知是盗馬之賊，追赶了一程，不覺數里，轉過溜水橋邊，不見了那漢子。只見對橋一間小屋，裏面燈燭輝煌，公子疑那漢子躲匿在内。步進看時，見一個白鬚老者，端坐于土床之上，在那裏誦經。怎生模樣：

眼如迷霧，鬚若凝霜。眉如柳絮之飄，面有桃花之色。若非天上金星，必是山中社長。

那老者見公子進門，慌忙起身施禮。公子答揖，問道：「長者所誦何經？」老者道：「《天皇救苦經》。」公子道：「誦他有甚好處？」老者道：「老漢見天下分崩，要保佑太平天子早出，掃蕩煙塵，救民於塗炭。」公子聽得此言，暗合其機，心中也歡喜。公子又問道：「此地賊寇頗多，長者可知他的行藏麽？」老者道：「貴人莫非是同一位騎馬女子，下在坡下茅店裏的？」公子道：「然也。」老者道：「幸遇老夫，險些兒驚了貴人。」公子問其緣故。老者請公子上坐，自己傍邊相陪，從容告訴道：「這介山新生兩個强人，聚集嘍囉，打家劫舍，擾害汾潞地方。一個叫做滿天飛張廣兒，一個叫做着地滚周進。半月之間不知那裏搶了一個女子，二人争娶未決，寄頓他方，待再尋得一個來，各成婚配。這裏一路店家，都是那强人分付過的，但訪得有美貌佳人，疾忙報他，重重有賞。晚上貴人到時，那小二便去報與周進知道，先差野火兒姚旺來探望虚實，説道：『不但女子貌美，兼且騎一匹駿馬，單身客人，不足爲懼。』有個千里脚陳名，第一善走，一日能行三百里。賊人差他先來盗馬，衆寇在前面赤松林下屯扎。等待貴人五更經過，便要搶劫。貴人須要防備。」公子道：「原來如此，長者何以知之？」老者道：「老漢久居於此，動息都知。見賊人切不可説出老漢來。」公子謝道：

「承教了。」綽棒起身，依先走回。店門兀自半開，公子捱身而入。

却説店小二爲接應陳名盜馬，回到家中，正在房裏與老婆説話，老婆暖酒與他吃。見公子進門，閃在燈背後去了。公子心生一計，便叫京娘問店家討酒吃。店家娘取了一把空壺，在房門口酒缸内舀酒。公子出其不意，將鐵棒照腦後一下，打倒在地，酒壺也撇在一邊。小二聽得老婆叫苦，也取朴刀赶出房來，怎當公子以逸待勞，手起棍落，也打翻了。再復兩棍，都結果了性命。京娘大驚，急救不及，問其打死二人之故。公子將老者所言述了一遍。京娘嚇得面如土色道：「如此途路難行，怎生是好？」公子道：「好歹有趙某在此，賢妹放心。」公子撑了大門，就厨下暖起酒來，飲個半醉，上了馬料，將鑾鈴塞口，使其無聲。扎縛包裹停當，將兩個尸首拖在厨下柴堆上，放起火來，前後門都放了一把火，看火勢盛了，然後引京娘上馬而行。

此時東方漸白，經過溜水橋邊，欲再尋老者問路，不見了誦經之室，但見土牆砌的三尺高一個小小廟兒，廟中社公坐於傍邊。方知夜間所見，乃社公引導。公子想道：「他呼我爲貴人，又見我不敢正坐，我必非常人也。他日倘然發迹，當加封號。」公子催馬前進，約行了數里，望見一座松林，如火雲相似。公子叫聲：「賢妹慢行，前面想是赤松林了。」言猶未畢，草荒中鑽出一個人來，手執鋼叉，望公子便搠。公子會者不忙，將鐵棒架住。那漢且鬥且走，只要引公子到林中去。激得公子怒起，雙手舉棒，喝聲：「着！」將半個天靈蓋劈下。那漢便是野火兒姚旺。公子叫京娘約馬暫住：「俺到前面林子裏結果了那夥毛賊，和你同行。」京娘道：「恩兄仔細！」公子放步前行。正是：

聖天子百靈助順，大將軍八面威風。

那赤松林下着地滾周進屯住四五十嘍囉，聽得林子外脚步響，只道是姚旺伏路報信，手提長鎗鑽將出來，正迎着公子。公子知是强人，并不打話，舉棒便打，周進挺鎗來敵。約鬬上二十餘合，林子内嘍囉知周進遇敵，篩起鑼一齊上前，團團圍住。公子道：「有本事的都來！」公子一條鐵棒，如金龍罩體，玉蟒纏身，迎着棒似秋葉翻風，近着身如落花墜地。打得三分四散，七零八落。周進膽寒起來，鎗法亂了，被公子一棒打倒。衆嘍囉發聲喊，都落荒亂跑。公子再復一棒，結果了周進。回步已不見了京娘。急往四下抓尋，那京娘已被五六個嘍囉簇擁過赤松林了。公子急忙赶上，大喝一聲：「賊徒那裏走！」衆嘍囉見公子追來，棄了京娘，四散去了。公子道：「賢妹受驚了！」京娘道：「適纔嘍囉内有兩個人，曾跟隨響馬到清油觀，原認得我。方纔說：『周大王與客人交手，料這客人鬬大王不過，我們先送你在張大王那邊去。』」公子道：「周進這廝已被俺剿除了，只不知張廣兒在於何處？」京娘道：「只願你不相遇更好。」公子催馬快行，約行四十餘里，到一個市鎮。公子腹中饑餓，帶住轡頭，欲要扶京娘下馬上店。只見幾個店家都忙亂亂的安排炊爨，全不來招架行客。公子心疑，因帶有京娘，怕得生事，牽馬過了店門，只見家家閉户。到盡頭處，一個小小人家，也關着門。公子心下奇怪，去敲門時，没人答應。轉身到屋後，將馬拴在樹上，輕輕的去敲他後門。裏面一個老婆婆，開出來看了一看，意中甚是惶懼。公子慌忙跨進門内，與婆婆作揖道：「婆婆休訝。俺是過路客人，帶有女眷，要借婆婆家中火，吃了飯就走的。」婆婆捻神捻鬼的叫：「噤聲。」京娘亦進門相見，婆婆便將門閉了。公子問道：「那邊店裏安排酒會，迎接什麽官府？」婆婆摇手道：「客人休管閒事。」【眉批】婆婆與趙景清一般見識。公子道：「有甚閒事，直恁利害？俺是遠方客人，煩婆婆説明則個！」婆婆道：「今日滿天飛大王在此經過，這鄉村斂錢備飯，買静求安。老身有個兒子，也被店中叫去相幫了。」公子聽説，思想：「原來如此。一不做，二不休，索性與他個乾净，絶了清油觀的禍根罷。」公子道：「婆婆，這是俺妹子，爲還北岳香願到此，〔二〕怕逢了强徒，受他驚恐。有煩婆婆家藏匿片時，等這大王過去之後方行，自當厚謝。」婆婆道：「好位小娘子，權躲不妨事，只客官不要出頭惹事！」公子道：「俺男子漢自會躲閃，且到路傍打聽消息則個。」婆婆道：「仔細！有見成鑣鑣，燒口熱水，等你來吃。飯却不方便。」

公子提棒仍出後門，欲待乘馬前去迎他一步，忽然想道：「俺在清油觀中説出了『千里步行』，今日爲懼怕强賊乘馬，不算好漢。」【眉批】大好漢。〔三〕遂大踏步奔出路頭。心生一計，復身到店家，大盼盼的叫道：「大王即刻到了，酒家是打前站的，你下馬飯完也未？」店家道：「都完了。」公子道：「先擺一席與酒家吃。」衆人積威之下，誰敢辨個真假？還要他在大王面前方便，大魚大肉，熱酒熱飯，只顧搬將出來。公子放量大嚼，吃到九分九，外面沸傳：「大王到了，快擺香案。」公子不慌不忙，取了護身龍，出外看時，只見十餘對鎗刀棍棒，擺在前導，到了店門，一齊跪下。那滿天飛張廣兒騎着高頭駿馬，千里脚陳名執鞭緊隨，背後又有三五十嘍囉，十來乘車輛簇擁。

你道一般兩個大王，爲何張廣兒恁般齊整？那强人出入聚散，原無定規，况且聞説單身客人，也不在其意了，所以周進未免輕敵。這張廣兒分路在外行劫，因千里脚陳名報道：「二大王已拿得有美貌女子，請他到介山相會。」所以整齊隊伍而來，行村過鎮，壯觀威儀。公子隱身北牆之側，看得真切，等待馬頭相近，大喊一聲道：「强賊看棒！」從人叢中躍出，如一隻老鷹半空飛下。説時遲，那時快，那馬驚駭，望前一跳，這裏棒勢去得重，打折了馬的一隻前蹄，那馬負疼就倒，張廣兒身鬆，早跳下馬。背後陳名持棍來迎，早被公子一棒打番。張廣兒舞動雙刀，來鬥公子。公子騰步到空闊處，與强人放對。鬥上十餘合，張廣兒一刀砍來，公子棍起，中其手指。廣兒右手失刀，左手便覺没勢，回步便走。公子喝道：「你綽號滿天飛，今日不怕你飛上天去！」赶進一步，舉棒望腦後劈下，打做個肉飽。可憐兩個有名的强人，雙雙死於一日之内。正是：

三魂渺渺「滿天飛」，七魄悠悠「着地滚」。

衆嘍囉却待要走，公子大叫道：「俺是汴京趙大郎，自與賊人張廣兒、周進有仇。今日都已剿除了，并不干衆人之事。」【眉批】便是王師氣象。衆嘍囉棄了鎗刀，一齊拜倒在地，道：「俺們從不見將軍恁般英雄，情願伏侍將軍爲寨主。」公子呵呵大笑道：「朝中世爵，俺尚不希罕，豈肯做落草之事！」〔四〕公子看見衆嘍囉中，陳名亦在其内，叫出問道：「昨夜來盗馬的就是你麽？」陳名叩頭服罪。公子道：「且跟我來，賞你一餐飯。」衆人都跟到店中。公子分付店家：「俺今日與你地方除了二害。這些都是良民，方纔所備飯食，都着他飽飡，俺自有發放。其管待張廣兒一席留着，俺有用處。」店主人不敢不依。衆人吃罷，公子叫陳名道：「聞你日行三百里，有用之才，如何失身於賊人？俺今日有用你之處，你肯依否？」陳名道：「將軍若有所委，不避水火。」公子道：「俺在汴京，爲打了御花園，又鬧了御勾欄，逃難在此。煩你到汴京打聽事體如何？半月之内，可在太原府清油觀趙知觀處等候我，不可失信！」公子借筆硯寫了叔父趙景清家書，把與陳名。將賊人車輛財帛，打開分作三分。一分散與市鎮人家，償其向來騷擾之費。【眉批】有劈着，處得最當。就將打死賊人尸首及鎗刀等項，着衆人自去解官請賞。其一分衆嘍囉分去爲衣食之資，各自還鄉生理。其一分又剖爲兩分，一半賞與陳名爲路費，一半寄與清油觀修理降魔殿門窗。公子分派已畢，衆心都伏，各各感恩。公子叫店主人將酒席一卓，擡到婆婆家裏。婆婆的兒子也都來了，與公子及京娘相見，向婆婆説知除害之事，各各歡喜。公子向京娘道：「愚兄一路不曾做得個主人，今日借花獻佛，與賢妹壓驚把盞。」京娘千恩萬謝，自不必説。

是夜，公子自取囊中銀十兩送與婆婆，就宿於婆婆家裏。京娘想起公子之恩：「當初紅拂一妓女，〔五〕尚能自擇英雄。莫説受恩之下，愧無所報，就是我終身之事，捨了這個豪傑，更托何人？【眉批】也是。欲要自薦，又羞開口；欲待不説，他直性漢子，那知奴家一片真心？」左思右想，一夜不睡。不覺五更鷄唱，公子起身鞴馬要走。京娘悶悶不悦，心生一計，於路只推腹痛難忍，幾遍要解。要公子扶他上馬，又扶他下馬。一上一下，將身偎貼公子，挽頸勾肩，萬般旖旎。夜宿又嫌寒道熱，央公子減被添衾，軟香温玉，豈無動情之處？公子生性剛直，盡心伏侍，全然不以爲怪。【眉批】剛腸如鐵，可敬，可敬！

又行了三四日，過曲沃地方，離蒲州三百餘里，其夜宿於荒村。京娘口中不語，心下躊躇：如今將次到家了，只管害羞不說，挫此機會，一到家中，此事便索罷休，悔之何及！黄昏以後，四宇無聲，微燈明滅，京娘兀自未睡，在燈前長嘆流淚。公子道：「賢妹因何不樂？」京娘道：「小妹有句心腹之言，説來又怕唐突，恩人莫怪！」公子道：「兄妹之間，有何嫌疑？儘説無妨！」京娘道：「小妹深閨嬌女，從未出門。只因隨父進香，誤陷於賊人之手，鎖禁清油觀中，還虧賊人去了，苟延數日之命，得見恩人。倘若賊人相犯，妾寧受刀斧，有死不從。【眉批】補前未話。今日蒙恩人拔離苦海，千里步行相送，又爲妾報仇，絶其後患。此恩如重生父母，無可報答。倘蒙不嫌貌醜，願備鋪床疊被之數，使妾少盡報效之萬一，不知恩人允否？」公子大笑道：「賢妹差矣！俺與你萍水相逢，出身相救，實出惻隱之心，非貪美麗之容。況彼此同姓，難以爲婚，兄妹相稱，豈可及亂？俺是個坐懷不亂的柳下惠，你豈可學縱欲敗禮的吴孟子！休得狂言，惹人笑話。」

京娘羞慚滿面，半晌無語，重又開言道：「恩人休怪妾多言，妾非淫污苟賤之輩，只爲弱體餘生，盡出恩人所賜，此身之外，別無報答。不敢望與恩人婚配，得爲妾婢，伏侍恩人一日，死亦瞑目。」公子勃然大怒道：「趙某是頂天立地的男子，一生正直，并無邪佞。你把我看做施恩望報的小輩，假公濟私的奸人，是何道理？你若邪心不息，俺即今撒開雙手，不管閒事，怪不得我有始無終了。」公子此時聲色俱厲，京娘深深下拜道：「今日方見恩人心事，賽過柳下惠、魯男子。愚妹是女流之輩，坐井觀天，望乞恩人恕罪則個！」公子方纔息怒，道：「賢妹，非是俺膠柱鼓瑟，本爲義氣上千里步行相送，今日若就私情，與那兩個響馬何異？把從前一片真心化爲假意，惹天下豪傑們笑話。」京娘道：「恩兄高見，妾今生不能補報大德，死當銜環結草。」兩人說話，直到天明。正是：

落花有意隨流水，流水無情戀落花。

自此京娘愈加嚴敬公子，公子亦愈加憐憫京娘。一路無話，看看來到蒲州。京娘雖住在小祥村，却不認得，公子問路而行。京娘在馬上望見故鄉光景，好生傷感。

却說小祥村趙員外，自從失了京娘，將及兩月有餘，老夫妻每日思想啼哭。忽然莊客來報，京娘騎馬回來，後面有一紅臉大漢，手執桿棒跟隨。趙員外道：「不好了，響馬來討妝奩了！」媽媽道：「難道響馬只有一人？且教兒子趙文去看個明白。」趙文道：「虎口裏那有回來肉？妹子被響馬劫去，豈有送轉之理？必是容貌相像的，不是妹子。」説猶未了，京娘已進中堂，爹媽見了女兒，相抱而哭。哭罷，問其得回之故。京娘將賊人鎖禁清油觀中，幸遇趙公子路見不平，開門救出，認爲兄妹，千里步行相送，及途中連誅二寇大略，〔六〕叙了一遍。「今恩人見在，不可怠慢。」趙員外慌忙出堂，見了趙公子，拜謝道：「若非恩人英雄了得，吾女必陷於賊人之手，父子不得重逢矣！」遂令媽媽同京娘拜謝，又喚兒子趙文來見了恩人。莊上宰猪設宴，款待公子。

趙文私下與父親商議道：「『好事不出門，惡事傳千里。』妹子被强人劫去，家門不幸。今日跟這紅臉漢子回來，『人無利己，誰肯早起』？必然這漢子與妹子有情，千里送來，豈無緣故？妹子經了許多風波，又有誰人聘他？不如招贅那漢子在門，兩全其美，省得傍人議論。」趙公是個隨風倒舵没主意的老兒，聽了兒子説話，便教媽媽喚京娘來問他道：「你與那公子千里相隨，一定把身子許過他了。如今你哥哥對爹説，要招贅與你爲夫，你意下如何？」京娘道：「公子正直無私，與孩兒結爲兄妹，如嫡親相似，并無調戲之言。今日望爹媽留他在家，管待他十日半月，少盡其心，此事不可題起。」媽媽將女兒言語述與趙公，趙公不以爲然。少間筵席完備，趙公請公子坐於上席，自己老夫婦下席相陪，趙文在左席，京娘右席。酒至數巡，趙公開言道：「老漢一言相告：小女餘生，皆出恩人所賜，老漢闔門感德，無以爲報。幸小女尚未許人，意欲獻與恩人，爲箕帚之妾，伏乞勿拒。」公子聽得這話，一盆烈火從心頭掇起，大罵道：「老匹夫！俺爲義氣而來，反把此言來污辱我。俺若貪女色時，路上也就成親了，何必千里相送！你這般不識好歹的，枉費俺一片熱心。」說罷，將卓子掀番，望門外一直便走。趙公夫婦諕得戰戰兢兢。趙文見公子粗魯，也不敢上前。只有京娘心下十分不安，急走去扯住公子衣裾，勸道：「恩人息怒！且看愚妹之面。」公子那裏肯依，一手攦脱了京娘，奔至柳樹下，解了赤麒麟，躍上鞍轡，如飛而去。

京娘哭倒在地，爹媽勸轉回房，把兒子趙文埋怨了一場。趙文又羞又惱，也走出門去了。趙文的老婆聽得爹媽爲小姑上埋怨了丈夫，好生不喜，强作相勸，將冷語來奚落京娘道：「姑姑，雖然離别是苦事，那漢子千里相隨，恝然而去，也是個薄情的。【眉批】滿眼俗腸惡口，自然着落好人不得。他若是有仁義的人，就了這頭親事了。姑姑青年美貌，怕没有好姻緣相配，休得愁煩則個！」氣得京娘淚流不絕，頓口無言。心下自想道：「因奴命蹇時乖，遭逢强暴，幸遇英雄相救，指望托以終身。誰知事既不諧，反涉瓜李之嫌。今日父母哥嫂亦不能相諒，何况他人？不能報恩人之德，反累恩人的清名，爲好成歉，皆奴之罪。【眉批】大英雄語。似此薄命，不如死於清油觀中，省了許多是非，到得乾净，如今悔之無及。千死萬死，左右一死，也表奴貞節的心迹。」捱至夜深，爹媽睡熟，京娘取筆題詩四句於壁上，撮土爲香，望空拜了公子四拜，將白羅汗巾，懸梁自縊而死。【眉批】可憐。

可憐閨秀千金女，化作南柯一夢人。

天明，老夫婦起身，不見女兒出房，到房中看時，見女兒縊在梁間，吃了一驚，兩口兒放聲大哭。看壁上有詩云：

天付紅顔不遇時，受人凌逼被人欺。
今宵一死酬公子，彼此清名天地知。

趙媽媽解下女兒，兒子媳婦都來了。趙公玩其詩意，方知女兒冰清玉潔，把兒子痛罵一頓。免不得買棺成殮，擇地安葬，不在話下。

再説趙公子乘着千里赤麒麟，連夜走至太原，與趙知觀相會。千里脚陳名已到了三日，説漢後主已死，郭令公禪位，改國號曰周，招納天下豪傑。公子大喜，住了數日，别了趙知觀，同陳名還歸汴京，應募爲小校。從此隨世宗南征北討，累功至殿前都點檢，後受周禪爲宋太祖。陳名相從有功，亦官至節度使之職。太祖即位以後，滅了北漢。追念京娘昔日兄妹之情，遣人到蒲州解良縣尋訪消息。使命録得四句詩回報，太祖甚是嗟嘆，敕封爲貞義夫人，立祠於小祥村。那黄茅店溜水橋社公，敕封太原都土地，命有司擇地建廟，至今香火不絶。這段話，題做「趙公子大鬧清油觀，千里送京娘」。後人有詩贊云：

不戀私情不畏强，獨行千里送京娘。
漢唐呂武紛多事，誰及英雄趙大郎！

【校記】

〔一〕「口吐鮮血」，底本作「口土鮮血」，據佐伯本改，早大本同佐伯本。

〔二〕「北岳」，底本及諸校本均作「南岳」，據前後文改。

〔三〕本條眉批底本無，據佐伯本補。

〔四〕「落草」，底本作「游草」，據佐伯本改，早大本同佐伯本。

〔五〕「妓女」，底本作「技女」，佐伯本同，據三桂堂本改。

〔六〕「及」，底本作「恨」，據佐伯本改。

好花遇雨紅
俱褪芳草經
霜綠盡凋

第二十二卷　宋小官團圓破氈笠

不是姻緣莫强求，姻緣前定不須憂。
任從波浪翻天起，自有中流穩渡舟。

話説正德年間，蘇州府崑山縣大街，有一居民，姓宋名敦，原是宦家之後，渾家盧氏。夫妻二口，不做生理，靠着祖遺田地，見成收些租課爲活。年過四十，并不曾生得一男半女。宋敦一日對渾家説：「自古道：『養兒待老，積穀防饑。』你我年過四旬，尚無子嗣。光陰似箭，眨眼頭白。百年之事，靠着何人？」説罷，不覺淚下。盧氏道：「宋門積祖善良，未曾作惡造業；况你又是單傳，老天决不絶你祖宗之嗣。招子也有早晚，若是不該招時，便是養得長成，半路上也抛撇了，勞而無功，枉添許多悲泣。」宋敦點頭道是。方纔拭淚未乾，只聽得坐啓中有人咳嗽，叫喚道：「玉峰在家麽？」原來蘇州風俗，不論大家小家，都有個外號，彼此相稱。玉峰就是宋敦的外號。

宋敦側耳而聽，叫喚第二句，便認得聲音，是劉順泉。那劉順泉雙名有才，積祖駕一隻大船，攬載客貨，往各省交卸，趁得好些水脚銀兩。一個十全的家業，團團都做在船上。就是這隻船本，也值幾百金，渾身是香楠木打造的。江南一水之地，多有這行生理。那劉有才是宋敦最契之友，聽得是他聲音，連忙趨出坐啓。彼此不須作揖，拱手相見，分坐看茶，自不必説。宋敦道：「順泉今日如何得暇？」劉有才道：「特來與玉峰借件東西。」宋敦笑道：「寶舟缺什麽東西，到與寒家相借？」劉有才道：「别的東西不來干瀆，只這件，是宅上有餘的，故此敢來啓口。」宋敦道：「果是寒家所有，决不相吝。」劉有才不慌不忙，説出這件東西來。正是：

背後并非擎詔，當前不是團胸。鵝黄細布密針縫，净手將來供奉。還願曾裝冥鈔，祈神并襯威容。名山古刹幾相從，染下爐香浮動。

原來宋敦夫妻二口，因難于得子，各處燒香祈嗣，做成黄布袱、黄布袋，裝裹佛馬楮錢之類。燒過香後，懸挂于家中佛堂之内，甚是志誠。劉有才長于宋敦五年，四十六歲了，阿媽徐氏亦無子息。聞得徽州有鹽商求嗣，新建陳州娘娘廟于蘇州閶門之外，香火甚盛，祈禱不絶。劉有才恰好有個方便，要駕船往楓橋下客，意欲進一炷香，却不曾做得布袱布袋，特特與宋家告借。其時説出緣故，宋敦沉思不語。劉有才道：「玉峰莫非有吝惜之心麽？若污壞時，一個就賠兩個。」宋敦道：「豈有此理！只是一件，既然娘娘廟靈顯，小子亦欲附舟一往。只不知幾時去？」劉有才道：「即刻便行。」宋敦道：「布袱布袋，拙荆另有一副，共是兩副，儘可分用。」劉有才道：「如此甚好。」宋敦入内，與渾家説知欲往郡城燒香之事，劉氏也歡喜。宋敦于佛堂挂壁上取下兩副布袱布袋，留下一副自用，將一副借與劉有才。劉有才道：「小子先往舟中伺候，玉峰可快來。船在北門大坂橋下，不嫌怠慢時，吃些見成素飯，不消帶米。」宋敦應允。當下忙忙的辦下些香燭紙馬阡張定段，打叠包裹，穿了一件新聯就的潔白湖紬道袍，赶出北門下船。趁着順風，不勾半日，七十里之程，等閒到了。舟泊楓橋，當晚無話。有詩爲證：

月落烏啼霜滿天，江楓漁火對愁眠。
姑蘇城外寒山寺，夜半鐘聲到客船。

次日起個黑早，在船中洗盥罷，吃了些素食，净了口手，一對兒黄布袱馱了冥財，黄布袋安插紙馬文疏，挂于項上，步到陳州娘娘廟前，剛剛天曉。廟門雖開，殿門還關著。二人在兩廊游遶，觀看了一遍，果然造得齊整。正在贊嘆，「呀」的一聲，殿門開了，〔一〕就有廟祝出來迎接進殿。其時香客未到，燭架尚虚，廟祝放下琉璃燈來取火點燭，討文疏替他通陳禱告。二人焚香禮拜已畢，各將幾十文錢，酬謝了廟祝，化紙出門。劉有才再要邀宋敦到船，宋敦不肯。當下劉有才將布袱布袋交還宋敦，各各稱謝而別。劉有才自往楓橋接客去了。

宋敦看天色尚早，要往婁門趁船回家。剛欲移步，聽得墻下呻吟之聲。近前看時，却是矮矮一個蘆席棚，搭在廟垣之側，中間卧着個有病的老和尚，懨懨欲死，呼之不應，問之不答。宋敦心中不忍，停眸而看。傍邊一人走來説道：「客人，你只管看他則甚？要便做個好事了去。」宋敦道：「如何做個好事？」那人道：「此僧是陝西來的，七十八歲了，他説一生不曾開葷，每日只誦《金剛經》。三年前在此募化建庵，没有施主，搭這個蘆席棚兒住下，誦經不輟。這裏有個素飯店，每日只上午一餐，過午就不用了。也有人可憐他，施他些錢米，他就把來還了店上的飯錢，不留一文。近日得了這病，有半個月不用飲食了。兩日前還開口説得話，我們問他：『如此受苦，何不早去罷？』他説：『因緣未到，還等兩日。』今早連話也説不出了，早晚待死。客人若可憐他時，買一口薄薄棺材，焚化了他，便是做好事。他説『因緣未到』，或者這因緣就在客人身上。」宋敦想道：「我今日爲求嗣而來，做一件好事回去，也得神天知道。」便問道：「此處有棺材店麽？」那人道：「出巷陳三郎家就是。」宋敦道：「煩足下同往一看。」

那人引路到陳家來。陳三郎正在店中支分鏟匠鋸木。那人道：「三郎，我引個主顧作成你。」三郎道：「客人若要看壽板，小店有真正婺源加料雙軿的在裏面；若要見成的，就店中但憑揀擇。」宋敦道：「要見成的。」陳三郎指着一副道：「這是頭號，足價三兩。」宋敦未及還價，那人道：「這個客官是買來捨與那蘆席棚內老和尚做好事的，你也有一半功德，莫要討虛價。」陳三郎道：「既是做好事的，我也不敢要多，照本錢一兩六錢罷，分毫少不得了。」宋敦道：「這價錢也是公道了。」想起汗巾角上帶得一塊銀子，約有五六錢重，燒香剩下不上一百銅錢，總湊與他，還不勾一半。「我有處了，劉順泉的船在楓橋不遠。」便對陳三郎道：「價錢依了你，只是還要到一個朋友處借辦，少頃便來。」【眉批】光景逼真，情節亦緊湊。陳三郎到罷了，說道：「任從客便。」那人怫然不樂，道：「客人既發了個好心，却又做脱身之計。你身邊没有銀子，來看則甚？」說猶未了，只見街上人紛紛而過，多有說這老和尚，可憐半月前還聽得他念經之聲，今早嗚呼了。正是：

三寸氣在千般用，一旦無常萬事休。

那人道：「客人不聽得說麽？那老和尚已死了，他在地府睜眼等你斷送哩！」宋敦口雖不語，心下覆想道：「我既是看定了這具棺木，倘或往楓橋去，劉順泉不在船上，終不然呆坐等他回來？況且常言『得價不擇主』，〔二〕倘別有個主顧，添些價錢，這副棺木賣去了，〔三〕我就失信于此僧了。罷，罷！」【眉批】延陵挂劍之誼不過是，宜厥後之昌也。便取出銀子，剛剛一塊，討等來一稱，叫聲慚愧，原來是塊元寶，看時像少，稱時便多，到有七錢多重，先教陳三郎收了。將身上穿的那一件新聯就的潔白湖紬道袍脱下，道：「這一件衣服，價在一兩之外，倘嫌不值，權時相抵，待小子取贖；若用得時，便乞收算。」陳三郎道：「小店大膽了，莫怪計較。」將銀子、衣服收過了。宋敦又在髻上拔下一根銀簪，約有二錢之重，交與那人道：「這枝簪，相煩換些銅錢，以爲殯殮雜用。」當下店中看的人都道：「難得這位做好事的客官。他擔當了大事去，其餘小事，我們地方上也該凑出些錢鈔相助。」衆人都凑錢去了。

宋敦又復身到蘆席邊，看那老僧，果然化去，不覺雙眼垂淚，分明如親戚一般，【眉批】所以爲因緣，所以成眷屬。心下好生酸楚，正不知甚麽緣故，不忍再看，含淚而行。到婁門時，航船已開，乃自喚一隻小船，當日回家。渾家見丈夫黑夜回來，身上不穿道袍，面又帶憂慘之色，只道與人争競，忙忙的來問。宋敦摇首道：「話長哩！」一徑走到佛堂中，將兩副布袱布袋挂起，在佛前磕了個頭，進房坐下，討茶吃了，方纔開談，將老和尚之事備細説知。渾家道：「正該如此。」也不嗔怪。宋敦見渾家賢慧，到也回愁作喜。是夜夫妻二口睡到五更，宋敦夢見那老和尚登門拜謝道：「檀越命合無子，壽數亦止于此矣。因檀越心田慈善，上帝命延壽半紀。老僧與檀越又有一段因緣，願投宅上爲兒，以報蓋棺之德。」盧氏也夢見一個金身羅漢走進房裏，夢中叫喊起來，連丈夫也驚醒了。各言其夢，似信似疑，嗟嘆不已。正是：

種瓜還得瓜，種豆還得豆。
勸人行好心，自作還自受。

從此盧氏懷孕，十月滿足，生下一個孩兒。因夢見金身羅漢，小名金郎，官名就叫宋金。夫妻歡喜，自不必説。此時劉有才也生一女，小名宜春。〔四〕各各長成，有人攛掇兩家對親。劉有才到也心中情願，宋敦却嫌他船户出身，不是名門舊族，口雖不語，心中有不允之意。那宋金方年六歲，宋敦一病不起，嗚呼哀哉了。自古道：「家中百事興，全靠主人命。」「十個婦人，敵不得一個男子。」自從宋敦故後，盧氏掌家，連遭荒歉，又里中欺他孤寡，科派户役。盧氏撑持不定，只得將田房漸次賣了，賃屋而居。初時還是詐窮，以後坐吃山崩，不上十年，弄做真窮了。盧氏亦得病而亡。斷送了畢，宋金只剩得一雙赤手，被房主赶逐出屋，無處投奔。且喜從幼學得一件本事，會寫會算。偶然本處一個范舉人選了浙江衢州府江山縣知縣，正要尋個寫算的人。有人將宋金説了，范公就教人引來。見他年紀幼小，又生得齊整，心中甚喜。叩其所長，果然書通真草，算善歸除。當日就留于書房之中，取一套新衣與他換過，同桌而食，好生優待。擇了吉日，范知縣與宋金下了官船，同往任所。正是：

鼕鼕畫鼓催征棹，習習和風蕩錦帆。

却説宋金雖然貧賤，終是舊家子弟出身。今日做范公門館，豈肯卑污苟賤，與童僕輩和光同塵，受其戲侮？那些管家們欺他年幼，見他做作，愈有不然之意。自崑山起程，都是水路，到杭州便起旱了。衆人攛掇家主道：「宋金小厮家，在此寫算服事老爺，還該小心謙遜，他全不知禮。老爺優待他忒過分了，與他同坐同食。舟中還可混帳，到陸路中火歇宿，老爺也要存個體面。小人們商議，不如教他寫一紙靠身文書，方纔妥帖。到衙門時，他也不敢放肆爲非。」【眉批】説言近理，全靠耳硬心明。范舉人是綿花做的耳朵，就依了衆人言語，唤宋金到艙，要他寫靠身文書。宋金如何肯寫？逼勒了多時，范公發怒，喝教剥去衣服，喝出船去。衆蒼頭拖拖拽拽，剥的乾乾净净，一領單布衫，赶在岸上。氣得宋金半晌開口不得。只見轎馬紛紛伺候范知縣起陸，宋金噙着雙淚，只得回避開去。身邊并無財物，受餓不過，少不得學那兩個古人：

伍相吹簫于吴門，〔五〕韓王寄食于漂母。

日間街坊乞食，夜時古廟棲身。還有一件，宋金終是舊家子弟出身，任你十分落泊，還存三分骨氣，不肯隨那叫街丐户一流，奴言婢膝，没廉没耻。討得來便吃了，討不來忍餓，有一頓没一頓。過了幾時，漸漸面黄肌瘦，全無昔日丰神。正是：

好花遭雨紅俱褪，芳草經霜緑盡凋。

時值暮秋天氣，金風催冷，忽降下一場大雨。宋金食缺衣單，在北新關關王廟中擔飢受凍，出頭不得。這雨自辰牌直下至午牌方止。宋金將腰帶收緊，那步出廟門來。未及數步，劈面遇着一人。宋金睁眼一看，正是父親宋敦的最契之友，叫做劉有才，號順泉的。宋金無面目「見江東父老」，不敢相認，只得垂眼低頭而走。那劉有才早已看見，從背後一手挽住，叫道：「你不是宋小官麽？爲何如此模樣？」宋金兩淚交流，叉手告道：「小姪衣衫不齊，不敢爲禮了，承老叔垂問。」如此如此，這般這般，將范知縣無禮之事，告訴了一遍。劉翁道：「惻隱之心，人皆有之。你肯在我船上相幫，管教你飽暖過日。」宋金便下跪道：「若得老叔收留，便是重生父母。」

當下劉翁引着宋金到于河下。劉翁先上船，對劉嫗説知其事。劉嫗道：「此乃兩得其便，有何不美。」劉翁就在船頭上招宋小官上船，于自身上脱下舊布道袍，教他穿了。引他到後艄，見了媽媽徐氏，女兒宜春在傍，也相見了。宋金走出船頭，劉翁道：「把飯與宋小官吃。」劉嫗道：「飯便有，只是冷的。」宜春道：「有熱茶在鍋内。」宜春便將瓦罐子舀了一罐滚熱的茶，劉嫗便在厨櫃内取了些腌菜，和那冷飯，付與宋金道：「宋小官，船上買賣，比不得家裏，胡亂用些罷！」宋金接得在手。又見細雨紛紛而下，劉翁叫女兒：「後艄有舊氈笠，取下與宋小官帶。」宜春取舊氈笠看時，一邊已自綻開。宜春手快，就盤髻上拔下針綫將綻處縫了，丢在船篷之上，叫道：「拿氈笠去帶。」宋金帶了破氈笠，吃了茶淘冷飯。劉翁教他收拾船上家火，掃抹船隻，自往岸上接客，至晚方回。一夜無話。

次日，劉翁起身，見宋金在船頭上閒坐，心中暗想：「初來之人，莫慣了他。」便吆喝道：「個兒郎吃我家飯，穿我家衣，閒時搓些繩，打些索，也有用處。如何空坐？」宋金連忙答應道：「但憑驅使，不敢有違。」劉翁便取一束麻皮，付與宋金，教他打索子。正是：

在他矮檐下，怎敢不低頭。

宋金自此朝夕小心，辛勤做活，并不偷懶。兼之寫算精通，凡客貨在船，都是他記帳，出入分毫不爽。别船上交易，也多有央他去拿算盤，登帳簿。客人無不敬而愛之，都誇道好個宋小官，少年伶俐。劉翁、劉嫗見他小心得用，另眼相待，好衣好食的管顧他，在客人面前，認爲表姪。宋金亦自以爲得所，心安體適，貌日丰腴，凡船户中無不欣羨。〔六〕

光陰似箭，不覺二年有餘。劉翁一日暗想：「自家年紀漸老，止有一女，要求個賢婿以靠終身，似宋小官一般，到也十全之美。但不知媽媽心下如何？」是夜與媽媽飲酒半醺，女兒宜春在傍，劉翁指着女兒對媽媽道：「宜春年紀長成，未有終身之托，奈何？」劉嫗道：「這是你我靠老的一樁大事，你如何不上緊？」劉翁道：「我也日常在念，只是難得個十分如意的，像我船上宋小官恁般本事人才，千中選一，也就不能勾了。」劉嫗道：「何不就許了宋小官？」劉翁假意道：「媽媽説那裏話！他無家無倚，靠着我船上吃飯，手無分文，怎好把女兒許他？」劉嫗道：「宋小官是宦家之後，況係故人之子，當初他老子存時，也曾有人議過親來，你如何忘了？今日雖然落薄，看他一表人材，又會寫，又會算，招得這般女婿，須不辱了門面。我兩口兒老來也得所靠。」劉翁道：「媽媽，你主意已定否？」劉嫗道：「有什麽不定！」劉翁道：「如此甚好。」原來劉有才平昔是個怕婆的，久已看上了宋金，只愁媽媽不肯。今見媽媽慨然，十分歡喜。當下便唤宋金，對着媽媽面許了他這頭親事。宋金初時也謙遜不當，見劉翁夫婦一團美意，不要他費一分錢鈔，只索順從。劉翁往陰陽生家選擇周堂吉日，回復了媽媽。將船駕回崑山，先與宋小官上頭，做一套紬絹衣服與他穿了，渾身新衣、新帽、新鞋、新襪，妝扮得宋金一發標致：

雖無子建才八斗，勝似潘安貌十分。

劉嫗也替女兒備辦些衣飾之類。吉日已到，請下兩家親戚，大設喜筵，將宋金贅入船上爲婿。次日，諸親作賀，一連吃了三日喜酒。宋金成親之後，夫妻恩愛，自不必説。從此船上生理，日興一日。

光陰似箭，不覺過了一年零兩個月。宜春懷孕日滿，産下一女。夫妻愛惜如金，輪流懷抱。期歲方過，此女害了痘瘡，醫藥不效，十二朝身死。宋金痛念愛女，哭泣過哀，七情所傷，遂得了個癆瘵之疾。朝涼暮熱，飲食漸減，看看骨露肉消，行遲走慢。劉翁、劉嫗初時還指望他病好，替他迎醫問卜。延至一年之外，病勢有加無減，三分人，七分鬼，寫也寫不動，算也算不動，到做了眼中之釘，巴不得他死了乾净，却又不死。兩個老人家懊悔不迭，互相抱怨起來：「當初只指望半子靠老，如今看這貨色，不死不活，分明一條爛死蛇纏在身上，擺脱不下，把個花枝般女兒，誤了終身，怎生是了？爲今之計，如何生個計較，送開了那冤家，等女兒另招個佳婿，方纔稱心。」

兩口兒商量了多時，定下個計策，連女兒都瞞過了。只説有客貨在于江北，移船往載。行至池州五溪地方，到一個荒僻的所在，但見孤山寂寂，遠水滔滔，野岸荒崖，絶無人迹。是日小小逆風，劉公故意把舵使歪，船便向沙岸上閣住，却教宋金下水推舟。宋金手遲脚慢，劉公就罵道：「癆病鬼！没氣力使船時，岸上野柴也砍些來燒燒，省得錢買。」宋金自覺惶愧，取了砟刀，掙扎到岸上砍柴去了。劉公乘其未回，把舵用力撑動，撥轉船頭，挂起滿風帆，順流而下。

不愁骨肉遭顛沛，且喜冤家離眼睛。

且説宋金上岸打柴，行到茂林深處，樹木雖多，那有氣力去砍伐？只得拾些兒殘柴，割些敗棘，抽取枯藤，束做兩大捆，却又没有氣力背負得去。心生一計，再取一條枯藤，將兩捆野柴穿做一捆，露出長長的藤頭，用手挽之而行，如牧童牽牛之勢。行了一時，想起忘了砟刀在地，又復身轉去，取了砟刀，也插入柴捆之内，緩緩的拖下岸來。到于泊舟之處，已不見了船，但見江煙沙島，一望無際。宋金沿江而上，且行且看，并無踪影。看看紅日西沉，情知爲丈人所棄。上天無路，入地無門，不覺痛切于心，放聲大哭。哭得氣咽喉乾，悶絶于地，半晌方蘇。忽見岸上一老僧，正不知從何而來，將拄杖卓地，問道：「檀越伴侣何在？此非駐足之地也！」宋金忙起身作禮，口稱姓名：「被丈人劉翁脱賺，如今孤苦無歸，求老師父提挈，救取微命。」老僧道：「貧僧茅庵不遠，且同往暫住一宵，來日再做道理。」宋金感謝不已，隨着老僧而行。

約莫里許，果見茅庵一所。老僧敲石取火，煮些粥湯，把與宋金吃了，方纔問道：「令岳與檀越有何仇隙？願聞其詳。」宋金將入贅船上及得病之由，備細告訴了一遍。老僧道：「老檀越懷恨令岳乎？」宋金道：「當初求乞之時，蒙彼收養昏配；今日病危見棄，乃小生命薄所致，豈敢懷恨他人！」老僧道：「聽子所言，真忠厚之士也。尊恙乃七情所傷，非藥餌可治。惟清心調攝可以愈之。平日間曾奉佛法誦經否？」宋金道：「不曾。」老僧于袖中取出一卷相贈，道：「此乃《金剛般若經》，我佛心印。貧僧今教授檀越，若日誦一遍，可以息諸妄念，却病延年，有無窮利益。」宋金原是陳州娘娘廟前老和尚轉世來的，前生專誦此經。【眉批】此老僧亦必前生法侣，然觀金身羅漢投胎，則宋金前世已非凡僧矣。今日口傳心受，一遍便能熟誦，此乃是前因不斷。宋金和老僧打坐，閉眼誦經，將次天明，不覺睡去。及至醒來，身坐荒草坡間，并不見老僧及茅庵在那裏，《金剛經》却在懷中，開卷能誦。宋金心下好生詫異，遂取池水净口，將經朗誦一遍，覺萬慮消釋，病體頓然健旺。方知聖僧顯化相救，亦是夙因所致也。宋金向空叩頭，感謝龍天保佑。然雖如此，此身如大海浮萍，没有着落，信步行去，早覺腹中饑餒。望見前山林木之内，隱隱似有人家，不免再溫舊稿，向前乞食。只因這一番，有分教：宋小官凶中化吉，難過福來。正是：

路逢盡處還開徑，水到窮時再發源。

宋金走到前山一看，并無人煙，但見鎗刀戈戟，遍插林間。宋金心疑不决，放膽前去。見一所敗落土地廟，廟中有大箱八隻，封鎖甚固，上用松茅遮蓋。宋金暗想：「此必大盜所藏，布置鎗刀，乃惑人之計。來歷雖則不明，取之無礙。」心生一計，乃折取松枝插地，記其路徑，一步步走出林來，直至江岸。也是宋金時亨運泰，恰好有一隻大船，因逆浪衝壞了舵，停泊于岸下修舵。宋金假作慌張之狀，向船上人説道：「我陝西錢金也。【眉批】前生原從陝西來，今生暗合，亦是夙因。隨吾叔父走湖廣爲商，道經于此，爲强賊所劫。叔父被殺，我只説是跟隨的小郎，久病乞哀，暫容殘喘。賊乃遣夥内一人，與我同住土地廟中，看守貨物，他又往别處行劫去了。天幸同夥之人，昨夜被毒蛇咬死，我得脱身在此。幸方便載我去。」舟人聞言，不甚信。金又道：「見有八巨箱在廟内，皆我家財物。廟去此不遠，多央幾位上岸，擡歸舟中。願以一箱爲謝。必須速往，萬一賊徒回轉，不惟無及于事，且有禍患。」衆人都是千里求財的，聞説有八箱貨物，一個個欣然願往。當時聚起十六籌後生，準備八副繩索杠棒，隨宋金往土地廟來。果見巨箱八隻，其箱甚重。每二人擡一箱，恰好八杠。宋金將林子内鎗刀收起藏于深草之内。八個箱子都下了船，舵已修好了。舟人問宋金道：「老客今欲何往？」宋金道：「我且往南京省親。」舟人道：「我的船正要往瓜州，却喜又是順便。」當下開船，約行五十餘里方歇。衆人奉承陜西客有錢，到湊出銀子，買酒買肉，與他壓驚稱賀。次日西風大起，挂起帆來，不幾日，到了瓜州停泊。那瓜州到南京只隔十來里江面，宋金另唤了一隻渡船，將箱籠只揀重的擡下七個，把一個箱子送與舟中衆人以踐其言，衆人自去開箱分用，不在話下。

宋金渡到龍江關口，尋了店主人家住下，唤鐵匠對了匙鑰，打開箱看時，其中充牣，都是金玉珍寶之類。原來這夥强盗積之有年，不是取之一家，獲之一時的。宋金先把一箱所蓄鬻之于市，〔七〕已得數千金。恐主人生疑，遷寓于城内，買家奴伏侍，身穿羅綺，食用膏粱。餘六箱，只揀精華之物留下，其他都變賣，不下數萬金。就于南京儀鳳門内買下一所大宅，改造廳堂園亭，製辦日用家火，極其華整。門前開張典鋪，又制買田莊數處，家僮數十房，出色管事者十人，〔八〕又畜美童四人，隨身答應。【眉批】不畜婢妾者，不忍負宜春也。惟平日識宜春之心，所以終不負之。滿京城都稱他爲錢員外，出乘輿馬，入擁金資。自古道：「居移氣，養移體。」宋金今日財發身發，肌膚充悦，容采光澤，絶無向來枯瘠之容，寒酸之氣。正是：

人逢運至精神爽，月到秋來光彩新。

話分兩頭。且説劉有才那日哄了女婿上岸，撥轉船頭，順風而下，瞬息之間，已行百里。老夫婦兩口暗暗歡喜。宜春女兒猶然不知，只道丈夫還在船上，煎好了湯藥，叫他吃時，連呼不應。還道睡着在船頭，自要去唤他，却被母親劈手奪過藥甌，向江中一潑，罵道：「癆病鬼在那裏？你還要想他！」宜春道：「真個在那裏？」母親道：「你爹見他病害得不好，恐沾染他人，方纔哄他上岸打柴，徑自轉船來了。」宜春一把扯住母親，哭天哭地叫道：「還我宋郎來！」劉公聽得艄内啼哭，走來勸道：「我兒，聽我一言，婦道家嫁人不着，一世之苦。那害癆的死在早晚，左右要拆散的，不是你因緣了。到不如早些開交乾净，免致擔誤你青春。待做爹的另揀個好郎君，完你終身，休想他罷！」宜春道：「爹做的是什麽事！都是不仁不義，傷天理的勾當。宋郎這頭親事，原是二親主張。既做了夫妻，同生同死，豈可翻悔？就是他病勢必死，亦當待其善終，何忍棄之于無人之地？宋郎今日爲奴而死，奴決不獨生！爹若可憐見孩兒，快轉船上水，尋取宋郎回來，免被傍人譏謗。」劉公道：「那害癆的不見了船，定然轉往别處村坊乞食去了，尋之何益？况且下水順風，相去已百里之遥，一動不如一静，勸你息了心罷！」宜春見父親不允，放聲大哭，走出船舷，就要跳水。喜得劉媽手快，一把拖住。宜春以死自誓，哀哭不已。

兩個老人家不道女兒執性如此，無可奈何，準準的看守了一夜。次早只得依順他，開船上水。風水俱逆，弄了一日，不勾一半之路。這一夜啼啼哭哭，又不得安穩。第三日申牌時分，方到得先前閣船之處。宜春親自上岸尋取丈夫，只見沙灘上亂柴二捆，砟刀一把，認得是船上的刀。眼見得這捆柴，是宋郎馱來的。物在人亡，愈加疼痛，不肯心死，定要往前尋覓。父親只索跟隨同去。走了多時，但見樹黑山深，杳無人迹。劉公勸他回船，又啼哭了一夜。第四日黑早，再教父親一同上岸尋覓，都是曠野之地，更無影響。只得哭下船來，想道：「如此荒郊，教丈夫何處乞食？况久病之人，行走不動，他把柴刀抛棄沙崖，一定是赴水自盡了。」哭了一場，望着江心又跳，早被劉公攔住。宜春道：「爹媽養得奴的身，養不得奴的心。孩兒左右是要死的，不如放奴早死，以見宋郎之面。」兩個老人家見女兒十分痛苦，甚不過意，叫道：「我兒，是你爹媽不是了，一時失于計較，幹出這事，差之在前，懊悔也没用了。你可憐我年老之人，止生得你一人。你若死時，我兩口兒性命也都難保。願我兒恕了爹媽之罪，寬心度日，待做爹的寫一招子，于沿江市鎮各處粘帖。倘若宋郎不死，見我招帖，定可相逢。若過了三個月無信，憑你做好事，追薦丈夫。做爹的替你用錢，并不吝惜。」宜春方纔收淚，謝道：「若得如此，孩兒死也瞑目。」劉公即時寫個尋婿的招帖，粘于沿江市鎮墻壁觸眼之處。

過了三個月，絶無音耗。宜春道：「我丈夫果然死了。」即忙製備頭梳麻衣，穿着一身重孝，設了靈位祭奠，請九個和尚，做了三晝夜功德。自將簪珥布施，爲亡夫祈福。劉翁、劉嫗愛女之心，無所不至，并不敢一些違拗，鬧了數日方休。兀自朝哭五更，夜哭黄昏。鄰船聞之，無不感嘆。有一班相熟的客人，聞知此事，無不可惜宋小官，可憐劉小娘者。宜春整整的哭了半年六個月，方纔住聲。劉翁對阿媽道：「女兒這幾日不哭，心下漸漸冷了，好勸他嫁人。終不然我兩個老人家守着個孤孀女兒，緩急何靠？」劉嫗道：「阿老見得是。只怕女兒不肯，須是緩緩的偎他。」

又過了月餘，其時十二月二十四日，劉翁回船到崑山過年，在親戚家吃醉了酒，乘其酒興來勸女兒道：「新春將近，除了孝罷！」宜春道：「丈夫是終身之孝，怎麽除得？」劉翁睁着眼道：「什麽終身之孝！做爹的許你帶時便帶，不許你帶時，就不容你帶。」劉嫗見老兒口重，便來收科道：「再等女兒帶過了殘歲，除夜做碗羹飯起了靈，除孝罷！」宜春見爹媽話不投機，便啼哭起來道：「你兩口兒合計害了我丈夫，又不容我帶孝，無非要我改嫁他人。我豈肯失節以負宋郎？寧可帶孝而死，決不除孝而生。」劉翁又待發作，被婆子罵了幾句，劈頸的推向船艙睡了。宜春依先又哭了一夜。到月盡三十日除夜，宜春祭奠了丈夫，哭了一會。婆子勸住了，三口兒同吃夜飯。爹媽見女兒葷酒不聞，心中不樂，便道：「我兒！你孝是不肯除了，略吃點葷腥，何妨得？少年人不要弄弱了元氣。」宜春道：「未死之人，苟延殘喘，連這碗素飯也是多吃的，還吃甚葷菜？」劉嫗道：〔九〕「既不用葷，吃杯素酒兒，也好解悶。」宜春道：『一滴何曾到九泉。』想着死者，我何忍下咽！」說罷，又哀哀的哭將起來，連素飯也不吃就去睡了。劉翁夫婦料道女兒志不可奪，從此再不強他。後人有詩贊宜春之節，詩曰：

閨中節烈古今傳，船女何曾閱簡編？
誓死不移金石志，〔一〇〕《柏舟》端不愧前賢。

話分兩頭。再說宋金住在南京一年零八個月，把家業掙得十全了，却教管家看守門墻，自己帶了三千兩銀子，領了四個家人、兩個美童，顧了一隻航艙，徑至崑山來訪劉翁、劉嫗。鄰舍人家說道：「三日前往儀真去了。」宋金將銀兩販了布疋，轉至儀真，下個有名的主家，上貨了畢。次日，去河口尋着了劉家船隻，遥見渾家在船艄，麻衣素妝，知其守節未嫁，傷感不已。回到下處，向主人王公説道：「河下有一舟婦，帶孝而甚美。我已訪得是崑山劉順泉之船，此婦即其女也。吾喪偶已將二年，欲求此女爲繼室。」遂于袖中取出白金十兩，奉與王公道：「此薄意權爲酒資，煩老翁執伐。成事之日，更當厚謝。若問財禮，雖千金吾亦不吝。」王公接銀歡喜，徑往船上邀劉翁到一酒館，盛設相款，推劉翁于上座。劉翁大驚道：「老漢操舟之人，何勞如此厚待？必有緣故。」王公道：「且吃三杯，方敢啓齒。」劉翁心中愈疑道：「若不説明，必不敢坐。」王公道：「小店有個陝西錢員外，萬貫家財。喪偶將二載，慕令愛小娘子美貌，欲求爲繼室，願出聘禮千金。特央小子作伐，望勿見拒。」劉翁道：「舟女得配富室，豈非至願。但吾兒守節甚堅，言及再婚，便欲尋死。此事不敢奉命，盛意亦不敢領。」便欲起身。王公一手扯住道：「此設亦出錢員外之意，托小子做個主人。既已費了，不可虛之，事雖不諧，無害也。」劉翁只得坐了。飲酒中間，王公又説起：「員外相求，出于至誠，望老翁回舟，從容商議。」劉翁被女兒幾遍投水唬壞了，只是摇頭，略不統口。酒散各别。

王公回家，將劉翁之語，述與員外，宋金方知渾家守志之堅，乃對王公説道：「姻事不成也罷了，我要顧他的船載貨往上江出脱，難道也不允？」王公道：「天下船載天下客。不消説，自然從命。」王公即時與劉翁説了顧船之事，劉翁果然依允。宋金乃分付家童，先把舖陳行李發下船來，貨且留岸上，明日發也未遲。宋金錦衣貂帽，兩個美童，各穿緑絨直身，手執爜爐、如意跟隨。劉翁夫婦認做陝西錢員外，不復相識。到底夫妻之間，與他人不同，宜春在艄尾窺視，雖不敢便信是丈夫，暗暗的驚怪道：「有七八分厮像。」只見那錢員外纔上得船，（二）便向船艄説道：「我腹中饑了，要飯吃。若是冷的，把些熱茶淘來罷。」宜春已自心疑。那錢員外又吆喝童僕道：「個兒郎吃我家飯，穿我家衣，閒時搓些繩，打些索，也有用處，不可空坐！」【眉批】接接還話，有趣。這幾句分明是宋小官初上船時劉翁分付的話。宜春聽得，愈加疑心。

少頃，劉翁親自捧茶奉錢員外。員外道：「你船艄上有一破氈笠，借我用之。」劉翁愚蠢，全不省事，徑與女兒討那破氈笠。宜春取氈笠付與父親，口中微吟四句：

氈笠雖然破，經奴手自縫。
因思戴笠者，無復舊時容。

錢員外聽艄後吟詩，嘿嘿會意，接笠在手，亦吟四句：

仙凡已换骨，故鄉人不識。
雖則錦衣還，難忘舊氈笠。

是夜，宜春對翁嫗道：「艙中錢員外，疑即宋郎也，不然何以知吾船有破氈笠？且面龐相肖，語言可疑，可細叩之。」劉翁大笑道：「癡女子！那宋家癆病鬼，此時骨肉俱消矣。就使當年未死，亦不過乞食他鄉，安能致此富盛乎？」劉嫗道：「你當初怪爹娘勸你除孝改嫁，動不動跳水求死。今見客人富貴，便要認他是丈夫。倘你認他不認，豈不可羞？」宜春滿面羞慚，不敢開口。劉翁便招阿媽到背處道：「阿媽你休如此說。姻緣之事，莫非天數。前日王店主請我到酒館中飲酒，說陝西錢員外願出千金聘禮，求我女兒爲繼室。我因女兒執性，不曾統口。今日難得女兒自家心活，何不將機就機，把他許配錢員外，落得你我下半世受用。」劉嫗道：「阿老見得是。那錢員外來顧我家船隻，或者其中有意，阿老明日可往探之。」劉翁道：「我自有道理。」

次早，錢員外起身，梳洗已畢，手持破氈笠于船頭上翻覆把玩。劉翁啓口而問道：「員外，看這破氈笠則甚？」員外道：「我愛那縫補處，這行針綫，必出自妙手。」劉翁道：「此乃小女所縫，有何妙處？前日王店主傳員外之命，曾有一言，未知真否？」錢員外故意問道：「所傳何言？」劉翁道：「他說員外喪了孺人，已將一載，未曾繼娶，欲得小女爲婚。」員外道：「老翁願也不願？」劉翁道：「老漢求之不得。但恨小女守節甚堅，誓不再嫁，所以不敢輕諾。」員外道：「令婿爲何而死？」劉翁道：

「小婿不幸得了個癆瘵之疾，其年因上岸打柴未還，老漢不知，錯開了船。以後曾出招帖尋訪了三個月，并無動静，多是投江而死了。」【眉批】語有次第。員外道：「令婿不死，他遇了個異人，病都好了，反獲大財致富。老翁若要會令婿時，可請令愛出來。」此時宜春側耳而聽，一聞此言，便哭將起來，駡道：「薄倖錢郎！我爲你帶了二年重孝，受了千辛萬苦，今日還不説實話，待怎麽？」宋金也墮淚道：「我妻，快來相見！」夫妻二人抱頭大哭。劉翁道：「阿媽，眼見得不是什麽錢員外了，我與你須索去謝罪。」劉翁、劉嫗走進艙來，施禮不迭。宋金道：「丈人丈母，不須恭敬。只是小婿他日有病痛時，莫再脱賺！」兩個老人家羞慚滿面。宜春便除了孝服，將靈位抛向水中。宋金便唤跟隨的童僕來與主母磕頭。翁嫗殺鷄置酒，管待女婿，又當接風，又是慶賀筵席。安席已畢，劉嫗叙起女兒自來不吃葷酒之意，宋金慘然下淚，親自與渾家把盞，勸他開葷。隨對翁嫗道：「據你們設心脱賺，欲絶吾命，恩斷義絶，不該相認了。今日勉强吃你這杯酒，都看你女兒之面。」宜春道：「不因這番脱賺，你何由發迹？况爹媽日前也有好處，〔三〕今後但記恩，莫記怨。」【眉批】宜春第一高人。宋金道：「謹依賢妻尊命。我已立家于南京，田園富足。你老人家可棄了駕舟之業，隨我到彼，同享安樂，豈不美哉！」翁嫗再三稱謝。是夜無話。次日，王店主聞知此事，登船